논술 주제로 자주 출제되는 철학의

근본 물음과 대답 70

글을 읽는 내내 철학의 근본 물음과
철학자의 대답 … 생각 그리고 집약

논술 주제로 자주 출제되는 철학의

근본 물음과 대답 70

김태희 지음

논술 합격의 지름길 논술 주제로 자주 출제되는 철학의 근본 물음과 그 대답을 살펴라

개념은 "어떤 대상 고유의 본질적 속성을 반영하는 사유의 형식"이다. 개념은 "세계를 이루는 사물·사건·사태·대상·현상에 대한 어떤 판단의 결과로써, 그 대상을 지칭하는 여러 특성과 특질 속에서 공통된 요소를 추상하여 종합한 하나의 관념"이다.

개념은 이를테면 '생각을 담은 그릇'으로, 사고의 출발점이자 생각의 기본 단위이며, 세계를 들여다보는 '창(窓)'이라 할 수 있다. 우리는 개념을 통해 세상을 이해하고 세계를 파악할 수 있기에, 개념은 인간의 인식 과정에서 중요한 의미를 지닌다.

우리는 사물·대상에 관한 개념을 가지고 있어야만 그것에 관한 판단, 즉 사고와 추리와 논증을 할 수 있다. 사고와 추리와 논증은 **'판단'**을 따라 구성되고, 판단은 **'개념'**을 따라 내용을 조직화할 수 있기 때문이다. 개념이 없으면 판단과 추리라는 **'사고'**를 하기 어렵고, 인식한 내용을 체계적으로 **'정리'**할 수 없다. 글에 실린 개념의 의미를 올바로 정의하지 못하거나, 개념화하여 생각하지 못하면, 주장이나 논증을 효과적으로 끌고 나가기 힘들다.

우리는 인간 정신의 근간인 철학적 근본 물음을 개념적으로 인식하고 개념화하여 사고함으로써 정신의 활동을 강화하고, 보다 본질적이면서도 다양한 시각에서 인간과 세계의 이해를 넓힌다. 이것이 우리가 형이상학적 근본 물음과 관련한 개념을 공부해야 하는 당위이자, 대입논술·편입논술에서 이것과 관련한 많은 사상가의 다양한 개념적 지식을 다룬 지문이 출제되는 이유다.

지식과 사상은 '개념'을 통해 구현된다.

지식은 개념을 통해 구현된다. 특히 형이상학적 근본 물음을 집약한 핵심 개념은 인류사를 빛낸 저명한 사상가들이 생각을 거듭하면서 층층이 쌓아 올린 사고의 집약이자, 지식의 총체이며, 지성의 결정체이다. 어느 한 사상가가 일생을 바쳐 이룩한 **'지식'**의 보고인 핵심 개념을 따라 또 다른 사상가가 생각을 보태면서 그 의미를 심오하고 다양한 세계로 인도한다.

이런 이유로, 인류사의 근본 물음에 대해, 사상가들은 이것을 어떤 시각에서 바라보고 또 어떠한 논리를 펼치면서 자신만의 고유의 사상을 펼치고 있는지를 살피는 작업은 논술 공부에서 무척 중요하다. 그런 각고의 노력을 기울이는 과정에서 사상가들은 각자 고유의 '개념'을 '발명'하여 사상의 체계를 확립하고, 자신의 철학 세계로 이끄는 것이다.

따라서 어떤 철학적 근본 물음에 대해, 이것을 사상가들의 생각을 집약한 개념을 따라 종횡으로 살피면, 이것만으로도 논술 문제의 물음에 대답할 수 있는 기반은 조성된 것이다. 어찌 보면 논술에서의 '문해력'은 철학적 근본 물음을 따라 펼쳐지는 개념과 개념의 관계를 살펴 그 **'맥락적'**인 의미를 깨닫는 것이라고 할 정도로, 개념 이해는 독해력 향상을 위해 무척 중요하다.

개념과 개념을 견주면서 읽어라.

따라서 학생들은 이 책을 읽으면서, 그리고 학습한 내용을 논술 출제지문에 효과적으로 접목할 수 있도록, 다음 사항에 주목하여 공부하기 바란다. 먼저, 형이상학적 근본 물음에 관한 '대답'이라 할 수 있는 철학자 고유의 사상적 인식을 정신을 집중하면서 읽되, **'생각을 집약'**하면서 읽어라. 워낙 크고 넓은 생각의 단위를 담은 개념이라 많은 설명과 해석이 필요한데도 불구하고 그 핵심만을 간추려 집약한 것이기에, 문장 하나하나, 개념 하나하나를 이해하는 것만으로도 무척 버거울 것이다.

이때 글(이 책과 논술 지문)에 실린 개념들을 주제, 즉 형이상학적 근본 물음을 따라 서로 견주고(비교), 나누고 합치고(분류와 종합), 때로는 심층적으로 들여다보면서(분석) 세밀히 살피기 바란다. 여기에는 다른 물음에 실린 유개념 및 대립하는 개념도 포함되는데, 핵심 개념은 주제를 달리하면서 개념적으로 겹치고 또 겹치는 과정에서 그 의미를 다양하게 형성한다는 사실을 깨닫는다면, 이를 이해할 수 있을 것이다. 그 과정에서 핵심 개념을 따라 의미가 다양하게 **'변주'**되고, 개념과 개념이 서로 밀접하게 **'관계'**를 맺으면서 의미를 구성하고 있음을 깨닫는다면, 글의 맥락적인 이해는 그다지 어렵지 않을 것이다.

다음으로, 머릿속에서 **'개념의 덩어리'**를 만들면서 글을 읽어라. 이를 위한 그 첫 번째 단계는 덩어리 짓고자 하는 정보를 담은 중요한 개념에 집중하면서 글을 읽는 것이다. 글을 읽어 중요하다고 생각되는 무언가를 처음으로 받아들일 때는 머릿속에서 새로운 신경 패턴을 만들어 그것을 두뇌의 여러 부위에 분포된 기존 패턴(지식)과 연결한다. 그 과정에서 머릿속 생각의 회로가 새롭게 만들어지면서 한편으로는 기억으로 강화되고, 다른 한편으로는 사고의 폭을 확장한다.

두 번째 단계는 덩어리로 만들려는 핵심 개념의 **'의미'**를 정확히 이해하는 것이다. '이해'란 기억의 흔적들을 서로 묶는 강력한 접착제와도 같은데, 그 점에서 핵심 개념에 집중하면서 글을 읽으면 이전에 학습한 여러 기억의 흔적이 연결되면서 폭넓고 포괄적인 사고의 확장이 일어나게 된다. 명심할 것이 있다. 모든 글 내용은 핵심 개념을 중심으로 마치 블랙홀처럼 빨려 들어가면서 의미 덩어리를 만들어 낸다. 핵심 개념을 중심으로 글쓴이의 생각을 집약한 것이 글(또는 단락, 생각 단위) 내용의 핵심 논지다. 글을 읽으면서 이 부분(글의 중요한 내용)을 명제로 간략히 정리할 수 있는 능력이 바로 독해력으로, 그 중심에 핵심 개념이 들어 있다. 개념 덩어리 짓기는 논술 출제 지문의 중요한 부분을 단박에 파악할 수 있는 능력을 향상한다.

덩어리 짓기의 세 번째 단계는 그 덩어리를 어떻게 활용할 것인지를 이해하는 **'맥락 파악'**하기다. 이는 상향식과 하향식의 두 가지 방식으로 이루어진다. 상향식 덩어리 짓기 과정은 개념을 추상화하여 생각하는 과정으로, 구체적인 의미를 담은 개념(하위개념)에서 추상적인 의미를 담은 개념(상위 개념)으로 넓혀나가면서 글 이해의 폭을 넓히는 것이다. 추상화는 사물 또는 현상에서 어떤 공통적인 요소, 측면, 성질을 추출하여 파악하는 것으로, 개념을 추상화하는 과정에서 핵심 개념의 본질, 즉 **'개념의 의미'**를 파악할 수 있다.

한편, 하향식으로 큰 덩어리를 나누는 과정은 추상적인 의미를 담은 개념(상위 개념)에서 구체적인 의미를 담은 개념(하위 개념)으로 좁혀나가면서 글 내용의 의미를 구체화하는 것이다. 핵심 개념일수록 추상화된 의미를 담고 있기 마련인데, 추상화란 것은 폭넓은 일반성을 가지는 대신에 이를 쉽게 연상(생각을 구체화)할 수 없어서 이해하기 힘들다. 이때 개념을 상위 개념에서 하위개념으로 좁히면서, 그리고 개념이 표상하는 지식이나 지적 체험에 설명이나 사례를 연결해서 구체화해 나가면 그 개념에 담긴 의미의 핵심은 단박에 포착된다. 말하자면, 이 책에 실린 내용을 갖고서 이를 관련한 논술 기출문제나 원전(原典)을 살피고, 사회 현상에 접목해가면서 생각에 생각을 거듭하면서 구체화하는 의식적인 노력이 그것이다.

개념에 대한 상향식 의미 짓기와 하향식 의미 짓기 과정, 다시 말해 개념의 추상화 과정과 구체화 과정은 모두 글의 중심 생각과 글 내용의 핵심을 파악하기 위해 꼭 필요하다. 상향식 접근과 하향식 접근이 만나는 곳에 **'맥락'**이 자리한다. 좀더 정확히 설명하자면, 의미 단위 읽기에 있어서 개념의 덩어리 짓기는 글 내용의 핵심이자 중심 생각을 어떻게 효과적으로 파악할 수 있는지를 배우는 과정이고, 맥락의 이해는 개념과 개념의 관계를 살펴 문제 해결을 위한 접근 방법, 즉 논리적 사고력을 키우는 과정이라 할 수 있다. 결국, 이 모든 것은 올바르고 충실한 개념 학습을 통해 실현될 수 있음을 논술 공부하는 학생들은 반드시 알고서 글을 읽어야 한다.

생각을 집약하면서 읽어라.

끝으로, 이 책으로 공부하면서 다음과 같은 물리적인 노력을 함께 수행하기 바란다. 이를테면 글을 읽는 내내 철학의 근본 물음과 관련한 철학자의 대답 및 그것을 담은 핵심 개념을 머릿속에서 항상 생각하면서 생각을 집약하고, 글에서 중요한 부분(문장)에 밑줄을 긋는 등의 의식적인 노력이 따라야 한다. 그러면서 개념과 개념, 사상과 사상을 **'비교'**하면서 생각을 정리하고 글 내용을 **'체계화'**하는 습관을 들이기 바란다. 바로 이 부분이 논술 답안 작성의 핵심이란 점을 생각한다면, 이런 노력의 중요성을 굳이 강조하지 않아도 짐작할 수 있을 것이다.

이 모든 정신 활동이 글의 이해는 물론이고 사고의 폭을 넓힌다는 사실을 깨닫고, 지식의 보고이자 사고의 집약이라 할 수 있는 개념 학습에 힘을 쏟는다면, 탄탄한 지문 독해력에 기반한 논술 합격은 어렵지 않을 것이다. 하여, 거듭 반복해서 읽기 바란다. 이 책에 실린 개념에만 익숙해져도, 논술 답안은 저절로 풀릴 것이다. 이 책에 실린 70개의 근본 물음만 착실히 공부해도, 논술로 출제되는 주제 개념은 물론이고 다른 어떤 주제 개념이 출제되더라도 막힘 없이 소화할 수 있을 것이다. 이것, 믿어도 된다.

김 태 희

Contents

근본 물음과 대답 70

01 인간
: 다양한 인격을 가진 행위 주체

'인간이란 무엇인가?'라는 물음은 여러 관계 속에서 그 해답을 찾을 수 있다. 인간을 동물과 비교해 보는 것(생물학적 인간학)도 가능하고, 인간을 인간 그 자체로써 연구하는 것(이성적 인간학)도 가능하다. 인간은 욕망의 만족을 추구하면서 전적으로 생물학적 수준에서 삶을 영위할 수도 있지만, 자연을 능가하는 정신으로 살아갈 수도 있다. 인간 본성에 대한 여러 해석이 상호 배타적이지 않은 까닭이 여기에 있다.

철학에서 말하는 **'인간'**은 규범적·가치적 의미로써 주로 규정된다. 고대 그리스 철학 이래 '인간이란 무엇인가'는 철학의 주된 관심의 하나로, 많은 철학자의 연구 대상이었다. 인간이란 무엇인가, 특히 인간은 '**이성적** 존재인가, 아니면 **욕망하는** 존재인가'라는 물음은 인식론 영역의 핵심 주제로, 철학을 관통하는 핵심 논쟁으로써 지금까지 사상가들 사이에서 활발한 논의가 거듭되고 있다.

인간학은 인간의 본질을 문제 삼아 전(全) 인간을 해명해 보려는 학문이다. 철학적 인간학을 개척한 독일의 철학자 셸러는, "철학적 인간학은 인간에 관해서 많은 과학자가 얻어 낸 풍성한 개별 지식을 근거로 하여 인간의 자기의식과 자기 성찰에 관한 새로운 형식을 전개하려는 것이다"라고 말했다.

'인격'이란 종교적, 법률적, 철학적 원천으로부터 점점 다양하게 발전해 온 개념이다. 인격은 인간을 규정하는 법률적이고 도덕적인 개념으로, 의식적이고 이성적인 주체인 인간을 가리킨다. 즉, 인격으로서의 인간은 선과 악, 참과 거짓을 구분할 줄 알아야 하며, 자신의 행위나 선택에 대해서 스스로 설명할 수 있어야 한다.

플라톤: "이성이 인간을 규정한다."

플라톤은 《파이돈》에서 육체는 영혼의 진리 추구를 방해할 뿐이라고 주장했다. 육체는 인간이 도구처럼 사용하는 것이지 자기 스스로 움직이는 것이 아니기에, 육체가 인간을 규정할 수는 없다고 생각했다. 인간의 진정한 주체는 영혼으로, 그 핵심은 **'이성'**의 사용 능력에 있다고 보았다. 이성은 사물의 참된 본성을 파악할 수 있는 능력으로, 인간은 이성 능력을 발휘하여 대상을 객관화하고 상황 변화에 대처할 수 있다고 보았다. 참된 인간은 몸이 아닌 마음, 감각이 아닌 이성을 따른다고 생각했다.

플라톤에 따르면, 인간은 이성, 기개, 욕망을 가지고 태어나는데, 그 가운데 기개와 욕망을 이성이 잘 조절하는 사람을 가장 인간다운 인간이다. 그는 이성이 기개와 욕망을 잘 조절할 때 갈등은 없어지고 영혼은 조화를 이룬다고 보았다. 그러나 인간은 육체로부터 완전히 자유로울 수 없다는 점에서 한계가 있다고 생각했다. 인간은 육체의 혼란을 극복하고 이성과 질서를 향해 나아가야 하는데, 이를 위해서는 사람들이 이성적으로 사유할 수 있도록 국가가 역할을 잘해야 한다는 보았다.

홉스: "인간은 오로지 자기 이익을 위해 행동할 뿐이다."

홉스에 따르면, 세상에는 절대 선도 없고 절대 악도 없다. 오로지 자기 이익을 위한 것만 존재할 뿐이다. 동정심이란 것도 따지고 보면 자신에게 언제 닥칠지 모르는 장래의 불행을 타인의 불행을 통해 간접적으로 상상하는 행위일 뿐이다. 타인을 향한 관심 또한 자기만족을 위한 것일 뿐이며, 낯선 사람을 돕는 행위 역시 타인으로부터의 칭송을 얻으려는 행위일 뿐이다.

그런 점에서 홉스의 인간관은 현대 사회가 전제하는 '개인' 개념의 원형이라 할 수 있다. 홉스에게 이성은 인간의 욕구 충족을 위한 행위 능력일 뿐으로, 이러한 생각의 계열에서는 **이해타산적인** 사고가 도덕성의 자리를 대체하게 된다. 인간의 끝없는 이기심을 통제하기 위해 인간은 사회계약을 맺어 자신의 안위를 국가에 위탁한다.

칸트: "인간은 도덕법칙을 따라 자율적으로 행동하는 존재다."

칸트에 따르면, 인간은 자유롭고 자기의식을 가진 도덕적 존재자로, 하나의 '인격' 그 자체이다. 그는 인격으로써의 인간은 수단이 아니라 '목적' 그 자체라고 보았다. 타인을 수단으로 대우하는 것은 비도덕적인 행위로, 오직 인간만이 목적을 따라 선한 의지로 **정언명령**[1]에 충실한 행동을 할 수 있는 것이다.

이런 이유로, 칸트는 도덕적 행위의 가치는 행복과 무관하다고 보았다. 즉, 행복이 보장되지 않는데도 **'선의지'**에 따라 행동하는 것이 도덕적이지, 행복을 목적으로 어떤 행위를 하는 것은 도덕적이지 않다. 칸트는 오히려 행복에 이르지 않을 것을 잘 알면서도 선의지에 따라 행동할 때, 그 행위는 도덕적 가치를 지닌다고 생각했다.

프로이트: "인간은 욕망하는 존재이다."

프로이트는 인간에 대한 이해를 이성 중심에서 **'욕망'** 중심으로 바꿔 버렸다. 그는 '무의식'[2]이 인간을 결정한다고 보았다. 그런데도 무의식이 '의식'되지 않는 이유는, 그것을 의식하면 우리의 마음이 불편하기 때문이다. 무언가를 의식하면 정신적으로 괴롭기에, 생각을 의식하지 않는 방식으로 인간의 정신이 작용한다는 것이다.

프로이트는 인간 본성인 성적 충동과 공격성을 인정하고 받아들여야만 인간을 제대로 이해할 수 있다고 보았다. 잠재된 무의식에서 비롯된

성적 충동과 공격 성향은 인간 행동을 추동하는 힘으로, 인간의 자연스러운 본성이자 개인과 사회 발전의 원동력이기 때문이다. 그에 따르면, 이성은 우리의 감정을 통제할 수는 있지만, 그렇더라도 감정을 전적으로 지배할 수는 없다. 기본적으로는 무의식이 이성을 결정짓기 때문으로, 이성은 감정과 욕구의 노예에 불과하다.

카시러: "인간은 상징적 동물이다."

독일의 과학철학자 카시러는 인간을 '상징적 동물'로 정의했다. 카시러에게 있어서 상징은 인간의 삶과 활동의 장(場)인 **'문화'**의 세계를 의미한다. 인간은 스스로 문화를 창조하고 그 속에서 의미를 찾기 때문에 문화를 떠나서 살 수 없고, 인간의 본성 역시 제대로 이해할 수 없다. 그러므로 인간이 무엇인가를 알려면, 인간이 만들어 낸 여러 가지 형태의 문화를 알아야 한다. 문화는 인간 활동의 총체로써 언어, 신화, 종교, 예술, 역사, 과학 등으로 이루어지며, 이것들이 인간성의 총체를 구성한다.

■ **트랜스 휴머니즘**

인간은 기술 향상을 통해 '인간을 극복한 인간'으로 거듭났다. 하지만 그와 동시에 우리가 만든 기술로부터 받는 위협에 직면해 있다. 트랜스 휴머니즘은 **기술적 수단**을 이용해 자연 앞에 나약한 인간을 점점 더 업그레이드함으로써, '완벽한 인간'으로 나아가는 것을 목적으로 한다. 이를 위해서는 인간의 가치와 사회구조를 기술 변화의 관점에서 거듭 생각할 필요가 있다. 스웨덴 철학자 닉 보스트롬은 트랜스 휴머니즘의 관점을 수용하면서, 인간을 보호하는 첨단 과학기술에 큰 관심을 두었다. 그는 특히 유전자 변형에 의한 초지능적 인간이 탄생할 것이라고 낙관적으로 예측했다.

02 사회
: 구조화된 집단

'사회'는 인간의 공동생활을 위한 구성체로, 개인의 사고와 행동을 구조화한 집단을 말한다. 일반적인 의미에서의 사회는 인간 사회를 가리키며, 직업·욕구·행위와 같은 인간 삶의 총체를 일컫는다. 일반적으로 '**사회집단**'을 사회와 같은 뜻으로 해석한다.

사회란 구성원들이 서로의 이익을 위해 구성한 협력 체계이다. 구성원들은 사회 안에서 서로 협동함으로써 자신의 이익을 높이려고 드는데, 그 과정에서 이해관계의 상충과 갈등이 일어날 수 있다. 이를 조정하는 역할을 하는 것이 바로 사회다.

고전적 사회학자들은 사회를 개인을 초월한 하나의 '실체'로써 규정하면서 그것이 갖는 구성원리와 변화원리를 규명하려고 했다. 현대의 사회학자들은 사회를 개인을 초월한 실체적 존재로써 가정하기보다는, 구성원 간의 상호작용 '**체계**'라고 규정하고 있다.

사회라는 개념의 형성이나 그 지시 대상으로써의 사회의 존재는 역사성을 지닌다. 사회는 신분제도와 경제외적 강제로 유지되어온 봉건 시대의 집단적 특성인 공동체와 대비되는 개념으로 사용되기 시작했으며, 계약을 통한 자유로운 교환행위와 경제적 이윤 추구를 지향하는 시민사회 및 자본주의 경제를 역사적 배경으로 형성된 개념이라 할 수 있다.

사회실재론과 사회명목론

개인과 사회를 설명하는 이론에는 사회실재론과 사회명목론이 있다. 사회실재론은 개인은 단지 사회를 구성하는 하나의 단위에 불과하다고 보는 견해로, 사회를 개인들이 모인 집합체 이상의 객관적인 존재로 본다. 사회실재론에 따르면 하나의 실체인 사회는 개인과는 다른 고유한 특성을 가지며, 사회를 구성하고 있는 개개인의 삶에 영향을 미치기도 하고, 때로는 개인의 삶을 구속하기도 한다. 사회실재론의 시각으로 개인과 사회를 바라보는 이론으로 **'사회 유기체설'**이 있다.

사회명목론에서는 사회가 개인 외부에 별도로 존재하는 것이 아니며, 단지 개인들의 집합체에 붙여진 이름에 불과하고, 실재하는 것은 개인뿐이라고 본다. 사회의 구조나 실체를 인정하지 않고, 실제로 존재하는 것은 사회가 아니라 사회를 이루고 있는 **'개인'**이며, 사회는 단지 명목상으로만 존재한다. 사회 그 자체보다는 사회를 구성하는 개인의 특성과 행동 양식을 고찰해야 한다는 시각이다. 사회 명목적인 시각으로 개인과 사회를 바라보는 관점으로 **'사회계약설'**이 있다.

■ **사회화**

인간은 사회 속에서 성장하면서 자아 정체감을 형성하고 사회의 구성원으로서 살아가고자 그 사회의 행동 양식과 사고방식을 배우는데, 이를 **'사회화'**라고 한다. 인간은 사회화를 통해 인간다운 품성과 자질을 획득해 나가며 사회적 존재로 살아갈 수 있다. 즉, 사회화는 개인을 사회에 적응할 수 있도록 하며 동시에 사회를 존속시키는 역할을 한다.

아리스토텔레스: "인간은 사회적 동물이다."

아리스토텔레스는 인간은 '정치적 동물'이라고 정의하면서, 인간의 선천적인 사회성을 지적했다. 그는, 법에 따라 규제되는 정치 공동체 안에서, 인간의 집합인 사회는 자연 논리에 따라 가족에서 마을로, 마을에서 도시로 집중화되면서 성장·발전한다고 보았다. 이 같은 결집의 목적은 집단생활이 가져다주는 '행복'을 위해서다.

그러므로 그의 '인간은 사회적 동물'이라는 의미는, 인간은 공동체의 테두리 안에서만 스스로 완성해 나갈 수 있다는 뜻이다. 그 점에서 사회는 인간의 가장 기본적인 경향 가운데 하나인 사회성에 답한다. 인간은 천부적으로 '**사회적**'인 인간으로, 사회는 인간의 자연적 본성을 따라 각자 자신의 행복을 추구하기 위한 목적으로 정치적 축을 따라 조직화한 결합체라 할 수 있다.

■ **사회계약론**

사회·국가는 그것을 구성하는 구성원의 **상호계약(약속)**을 근거로 성립한다는 이론으로, 정치 권력에 대한 정당성의 원리로 제시되었다. 홉스, 로크, 루소 등 사회계약론자들은 자유롭고 평등한 개인들의 아래로부터의 자발적 동의나 합의, 계약에 기초하여 정치적 공동체, 즉 시민사회를 형성할 것을 주장했다. 루소에게나 홉스에게나 사회는 자연스럽게 발생한 공동체가 아니라 일종의 '계약'의 산물이다.

애덤 스미스: "인간 내면의 공평한 관찰자가 사회를 발전시킨다."

애덤 스미스는 《도덕 감정론》에서 인간 사회의 질서와 번영을 이끄는 원리를 고찰하면서, 인간은 본성적으로 타인에게 관심을 둔다는 사실에 주목했다. 타인의 행위와 감정 표현을 보면서, 함께 기뻐하고 함께 슬퍼하는 인간 행위를 가리켜 '**동감(공감)**'이라고 했다.

스미스에 따르면, 동감 능력을 지닌 인간은 거꾸로 자신의 행동과 감정이 다른 사람에 의해 어떻게 판단되는지에 대해 관심을 둔다. 이러한 동감 행위가 무한 반복되는 과정에서 인간은 어느덧 어떤 행동이 사회의 동감을 받아 칭찬의 대상이 되며, 어떤 행동이 불쾌와 비난의 대상이 되는지를 알게 된다. 그리하여 각자의 마음에는 자신과 타인의 행동을 판단하는 또 하나의 '자신'이 들어선다. 스미스는 이를 가리켜 **'공평한 관찰자'**라고 했다.

'공평한 관찰자'는 다른 사람과의 교제를 통해 성숙하는 사회적 존재다. 나아가 '공평한 관찰자'는 어느 사회가 대를 물려 이어받은 도덕 감정의 체계로써, 곧 역사적으로 진화해 온 존재다. 인격적으로 성숙한 사람은 '공평한 관찰자'의 판단과 지시에 따른다. 그는, 어느 사회의 질서를 규율하는 정의와 법은 그 사회가 공유하는 사회적 감정인 '공평한 관찰자'에 의해 제정된 것으로 간주했다. 인간 사회의 질서는 개인의 동감 능력을 따라 자연 발생으로 생겨나고 진화해 온 것으로 보면서, 공평한 관찰자라는 사회적 감정이 인간 사회의 질서와 번영을 이끄는 원리로 작용한다고 보았다.

마르크스: "사회는 계급 갈등의 산물이다."

마르크스는 사회를 경제적 측면에서 고찰했다. 마르크스에 따르면, 개인의 존재 양식을 결정하는 것은 그 개인이 타인과 관계 맺는 양식이다. 한 개인의 역사는 그 개인으로부터는 이해할 수 없으며, 그가 진화해 온 사회 전체의 역사를 고려해야만 이해할 수 있다. 그러나 이러한 사실이 사회가 하나의 통합된 전체라는 것을 의미하지는 않는다. 모든 사회는 계급으로 나누어져 서로 대립한다. 자본주의는 인간을 생산 수단을 소유한 자본가와 그렇지 못한 노동자로 구분되기 때문에, 계급 사이의 **'갈등'**은 자본주의 사회에서 가장 선명한 형태로 드러난다. 따라서 마르크스에게서 사회란 본질적으로 모순되며, 갈등을 포함하는 하나의 '총체'라 할 수 있다.

03 국가
: 정당한 폭력 행사의 독점적 주체

'국가'는 대내외적 자주권을 행사하는 정치적 실체로, **'영토·국민·주권'**이라는 3가지 구성요소를 갖춘 포괄적 강제단체이다. 국가는 일정한 영토 안에 거주하는 사람들로 구성된 자발적 결사체로, 그 구성원들에게 최고의 통치권을 행사하는 정치단체이자, 개인의 욕구와 목표를 효율적으로 실현할 수 있는 가장 큰 사회조직이다.

국가의 어원인 '스타토(stato)'는 15세기 이탈리아의 도시국가를 가리키는 말이었는데, 마키아벨리가 《군주론》에서 이것을 사용한 이후로 세계 각국이 따라 사용하게 되었다. 이와 같은 어원으로 미루어 볼 때, 국가라는 용어는 대체로 동일민족을 중심으로 형성되기 시작했던 '근대 국가'를 지칭하는 명칭이라고 볼 수 있다.

국가는 계급사회에서 상부구조의 근간으로 작동하는 정치적 결사체이다. 근대 들어 사적 소유가 발생하면서 나타난 계급 갈등을 효과적으로 통제할 수 있는 권력이 필요하게 되어 나타난 것이 국가다. 이런 의미에서, 근대 국가는 **'강제적'**인 성격을 지니며, 인간은 국가라는 체제에서 벗어나 독립적인 삶을 영위할 수 없다. 인간은 일반적으로 태어날 때부터 한 국가의 시민으로 자리매김하며, 국가는 시민에게 충성과 복종을 요구하고 시민이 어떤 의무를 다하기를 바란다.

국가는 배타적인 영토권 안에서 최고의 권력과 권위를 나타내는 **'주권'**을 갖는다. 한 국가의 대내적 주권은 시민에 대해 최고의 권한을 지니며, 그보다 높은 권한은 없다. 즉, 국가는 공익과 관련된 모든 문제에 관한 최종 결정권자로, 관할권 내의 모든 시민에게 균등하면서 직접적인 영향력을 갖는다. 국제적인 관계에서 보편적으로 인정된 국가의 주권은 독립적이고 자주적이며 평등하다. 국가보다 높은 정치권력은 존재하지 않으며, 자국의 이익과 질서유지는 자력에 의존한다.

플라톤: "정의의 덕을 실현하는 과정에서 이상 국가는 탄생한다."

플라톤의 국가에 대한 고찰은 "정의란 무엇이고, 그것은 인간 삶에 있어서 어떠한 의미를 지니는가"라는 물음과 관련한다. 그는 인습과 전통, 권력의 논리로는 '정의로운 국가'를 세울 수 없다고 주장하면서, 모든 유토피아의 원조 격인 **'이상 국가'**[3]의 윤곽을 제시했다. 플라톤은 국가는 통치자 계급, 수호자 계급, 생산자 계급으로 이루어진다고 했다. 각각의 계급의 타고난 본성인 이성·의지·욕망이 지혜·용기·절제의 덕으로 나아갈 때, 국가는 도덕적으로 올바르고 완벽한 상태인 **'정의'**의 덕을 실현하고, 이상 국가가 탄생한다고 보았다.

플라톤은 이르기를 보편타당한 원리와 개인의 도덕적 토대 위에서만 정의로운 국가 설립이 가능하기에, 국가는 지혜와 덕망을 갖춘 지도자를 필요로 한다. 민중이 정치적 결정권을 가지는 중우정치를 신랄하게 비판하면서 가장 현명한 자인 철학자가 아테네를 통치해야 한다고 주장했다. 그 점에서 플라톤이 구상한 이상 국가는 민주제가 아닌 귀족제라고 할 수 있다. 플라톤을 계승한 아리스토텔레스는 우리가 정치에 무심할 수 없는 이유를 설명하면서, 개인의 훌륭한 삶은 각자가 정치적 공동체의 일원으로 행동할 때에만 실현될 수 있다고 주장했다.

홉스: "국가는 필요악이다."

홉스는 저서 《리바이어던》에서 사회계약론을 통한 국가 형성 과정을 고찰했다. 그는 먼저 공적 권력이 없는 상태(자연 상태)에서 사회가 어떻게 될지를 생각했다. 홉스는 공적 권력 아래 놓여 있지 않은 자연 상태에서 사람들은 서로 자유를 쟁취하기 위해 '만인의 만인에 대한 투쟁'이 일어난다고 주장했다. 그러한 상태에서 개인은 자유를 보장받지 못하기에, 사람들은 서로 싸우지 않기 위한 '계약'을 체결할 필요성을 느낀다. 사람들은 **'사회계약'**을 체결함으로써 개별 권리의 일정 부분을 포기한다. 이를 통해 절대 권력을 가진 하나의 인위적 인간, 즉 공적 권력으로써의 '국가'가 만들어진다. 그 국가는 개인들의 총합을 의미한다.

홉스는 공적 권력을 가진 국가를 '리바이어던'이라는 무시무시한 바다 괴물로 비유했다. 국가는 리바이어던처럼 강력한 힘을 가지고 있어야 제 기능을 발휘할 수 있다고 생각했다. 홉스는 국가의 이름으로 발생하는 개인에 대한 폭력과 압제라는 부작용을 인식하고 있었다. 그렇더라도 폭력이 난무하는 불안한 상황보다는, 다소간의 권력 남용이 따르더라도 그것이 초래하는 부자연스러운 평화의 상태가 더 낫다고 생각했다. 그는 왕권신수설에 의지하지 않으면서 국가 구조에 관해 설명했지만, 그러함에도 그의 국가 형성 논리는 **절대군주제**를 옹호하는 방편으로 작용했다.

베버: "국가의 본질은 폭력의 합법적 독점이다."

국가에 관한 현대적 고찰은 20세기 초, 독일의 정치사회학자 막스 베버로부터 시작된다. 베버는 국가를 목표나 기능이 아닌 특수한 수단, 즉 **'물리적 강제력'**의 독점적 주체로 규정했다. 그에 따르면, 국가는 '정당한 물리적 폭력 행사의 독점권'을 갖는다. 이러한 독점권은 국가의 영토 내에서 법규를 만들고 그 법규에 반드시 따르도록 실제적이든 위협적이든 폭력을 사용할 수 있는 배타적 권리라 할 수 있다. 이 권리는 국가의 어떤 특별한 기능이나 특수한 목적에 따른 것이라기보다는, 국가의 정치적 성격을 정의하는 통치 수단이나 통치방식을 나타내는 것이다.

그러므로 베버에 따르면, 국가 안에서 정치를 직업으로 삼는 자는 '모든 폭력성에 잠복해 있는 악마적 힘'들과 관계를 맺게 된다. 베버는 그 힘을 적절하게 제어하기 위해 정치인이 갖춰야 할 자질로써 '열정, 책임의식, 균형감각'을 꼽았다. '열정'은 개인적 자아도취와 구분되는 '대의에 대한 뜨거운 확신'을 뜻하며, '책임의식'은 합법적 폭력 행사권이라는 수단을 함부로, 마구 휘두르지 않도록 하는 덕목을 말한다. '균형감각'은 내적 집중과 심적 평정 속에서 현실을 관조할 수 있는 능력을 의미한다. 더불어 베버는 정치인이 갖춰야 할 신념으로써 특히 **'책임 윤리'**를 강조하면서, 자신이 행한 정치의 결과에 대해 전적으로 책임을 진다는 자세를 견지해야 한다고 보았다.

■ **국가의 정당성**

국가는 주권에 대한 권리를 정당화할 수 있어야 한다. 국민은 주권에 대한 국가의 권리가 정당하다고 받아들이면서, 국가의 권위에 복종할 수 있어야 한다. 국가 정당성의 수용 여부는 국민이 국가의 성격과 운영방식을 어떻게 받아들이는가에 달려 있다. 국가의 정당성에 대해, 민주주의 국가들은 일반적으로 **'국민주권'**의 개념에 기반을 둔다. 민주주의 국가에서, 주권은 궁극적으로 국민(시민)에 귀속된다. 국민은 국가가 사회질서를 유지하고 공익을 발전시키기 위해 책임감을 갖추고서 효율적으로 행동해야 함을 조건으로 자신들의 권한을 자발적으로 양도하기로 동의한 것이기 때문이다. 국가가 그러한 의무를 올바르게 수행함으로써 국민의 동의가 유지되는 한 국가의 존재는 정당화된다.

04 공동체 : 사회적 결사체

'공동체'는 특정 사회 공간 안에서 공통의 가치와 유사한 정체성을 가진 사람들의 집합체로, 일반적으로 공동의 생활공간에서 상호작용하면서 **전통**과 **유대감**을 공유하는 집단을 의미한다. 요컨대 인간에게 공동체는 생존을 위해 필요 불가결한 공간으로, 인간은 공동체가 없으면 올바른 삶을 살아갈 수 없다.

철학에서 공동체는 사람들이 더불어 생활하고 있다는 사실, 사람이 타자와 함께하지 않으면 생활할 수 없다는 사실, 그리고 그 사실과 인간의 실존적 의미 간에 어떤 관련을 갖는가와 깊이 관련한다.

가장 기본적인 공동체는 혈연공동체로, 개인의 생존과 집합적 재생산을 위한 중요한 조직 단위이다. 넓은 의미로는 구성원들이 서로 어떠한 관계를 맺는 인적 결합체로, 가족이나 마을에서 국가에 이르기까지 혈연이나 지연 또는 공동의 이해관계나 특정한 목적을 바탕으로 형성한 모든 사회집단을 일컫는다.

오늘날의 공동체는 새로운 문화적 토양 위에서 형성되어가고 있다. 구성원들은 자유와 개성을 자연스럽게 표현하면서 더불어 잘사는 삶을 추구한다. 공동체적 가치는 단순한 '이상(理想)'만으로는 달성하기 어렵다. 서로를 배려하는 **'문화'** 그 이상의 것이 필요하다. 이를테면, 공적 공간과 사적 공간의 상호성을 배려하는 실질적인 의미에서의 도시 공간 구조가 그것이다. 공동체적 가치를 높이면서도 구성원 각자의 자유와 자질과 역량을 활기차게 표현할 수 있는 장치들이 필요한 것이다.

아리스토텔레스: “인간은 공동체적 생활을 지향하는 동물이다.”

아리스토텔레스는 인간의 사회성을 강조하면서, 저서 《정치학》에서 “인간은 공동체적 동물이다”라는 유명한 말을 남겼다. 그는 인간은 본래 ‘정치적 동물’이며, 개인의 진정한 행복과 이상 실현은 도덕과 질서가 바로 선 폴리스 공동체 안에서만 가능하다고 주장했다. 개인보다는 **폴리스(공동체)**가 우선해야 한다면서, 정치가의 임무는 폴리스 공동체의 도덕과 질서를 바로 세우는 것이라고 강조했다.

■ 공동체주의

공동체주의는 각각의 공동체와 맺는 관계성 안에서 개인을 존중하는 현대사상이다. 현실 정치 참여를 강조한 아리스토텔레스의 영향을 강하게 받았다. 매킨타이어, 왈쩌, 샌델 등이 대표적인 사상가이다. 공동체주의자들은, 자유주의자들이 내세우는 ‘자아’ 개념은 역사와 전통, 공동체의 맥락에서 벗어난 고립된 개인을 의미할 뿐이라고 반박했다. 또 자유주의는 절차의 공정성을 우선시하면서 도덕이나 선에 관해 논의하기를 포기했다고 비판했다. 공동체주의는 어디까지나 개인의 자유를 중시하는 ‘**자유주의**’ 사상을 근간으로 하되, **공동체의 미덕**을 중시하는 사상이라 할 수 있다.

레비나스의 ‘공동체를 넘어선 공동체’

프랑스 구조주의 철학자 레비나스는 “개인은 처음부터 어떻게 타자와 더불어 존재할 수 있는가”를 숙고했다. 그는 맨몸의 개인이 이 세계에서 살아가기 위해서는 우선 ‘집’이 필요하다고 보았다. 집은 세계의 거친 힘으로부터 개인을 지켜준다. 그러한 집에서 개인은 여성적 요소(에로스, 어머니)가 이끄는 힘에 의해 보호된다. 거주할 은신처가 주어진 개인은 이제 노동을 통해 자연과 상호작용한다. 그리고 사고나 판단, 표상 능력을 획득한다.

세계와의 관계나 타자와의 공동성은 거주에 따라 개인이 세계로부터 분리될 때 비로소 가능해진다. 이것이 '공동체'에 관한 레비나스의 생각이다.

레비나스는 공동체 내부에는 항상 모순이 존재한다고 보았다. 레비나스에 따르면, 민족이나 국가라는 공동체는 그것 자체가 하나가 된 전체로서의 **'타자'**를 배제한 닫힌 구조로, 전체성을 근거로 한 폭력과 억압의 원리를 담고 있다. 그렇더라도 그는 공동체의 모순을 부정하지 않았으며, 타자와 함께 더불어 살아가고자 했다. 개인은 공동체 안에서 계속 삶을 유지하면서, 나아가 폭력과 억압의 원리를 부정하는 길을 줄곧 모색해야 한다고 생각했다. 레비나스는 그 실현 방안으로 주체는 타자에 대하여 전적으로 책임이 있다는 **'타자의 윤리'**[4]를 제시했다.

낭시의 '무위의 공동체'

프랑스 철학자 장-뤽 낭시는 '무위(無爲)의 공동체'라는 새로운 공동체 개념을 제시함으로써 전체주의와 함께 전체주의적 '내재성'을 지닌 개인에 대해 비판했다. 낭시에 따르면, 공동체 형성은 개인과 단체의 정체성을 규정하는 역할을 하지만, 다양한 차이를 지닌 사람들을 하나의 동질적인 사회적 집단으로 결속시키는 과정에서 필연적으로 배타성이 수반할 수밖에 없다. 집단 정체성을 공고히 한다는 것은 '우리'라고 불리는 영역의 안과 밖, 우리와 타자의 뚜렷한 **'경계'** 지음을 의미하기 때문이다.

낭시는 공동체가 차이보다는 단결을, 다양성보다는 전체성을 공동체의 이상으로 지향할 때 제기되는 위험성을 지적하면서, 그 대안으로 **'무위의 공동체'**를 제안했다. 이것은 고정된 정체성을 끊임없이 의심하며, 통일성의 이름으로 사라져 버린 **'차이'**의 존재를 인식하는 불안정한 공동체를 의미한다. 무위의 공동체는 지켜야 할 어떤 정체성도 없기에, 외부적인 또는 이질적인 것들을 거부하지 않고, 오히려 외부자들이 들어올 때마다 끊임없이 자신들의 세계 자체를 변화시킨다. '무위의 공동체'에서는 어떠한 목적을 위한 관계 맺음이 아닌, '함께 있음' 그 자체가 공동체적 가치로 자리한다.

베네딕트 앤더슨의 '상상의 공동체'

미국의 정치철학자 베네딕트 앤더슨은 저서 《상상의 공동체》에서, 국가는 본질적으로는 범위에 한계가 있고, 현실적으로는 주권을 가지고 있는 **'상상의 정치 공동체'**라고 주장했다. 예컨대 한 국가의 경제·지리·역사 등 모든 것들을 알 수 없는 것처럼, 우리는 어떤 국가의 모든 사람을 알 수 없다는 것이다. 그렇더라도 상상으로 만들어진 정치 공동체가 거짓이나 허구화된 국가를 의미하는 것은 아니다.

앤더슨에 따르면, 상상의 공동체는 **'주권적'**이다. 국가는 자기 자신의 권위가 되고, 자기 자신의 이름으로 창건되며, 자신의 국민을 발명한다. 국가는 계급, 피부색 혹은 인종과 관계없이 모든 시민을 함께 결합하는 깊이 있는 수평적 동료 관계를 암시하므로, 바람직한 공동체로 간주된다. 국가를 이렇듯 동료 관계적 공동체로 정의하는 결정적인 특징은 구성원들이 국가라는 공동체를 위해 기꺼이 죽겠다고 나서는 자세다.

앤더슨은 **'민족'**이라는 개념 역시 상상된 공동체라고 주장했다. 근대 국가라는 울타리 안에서 자신과 운명을 함께하는 집단이 만든 '상상의 공동체'가 바로 '민족'으로, 국가와 사회는 문화적으로 구성되고 경험되는 시·공간 안에서 존재한다는 시각을 밑바탕에 깔고 있다. 민족이라는 '상상의 공동체'는 특정한 시기에 사람들의 경험을 통해서 구성되고 의미가 부여된 역사적 공동체라는 것이다. 앤더슨은 민족 개념의 '탈, 신화'를 시도하면서, '진정한' 민족이나 '정당한' 민족 같은 것은 없다고 보았다.

05 세계
: 실재를 다루는 공간

'세계'는 가장 넓은 의미로는 우주를, 좁은 의미로는 하나의 태양계를 뜻한다. 가장 좁은 의미로는 지구와 같은 뜻이다. 철학적으로 세계라고 할 때는 실재를 이루는 모든 것을 지칭하는 우주와 동일한 뜻이라고 할 수 있지만, 단지 물질적 자연계만이 아니라 인간과 그를 둘러싼 사회도 포함한다.

세계관은 이 세계를 바라보는 눈, 즉 '세상을 보는 관점'을 지칭하는 말이다. 어떤 지식이나 관점을 가지고 세계를 근본적으로 인식하는 방식이나 틀이 곧 '**세계관**'이다. 세계관은 자연철학, 즉 근본적이고 실존적이며 규범적인 원리와 함께 주제, 가치, 감정 및 윤리를 포함한다. 세계관은 바꾸거나 고칠 수는 있어도 완전히 벗어버릴 수 없는 안경과 같아서, 누구나 세계관을 통해 가시적 또는 비가시적 세계를 보고 인식하게 된다.

세계관에는 세계 및 인간의 생성·발전, 인간생활의 본질·의의 등과 관련한 다양한 견해와 함께, 철학적·자연과학적·사회적·정치적·윤리적·미적 가치에 관한 폭넓은 소감을 포함한다. 이 가운데에서도 철학적 견해가 기본적인 위치를 차지하는데, 철학에서의 근본 문제에 의해 관념론적 세계관과 유물론적 세계관의 대립과 같은 세계관의 기본 성격이 정해진다.

■ **세계주의**

세계주의는 민족주의의 문제점을 극복하기 위한 대안으로, 민족이나 국가를 매개로 하지 않고 인류 전체를 하나의 세계 시민으로 본다. 즉 세계주의란 모든 시민이 국가나 민족 같은 하나의 '지역적' 공동체에 속해야 한다는 전통적인 관점을 거부하고 '세계'의 시민으로 살아가는 것을 말한다.

세계주의의 이상은 세계를 하나의 국가로 간주하지만, 세계주의가 극단적인 모습으로 나타나면 문제를 드러내게 된다. 극단적 세계주의는 개별 민족의 역사와 전통을 인정하지 않고, 특정한 문화만을 세계적인 문화로 여겨 다른 사람들도 받아들여야 한다는 일방주의나 획일주의의 모습을 띤다. 현재 진행되고 있는 서구 문명 위주의 세계화를 표준으로 여기는 것을 그 사례로 들 수 있다.

그러므로 극단적 세계주의는 다양한 인종, 언어, 문화적 배경을 가진 사람들이 조화롭게 살아가야 한다는 '**다원주의**'에 어긋난다. 그로 인해 자칫 관용 없는 '보편주의'의 위험성에 빠질 경우, 서구 문명만을 강요하는 획일주의에 반발하는 '**극단적 민족주의**'가 부활할 수 있다.

칸트: "세계는 계몽을 깨우치는 장소다."

칸트는 철학 개념을 '학교 개념'의 철학과 '세계 개념'의 철학으로 구별했다. 학교 개념은 철학자들이 학문적·전문적으로 행하는 전통 철학을 말하고, 세계 개념은 '세계시민'의 관점에서 인간이란 무엇인가 하는 물음을 묻고 답하는 인생철학이다.

칸트에게 세계는 '**계몽**'이라는 과제에 직면한 세계 시민이 각자의 삶의 의미를 묻는 가상적인 장소이다. 그는 그곳에서 세계 시민이 '생각된 것', 곧 사상을 배우는 것이 아니라 '**생각하기를 배우기**'를 원했다. 세계 시민 개념으로써의 칸트의 철학을 확대하면, 철학은 삶을 토대로, 삶을 반성의 대상으로, 삶 속에서 실천방식으로 삼아 한편으로는 이론적·논리적 논의를 이어가면서, 다른 한편으로는 끊임없이 철학적 과제와 씨름하는 활동이라 할 수 있다.

후설: "진리는 생활세계에 있다."

후설은 그의 현상학에서, 인간의 의식에 나타나는 사태로부터 그 공통항(본질)을 바라봄으로써 모든 사람에게 공통하는 인식의 가능성을 이끌 수 있다고 생각했다. 그리고 이를 위해서는 **'상호주관성'**[5]을 따라 인식의 객관성을 확보해야 한다면서, 그 기반이 되는 것을 '생활세계'에서 찾았다.

후설은, 본질에 대한 진리 인식은 생활세계의 기반 위에서 이루어진다고 보았다. 후설에 따르면, 판단의 근원적 토대는 개별 대상이고, 이것은 언제나 어떤 전체 속에 있는 개체이다. 우리가 개별 대상을 파악할 때는 그 대상이 이미 생활세계 속에 주어져 있다. 그러한 생활세계는 무질서하거나 막연하게 주어지는 것이 아니며 일정한 구조를 지니고 있다. 그의 생활세계는 자연과학의 세계 개념 등 여러 개념이 생겨난 곳이다. 우리의 모든 경험은 '모든 사람에게 공통적이며 보편적인 지평으로써의 세계' 속에서 성립된 것으로, **생활세계**는 비평구조로써 우리에게 주어져 있는 것이다. 결국, 개체는 생활세계 속에서 부각이 되고 개인에게 촉발되면서 파악되는 것이다.

후설은 그러므로 우리의 경험은 일정한 구조를 지닌 생활세계 위에서 이루어지는데, 우리가 어떤 대상을 파악한다는 것은 곧 이러한 생활세계 속에서 드러나는 대상을 같은 성질, 같은 모양, 같은 형식으로 파악하는 것이다. 따라서 인식의 명증한 토대를 찾고자 한다면, 모든 개별 경험의 보편적 기반으로써 우리 눈앞에 주어져 있는 '생활세계'로 귀환해야 한다. 본질에 대한 진리 인식은 바로 그러한 기반 위에서 이루어지기 때문이다.

하이데거: "인간은 '세계-내-존재'로써 실존한다."

하이데거는 후설과는 조금 다른 세계상을 제시했다. 그가 생각하는 세계는 사물의 총체로써의 전통적인 세계 개념이 아니다. **'현존재'**라는 그곳에 있는 존재, 공간적인 장소를 차지하는 존재가 사는 곳으로서의 전체적인 연속체이다. 하이데거에게 세계는 '현존재'로써 인간이 자기를 망각할지도 모르는 곳이기도 하지만, 나아가 자신의 자유를 발견할 수 있을지도 모르는 곳이기도 하다. 하이데거에게 세계는 미완성의 **'열린 공간'**인 것이다.

하이데거에 따르면, 무엇인가가 '존재한다'라는 개념은 인간에게만 해당하는 고유의 특성이다. 세계는 그러한 개념에 따라 완성되어 있다. 세계는 인간이 해석할 수 있는 성질의 것이 아니다. 그러함에도 인간은 언제나 세계를 해석하려 든다. 그러한 인간을 지칭하는 형식적이고 실존적인 표현을 **'세계-내-존재'**[6]라고 한다.

하이데거에 따르면, 인간은 세계 안에서 여러 가지 사물과 관련을 맺고 그 사물을 배려하면서 살아간다. 자신의 존재 가능성을 의식하고 세계와 관계를 맺으면서 열심히 살아가는 현존재로써의 인간의 본질적 구조가 곧 '세계-내-존재'인 것이다. 요컨대 하이데거는 세계를 사물이 존재하고 또 인간이 실존하는 가능성을 가져오는 조건이라고 파악한 것이다.

■ **메타버스**

메타버스(metaverse)는 '가상, 초월'을 뜻하는 영어 단어 '메타(Meta)'와 우주를 뜻하는 '유니버스(Universe)'의 합성어로, 현실 세계와 같은 사회·경제·문화 활동이 이뤄지는 **3차원의 확장 가상 세계**를 가리킨다. 메타버스는 가상현실(VR)보다 한 단계 더 진화한 개념으로, 아바타를 활용하는데도 불구하고 단지 게임이나 가상현실을 즐기는 것에 그치지 않고 실제 현실과 같은 사회·문화적 활동을 할 수 있는 특징이 있다. 메타버스는 5G 상용화와 함께 **가상현실(VR)·증강현실(AR)·혼합현실(MR)** 등을 구현할 수 있게 만드는 기술로 가일층 발전하고 있다. 바야흐로 '나'와 마주하는 개념으로써의 '세계'가 새로운 의미로 다가서는 것이다.

06 권력
: 물리적 강제력을 가능케 하는 힘

'권력'은 지배자가 피지배자에 대하여 자유·안전·편익 등의 생활 가치를 배분하는 힘, 다시 말해 인간의 인간에 대한 관계를 규제하는 사회적인 힘을 말한다. 즉, 권력은 다양한 사회적 배분체계에 대한 구성원들의 '**복종**'을 확보하는 능력이다. 권력은 이러한 능력으로써의 권력 주체가 필요로 하는 여러 생활 속의 가치를 유지·발전시키는 힘이자, 그 자체로 유효한 하나의 '생활 가치'라 할 수 있다.

권력을 사회 안에서 구성원 모두에게 가장 조직적·강제적으로 독점·행사할 수 있는 것은 국가이기 때문에, 일반적으로 권력이란 **국가 권력** 또는 **정치권력**을 의미한다. 권력은 타인을 지배하고 복종시키기 위한 사회적인 힘이라는 점에서 그 본질은 폭력이라는 물리적 강제이며, 군대·경찰과 같은 권력 장치에 의해 유지된다.

따라서 국가 권력의 안정된 통치 유지를 위해서는, 피지배 계급인 대중에게 다양한 방법으로 권력 지배의 정당성을 설득하고 승인받을 수 있어야 한다. 쟁점은 권력을 어떻게 실행하고, 어떤 수단을 통해 사람들을 복종하도록 만들 것인가 하는 것이다.

그것은 구성원들이 권력에 복종하는 것은 하나의 의무인가, 아니면 어떤 경우에 권력에 저항하는 것은 의무를 뛰어넘는 하나의 권리일 수도 있는가와 관계한다.

물리적 강제력의 행사가 단순한 폭력과 구별되고, 또한 그렇게 함으로써 구성원들의 복종을 확보할 수 있는 이유는, 권력이 배분체계 유지를 위한 정의 실현으로써의 타당성을 획득하기 때문이다. 그와 동시에, 구성원들이 기꺼이 국가 권력이 행사하는 물리적 강제에 대한 복종을 받아들이고자 하는 자발성을 지니기 때문이다. 권력이 정당성과 함께 '권위'를 지니지 않으면 안 되는 것은 이 때문이다.

칸트: "권력은 인민의 통합된 의지다."

권력이란 국가의 이념인 '인민의 통합된 의지'의 존재 방식이다. 국가 권력인 '입법권, 행정권, 사법권'의 3권은 서로 병립하면서 국민의 사적 권리에 참여·개입한다.

그리고 3권이 사적 권리에 관해 내리는 결정은 각각에 대해 '비난하거나, 저항하거나, 변경할 수 없다'라는 존엄을 지닌다. 특히 입법권은 '지배권' 또는 '**주권**'이라고도 불리며, 인민의 통합된 의지에만 귀속된다. 도덕에서의 자율과 마찬가지로, 인민은 스스로 입법한 것에 스스로 복종하며 따르는 경우에만 진정한 주권을 누릴 수 있기 때문이다.

니체: "권력은 힘을 향한 의지다."

니체는 인간 행동과 모든 생명체 운동 원리에는 자기 보존을 지향하는 굳은 의지가 내재해 있다면서, 인간의 본질을 '권력에의 의지(힘을 향한 의지)'라고 주장했다. 그러나 이 권력에의 의지는 인간의 '**현실적**' 삶의 태도를 의미한다. 사랑도 물질적 욕망도 인간의 역사적·사회적 상황에서는 근본 의지가 되며, 인류 역사의 참된 동인(動因)으로 작용한다. 니체가 주장한 '권력의지'의 본질은 어디까지나 저항을 극복하고 끝없이 강인해지려는 생(生)의 성장 과정이다. 권력의지는 지배욕이 아니라 주어진 것을 극복하고 더 나은 단계로 발전하려는 힘이다. 그러므로 니체에게 권력에의 의지는 곧 자기 극복 의지다. 니체는 이런 생각을 바탕으로 모든 기성 가치의 '전복'을 시도했다.

마르크스주의 권력관

마르크스주의에서 권력은 곧 '국가 권력'으로, 지배계급인 유산계급(부르주아지)이 국민에게 행사하는 강제 장치로써의 권력을 말한다. 이에 대항하는 **무산계급(프롤레타리아트)**의 독재라는 강제 장치 역시 권력의 또 다른 측면이라 할 수 있다. 이 두 강제 장치는 같은 권력개념을 지닌다. 이러한 마르크스주의 권력관은 인간 사회의 광범위한 권력 관계를 잘 파악하지 못하고 자본주의식 사고의 일부를 전체인 양 반영한 것이라는 측면에서 한계를 보인다. 국가 권력만 권력인 것은 아니다. 권력 관계는 구성원들의 이해가 서로 작용하는 장(場)에서 발생하는데, 현대 사회에서는 사람들 간에 연결된 그물망처럼 '**미세 권력**'이 '구조'로써 크게 작동하기 때문이다.

미세 권력은 어떻게 작동하는가.

막스 베버는 권력을 '**정당성**'이라는 관점에서 파악했다. 베버는 권력의 내재한 힘에 관심을 기울였다. 그는 《프로테스탄티즘의 윤리와 자본주의 정신》에서, 사회 구성원들의 일상적인 도덕심이 어떻게 그것에 부응하는 권력을 형성해 나가는 가를 고찰했다. 베버에 따르면 권력은 '**따르는 것**'으로, 권력은 자기 의지를 타자에게 강요할 가능성이라고 보았다. 그는 권력 정당화의 형태를 전통적 권력, 카리스마적 권력, 법적 권력의 셋으로 구분했다. 근대 국가를 특징짓는 것이 법적 권력으로, 권력은 사회를 조직화하는데 필요한 하나의 제도이다. 권력의 정당성은 권력의 필요에 대한 합리적 승인과 관련하며, 나아가 권력이 그것을 제도화한 사람들을 압도하지 않아야 한다. 그렇기에 권력은 그 한계를 규정하는 법적인 틀 안에서 실행된다.

프랑스 구조주의 철학자 미셸 푸코에 따르면, 구성원들이 마주하는 곳에서는 항상 '미세 권력' 관계가 성립한다. 가족·학교·감옥·병원·국가 등 권력을 통합하려는 제도로써의 **규율 권력**[7]이 그것이다. 하지만 그 권력은 고정된 것이 아니고 항상 변화하며, 위치에 따라서 역전 가능한 불안정한 권력 관계이다. 이러한 미세 권력 관계는 중첩해서 이뤄지고, 분산되어 있으며, 외부에서 실체적인 것으로서 강제되는 것이 아니다. 권력은 주체와 **타자**와의 관계에서 존재하며, 권력적 주체는 권력 관계의 장으로 들어갈 가능성을 손에 넣는 것이다. 푸코에 따르면 권력은 하나의 초월적인 원리나 유일한 원천으로 집약되지 않는다. 권력은 전능한 것이 아니라 무한하며, 따라서 권력을 위한 투쟁 자체는 끝도 없다. 이에 푸코는 혁명보다는 다양한 저항을 권고했다.

미국의 정치철학자 한나 아렌트 역시 권력을 타자와의 관계성에서 고찰했다. 이를 위해 그녀는 개인이 가진 자연적인 힘이나 **폭력**과 대립하는 권력에 주목했다. 그녀에게 권력이란 공동으로 활동하고 있는 사람들 간에 작용하는 집합적 관계 개념으로, 권력과 폭력 간의 비대칭적인 관계는 주체가 타자를 총칼로 위협하고 있는 폭력적인 관계에 불과하다. 아렌트는 정치적 가능성으로 권력을 다루었다. 인간이 서로 권력을 행사하는 것은 정치적으로 볼 때 중요한 활동이다. 그녀에게 권력은 '**공적**'인 공간을 유지하기 위한 것, 즉 사람들의 관계를 구축해 나가기 위한 중요한 수단이다. 권력이 존재함으로써 공적인 장(場)이 가능하며, 사람들의 공동행위는 의미가 있다는 것이다.

■ **구조주의**

프랑스에서 태동한 20세기 대표 사상의 하나로, 사물이나 현상에 오랫동안 영향을 미치는 체계를 분석해 현상 기저에 있는 **구조(본질)**를 밝히려는 사상이다. 구조주의 철학자들에 따르면, 인간의 사고나 행동은 그 근저를 이루는 '**사회구조**'에 의해 지배받으며, 그에 따른 문제를 해결하기 위해서는 전체를 구조로써 파악해야 한다고 보았다. 대표적인 사상가로는 레비스트로스, 라캉, 알튀세르, 푸코 등이 있다.

07 권위
: 권력 사용의 적법성

개인이나 조직, 제도나 관념이 사회 속에서 일정한 역할을 담당하고 그 사회 구성원들에게 널리 인정되는 영향력을 지닐 경우, 이 영향력을 '**권위**'라고 부른다. 따라서 권위는 이것을 느끼고 인정하는 데서 성립하는 정신적인 그 무엇이라 할 수 있다.

권위의 궁극적 근거는 사람의 마음, 사람들의 승인에 있으므로, 이를 지지하는 인간 집단에 따라서 여러 권위가 존재한다. 또 어떤 사람에게는 인정되는 권위가 다른 사람에게는 통용되지 않는 때도 있다. 그렇더라도 권위는 어느 집단 내의 다수의 승인이나 복종에 의할 때 비로소 이름에 걸맞은 권위가 된다.

권위는 임의로 생겨나는 것이 아니다. 권위는 생산 양식에 의해 규정된다. 역사적으로 볼 때, 각 시대의 생산 양식 차이에 따라서 특유의 권위가 성립하며, 권위의 교체나 변천도 나타난다. 봉건 시대의 도덕적·정치적 권위가 근대 자본주의 시대에 들어와서 부정되면서 새로운 권위가 나타난 것이 그 예라고 할 수 있다.

정치학·사회학에서 권위는 권력 사용의 **적법성**(혹은 비적법성)을 지칭한다. 만일 특수한 권력이 적법하다고 인정되고 권위를 가지고 있다면, 우리는 강압이나 위협이 없어도 그런 권력의 요구에 순응한다.

권력과 권위는 인간을 복종시키는 힘이며 위력이라는 의미에서 예로부터 흔히 동의어로 사용되어왔으나, 권력은 사람들이 그 정당성을 승인해야만 비로소 권위가 된다. 권위는 **정당성**을 획득한 권력이라고 일컬어지는 까닭이 여기에 있다.

베버: 권위의 세 유형

베버는 권력과 권위를 구분하여 설명했다. 베버에 따르면, 권력(power)은 타인의 의사에 상관없이 그들의 행동을 자신의 의지대로 통제할 수 있는 '힘'을 의미하며, 권위(authority)는 공적으로 인정되는 특별한 형태의 힘이다. 복종 또는 순응을 정당화하는 지배력을 말한다. 그는 권력이 정당성을 갖기 위해서는 권위가 필요하다고 보았다.

베버에 따르면, 권위에는 전통적 권위, 합리적·합법적 권위, 카리스마적 권위의 세 가지 유형이 있다. **전통적 권위**란 관습과 제도, 법과 판례 등 장시간 인정되고 확립되어 온 권위로, 전통적 가치나 기성관념을 믿고서 이를 그대로 받아들여야 한다는 의미에서의 권위를 말한다. **합리적·합법적 권위**는 법률의 범위 내에서 권위를 집행하는 경우를 가리키며, 국가는 법적 필요성이라는 외양을 갖추고서 폭력의 행사를 최소화함으로써 자신의 권위를 인정받아야 한다는 사실에 의존한다. **카리스마적 권위**는 개인의 뛰어난 리더십이나 비범한 능력, 운명이나 신 같은 초자연적인 힘에서 나오는 권위로, 비(非)일상적인 사건을 실현할 수 있는 초월적 힘을 발휘함으로써 도출된다.

베버는 이 세 가지 형태의 권위는 계층적 발전 순서로 나타난다고 보았다. 국가는 카리스마적 권위에서 전통적 권위로 발전하고, 마침내 현대 자유 민주주의의 특징인 합리적·합법적 권위의 상태에 도달한다고 보았다.

가다머: "권위는 선입견에 대한 선입견을 깨는 것이다."

독일의 현대 철학자 가다머는 권위를 배척하려는 사고에 반대하면서, '권위'를 새로운 진리를 획득하기 위한 원천으로 자리매김했다. 그는 **'선이해'**, 즉 우리가 '이미 알고 있는 것'을 선입견이라고 하여, 우리가 올바르게 알고 있는 것으로써의 정당한 선입견이 존재한다고 주장했다. 가마더는 선입견의 정당성을 권위에서 찾았다. 권위는 이해의 조건인 선입견의 근원으로 작용한다고 보았다. 우리가 전문가의 주장을 귀담아듣는 이유는, 그들의 뛰어난 지식을 권위의 근원으로서 이해하고 받아들이기 때문이다.

가다머에 따르면, 권위는 전문가의 주장 같은 것이다. 그러므로 권위는 명령에 대한 맹목적인 복종이 아니다. 권위는 우리 자신의 한계를 인식하는 한편, 전문가가 우리보다 나은 지식을 가지고 있음을 인정하는 것이다. 그런 권위의 대표적인 형식이 '**전통**'이다. 전통은 낡았거나 시대에 뒤떨어진 것이 아니며, 따라서 전통 가운데는 우리가 이해한 것보다 나은 것이 있음을 인정하고 받아들일 필요가 있다. 가다머는, 선입견은 우리가 권위와 전통을 받아들여 생겨난 것이라면서, 이를 부정적으로 보는 근대철학의 고정관념을 깨뜨렸다.

■ **선이해**

가다머는 역사에 따라 생산된 집단의식에 대한 이해를 바탕으로 텍스트의 진리를 찾고자 했다. 이러한 작업에서 가다머가 이루고자 했던 목표는 텍스트를 이해하고 해석하는 데 작동하는 선구조를 파악하는 것이었다. 그는 '이해의 선구조'에 따른 텍스트 전체의 의미 형성을 '선이해'라고 명명했다. 선이해란 텍스트 해석의 초동 작업으로써 텍스트 전체의 의미를 해석자가 **새롭게** 해석하는 것이자, 이미 형성되고 전승된 기성 의미를 해석자가 끊임없이 '**대화**'하면서 새로운 의미로 형성하는 과정이다.

듀이: "권위는 조직화된 지성이다."

프래그머티즘(실용주의)[8] 철학자 듀이는 19세기 자유주의 철학이 '자유'라는 명목하에 모든 형태의 권위를 거부하는 것을 비판하면서, 민주주의 사회에 적합한 권위 개념을 정립하고자 했다. 이를 위해 듀이는 민주주의 사회에서 필요한 권위와 자유에 대한 새로운 모델로 과학 분야에서의 조직화된 지성을 제언하면서, 이를 교육에 적용코자 시도했다.

듀이에 따르면, 교육적 권위는 어느 한 개인의 지배력이 아닌 사회적인 것으로, 교사와 학생 개개인은 학급 공동의 활동에 참여하며 질서를 세우는 데 주도적 역할을 담당한다. 교육에서 효과적인 권위는 학교나 교실이라는 사회를 배경으로 교사와 학생 간에 상호성을 따라 수행되어야 한다는 점에서 사회적 지배 즉, '권위'의 원리는 개인적 자유의 원리를 반드시 제한하는 것이 아니다.

듀이에 따르면, 학교에서는 비록 교사의 권위가 전통적인 교육에서처럼 분명히 드러나지 않는다. 그러함에도 교사는 학생의 진정한 성장을 위한 교육적 환경과 경험을 제공하는 중요한 역할을 하며, 학생이 유능한 민주사회의 구성원이 되도록 지도하는 실질적인 힘을 가지고 있다. 그런 '**조직화된 지성**'이 곧 권위라고 듀이는 생각했다.

아렌트: "권위는 인간을 규제하는 기제로 작용한다."

아렌트는, 권위란 인간관계를 규제하는 기능을 한다고 보았다. 권위는 항상 복종을 요구하기 때문에 일반적으로 특정 형태의 권력이나 폭력으로 오인된다. 그래서 권위는 이를테면, 앞에선 고개를 끄덕여주고 돌아서면 신경 쓰지 않는 이중성을 유발한다.

아렌트는 공동체 안에서 권위자와 지지자 사이에 건강한 권력 관계가 형성되지 않으면, 인간의 정치 영역 자체가 위태로울 수 있다고 주장했다. 권위는 폭력처럼 타도해야 할 문제라기보다는 건강하게 바로 세워야 하는 사안이라는 것이나. 아렌트는 공론장에서 사람들이 서로 동등한 입장에서 발언하는 과정에서 구성되는 '**공적(公的) 권위**'를 통해 정치 영역에서의 건강한 권력 관계가 형성될 수 있다고 생각했다.

08 규범
: 도덕·윤리를 포괄하는 가치 규준

규범은 가치론(윤리학)의 중요한 개념으로, 보편적 가치 판단에 따라 반드시 준수해야 하는 규준을 말한다. 규범을 뒷받침하는 보편타당한 가치로서 '진·선·미'를 들 수 있는데, 이것들은 각각 '사유·의지·감정'에 대응한다. 따라서 규범이란 우리의 사유·의지·감정의 평가작용이 각각 진·선·미를 표현하기 위해 따라야 하는 규준을 의미한다.

규범은 '도덕'과 '윤리'를 포괄하는 개념이다. 규범이라는 개념은 사회에서 결정한 관습적인 약속이라는 의미로 쓰이는 것이 일반적이지만, 개인의 도덕적인 판단도 포함되어 있다. 우리가 무엇을 해야 하고 무엇을 하지 말아야 하는지를 판단하는 데는 다음 두 가지 측면이 개입한다. 개인의 규범적 판단인 '도덕'과 사회적 도리인 '윤리'가 그것이다. 도덕과 윤리는 때로 일치하지 않을 수도 있으며, 규범은 도덕과 윤리를 모두 포함하는 상위 개념이라 할 수 있다.

규범은 **법칙(도덕률)**과 비교하여 생각할 수 있다. 규범과 법칙은 둘 다 그 어떤 보편적이고 필연적인 관계이지만, 법칙이 대상 그 자체인 것에 비해 규범은 어떤 일정한 가치나 목적에 도달하기 위해서 인식 주관인 개인이 마땅히 따라야 할 규준이다.

규범의 특성은 '**당위**', 즉 마땅히 '따라야 한다'에 있다. 규범과 법칙 모두에 공통되는 성격에 주목하는 경향이 바로 가치론의 입장인데, 이것들을 가치론의 두 가지 법칙으로 삼아서 전자를 자연법칙, 후자를 규범법칙(도덕 법칙)이라고 말하기도 한다.

규범은 **객관적 타당성**을 가져야 한다. 이것을 정초하기 위해 규범의식이 고려된다. 규범의식은 규범을 통일하는 능력을 지녔으며, 이것에 의해서 또한 진·선·미라는 가치에서의 보편타당성의 기초가 확립된다.

플라톤의 '이상주의 윤리'와 아리스토텔레스의 '현실주의 윤리'

플라톤은 소크라테스의 윤리 사상을 계승하여, 현실의 세속적인 가치보다는 이상적인 가치에 더 큰 관심을 기울였다. 플라톤의 **이상주의** 윤리는 이데아[9]의 세계와 현실의 세계라는 구분을 바탕으로, 이데아에 대한 지식은 오직 이성을 통해 얻을 수 있다는 사상이다. 그는 만물 각각의 이데아를 '이데아'이게 하는 것, 즉 최고의 이데아가 **'선(善)의 이데아'**이며, 이를 모방함으로써 최고의 선을 실현할 때 인간은 행복한 삶을 누릴 수 있다고 주장했다.

아리스토텔레스 역시 인간의 이성을 중심으로 하는 윤리 사상을 전개했지만, 플라톤과는 달리 이상과 더불어 현실을 중시하는 방향으로 나아갔다. 그는 선(善)은 이데아의 세계가 아닌 우리가 사는 현실 세계에 존재하며, 현실 세계에서 실현되어야만 하는 것이라고 주장했다. 인간의 모든 행위는 최종적인 목적인 최고선을 향해 나아가며, 모든 행위의 궁극적 목적인 최고선의 실현을 행복이라고 보았다. 인간이 진정한 행복을 누리기 위해서는, 인간의 고유한 기능인 이성이 탁월하게 발휘하는 상태인 **'덕(德)'**을 실천하는 삶을 살아야 한다고 주장했다.

흄의 '경험주의 윤리'와 데카르트·스피노자의 '이성주의 윤리'

경험주의 사상가 흄은 윤리 영역에서 경험을 중시하면서, 인간의 도덕 행동에 있어 중요한 요인은 이성이 아니라 **'감정'**이라고 보았다. 흄에 따르면, 도덕적 행동의 동기가 될 수 있는 것은 오직 어떤 대상에 대한 동정이나 연민과 같은 감정이며, 이성은 단지 동기를 수행하기 위한 수단을 가르쳐 줄 뿐이다. 흄은 도덕적 감정은 모든 인류에게 공통된 사회적이고 보편적인 감정이라고 보았다. 모든 사람은 타인의 행복이나 불행을 마음속으로 함께 느끼는 능력, 즉 공감을 통해 사회적으로 유용한 것에 관해 쾌감을 느끼는데, 이것이 곧 도덕의 기준이라고 생각했다.

한편, 데카르트는 윤리학을 철학의 마지막 단계라고 보면서, 다른 모든 것처럼 도덕에서도 '이성'의 역할을 강조했다. 그는 인간이 이론적 영역과 실천적 영역 모두에서 이성을 올바르게 사용할 때 행복한 삶을 영위할 수 있다고 주장했다. 스피노자는 데카르트 사상을 계승하여, 이성을 통해 자연을 올바르게 인식할 것을 강조했다. 그는 모든 것을 이성적으로 관조하는 데서 오는 행복이 인간에게 가능한 최고의 선이라고 보았다. 신, 즉 자연 질서를 이성적으로 파악함으로써 정념의 예속에서 벗어나면 인간의 덕과 행복이 일치하게 된다고 생각했다.

니체: "참된 도덕은 주인도덕을 따르는 것이다."

니체에 따르면, 도덕은 대다수인 약자가 소수인 강자에게 저항하는 생존본능이다. 그는 도덕을 '주인도덕'과 '노예도덕'으로 구분했다. 이 두 도덕은 서로 대립하는 것으로, 도덕의 가치를 반전시킨 노예도덕 대신에 주인도덕을 따라서 각자 자기 삶의 주인으로 살아야 한다고 주장했다. 주인도덕이란 강자가 자기 긍정의 생명력에 넘쳐나서 스스로 지배하는 힘을 가리키는 도덕, 즉 **'권력의지'**를 체현하는 '초인'에게 부과된 도덕이다. 초인은 고통받는 현실에 결코 꺾이려고 들지 않는 자기 삶의 주인을 표상하는 개념이다. 이에 반해 노예도덕은 약자의 도덕으로, 그리스도교가 설파하는 사랑·동정·평화의 개념, 또는 정치 영역에서의 강자의 지배 이데올로기라 할 수 있다.

니체는 노예도덕은 약자를 선하게 보고 강자를 악한 것으로 인식하는 것으로, 인간을 평균화하고 수평적으로 만드는 퇴폐적인 도덕이라고 주장했다. 기독교에서 '선악'이란 기존 도덕으로서의 노예도덕이 가르치는 선악일 뿐으로, 이것이 도덕의 가치를 날조하는 것이라면서, 주인도덕의 삶을 따를 것을 주장했다.

피터 싱어: "도덕은 실천 윤리를 따르는 것이다."

현대 공리주의자이자 실천윤리학자인 싱어는 감각을 지닌 모든 개체의 이익은 동등한 고려의 대상이 되어야 한다는 '**이익 평등 고려의 원칙**'[10]을 제시함으로써, 인간뿐만 아니라 감각을 지닌 모든 동물에게까지 '**공리의 원리**'를 확장할 것을 주장했다. 쾌락과 고통에 대한 감각을 가진 모든 개체가 쾌락을 늘리고 고통을 줄이는 방향으로 행동하는 것, 즉 이익을 추구하는 것은 개체의 기본적인 권리라는 것이다. 싱어는 인간뿐만 아니라 감각을 가진 동물까지도 도덕적 배려의 대상이 되어야 한다고 주장했다.

■ 메타윤리학

메타 윤리학은 규범 윤리학과 대립하는 가치론의 연구 경향이다. 일상생활의 구체적 행위에 대한 도덕 판단의 문제를 다루는 것이 규범 윤리학이라면, 옳고 그름의 의미와 도덕적 진리의 존재 여부처럼 규범 윤리학에서 사용하는 개념과 원칙을 다루는 것은 메타 윤리학이다.

메타 윤리학은 주로 분석철학이 다루는 분야이기에 '**분석 윤리학**'이라고도 하며, 이는 '선과 악 그리고 옳고 그름'에 관한 가치판단을 연구하는 것이 아니라 "옳은 것과 그른 것의 의미를 규명하고, 가치란 인식이 가능한 대상인가, 만약 그렇다면 어떠한 방법으로 그것이 가능한 것인가"의 문제에 관심을 둔다. 따라서 메타 윤리학은 인간 행동의 당위에 관한 규범이나 기준을 찾는 것이 아니라, 윤리에 대한 논리적인 분석과 관찰을 통해 도덕 현상을 명확히 하는 데 목적을 둔다.

09 정치
: 권력 투쟁의 장

정치는 한마디로, 사회를 이끌고 국가를 인도하는 기술이라 할 수 있다. 서양 고대의 관점에서 볼 때 정치란 절대적 힘을 지닌 누군가가 아랫사람들을 지배하는 활동이 아니라, 시민이 자유롭게 공적 문제를 해결하는 것을 목표로 하는 활동이다.

서양에서는 근대에 들어서부터 정치를 국가의 행정 관리라는 측면에서 이해하기 시작했다. 푸코에 의하면, 근대 국가는 국가의 지배력을 강화할 수 있는 행정 관리 수단을 다양하게 발전시켜 왔는데, 국가 체계의 기능 강화를 위해 구성원들의 생활습관과 일상 활동을 관리하고 훈육하는 통치로서의 정치를 일반화시켰다. 오늘날, 정치는 정당의 활동, 즉 계급 및 계층의 이해와 목적을 정식화하여 싸우는 '**정당**' 활동을 중심으로 추진되는 활동으로 이해된다.

정치는 '**통치**'와는 다른 것이다. 일반적으로 정치는 국가를 잘 운영하는 것이다. 그것은 지배 권력을 피지배자들에게 행사하는 활동으로 이해되는데, 오늘날에는 전문 지식을 지닌 사람들이 지닌 **정당한** 권위가 그것을 가능케 한다고 본다. 만일 정치를 이처럼 인식한다면, 그것은 국가의 관리, 즉 행정 활동과 동일한 것이 된다.

한편, 통치는 공동체가 지배와 피지배의 관계 속에서 형성된다는 생각을 전제하는 활동으로, 구성원들 간의 평등을 인정하지 않는다. 이런 관점에 따르면, 지배자는 피지배자보다 **우월한** 지위에 있어야 한다. 우월성의 근거가 무엇인지는 중요하지 않으며, 물리력, 부, 신분, 지식, 도덕적 권위 등 지배자의 권력을 행사할 수 있는 것이라면 무엇이든 상관없다.

권력의 획득·유지를 위한 투쟁 및 권력을 행사하는 활동을 정치 활동이라고 하고, 그 행동 양상을 가리켜 정치 현상이라고 한다. 따라서 정치는 국가만의 특유한 활동이자 현상이 아니라 사회집단 상호 간에서도 일어나는 활동이자 현상인 것이다.

정치의 본성

정치는 한편으로는 플라톤의 주장처럼 통치자의 탁월성을 바탕으로 한 이론적인 **지식**이 필요하다. 다른 한편으로는 마키아벨리의 주장처럼 실제적인 **기술**, 즉 권력을 획득하고 보존하기 위한 기술도 필요하다. 플라톤적인 접근은 이상 정치, 즉 정의와 이성이라는 이상에 부합하는 국가를 개념화하고 구성할 수 있다고 믿는다. 이와 달리 마키아벨리식의 현실 정치는 정치에서 이상주의는 쓸모없을 뿐만 아니라, 국가의 효율적인 발전에 해롭다고 본다.

마키아벨리: "정치는 인간 생존을 위한 수단이다."

마키아벨리는 정치를 새롭게 규정했다. 그는 정치는 더는 도덕적 개선의 수단이 아니고 생존과 권력의 영역이라고 보았다. 이것은 도덕적인 원리나 규범으로부터 정치 행위의 독립성을 선언하는 것이었다. 마키아벨리의 정치사상은 군주에게 요구하는 **'덕(비르투, virtue)'**의 개념적 설명에서 잘 드러난다. 기독교 사상가들은 군주의 덕으로 겸손, 자선, 정직함을 요구했지만, 마키아벨리는 비르투로 남성다움, 용기, 과감성을 강조하면서 '전사의 덕'을 요구했다.

마키아벨리는 정치와 윤리의 관계에 대해 새로운 관점을 제기했다. 그는 사적인 영역에서 윤리적인 행위가 그대로 '공적인 덕'으로 전환되는 것은 아니며, 사적 영역에서 비윤리적인 행위가 공적 영역에서 '덕'이 될 수 있다고 주장했다. 예를 들어, 남을 잘 신뢰하고 약속을 잘 지키는 것은 사적 영역에서는 유덕한 행위지만, 공동체의 사활이 걸린 정치 영역에서는 그러한 행위가 오히려 치명적인 결과를 가져올 수 있다는 것이다. 그는 국가는 공동체적 가치를 높이기 위해 때로는 **폭력과 기만**을 보이는 행위를 할 수도 있어야 한다면서, 윤리 규범이 똑같이 적용될 수 없는 정치 영역의 특수성을 지적했다.

마르크스: "정치는 특정 계급의 이익을 강화하는 수단이다."

마르크스는 정치를 계급적인 시각에서 고찰했다. 마르크스에 따르면, 국가는 특정 계급의 이익을 보호하는 권력기관이며, 국가의 통치는 적대적인 여러 계급의 저항을 통제하고 자신의 권익에 필요한 질서를 유지·강화하는 것이다. 이에 대하여 피지배 계급에 속하는 모든 대중은 자신의 권리와 이익을 수호하기 위하여 부단히 저항하고, 자신의 주장을 적극적으로 요구하며, 그 실현을 위해 다양하고도 조직적인 노력을 기울인다. 마르크스는 이러한 **지배와 저항**을 본질로 하는 것이 바로 '정치'라고 규정했다.

■ 정치적 올바름

정치적 올바름(Political Correctness)은 모든 종류의 편견이 섞인 표현을 쓰지 말자는 정치적·사회적 운동을 말한다. 문화상대주의와 다문화주의를 사상적 배경으로 삼아 인종, 성, 성적 지향성, 종교, 직업 등에 대한 차별이 느껴질 수 있는 언어를 사용하지 않고 더불어 차별적으로 행동하지 않는 것을 골자로 한다. **정치적 올바름** 운동은 1980년대 미국의 대학을 중심으로 전개되어 매스미디어와 대중문화에 큰 영향을 미쳤을 뿐만 아니라, 세계 각국의 언어생활에도 많은 영향력을 발휘했다.

한나 아렌트: "정치는 공적 영역에서 '인간의 조건'을 실현하는 것이다."

아렌트는 인간 삶의 여러 형식 가운데 정치적 삶(공적 영역에서의 삶)이 인간 존재의 다양성을 가장 잘 구현한다고 생각했다. 그녀에게 정치란 복합 존재로서의 인간 실존을 실현하는 과정이다. 그것은 서로 다른 특성을 가진 사람들에게 관심을 기울임으로써 상호 연대감을 형성하고 공동체의 조화를 도모하는 활동 속에서 실현된다.

따라서 아렌트에 따르면, 타인과의 관계를 등한시하고 자기만의 개별적인 삶을 살고자 하는 인간은 정치적 행위 능력이 박탈된 사람이라고 할 수 있다. 그와 반대로, 자신의 견해를 타인 앞에 공개하고 타인과의 의견 교환과 상호 협력 속에서 자신은 물론이고 타인의 삶을 더불어함께 일궈나가는 삶을 살고자 하는 사람은 정치적(공적) 능력을 발휘하는 존재라 할 수 있다. 아렌트는 아리스토텔레스의 "인간은 정치적 동물이다"라는 사상을 모델로 삼아 자신의 정치철학을 전개하면서, 공공장소에서 자유롭게 토론하고 타자의 관점을 받아들이면서 '인간의 조건'으로서의 '**다양성**'의 가치를 탐구하는 것이야말로 정치의 본질이라고 주장했다.

칼 슈미트: "정치의 화두는 '적을 어떻게 할 것인가'하는 것이다."

독일의 정치학자 칼 슈미트는 정치를 '친구와 적의 문제'로 체계화했다. 그는 '정치적인 것'은 친구와 적의 구분에서 파생되는 것으로 보았다. 도덕적인 것은 선악, 미학적인 것은 미추의 차이에서 시작하는 것과 마찬가지로, '정치적인 것'은 적과 친구의 구분에서 출발한다는 것이다. 슈미트의 "정치란 적과 친구의 대립이다"라는 말은, 적은 말살해야 할 대상일 수도, 구슬려 내 편으로 포섭할 대상일 수도, 평화공존의 대상일 수도 있다는 의미다. 그는 정치를 '친구 對 적'이라는 **구조적** 범주 차이로 인식했다.

10 대중문화
: 대중매체에 의해 상품화된 문화

대중문화는 '대중매체를 통해 대량생산, 대량소비되는 문화'로, 특정 사회나 특정 계층을 넘어 일반 대중이 쉽게 접하고 즐길 수 있는 문화를 말한다. 대중문화는 산업화로 인해 생활수준이 높아지고, 교육 기회가 확대되어 많은 사람이 문화적 즐거움을 얻으려고 하면서 발달했다.

대중문화는 모든 사람이 누리는 동질적인 문화라는 기본적인 성격 이외에도 신분 차별에서 벗어난 해방된 대중의 문화, 대중사회에서 대량생산과 대량소비를 가능하게 하는 대중매체에 의한 문화, 거대자본에 의한 이윤 창출을 목적으로 하는 상업화된 문화라는 특징을 지닌다. 대중문화와 대중사회, 대중매체는 매우 긴밀하게 관계한다.

대중문화는 대중이 소비하는 문화 산물인 텍스트뿐만 아니라 우리 주변의 일상적 삶의 형태와 취향, 일상의 실천과 즐거움, 저항까지도 포괄하는 개념이다. 대중문화는 대중매체에 의해 생산된 텍스트만으로 한정하지 않으며, 대중매체를 통해 전달되고 형성된 생활양식이나 사상까지도 포함한다. 특히 뉴미디어의 출현과 멀티미디어 기술 발달에 따라 대중은 단순히 문화를 누리는 차원을 넘어서, 문화 생산 및 소비 과정에 적극적으로 참여할 수 있는 **프로슈머**[11]로서의 역량과 가능성을 넓혀나가고 있다.

대중문화는 계층 간 문화적 평등에 이바지하고, 적은 비용으로 정보와 여가를 제공할 수 있는 장점이 있다. 하지만 문화 상품이 한꺼번에 많이 생산되기 때문에 다양성을 잃고 획일화될 수 있으며, 상업화로 인해 문화의 질을 떨어뜨리거나 왜곡된 정보를 전달할 수 있는 단점이 있다.

오늘날의 대중문화는 자본주의 생활양식과 관련되어 있기에, 대중의 예술, 오락, 여가 생활에만 영향을 미치는 것이 아니라, 한 사회의 경제 및 구성원의 의식주와 같은 일상, 가치와 규범, 행동 양식 전반에서 영향을 미친다.

■ **매체가 곧 메시지다.**

캐나다 출신의 세계적인 미디어 이론가 마셜 매클루언은 "매체가 곧 메시지다"라고 주장했다. 매체가 전달하는 내용보다 매체의 독특한 특성 자체가 사회에 더 큰 영향을 미친다는 것이다.

예를 들어, 인쇄 매체에 의존하는 사회와 텔레비전이 중용한 역할을 담당하는 사회에서 경험하는 생활은 다르다. 또 전자매체는 지구촌을 조성하여 전쟁이나 재해 등 세계 곳곳에서 발생하는 사건이나 뉴스를 전 세계 사람들이 생생하게 목격하도록 하고, 세계인이 함께 참여하도록 했다. 매클루언은 매체의 '**형식**'과 '**구조**'가 인간이 세상을 인식하고 이해하는 데 영향을 미치며, 인간은 매체의 강력한 영향력에서 벗어날 수 없다고 주장했다.

니체: "대중문화는 질 낮은 속물문화다."

니체는 대중문화를 고급문화와 대비되는 **저질문화**로 평가했다. 니체는 대중은 정신력이 나약한 속물적 존재로, 대중이 형성하고 영위하는 문화인 대중문화는 매우 수준 낮은 문화라면서, 대중문화의 질적 수준을 문제 삼았다. 우리가 대중에게서 발견할 수 있는 몰개성적 측면이나 쉽게 욕망에 휩쓸리는 경향을 일찍이 간파한 것이다.

아도르노: "대중문화는 억압과 기만의 도구다."

아도르노는 '대중'과 '문화'는 절대 호환될 수 없는 개념이라면서, 대중문화의 가능성을 부정적으로 보았다. 그는 그 이유를 대중문화의 획일성과 상업성에서 찾았다. 그리고 대중문화의 상업성을 '**문화산업**'이라는 말로 표현했다. 아도르노는 동료 철학자 호르크하이머와 공동 저술한 《계몽의 변증법》에서 기업은 상품화의 논리에 따라 획일화된 문화를 보급하고 대중은 이를 수동적으로 소비할 뿐이라면서, "대중은 문화산업의 능동적인 주체가 될 수 없다"라고 주장했다.

아도르노에게 대중문화는 자본에 종속된 문화산업일 뿐이다. 대중문화를 자본주의 시스템을 독점한 소수의 권력층이 자신들의 이익을 위해 대중을 하향 평준화시켜 동원하기 위한 지배수단에 불과하다고 보면서, 대중문화를 회의적인 시각으로 바라보았다. 대중문화가 주는 즐거움이란 결국은 도피에 불과하며, 즐김이 주는 도피는 사실상 현실의 억압과 모순에 대한 저항을 불가능하게 만든다고 주장했다.

벤야민: "대중문화는 자유를 향한 출구다."

대중문화를 부정적인 시각에서 바라보는 아도르노와는 달리, 벤야민은 현대 기술 복제의 시대에 대중문화는 오히려 긍정적으로 작용할 수 있다고 보았다. 아도르노가 대중문화를 기만적이며 억압적이라고 보았다면, 벤야민은 대중문화의 발전을 이끄는 기술에서 해방의 가능성을 찾았다.

벤야민은 대중의 힘을 긍정적으로 바라보면서 대중은 앞으로는 문화를 능동적으로 창조할 수 있을 것으로 낙관했다. 다른 모든 것들과 마찬가지로 문화도 소수자들의 전유물이던 시대가 있었지만, 예술품이 대규모로 복제되고 공장에서 양산되는 시대에 예술과 문화는 새로운 형태로 본질적인 전환이 가능하다고 보았다.

벤야민에 따르면, 대중매체의 핵심 요소는 대량생산 기술, 즉 복제하는 힘이다. 그는 이것을 '**아우라**'[12] 개념을 사용하여 설명했다. 아우라가 사라진 뒤에 기계 복제 예술이 대면하게 되는 것은 수용자이다. 수용자는 소비자, 즉 대량 복제와 대량생산의 주체로, 대중매체의 쌍방향 소통을 환기하면서 예술 발전을 견인한다. 벤야민은 대중매체는 대량생산이라는 양적 변화를 통해 재현과 참여의 양식에서의 질적 변화를 가져오게 된다고 보았다.

보드리야르: "대중문화는 기호 가치로 표현된다."

보드리야르는 대중매체가 만들어낸 '기호(記號)'를 먹고 사는 현대 사회를 분석한 철학자이다. 그는 현대 사회를 소비를 따라 확장하고 발전하는 '소비사회'로 규정했다. 소비사회에서 중요한 것은 상품의 사용가치나 교환가치가 아니라 사회적으로 의미가 부여된 '**기호 가치**'다. 상품이 넘쳐나는 시대에 사람들을 욕망하게 만들려면 단순한 사용가치만으로는 안 된다. 상품의 기호, 즉 이미지, 감성, 구별 짓기, 지위 표시, 유행, 사회 코드 등과 같은 요소들이 상품을 감싸고 있어야 한다.

보드리야르에 따르면, 현대에서 소비는 단순히 물건 자체를 구매하는 것이 아니라, 물건이 재현하는 '기호', 즉 기호 가치를 구매하는 행위다. 대중문화가 조장하는 소비사회에서 욕망은 바로 '**차이**'에 대한 욕망으로, 자기를 남과 구별 짓는 기호로서 사물을 소비하게 만든다. 사람들이 물건 대신 기호를 욕망하며 소비할수록 대중매체의 영향력은 커 간다. 보드리야르는 합리적인 소비자가 된다는 것은 문화산업에 맞서 주체적인 삶을 유지한다는 것을 의미하며, 이를 위해서는 대중매체가 만들어 내는 상징화된 **이미지(즉, 기호)**를 올바로 직시해야 한다고 주장했다.

11 민주주의
: 다수의 지배

국민 다수가 주권을 행사하여 의사를 결정하는 정치형태 또는 그것을 보장하는 정치제도나 사상을 말한다. 전제주의와 대립하는 개념으로, **다수의 민중**이 지배하고 또 지배받는 정치형태를 말한다.

민주주의는 권력을 단독자가 소유하는 군주정치 및 소수자가 소유하는 귀족정치와 구별되는 정치형태이다. 이를 두고 민주주의의 고전적 정의를 내린 영국의 정치가이며 정치학자 브라이스는《근대 민주정치론》에서 "민주주의는 헤로도토스 시대 이래 국가의 지배 권력이 어떤 특수한 계급에 있지 않고 사회 전체의 구성원에게 합법적으로 부여된 정치형태를 말한다"라고 했다.

민주주의의 원형은 고대 그리스의 도시국가에서 찾아볼 수 있지만, 이것이 역사적인 맥락에서 사상과 제도로써 결정적으로 자리 잡은 것은 17~18세기 시민혁명 이후이다. 절대왕권을 무너뜨린 시민계급이 중심이 되어 건설한 근대 국가의 발전 과정에서 인간의 기본권과 국민주권주의, 법의 지배 등이 확고하게 제도화되면서 민주주의는 꽃을 피우게 되었다.

민주주의는 국민주권의 원리, 권력 분립의 원칙, 법치주의 등을 기본적인 원리로 한다. 민주주의가 정착되기 위해서는 국민의 보통 선거권과 복수 정당제, 언론·출판·결사의 자유를 보장하고, 국민의 복지 증진을 목표로 하며, 평화적 정권 교체가 이루어질 수 있어야 한다. 아울러 민주주의 사회는 사회의 구성원이 주인이 되는 사회이다. 그러므로 사회의 모든 일은 구성원들의 의사에 따라 결정되고, 구성원의 적극적인 참여가 중요한 의미를 지닌다.

민주주의의 종류에는 직접민주주의(다수결의 원칙), 대의 민주주의(국민의 대표), 자유주의적·입헌주의적 민주주의(기본적 인권의 향유), 사회적·경제적 민주주의(사유재산의 공정한 분배) 등이 있다. 대의제(심의 민주주의)[13]는 직접민주주의가 실현 불가능한 상황에서 하나의 정치제도로 탄생한 것이다.

오늘날 민주주의는 단순한 정치형태의 의미를 뛰어넘어 생활형태 또는 **사회구성 원리**로 받아들여지고 있다. 먼저, 인간의 자유와 평등의 권리 등을 요건으로 하는 이념으로써의 민주주의를 말하는 것으로써, 개인의 존엄 및 인권의 가치를 기조로 하는 인간관·세계관을 의미한다. 다음으로, 국가와 같은 정치적 집단의 조직 원리와 그 의사 결정의 방법으로써의 민주주의를 말하며, 이는 그리스 이래 오늘날에 이르기까지 많은 사상가에 의해 정의되어 온 일반적인 의미에서의 민주주의다.

끝으로 일상 사회생활에서의 생활 태도와 마음가짐으로서의 민주주의적 사고로, 다수의 의견을 중시하고 기회균등의 평등 의식을 공유하는 개인의 가치관을 말한다.

아리스토텔레스:
"민주주의는 중우정치나 대중독재를 불러올 뿐이다."

아리스토텔레스는 민주정치를 가리켜 이르기를, 이 정치체제는 본래 통치하기 힘들 뿐만 아니라, 부도덕하고 불안정하다며 멸시했다. 그는 민주정치는 다수(중산층)가 공익을 추구하며 나라를 다스리는 이상적 정치체제인 '법치적 민주정치'가 타락한 형태라고 보았다. 또한, 민주정치는 주권자(빈민층)가 자신의 이익을 위해 나라를 다스리므로 부유층 국민의 재산을 횡령하게 마련이라고 생각했다. 그 때문에 그는 민주주의를 **중우정치**나 **빈민정치**로 낮잡아 부르면서 경원시했다.

■ 중우정치

중우정치란 민주주의가 법치가 아닌 '어리석은 대중[우중; 衆愚]'에 의해 휘둘리는 정치체제를 일컫는 말이다. 소위 **'독재적 민중'**이 등장하게 되며, '다수의 난폭한 폭민'들이 이끄는 정치가 이루어지는 것이다. 플라톤과 아리스토텔레스는 민주정의 위기가 찾아올 때, 대중선동으로 인하여 중우 정체가 발흥하게 될 것을 예측했다.

아리스토텔레스는 민주주의의 위기는 무엇보다 **선동정치**에서 온다고 보았다. 선동정치는 중우를 만들고 중우들은 선동가들을 떠받들므로, 결국 스스로 주권을 포기하게 되는 결과가 발생하며 독재정이 탄생한다는 것이다. 그는 민주정의 이러한 위기를 극복하기 위해서는 선거권에 제한을 두는 한편, 인위적인 선동에 대해서는 엄중한 책임을 물어야 하며, 나아가 법적 장치를 통하여 강력히 처벌할 필요가 있다고 보았다.

밀: 민주적 플라톤주의

영국의 공리주의 사상가로 '자유주의의 양심'으로 불리는 존 스튜어트 밀은 급진적인 개혁 운동을 주도하면서 여성과 노동자 등 사회적 약자의 권익을 보호하기 위해 힘을 쏟았다. 밀은 민주주의의 가능성을 믿었으나, 군중이라는 '평범한 집단'이 더는 국가의 지도자로부터 의견을 받아들이지 않는다는 점을 염려했다.

밀은 다수가 자기 욕망을 합법화하는 듯한 제도의 뒷받침을 받으면서, 자신들의 믿음대로 권력을 악용해가며 소수의 권리를 짓밟지 않을까를 염려했다. 그는 민주주의가 '오만'에 빠져 자유를 억압할 위험성을 무엇보다 경계하면서, 토론이 힘을 발휘하는 **대의 민주주의**를 가장 이상적인 정치체제로 평가했다. 그러나 그것은 대중의 지적·도덕적 수준이 일정 단계에 올라야 실현 가능한 것으로 생각했다.

밀은 다수가 사익에 빠져 세력화하면 대의민주주의의 두 가지 목표인 인간 발전과 체제 효율성을 이룰 수 없다고 보았다. 따라서 대중의 성숙한 참여로 대의민주주의가 일정한 궤도에 오를 때까지 지적 능력이 뛰어난 지도자들이 정치적으로 더 큰 발언권을 가지는 것이 바람직하다고 주장했다. 밀은 이를테면 **'민주적 플라톤주의'**, 곧 숙련된 민주주의를 꿈꾼 것이다.

토크빌: 미국의 민주주의

토크빌은 자유주의적 민주주의를 옹호한 프랑스 정치사상가이다. 그는 프랑스 혁명기에 미합중국을 여행하고 돌아와 《미국의 민주주의》를 펴냈다. 그는 책에서 민주주의가 무엇인지보다는, 민주주의 성공을 위한 조건은 무엇인지를 일깨웠다.

토크빌은 미국 민주주의의 성공 조건을 **정신, 제도, 문화, 사람**에게서 찾았다. 만인이 자유롭고 평등하다는 자유주의 사상, 이념보다는 현실을 중시하는 실용주의 정신. 권력의 적절한 통합(연방)과 분산(자치), 권력의 남용을 막고 행위의 규준을 명확히 마련해주는 3권 분립 제도, 프로테스탄트 윤리에 기초한 시민의 높은 참여 문화, 지적 권위주의와 허영심에 들뜨지 않는 의식 있는 대중이 그것이다.

토크빌 역시 밀처럼 민주주의가 건강하게 발전하기 위해서는 무엇보다 대중의 생각이 바뀌어야 한다고 생각했다. 그는 민주사회에서 대중이 오도된 평등 제일주의에 빠지면 다수의 압제를 자행할 수 있다면서, 민주 독재의 출현 가능성을 무엇보다 염려했다. 그리고 그러한 '민주적 전제(專制)' 가능성에 대한 해결책을 **'참여'의 확대**에서 찾았다. 대중의 참여가 민주 독재의 등장을 차단할 뿐만 아니라, 민주사회의 시민들은 참여를 통해 자유를 누리고 공인의식도 높인다고 생각했다.

12 민족
: 공동체 의식을 가진 집단

민족이란, 유대와 이익을 공유하면서 깊고 지속적인 방식으로 스스로 결집해 있다고 생각하는 사람들의 공동체라고 할 수 있다. 민족은 신념과 가치를 공유하는 것 이상의 운명적인 공동체로, 민족주의로 나아가는 이념적·사상적 기반을 제공한다.

민족을 정의하는 방식은 크게 다음 두 가지로 나누어 볼 수 있다. 하나는 소속감, 일체감, 정체성에 의한 결속 의식을 기준으로 삼으면서 '주체 의식'을 강조하는 경우이고, 다른 하나는 혈통·체질의 동질성, 생활공간의 공통성, 언어, 종교, 풍속 관습 등 객관적인 구성요소를 기준으로 삼아 '객관적 특성과 조건'을 강조하는 경우이다.

오늘날까지 가장 널리 퍼져 있는 민족의 정의 방식은 '**문화공동체**'에 가깝다고 말할 수 있다. 인종이 주로 생물학적 집단 개념으로 간주하는 반면에 민족은 문화적 개념으로 이해된다. 민족이 문화를 형성하고 문화가 민족을 형성한다는 것이다.

내가 있고, 내 가족이 있고, 그 가족을 크게 넓혀 보는 것이 바로 민족으로, 자신이 어느 한 민족에 '속해 있음'을 의식하는 것으로부터 '**민족 정체성**'이 형성된다. 즉 민족 정체성은 같은 언어를 사용하면서 같은 역사와 문화 속에서 살아오는 과정에서 같은 운명을 지니고 함께 살아야 하는 공동체임을 자각하는 것으로부터 형성된다.

그동안 민족은 영토의 통일 및 국가 형성에 중요한 역할을 해왔으나, 오늘날은 그러한 역할이 상대적으로 낮아지고 있다. 세계화·다문화 현상이 진행될수록 민족의 구분이 불분명해지고 있기 때문이다. 이런 이유로, 세계화·다문화 시대의 민족 정체성은 다른 민족에 대해 배타적인 경계를 설정하기보다는 상호 유대와 공존의 흐름을 인정하면서도 고유성을 중시하는 방향으로 형성되어야 한다. 세계화·다문화 시대에 맞게 차이와 다양성의 가치를 중시하는 민족 정체성을 형성할 필요가 있다.

■ **자민족 중심주의**

한 민족이 다른 민족에 대해 배타적인 태도를 드러낼 때, 이를 '**자민족 중심주의**'라고 한다. 자민족 중심주의는 자기 민족을 중심으로 모든 것을 바라보는 관점으로, 자기 민족이 타민족보다 우월하다고 믿고 타민족을 배척하는 태도이다. 자민족 중심주의는 자기 민족의 문화에는 긍정적인 가치를 부여하지만, 다른 민족의 문화는 좋지 않게 평가하려는 경향을 보인다. 이로 인해 폐쇄적이거나 배타적인 민족주의나 인종차별주의 등의 모습으로 나타날 수 있으며, 이러한 민족주의적 특성은 불가피하게 다른 민족과의 갈등을 일으키는 원인으로 작용한다.

르낭: "민족은 매일 결속하는 의지공동체다."

프랑스 철학자 에르네스트 르낭은 저서 《민족이란 무엇인가》에서, 민족이 종족에서 유래한다는 믿음은 무의미하다고 주장했다. 그는 순수한 종족이란 존재하지 않기 때문에 종족에 입각한 민족이란 공상에 불과할 뿐이라고 생각했다. 스위스처럼 같은 민족이 아닌 데도 영어나 스페인어를 쓰는 나라가 적지 않다는 사실을 예로 들면서, 언어가 민족 구성의 필수 요소라고 규정하는 것 또한 오류라고 지적했다. 르낭은 민족에 대한 자각은 '한 민족이 다른 민족의 억압을 받을 때'라면서, 승리의 역사보다는 패배, 억압, 고통의 기억을 공유할 때 민족성이 생성된다고 보았다.

르낭은 민족을 이루는 진정한 요소로써 '**의지공동체**'를 강조했다. 민족은 '인종과 언어·종교 등과 무관하게 함께 살고, 결속하려는 의지와 욕구를 가진 사람들의 집합'이라는 것이다. 그는 구성원들의 '자발적 동의' 또한 민족을 이루는 기본 요소라고 하여, '민족은 종족처럼 선천적으로 정해진 것이 아니라, 매일 **새롭게** 결성되는 것'이라고 규정했다. 미국을 예로 들면, 인종적 측면에서는 민족이라고 할 수 없지만, '인종과 관계없이 주권을 가진 존재들이 공통의 가치를 추구하며, 동일체라고 인식하는 것이 민족'이기 때문에 미국도 민족국가라고 말할 수 있다는 것이다.

르낭은 민족은 선천적으로 정해지는 것이 아니라 구성원들의 주관적 의지로 결정되기 때문에 영원불변하는 집단으로 보지 않았다. 그래서 르낭은 "민족보다는 인간 그 자체를 생각해야 한다"라고 강조했다.

겔너: "민족이 민족주의를 만드는 것이 아니라 민족주의가 민족을 만들어낸다."

사회인류학자 에른스트 겔너는 민족, 민족주의, 민족국가 모두 18세기 말 산업혁명으로 생겨난 근대 문명의 산물이라고 주장했다. 민족주의와 관련된 감정과 정서 역시 이와 관련되어 있고, 우리가 흔히 생각하는 것 같은 '**인간성**'에 깊이 뿌리박힌 것이 아니다. 오히려 산업주의가 만들어낸 새롭고 대규모화된 **사회의 산물**이다. 그러한 사회에서 민족주의는 알려지지도 않았고, '민족'이라는 관념 역시 없었다. 그는 민족이나 민족주의는 고도로 성숙한 문화에 정치적 보호막을 만들려는 노력이라고 보았다.

홉스봄: "민족은 만들어진 전통이다."

저명한 마르크스주의 역사학자였던 에릭 홉스봄은, 민족이나 민족주의를 근현대 시기에 '**만들어진 전통**'이라고 보았다. 민족은 근대 자본주의의 산물로, 민족이 민족주의를 만든 것이 아니라 민족주의가 민족을 만들었다고 주장했다. 프랑스 대혁명 이후부터 사람들이 민족이라는 개념을 인시했다는 것이다.

근대 이전에도 사람들을 한 곳으로 묶는 집단적 소속감은 존재했지만, 이는 근대 민족주의와는 구별되는 것으로 홉스봄은 이를 **'원형 민족주의'**라고 불렀다. 원형 민족주의의 핵심 요소는 언어와 종족, 종교와 역사적 소속의식으로, 홉스봄은 이것이 근대의 민족주의 개념 형성에 강력한 요인으로 작용했다고 생각했다.

아자 가트: 민족은 이데올로기적 허구다.

이스라엘 역사학자 아자 가트는, 민족 개념은 에른스트 겔너, 에릭 홉스봄 같은 근대 민족주의 역사학자들이 '유럽 중심주의' 사고에서 창조해 낸 발명품에 지나지 않다고 보았다. 즉, 역사학자들이 민족과 민족주의를 국민통합을 위한 이데올로기적 도구로써 이용하려는 의도를 갖고서, 대중의 의식을 조작하여 만든 것일 뿐이다.

가트는, 민족이라는 개념은 개인이나 계급으로 환원할 수 없는 인간 **'실존'**의 조건에서 태어난 것이라고 보았다. 민족은 이미 근대 이전에, 더 정확히 말하면 역사시대 초기의 국가 형성과 함께 존재해 왔으며, 국가와 종족은 변증법적으로 서로 영향을 주면서 민족을 형성했다고 주장했다.

가트에 따르면, 근대 정치혁명이 낳은 '평등한 시민권'과 '인민주권'은 민족 형성의 본질적인 계기가 될 수 없다. 이미 군주주권 시대, 곧 왕조시대에도 민족이 국가의 기틀을 이루고 있었기 때문으로, 인민주권은 민족이 근대적 형태로 변형되고 민족의식이 더 깊어지는 계기가 됐을 뿐이다. 인민주권과 대중정치가 민족 정체성을 낳은 것이 아니라, 반대로 **민족 정체성**이 인민주권과 대중 정치를 낳았다는 것이다.

13 군중
: 양면성을 지닌 존재

군중(群衆)은 공통된 규범이나 조직성 없이 우연히 조직된 인간의 일시적 집합을 말한다. 사용자에 항거하는 노동자의 집단, 지배층에 반대하는 대중, 운동경기를 보기 위해 모인 관중, 각종 행사에 참여한 시민이 '군중'의 대표적인 예라 할 수 있다.

군중은 공통적인 규범이나 조직성이 없다는 점에서 **'사회집단'**과 구별된다. 사람들이 공통적인 관심의 대상을 가짐으로 성립하지만, 그 관심의 대상은 어디까지 일시적인 것으로, 그것이 없어지면 자연히 소멸한다.

군중은 또한 일시적인 집단인 **'공중(公衆)'**과도 다르다. 공중이 일정한 공간에서 집결함 없이 간접적인 접촉을 따라서 성립하는 데 대하여 군중은 직접적인 접촉을 특징으로 한다. 여기에서 공중의 이성적 측면과 대치되는 격정적 군중심리가 일어난다.

즉, 군중은 특정 목적에 따라 결합하는 것이 아니라 얼마간의 우연적인 요소로 결합하므로, 사람들은 군중 틈에서 익명성을 가지며 무책임하고 맹목적인 행동을 취하기 쉽다. 이러한 이유에서 군중 특유의 **'군중심리'**가 형성되는 것으로, 사람들은 특히 도시에서 이름 없는 익명의 집단으로 행동하면서 정치적인 힘을 갖는다.

그 결과, 군중 속의 사람들은 단독자인 개인과는 다른 행동을 보인다. 군중심리가 일반적으로 부정적인 의미를 포함하고 있는 것에서 알 수 있듯, 군중이 된 사람들은 때론 무책임하고, 폭력적이고, 맹목적으로 행동하는 경우가 많다. 이와 달리, 인간은 단독이 아니라 군중으로 행동할 때 극히 이성적으로 행동하는 경우도 있다.

귀스타브 르봉: "군중은 비이성적·충동적 존재다."

프랑스 사상가 귀스타브 르봉은 일찌감치 군중의 힘에 주목했다. 르봉은, 군중은 개개인의 총합이 아니라고 강조했다. 군중은 개개인의 특성과 관계없는 전혀 새로운 존재며, 모일수록 더 현명해지기보다는 우매해진다고 보았다. 비이성적이면서 충동적인 존재인 군중은 쉽게 흥분하고 무책임하고 자주 난폭해진다는 것이다.

르봉이 말하는 군중의 가장 큰 특징은 '**정신적 감염**'이다. 이것은 군중 속의 개인에게 특별한 성격을 드러내도록 하는 동시에 그들의 행동 방향을 결정하는 방향으로 개입한다. 군중 속에서 모든 감정과 행동은 전염성이 있는데, 이것이 집단의 이익을 위해 기꺼이 자신의 이익을 희생하도록 만든다고 보았다.

르봉에 따르면, 무엇보다 군중은 마치 최면에 걸린 듯 사고하며 무엇인가를 맹신하는 모습을 보인다. 정치집단이 자신의 목적을 위해 자신을 지지하는 세력을 규합하면, 그 군중은 자신이 지지하는 정치집단이 움직이는 방향으로 움직이고, 설령 잘못된 방향으로 나아가더라도 결코 비판하려 하지 않는다. 군중이 결집하면 집단사고가 지배하면서 올바른 비판의식을 잃고 만다는 그의 통찰은 지금도 유효하다.

프로이트: "군중은 인간의 무의식 속에 잠재된 파괴적인 욕망을 드러낸다."

프로이트는 르봉의 군중심리 이론을 비판적으로 수용하면서, 집단으로 행동하는 군중의 이점과 결점을 '**무의식**'의 측면에서 고찰했다. 그는, 인간은 집단 속으로 들어감으로써 그때까지 자신을 억압하고 있던 모든 것이 사라지고, 그와 동시에 인간의 무의식이 작동하기 시작한다고 보았다.

프로이트에 따르면, 인간은 군중 속에 섞이면 그동안 사회 속에서 억압되어 온 무의식적 원시 본능이 깨어나 폭발하면서 본래의 파괴적인 모습을 드러내기 시작한다. 그와 함께, 집단 속에서는 자기를 보존하려는 인간 본능이 약화하기 때문에 자신을 버리는 이타적인 행동도 곧잘 한다. 무의식에 증폭되는 군중심리는 이처럼 부정적 측면과 긍정적 측면 모두를 갖고 있다고 생각했다.

■ **멀티튜드**

네그리와 하트는 네트워크 형태의 새로운 권력을 '제국'의 개념으로 설명했다. 제국은 주권도 영토도 소유하지 않은 채 네트워크 형태로 결합한 권력 시스템으로, 글로벌화된 세계의 교류를 조장하는 정치적 주체이자 주도적 권력체제이다. 네그리와 하트는 제국의 시대를 형성하는 정치 주체로서의 대중을 '**멀티튜드(다중)**'라는 용어로 새롭게 정의하고, 제국에 대항하는 세력으로 내세웠다. 멀티튜드는 인종·국적·계층을 초월한 다종다양한 사람들로, 세계를 지배하는 권력에 저항하는 '민중' 힘을 가리킨다. 곧, 자본주의 모순 해결을 위한 힘의 원천인 동시에 강자 중심의 세계화의 흐름에 맞서 싸우는 힘이다. 제국 안에서 멀티튜드는 모든 차이와 가능성을 열어두고 서로 자유롭고 대등하게 표현할 수 있도록 발전적이고 개방적인 네트워크를 지향한다.

데이비드 리스먼:
"군중은 남들에게 비치는 나를 의식하는 고독한 자아다."

미국의 사회학자 리스먼은, 현대 대중사회에서 타인에 둘러싸여 내면의 고립감으로 고민하는 성향의 사람들을 '**고독한 군중**'이란 말로 표현했다. 현대 사회의 대중은 소속된 집단으로부터 격리되지 않도록 항상 타인의 눈치를 보며 내적 고립감 및 갈등을 겪는다고 보았다. 그러면서 21세기 대중사회의 인간 유형을 '전통지향형, 내면지향형, 외부지향형(타인지향형)'으로 구분하고, 이 순서대로 인류의 사회적 성격이 발전해 왔다고 주장했다. 이 중 타인지향형 현대인들이 바로 '고독한 군중'이라고 보았다.

리스먼은 불안과 고독에 시달리는 '고독한 군중'이라는 사회성의 어두운 이면을 날카롭게 분석하여 폭로했다. 군중의 삶은 획일화된 인간, 정치적 무관심, 인간소외를 낳고, 나아가 빈부격차에 따른 복잡 미묘한 욕구 불만과 무한경쟁으로 말미암아 개인을 극한의 고독으로 내몬다. 고독한 군중은 '내가 생각하는 나'보다 '남들에게 비치는 나'를 의식함으로써, 자신이 속한 집단에서 소외되지 않기 위해 노력하는 현대인의 단면을 보여준다.

아렌트: "군중은 전체주의에 쉽게 빠지는 나약한 존재다."

아렌트는 후기 자본주의 현대 사회의 특징 가운데 하나를 계급사회가 붕괴한 이후에 등장한 **'군중'**으로 보았다. 이 군중은 하이데거가 말하는 '대중'과 마찬가지로 얼굴을 갖지 못하고, 타자와 공유하는 세계도 갖지 못하며, 타자에게 관심을 두지도 못한다.

아렌트에 따르면, 군중이란 대규모의 **무질서한 대중**을 의미하는데, 특히 폭동이나 파괴적인 행위에 참여하는 대중을 말한다. 군중은 고도로 원자화된 사회분열을 겪으면서 발생했고, 이들의 주요 특징은 고립과 정상적인 사회관계의 결여라 할 수 있다. 군중은 가짜뉴스에 민감하게 반응하는데, 그들을 이렇게 만든 것은 세상 어디에도 소속되지 않고 고립되어 있다는 외로움으로, 외로움에서 절망과 증오가 파생된다.

아렌트는 '광범위한 규모의 고립된 군중'이 전체주의의 등장을 초래한다고 보았다. 고립화된 사회에서 군중은 설 자리를 잃고 방황하다가 전체주의의 선전에 현혹되고 만다는 것이다. 아렌트는 그 해결 방안으로 **지식인**의 역할을 강조하면서, 사람들이 고립감을 느끼지 않게 하고 스스로 생각하게 만들어야 한다고 주장했다.

14 자아(나)
: 정체성과 동일성의 주체

자아(自我)는 생각, 감정 등을 통해 외부와 접촉하는 행동의 주체이자 의지적 주관자로서의 '나 자신'을 말한다. 자아는 인식에서의 주관, 실천에서의 전체를 통일하고, 지속해서 개체로 존속하면서 자연이나 타인과 구별되는 개별 존재를 가리킨다.

자아는 '스스로 있는 나(나 그 자체)' 또는 '스스로 자각할 수 있는 나'라는 의미로, 여기에는 다음 두 가지 의미가 포함된다. 먼저, 자아는 타자가 아닌 **'나 자신'**으로, 가장 근본적인 '나' 그 자체다. 동시에, 이 '나'라는 자아는 타인에게 있어서는 하나의 타자에 불과하다. 주체로서의 내가 아니라 타인으로부터 바라보는 객체로서의 '나'로, 이때 자아는 주체적 자아와는 다른 것이다.

자아는, 철학에서는 대상 세계와 구별되는 인식과 행위 주체로서의 나를 의미한다. 철학의 시작은 '나'를 주목하고, 나를 발견하며, 나를 성찰하는 것에서부터 출발한다. 심리학에서는 자기 자신에 대한 의식이나 관념을 가리킨다. 자신의 동일성 또는 연속성을 의식하는 주체가 곧 '자아'다. 정신분석학에서는 의식된 성격의 한 부분으로써, 내적 충동을 조절하여 현실에 적응하도록 하는 정신구조를 말한다. **'에고(ego)'**라고 불리는 자아는 인간의 사고·감정·의지 등 여러 작용의 주관자로, 시시각각으로 변하는 사고·감정·의지와 달리 에고는 지속성과 동일성을 지닌 것으로 파악된다. 어느 학문 분야이든, 그리고 어떤 학술 영역이든, 자아는 인간 행동의 기본 기능을 주관하고 조정하며 통일하는 사고방식이라고 이해하면 된다.

'자기(自己)'란 유전적 요인과 환경적 영향 사이의 상호작용을 통해 형성되는 인격의 핵심이다. 자아가 정신인 면을 강조하는 개념이라면, 자기는 신체와 정신을 포함한 인격 전체를 가리킨다. 외부 대상과 구별해서 주관적으로 파악한 '나'를 의한다고 볼 수 있다.

소크라테스와 아리스토텔레스의 '자아' 개념

최초로 자아를 문제 삼은 철학자는 소크라테스로, 그는 자아의 자각을 자신의 **'무지(無知)'**의 자각과 일치시켜서 생각했다. 그는 단순히 지식을 지닌 자기와 지식의 참·거짓을 검토하는 반성하는 자기를 엄격히 구별했다. 그리고 후자인 진리 탐구의 궁극적 주체로서의 반성적·정신적 자기를 '자아'라고 했다. 소크라테스는 자아를 순전히 **'정신적'**인 측면에서만 추구한 것이다.

아리스토텔레스는 소크라테스와는 달리 자아를 심신 양면의 합일체로 인식한 최초의 철학자다. 그는 신체에 의한 감각 내용·경험 내용과 정신의 지적 내용 사이의 자연스러운 연속성을 인정했다. 그러나 그에게도 아직 자아를 순수한 정신적 측면에서만 고찰하려는 경향이 있었는데, 마음·정신·이성·지성을 뜻하는 **'누스(nous)'**를 존재(자아)의 본질이라고 본 것이 이를 입증한다. 소크라테스와 아리스토텔레스의 입장은 각각 근대철학의 두 핵심 개념인 선험적 입장과 경험적 입장의 선구가 되었다.

■ **누스**

'이성·지성·정신·영혼'을 의미하는 그리스어다. 아낙사고라스는 인간은 누스가 지배하고 있는 세계를 인식할 수 있다고 생각했다. 플로티노스는 만물은 **'일자(一者)'**로부터 유출한 누스의 기능을 따라 존재한다고 보았다. 스토아학파에서는 로고스(logos)와 거의 동의어로 쓰인다. 칸트의 철학에서는 이것으로부터 파생한 '누메논(이성에 의한 사유)'이라는 개념이 '물자체(物自體)'와 동의어로 쓰였다.

데카르트: "나는 사고하는 주체다."

데카르트는 인간 이성을 신뢰하면서, 이성적으로 확실한 것을 추구해가다 보면 진리를 깨달을 수 있다고 생각했다. 그는 "나는 생각한다. 고로 나는 존재한다"라고 말하면서 외부 대상에 대한 모든 지식은 인간의 정신 안에 있다고 주장했다. 데카르트의 생각하는 '나'란 '나의 일'처럼 대상으로 하는 세계가 아니라, 대상에 관계하는 **주체적 자아**를 말한다. 데카르트는 이 '나'의 세계는 무한하다고 보면서, 인간은 눈이나 귀 등 감각기관에 미혹되지 않으면서 스스로 사고하여 명석 판명한 이해에 도달할 수 있다고 확신했다. 데카르트에게 있어서 '나'란 사고하는 주체인 것이다.

흄: "나는 감각의 총체다."

경험론자 흄은 '나'라는 것은 '감각의 총체'에 지나지 않는다고 주장했다. 흄에 따르면, 이 감각의 세계는 매일 달라지며, 단편적이고, 연속적이지 않다. 그러나 우리가 세계를 연속성 있는 것으로 인식할 수 있는 것은, '나'라는 자아가 그렇게 상정하여 신념으로 확신하기 때문이다. 흄에게 있어서 변함없는 '나'라는 것은 **허구**에 불과한 것이다.

칸트: "나는 모순된 인식 주체다."

칸트에게 있어서 '나'란 인식하고 실천하는 능력을 지닌 인식 주체로, 이성적인 존재(정신, 영혼)인 동시에 감성적인 존재(세계, 자연)이다. 감성은 인식 면에서는 오류의 원천이며, 실천면에서는 욕망의 근원으로 이성 능력을 떨어뜨린다. 욕망은 이성으로 제어해야만 하는데, 현실에서 '나'는 진실과 거짓, 선과 악이 혼재하는 **'모순'**된 존재로써, 인간은 **감성**의 분출로 인해 결코 욕망을 버릴 수 없다고 보았다.

소쉬르: "세계는 '나'의 언어로 구성된다."

소쉬르는 세계란 모두 '나'의 언어에 의해 취해진 것으로, '나'란 곧 **'언어'**라고 보았다. 여기서 말하는 언어라는 것은 형상화(**이마쥬**)[14] 능력이며, 상징화 능력이라고도 한다. 소쉬르는 인간은 이러한 능력을 갖추게 됨으로써, 비로소 동물에서 인간으로 도약할 수 있다고 보았다. 인간인 '나'는 언어로 세계의 일부를 떼어내, 그 떼어낸 세계를 언어로 재구성하여, 자신의 사고를 언어로 말하는 것이다.

차머스: 나는 비물질적 감각으로 존재한다.

호주의 정신철학자이자 인지과학자인 데이비드 차머스는, '나'는 무엇으로 이루어졌는가를 설명하기 위한 사고실험을 하면서 **'철학적 좀비'**[15]라는 용어를 사용했다. 철학적 좀비는 '물리적·화학적·전기적 반응에는 일반 인간과 완전히 동일하게 작용하지만, 의식(감각질)을 전혀 가지고 있지 않은 인간'이라고 정의된다.

좀비와 인간의 차이는 마음을 지니고 있는가, 그렇지 않은가 여부인데, 차머스는 이것에 착안하여 '마음은 **비물질적 감각**으로써 세계 안에 존재'할 수 있다고 보았다. 그리고 '나'의 본질은 '마음(의식, 퀄리아)[16]'이라고 결론 내렸다. 차머스는 성질이원론(중립이원론)의 입장에서 물리주의(또는 유물론)의 입장을 반박하면서 이 개념을 사용했다. 좀비의 개념을 이용하여 물리주의[17]를 비판하는 이 논증을 '좀비 논변' 또는 상상 가능성 논변이라고 부른다.

15 이성
: 인간 고유의 특성

이성은 인간 고유의 특성, 즉 언어, 사유, 인식, 도덕을 주관하는 지적 능력을 말한다. 그와 더불어 감각적 판단능력과 구별되는 개념적 사유 능력을 뜻한다. 판단을 잘하고 판단을 조합하는 능력인 이성은 정신의 탐구를 이끌면서 사물을 옳게 판단하고, 옳고 그름, 선과 악, 아름다움과 추함 등을 식별할 수 있게 한다. 개념은 감각, 느낌, 의지로 형성한 표상을 종합한다. 판단은 사물에 대한 인식을 구성하기 위해 개념을 연결한다.

이성은 우리가 이러한 개념과 판단을 형성하고, 인식을 조직화하고, 세계에 어떤 의미를 부여할 수 있게 하는 지적 능력이다. 이 같은 기능을 수행한다는 점에서 이성은 감성과 다르다. 감성은 단지 감각의 문제에 대답하며, 지식이 아닌 주관적 믿음의 질서 속에서 작동할 뿐이다. 플라톤, 아리스토텔레스로 대표되는 그리스 철학자들은 이성의 힘으로 인간과 세계를 합리적으로 탐구한 최초의 사람들이다.

이성의 능력에는 **판단력**이 포함된다. 그래서 이성은 광기나 열정과는 구분된다. 대다수 철학자는 이성은 세계에 관한 인식을 주관하고 인간의 삶을 이끈다고 보았다. 칸트에 따르면, 이성은 인식의 원리뿐만 아니라 행위 규칙을 제공할 수 있는데, 그 이유는 이성이 '경험'으로부터 독립한 것이기 때문이다. 이성은 또한 실천적으로, 자신의 행동을 인식·판단·결정할 수 있는 능력으로서의 도덕실천의 가능성을 열어준다.

전통 철학자들은, 이성은 인간에게 고유한 것이자 모든 인간에게 보편적으로 주어진 것으로 보았다. 하지만 근대 이후의 서양의 동양에 대한 지배는 인간의 이성이 보편적이지 않음을 보여주는 사례라 할 수 있다. 오늘날, 이성은 인간과 세계를 둘러싼 다양한 조건에서 드러나는 상대적인 모습으로 이해되고 있다.

'이성적'이라는 개념과 '합리적'이라는 개념은 구분되어야 한다. 합리성이 주로 인식의 측면에서 사용되는 개념이라면, 이성은 **'행위'**의 측면에서 사용되는 개념이다. 한 개인, 하나의 선택, 하나의 행위는 이성의 규정에 부합할 때 이성적이다. 반면, 합리적 인식이란 수학적·논리적 인식을 뜻한다. 그러므로 인간이라면 누구나 이성적이어야 하지만, 모든 사람이 반드시 합리적이어야 하는 것은 아니다.

플라톤: "이성은 세상의 참된 모습을 직관하는 능력이다."

플라톤에 따르면, 이성은 '실재'를 개념적·논리적으로 인식하는 능력인 오성(悟性)보다 높은 차원의 인식능력이다. 누스(nous, 영혼·정신)를 감성 및 로고스와 구별하여 참다운 실재인 '이데아'를 지적으로 직관하는 능력이라고 규정했다. 이 경우 이성, 곧 누스는 **'지성'**이라고 볼 수 있다.

아리스토텔레스: "이성은 인간을 행복으로 인도하는 영혼 활동이다."

아리스토텔레스는 모든 존재자는 본성에 따라 자신만이 가지고 있는 선(善)을 추구하며, 그것(善) 안에서 자신을 완성한다고 생각했다. 그런 활동에서 인간은 외적 상황에 구애되지 않는 행복을 발견하며, 이것이야말로 인간이 노력하여 얻으려는 최종 목표라는 것이다. 그는 인간에게 선이란 영혼이 자신의 특별한 능력, 곧 이성의 능력을 바탕으로 최고선인 **'덕(德)'**을 추구하는 행위라고 보았다. 덕(아레테)이란 인간의 고유한 기능인 이성이 탁월하게 발휘되는 상태로, 인간은 '지성적 덕'과 '윤리적 덕'을 실천함으로써 행복에 이를 수 있다고 보았다.

데카르트: "이성은 인간에게 부여된 천부적 능력이다."

데카르트는 이성은 모든 인간에게 보편적으로 주어진 **사유 능력**이라면서, 인간의 고유한 특징으로써의 이성 능력을 여하히 잘 사용하느냐가 중요하다고 생각했다. 이를 위해 수학적 방법에 따라 사색을 하게 되면 우리의 힘이 미치는 범위 안에서 이성을 가장 잘 사용할 수 있으며, 판단의 오류에서 벗어날 수 있다고 확신했다.

데카르트는 우리가 판단의 오류를 범하는 것은, 이성이 이해하지 않은 상태에서 자신이 내린 결정의 옳고 그름을 확신하려 들기 때문이라고 보았다. 그리고 그러한 오류에서 벗어나려면, 이성이 아직 진리라고 생각하지 않은 것에 관해서는 판단을 삼가야 한다고 생각했다. 옳다는 확신이 들 때 비로소 옳은 것이라는 판단을 내려야 하며, 그 판단의 주체는 전적으로 '나', 곧 나의 '이성'이어야 한다고 주장했다.

칸트: "이성은 최고이자 최상의 인식 능력이다."

칸트는 플라톤의 이성 개념을 이어받아, 오성은 범주의 능력이고 이성은 이념의 능력이라고 보았다. 칸트에게 있어서 양·질·관계 등의 **'범주(카테고리)'**를 사용하여 인식의 대상을 구성하는 것이 오성의 능력이며, 이념에 의해서 이러한 오성의 작용에 통일과 체계를 주는 것이 '이성'의 능력이다. 그는, 오성은 제한된 인식능력인 데 비해 이성은 제한 없는 인식능력이라면서, 올바른 판단을 위한 이성 능력의 중요성을 강조했다.

헤겔: "이성은 자유의 진보를 이끄는 절대정신이다."

헤겔은 오성과 이성을 각각 추상적 개념화 능력과 구체적 개념화 능력으로 구분했다. 헤겔에 따르면, 추상적 개념화의 능력인 오성은 '직관, 반성, 자각'이라는 변증법적 단계를 거치면서 보다 높은 자각, 즉 이성 속에 들어가 종합·통일됨으로써 참다운 구체성을 얻게 된다. 그렇게 해서 이성은 '절대 이성', 즉 **'절대정신'**[18]으로 나아간다.

■ **이성과 실존**

야스퍼스, 키르케고르, 니체와 같은 실존철학자들에 따르면, 실존이야말로 인간 존재의 조건이며 근원이다. 실존철학은 단순한 체험이 아니고 하나의 학문으로써 어디까지나 사유를 통해 성립하는 것이므로, 이성을 배제할 수 없다. 실존과 이성은 불가분의 상관성을 갖는다. 즉, 실존은 이성에 의해서 본모습이 드러나며, 이성은 실존을 통해 열매를 맺는다. **실존철학**은 그 이유를 밝히려는 사상이다.

아도르노·호르크하이머:
"이성은 도구화되면서 인간성을 파괴한다."

아도르노와 호르크하이머는 현대 사회를 둘러싼 위기의 원인을 이성 그 자체가 아닌 '이성의 도구화'에서 찾았다. 자연의 신화적 힘으로부터 인간을 해방한 합리적 이성이 문명과 과학의 발전 과정에서 도구적 이성으로 전락했다는 것이다.

그들은 **'도구화된 이성'**[19]이 규범의 상실, 이념의 상실, 가치의 상실과 사물화를 초래했다고 주장했다. 이성이 '도구화'되면서 인간은 이제 기계와 물질에 의존해서 자신들의 삶을 이끌어 나가고, 인간의 고유함인 사유 능력은 주체성을 상실하게 되었으며, 그 결과 스스로 비판하고 반성하고 고발하는 능력을 상실하고 말았다는 것이다. 그러함에도 그들은 이성에 대해 전면적으로 부정하는 것이 아니라, 이성의 끊임없는 자기부정을 통해 도구적 이성으로 인해 왜곡되고만 **'계몽'**을 깨우치려고 했다.

16 실존
: 인간 존재의 본질

일반적으로 **'존재'**라는 개념은 '있다'와 '이다'라는 두 가지 방식으로 사용된다. 어떤 사물에 대해 이를 '존재'라고 표현하는 것은, 그것이 '있다(실존)'를 말하기도 하고, 그것이 '무엇이다(본질)'를 말하기도 한다. '존재'는 '여기 있는 것'을 말하며, '실존'이란 실제로 존재하는 것 이상의 그 무엇이다. 분필, 책, 학교 등은 '존재'하고 있는 것이며, 이 글을 읽고 있는 당신은 '실존'하고 있는 것이다. 실존하는 것은 곧 인간이 **'주체적'**인 모습으로 현실에 존재하는 것을 의미한다.

플라톤은 이데아라는 참된 실재가 개별 사물로 나누어짐으로써('분유'함으로써) 여러 사물은 존재하는 것으로 생각했다. 아리스토텔레스는 사물의 본질이 잠재적으로 이미 존재하고 있고, 이것이 '신' 같은 절대자의 힘을 빌려 현실의 존재로 나타난다고 생각했다. 그러나 실존주의 철학에 따르면 인간에게는 그 본질과 실존의 차이가 있다. 인간은 본질이 구체적인 형태로 주어져 생을 받아들이는 것이 아니다. 현실 세계에서 인간은 스스로 삶을 방식을 선택하고 결정한다. 그 때문에 실존하는 모습은 인간만이 지닌 고유한 것이다.

실존은 또한 가능 존재로서의 **'본질'**에 대응하는 것으로써, 실존철학에서 인간 존재의 본질을 의미한다. 인간의 본질 규정으로써의 실존이란 인간이 언제나 스스로 자기의 존재를 규정하는 식으로, 다시 말해 세상 사물처럼 태어날 때부터 이미 주어진 어떤 본질 규정을 갖지 않은 채로 존재한다는 것을 의미한다. 그렇기에 실존은 인간 존재와 인간 본질을 더 높은 차원에서 밝히고 가치를 부여하는 의미를 지닌다.

실존주의

실존주의는 '실존'하는 우리 인간의 삶을 중요하게 여기는 현대철학의 흐름 가운데 하나로, 하나의 이념 체계라기보다는 하이데거, 야스퍼스, 키르케고르, 사르트르와 같은 여러 실존주의 철학자가 공통으로 제기하는 주제를 가리킨다.

실존주의를 간략히 설명하는 것이 "실존은 존재에 앞선다"라는 말이다. 여기서 **'실존'**이란 우리가 보고 느끼고 만질 수 있도록 존재하는 것을 말하고, **'본질'**이란 사물이 지향하는 목적을 뜻한다고 할 수 있다. 즉, 실존이란 '존재한다'는 뜻이고, 본질이란 '이미 정해진 운명'을 말한다.

실존주의에 따르면, 실존은 인간의 존재를 말하는데, 이 존재는 보통의 경험적인 인간 존재가 아니라, 실현되고 있지 않은 잠재적인 인간의 내적 존재를 가리킨다. 이러한 실존은 불안과 고독과 절망 속에 있는 **단독자**로서의 존재다.

이 실존은 야스퍼스와 같이 **'한계상황'**에서 자기를 분명하게 하고 초월자인 '신'에 자기를 결합하거나, 하이데거와 같이 **'세계-내-존재'**로서 자기를 확인하거나, 사르트르와 같이 "실존은 본질에 앞선다"라고 하여, 자기의 자유로운 선택에 의해 자기 형성을 수행함으로써 실존이 참된 상태로 된다고 본다.

어느 경우에도 불안과 고독과 절망이라는 자기의식이 그 밑에 깔려 있다. 예를 들어 인간 **'소외'**가 그것이다. 현대 사회는 인간을 인간이 아닌 물건으로 대우한다. 즉 인간을 '존재'로서가 아니라 '본질'로서 대우한다. 현대 사회에서 인간은 존재로서 대우받는 것이 아니라 마치 기계의 부속품처럼 언제든지 대체될 수 있는 물건으로 취급하는 이른바 **'물화(物化)'** 현상이 일어나고, 그에 따라 인간은 깊은 불안과 고통과 절망에 빠져들고 결국 소외되고 만다.

따라서 이를 극복하기 위해서는 이러한 현대 사회에서 발생하게 되는 숙명적인 부조리에 맞서 자신의 의지를 관철하는 **적극적인** 삶을 살아야 한다. 인간은 자기 앞에 펼쳐진 미래의 가능성을 스스로 선택하고 현실의 부조리한 면들을 극복하는 실천적 존재임을 인식할 수 있다. 그리고 이를 통해 스스로 미래의 가능성을 찾아내고 미래를 위한 목표를 세우고 수단을 모색할 때, 인간은 참다운 실존적 삶을 살아갈 수 있으며, 더불어 '소외'의 상태에서 벗어날 수 있다.

■ **한계상황**

야스퍼스에 따르면, 인간은 실존을 깨닫는 순간 한계상황(극한 상황이라고도 한다)에 직면하게 된다. 한계상황은 죽음, 죄책감, 전쟁, 고뇌, 우연한 사고 등 과학으로 설명할 수 없고 기술로도 해결할 수 없는 인생의 장벽으로, 스스로 힘으로는 변화시킬 수 없는 상황을 말한다. 그는 한계상황을 **긍정적인** 시각에서 보았다. 인간은 살아있는 한 불가피하게 한계상황과 직면하며, 이를 통해 인간은 자신의 유한성을 각성하고 실존을 회복한다는 것이다. 어쩔 수 없는 현실의 장벽에 적극적으로 맞서야 비로소 인간은 그 벽 너머에 존재하는 **'초월자(신)'**의 모습을 발견할 수 있다는 것이다. 초월자란 바꿔 말하면 한계를 극복하고 성장한 자신의 모습을 의미한다.

사르트르: "실존은 본질에 앞선다."

사르트르는 실존주의를 "실존은 본질에 앞선다"라는 말로 표현했다. 여기서 실존이란 인간 존재를 의미하며, 본질은 사물이 사물로써 존재하기 위한 필요조건이라 할 수 있다. 사르트르는 오직 인간에게만 "실존은 본질에 앞선다"라는 말을 했다. 이는 실존을 결정하는 것은 **'인간'** 이외에는 없다는 뜻이다. 그에 따르면 먼저 인간이 있고 그런 다음에야 비로소 삶의 본질을 발견할 수 있다. 이때 인간은 자아와 세상 사이에 있는 공허함을 발견하는데, 이것이 바로 실존을 파고드는 **'무(無)'**라는 것이다. 사르트르는 인간은 기존의 어떠한 본질에 지배되는 존재가 아니며, 자기 스스로 인생을 개척해 나가는 실존적 존재라고 주장했다.

■ **앙가주망**

사르트르는 개인의 적극적 사회참여로 자유를 실현할 때 역사, 곧 사회는 발전한다고 보았다. 사회참여는 그 사회에 구속되지 않으면서도 자신은 물론 사회 변화를 일으키는 동력으로 작용한다는 것이다. 이러한 지식인의 적극적 **사회참여**를 '앙가주망'이라고 한다. 참여문학을 일컫는 말로 쓰이기도 한다. 사르트르는 '스스로 의지로 선택한다'라는 전제하에 사람들이 주체적으로 앙가주망에 뛰어들 것을 권유했다. 이런 사르트르의 실존주의 사고는 자기 행동을 통해 사회혁명을 실현하는 이론으로 정립됐다.

하이데거: "실존은 자신이 죽을 수밖에 없는 존재임을 자각하는 것이다."

하이데거는 인간이 실존하는 것은 존재로서가 아니라, 인간이 선택한 삶의 방식을 따른 것이기 때문으로 생각했다. 우리는 일상생활에서 타인과 잡담을 하거나, 영화를 감상하거나, 게임에 몰두한다. 자신이 가진 참된 가능성을 실현하는 실존 행위를 망각하는 것이다. 그러면서도 우리는 때로 이유 없이 **'불안'**에 사로잡질 때가 있다. 세계 안에서 즐겁게 살아가는 도중에, 문득 자기 자신을 망각하고 있는 것은 아닐까 하는 생각에 빠지게 된다. 하이데거에 따르면, 우리는 불안의 힘에 이끌려 자신에게 고유하고 유일한 죽음의 **가능성**에 직면할 때, 비로소 그리고 스스로 실존을 선택하는 것이다.

17 자유의지
: 스스로 선택하는 힘

자유의지는 외부의 제약이나 구속에 구애받지 않고 어떤 목적을 스스로 세우고 실행할 수 있는 인간 **'내면의 힘'**을 말한다. 그렇기에 인간 행위의 문제는 어디까지나 자신의 자유로운 결단에 달려 있다. 만약 어떠한 개별적 사물이나 현상이 인과관계라는 엄격하고도 정밀한 기계 법칙에 따라 완전히 지배된다는 유물론적 또는 형이상학적 결정론에 따른다면, 오로지 나 자신의 내적인 힘, 즉 자유의지는 실재할 수 없다.

자유의지론과 결정론은 인간 행위의 동기를 철학적으로 고찰한 것이다. 인간의 행위가 어떤 원인에 따라 필연적으로 정해져 있다고 보는 견해를 **'결정론'**이라고 하며, 인간의 자유로운 선택에 따른 것이라고 보는 견해를 **'자유의지론'**이라고 한다.

자유의지론에 따르면, 인간의 행위는 자신의 자유의지로 선택한 것이다. 자연의 법칙에 지배되는 행동과는 달리 인간의 행위는 인간 스스로가 그 원인이 되며, 따라서 인간은 자신의 행위에 대해 도덕적 책임을 진다. 물론 자유의지론이 결정론을 완전히 거부하는 것은 아니지만, 그렇더라도 우리의 삶과 세계는 자유의지를 따라 얼마든지 변화될 수 있다. 이처럼 자유의지는 외부의 제약이나 구속받지 않고 어떠한 목적을 스스로 세우고 실행할 수 있는 의지를 말한다.

인간은 옳지 못한 행동을 분별할 수 있는 능력인 자유의지를 가지고 있으며, 자유의지가 전제되어야만 **'윤리'**가 성립한다. 인간이 자유의지를 가지고 있다는 것은, 주어진 본성에 따라 기계적으로 행동하지 않음을 뜻한다. 인간은 전적으로 선하지도 않고 악한 것도 아니지만, 적어도 인간을 더

선하게 하거나 덜 악하게는 할 수 있으므로, 우리는 자유의지에 따라 선한 행동을 하기 위해 항상 노력해야 한다는 것이다.

■ **결정론**

자유의지론의 대척점에 결정론이 있다. 결정론은 세상의 모든 일은 **자연법칙**과 **인과관계**에 따라 결정되어 있다고 보며, 사람의 운명 또한 미리 정해져 있다고 보는 이론이다. 이러한 결정론의 관점에서는 인간의 자유를 인정하지 않는 태도를 보인다.

로크: "의지가 자유로운 것이 아니라, 인간이 자유로운 것이다."

로크는 근대 자유주의 사상의 기초를 닦은 사상가다. 로크에 따르면, 자유가 귀속되는 주체는 '의지'가 아니라 **'인간'**이다. 이는 홉스의 사상에서도 발견된다. 로크는 자유가 의지에 귀속된다는 생각은 잘못된 것이라면서, 특히 '의지의 자유'라는 말 자체는 잘못된 어법이라고 주장했다.

로크는 이것을 일종의 **'범주 착오'**에서 비롯된 것으로 보면서, 그 대신에 자유는 행위자에 귀속되는 것으로써 '인간은 자유롭다'라고 말해야 제대로 된 어법이라고 생각했다. 의지도 일종의 능력이고 자유도 일종의 능력인 것이기에, 하나의 능력이 다른 능력에 귀속된다고 말하는 것은 불합리하다는 것이다.

로크에게서 자유는 인간의 정신에만 귀속시키는 것이 아니라 신체를 가진 인간에게 귀속시킨다는 것은 곧 합리적 행위의 주체에 귀속시킨다는 뜻이다. 따라서 경험론적 전통에서의 자유는 기본적으로 신체적 행위를 떠나서는 말해질 수 없다. 이런 이유로, 로크는 "인간은 자유롭다"라는 말뜻을 "인간은 자신의 의지에 따라 행위할 수 있는 힘이 있다"라고 해석한 것이다. 그를 이은 흄 역시 자유는 '나의 의지에 따라 행위할 수 있는 힘'이라고 규정했다.

바지니: "자유의지는 행복 추구를 향한 인간 본성이다."

영국의 철학자 줄리언 바지니는 자유의지를 **'행복'**의 관점에서 고찰했다. 바지니에 따르면, 우리는 행복을 인생의 목적 그 자체라면서 비판 없이 받아들이고 있지만, 실제로는 행복 이외의 다른 가치를 무의식적으로 함께 고려하고 있다고 보았다. 행복은 인생의 의미로써 과대평가된 가치의 하나일 뿐이며, 진정으로 행복하기 위해서는 자기 삶을 **욕망**할 수 있는 '자유의지'가 더 중요하다는 것이다.

바지니는 자유의지는 우리가 스스로 자신의 미래를 설계할 수 있다는 의식을 갖추게 하고, 자신의 삶에 대한 통제력과 책임의식을 발휘하기 위한 신념으로 기능한다고 생각했다. 결정론적 세계관 안에서 행복과 쾌락을 보장하는 경험 기계를 거부하는 자유의지야말로 진정 행복한 삶을 이끄는 동인으로 작용한다고 주장했다.

리벳: "자유의지가 아닌 무의식의 뇌가 인간 행동을 조종한다."

신경과학자 벤저민 리벳은 '자유의지 사고실험'을 통해 우리가 내리는 결정은 **'무의식적'**으로 이루어지며, 자유의지가 별로 작용하지 않는다고 결론 내렸다. 이는 뇌신경과학은 물론 정신철학 분야에서 많은 논란을 불러일으켰다. 마침내 리벳의 연구는 잘못된 해석이며, 인간의 자유의지에 관한 연구는 내용 면에서 부실하다고 결론지었다.

그런데도 우리가 리벳의 실험 결과에 주목해야 하는 이유는, 인간에게 자유의지 문제는 무척이나 중요하기 때문이다. 뇌가 인간의 자유의지 대신 결정을 내린다는 것을 받아들여야 한다면 대단히 많은 현실적인 문제들이 뒤따르게 된다.

그중에서도 가장 큰 문제는 바로 **'책임 소재'**와 관련한 것이다. 뇌가 행동을 결정하는 기관이라면 인간은 더는 도덕적 책임을 질 필요가 없게 된다. 어떤 행위에 대한 책임을 개인이 아닌 그의 '뇌'가 져야 한다면 우리는 이제까지 존재해온 법(法)을 완전히 새로 써야만 한다. 그리고 더 나아가 인간 존재 자체를 완전히 새롭게 정의 내려야 한다. 이제까지 우리가 알고 있었던 '스스로 판단하고 결정하고 책임지는 자아'는 더는 존재하지 않을 것이기 때문이다.

바로 이런 문제 때문에 많은 신경과학자가 뇌 결정론을 수용하면서도 개인의 책임을 결단코 부정하지 않는다. 이를테면 신경 윤리학의 선구자인 가자니가 교수는 뇌의 중요성을 전적으로 인정하면서도, 책임은 뇌가 아닌 **'개인'**에게 있다고 강변했다.

가브리엘: "인간은 뇌의 꼭두각시가 아니다."

현대철학의 새로운 흐름을 선도하는 젊은 철학자 가브리엘은 리벳의 자유의지 사고실험을 반박하는 주장을 펼쳤다. 그는 '자유의지'에 있어서의 인간의 **'고유성'**을 강조했다. 뇌 과학자들은 의식적으로 체험되는 우리의 결정 중 다수가 뉴런 층위에서 무의식적으로 이뤄진다고 본다. 또 모든 사건은 자연법칙에 따라 일어나며 매 순간 그 자연법칙들은 다음에 일어날 일을 확정한다고 주장한다.

그러나 가브리엘은, 만약 어떤 사건이 일어났다면, 그 사건 발생에 관여하는 조건은 자연법칙을 따르는 '엄격한 원인'이나 전적으로 '분명한 이유'에 의한 것은 아니다. 조건 성립을 위한 목록으로써의 불확실한 '원인'이 우리 앞에 열려 있고, 그 조건 모두가 '분명한 이유'를 갖고서 우리를 구속하는 것은 아니라는 것, 바로 이것에 인간의 '자유의지'가 개입할 여지가 있다. 이처럼 가브리엘이 궁극적으로 목표로 하는 것은 인간 **'정신'**의 사유, 즉 자유의지의 옹호라 할 수 있다.

18 구조
: 부분과 전체의 관계

구조(構造)는 전체 속의 여러 요소 또는 여러 구성 성분의 조립 관계, 내지는 전체로서 사물 내부의 각 부분이 서로 결합하는 관계를 말한다. 구조는 때로는 형태가 없으면서도 근본적인 어떤 것으로 둘러싸인 존재의 관계 및 개념 인식, 관찰, 자연, 양식의 안정성 등을 나타내는 말이다. 어떤 구조가 어떠한 체계로 이루어졌다고 정의할 경우, 이는 서로 밀접한 관련을 맺고 있는 항목별 구성 요소의 집합을 뜻한다.

구조는 부분과 전체의 관계에서 생각하면 이해하기 쉽다. 사물을 구조적으로 본다는 것은 그것이 전체적으로 어떻게 배열된 것인가, 그리고 하나의 사물로써 전체와의 관계 속에서 어떤 의미로 구축되었는가를 생각하는 것이다. 가령, 시계의 구조는 그것이 여러 부품을 이루면서 어떻게 구성되었는가를 말한다.

그리고 시계가 생활 도구로써 세계 안에서 하나의 부품으로써 어떤 의미와 역할을 갖고서 기능하는가로도 생각할 수 있다. 모든 사물에는 하나가 된 전체로써의 구조와 함께 전체를 구성하는 일부로서의 구조라는 **양면성**이 항상 존재하는 것이다.

구조주의는, 인간 행동은 인간이 속한 사회와 문화의 '구조'에 의해 규정된다는 사상이다. 프랑스에서 태어난 20세기 대표 사상의 하나로, 사물이나 현상에 오랫동안 영향을 미치는 체계를 분석하여 그 현상 기저에 있는 **'구조(본질)'**를 밝히려는 사상이다. 구조주의는 언어, 친족, 신화와 같은 어느 한 집합 또는 집단의 기능 작용을 설명하기 위해 그것에 내재한 각 항목 사이의 관계에 초점을 맞추고서 인식 대상의 구조를 살핀다. 예컨대 언어와 사회를 규제하는 규정 등과 관련한 '기호체계'와 '의미 체계'를 동시에 관찰한다.

구조주의는 사회·문화의 밑바탕에서 사회를 구성하는 사람들도 자각하지 못하는 '구조'를 끄집어내는 분석방법이다. 구조주의는 실존주의를 비롯한 서양철학이 중시해 온 '주체'와 '인간'을 부정한다. 반면, 인간 사회 전체의 근본에 존재하는 '구조'에 주목함으로써 서양뿐만 아니라 세계 전체를 조망하는 시선을 획득하려고 시도한다. 사회의 구조를 토대로 개인의 가치관이 존재한다고 생각하면서, '인간'에 대한 새로운 인식을 얻고자 한다. 구조주의를 대표하는 사상가로는 레비스트로스 이외에 라캉, 알튀세르, 푸코, 데리다 등이 있다.

소쉬르: "언어 구조가 차이를 만든다."

스위스 언어학자 소쉬르는 구조주의 창시자라 할 수 있다. 소쉬르는 언어의 '의미'에 대한 탐구를 포기하는 대신, 언어의 **'사용 기능'**에 대한 설명을 택했다. 소쉬르에 따르면, 언어의 의미는 '외부' 사물 간의 관련성에서 파생하는 것이 아니며, 기호체계 안에 놓인 기호들의 관계에서 유래한다. 즉, 어느 한 요소의 의미는 체계 전체에서 차지하는 자신의 위치에 의해 결정된다. 이를 두고 소쉬르는 '언어에는 변치 않는 용어는 없고 차이만 있을 뿐'이라고 했다.

레비스트로스: "인간은 사회구조에 지배받는다."

소쉬르의 구조주의 접근 방법은 이후 문화인류학자 레비스트로스에 의해 광범위하게 전개됐다. 레비스트로스는 근대의 서양문명을 인류 문화 전체 속에서 다시 보려고 시도했다. 그는 인간의 사고나 행동은 그 근저를 이루는 **'사회구조'**에 의해 지배받는다고 생각했다. 따라서 어떤 사회현상에서 이유를 찾아내는 작업을 그만두고, 전체를 조로써 파악해야 한다고 생각했다. 예를 들어 친족 관계는 상징적 교환이 가능한 형태(구조)의 하나로, 일반적으로 모든 소통 형식은 그것들의 무의식적 하부구조로부터 출발하여, 다양한 의미로 해석될 수 있음을 보여준다. 달리 말해, 우리의 삶은 무의식적 구조에 의해 지배되는 것이다.

레비스트로스는 인간 주체성은 인간을 둘러싼 '구조'에 의해 규정된다면서, 사르트르가 주체성을 강조한 것을 두고 서양 특유의 **'인간 중심'** 사상을 구조화하여 반영한 것이라고 비판했다. 그때까지 서양철학에서 중시되던 자각 의식이나 주체성 개념에도, 그 이면에는 무의식의 질서(구조)가 먼저 자리 잡고 있다고 생각한 것이다.

■ **레비스트로스의 '슬픈 열대'**

레비스트로스는 아마존 원주민에 대한 조사를 담은 《슬픈 열대》에서, 우리가 미개하다고 여기는 사회에도 혼인 제도를 비롯한 사회질서가 **'무의식적인 구조'**로써 존재한다는 사실을 제시했다.

그는 결혼을 통해 여성을 교환하는 풍습의 이면에는 '근친혼의 금지'라는 인류 공통의 구조(즉, 결혼 문화)가 발견된다고 주장했다. 그들이 여성 교환 풍습의 의미를 애초부터 몰랐는데도 불구하고 말이다. 그 결과, 여성은 같은 부계 그룹 내에서 결혼이 금지되어 다른 그룹의 남성과 결혼하고, 이로써 다른 그룹 간의 소통이 이루어져 사회는 유지된다고 보았다.

포스트구조주의

구조주의 사상은 인간을 포함한 사물의 존재가치를 상대적 관점에서 파악하면서 모든 것을 **'관계'**의 틀 안에서 인식하려 든다. 그렇더라도 이 역시 사물을 고정된 그 무엇으로 보고 있는 점에서 전통 철학과 크게 다를 바 없다. 사물을 고정된 그 무엇으로 보는 사고방식을 반성하면서 **'주체 전복'**의 새로운 철학을 모색한 푸코, 데리다, 들뢰즈 등 후기 구조주의 철학자들의 사상을 '포스트구조주의'라고 부른다.

구조주의가 인간이라는 존재의 가치를 상대화하며 모든 것을 관계성의 틀 안에서 보려는 데 비해, 포스트구조주의는 이 같은 인간 경시를 배척하고 역사와 종교의 역할과 **다원적** 결정의 역할을 중시한다.

해체주의 및 현상학과 긴밀히 관계하는 포스트구조주의는 인간 경시 사상을 배척하면서 오늘날의 세계 질서를 바꾸는데 엄청난 영향력을 행사했다. 정치·경제·사회·문화 전 영역에서 이성 만능·주체 중심 사고의 '근대성'을 **'해체'**[20]하고 포스트모던한 세계를 열었다. 포스트구조주의 사상은 포스트모더니즘의 사상적 기반으로 작용하면서 사회 전반의 **'탈중심화'** 현상을 이끌어 냈다는 평가를 받고 있다.

포스트구조주의를 대표하는 사상가로는 알튀세르, 라캉, 리오타르, 푸코, 데리다 등이 있다.

알튀세르를 비롯한 마르크스주의자들은 구조주의적 방법을 역사에 적용했지만, 기본적으로는 '유물론'의 골격을 유지하면서 **경제구조**를 여전히 역사 운동의 동인으로 여겼다. 라캉은 **'무의식'**은 언어처럼 구조화되어 있다고 보면서, 주체는 더는 인간 행위를 설명하지 못한다고 주장했다. 푸코는 **'담론'**으로써의 사회적 실천의 무의식적 구조 또는 가능성의 조건들을 드러내고자 했다. 데리다는 형이상학의 **'해체'**라는 하이데거의 사상을 계승하는데 구조주의적 범주를 적용했다. 그는 스스로에 대해 투명하고, 의미로 가득 차 있으며, 안정된 것으로 여겨져 온 주체성의 개념에 동일성의 **'탈구축'**과 의미 작용, 진리의 복수성을 대립시켰다.

19 정의
: 공정의 가치

정의는 인간이 사회생활을 영위하는 데 있어서 마땅히 지켜야 할 보편타당한 생활 규범이자 절대 이념을 말한다. 법이 공동체의 질서라면, 정의의 과제는 공동체의 질서를 수호하는 것으로, 정의의 개념은 법률 및 권리의 개념과 연계하여 발전해 왔다.

정의의 개념은 학자에 따라 다양한 의미로 정의된다. 소크라테스는 '인간의 선한 본성'을 '정의'라고 하였고, 아리스토텔레스는 정의의 본질은 '형식적 평등'이라고 말했다. 울피아누스는 정의는 '각자에게 그의 몫을 돌리려는 항구적인 의지'라고 했다. 롤스는 정의는 정당화될 수 없는 불평등이 존재하지 않는 상태를 추구하는 것이라고 보았다. 정의에 관한 철학자들의 생각을 종합할 때, 정의로운 사회란 그 구성원들이 자기 역할과 의무를 다한 후, 마땅히 받아야 할 몫을 온전히 받는 사회를 말한다.

정의는 다른 많은 도덕적 가치, 특히 **'선(善)'**과 비교할 때 현대에 와서 더욱 중요성이 강조되는 가치다. 평등의 실현을 중심으로 하는 가치로도 여겨진다. 오늘날 정의에 대한 물음은 **'공정(公正)'** 개념과 밀접하게 관련되어 있다. 공정은 인간 상호 간의 존중과 불평등 해소, 자유의 형평성 그리고 사회적 연대로 규정된다.

현대의 정의관은 두 가지 흐름으로 나아가고 있다. 하나는 평등을 정의의 핵심으로 보면서 불평등을 완화하려는 **'평등주의적 정의관'**이고, 다른 하나는 반대로 개인의 자유나 효율성을 지향하는 **'자유주의적 정의관'**이다. 전자는 존 롤스의 정의론이 대표적이고, 후자는 노직이나 하이에크가 대표주자라 할 수 있다.

플라톤: "정의는 선의 이데아를 완성하는 것이다."

플라톤은 "정의는 개인적인 덕인가, 아니면 사회적 삶의 조화로운 조직화인가"라는 두 관점 사이의 타협을 시도했다. 플라톤은 《국가론》에서 개인의 보편적 덕(德)으로서의 정의와 사회적 삶과의 조화를 꾀했다. 즉 지혜, 용기, 절제의 덕이 서로 조화를 이룰 때 **'선(善)의 이데아'**는 완성되며, 이러한 상태가 곧 '정의'라고 보았다.

아리스토텔레스: "정의는 정당한 불평등을 향한 평등이다."

아리스토텔레스의 정의는 정치 공동체를 위해 **'행복'**을 창출하고 보존하는 행위다. 이에 따라 정의는 공동체의 이익을 대상으로 하는 일반적 정의 또는 법적 정의와 개인의 복지를 대상으로 하는 특수한 정의 또는 좁은 의미의 정의로 나눌 수 있다. 좁은 의미의 정의는 다시 개인들 사이의 타협과 관련되고 평등의 원리를 따르는 '교정적 정의'와 각자의 공헌에 따라 이익을 분배하는 '배분적 정의'로 구분된다. 어느 경우에나 정의의 궁극의 지향점은 **'평등'**의 원리에 기초한 **'공정성'**의 확립에 있다.

■ **공리주의 정의관**

'최대 다수의 최대 행복'의 원칙인 공리의 원리를 정의의 보편 원칙으로 적용할 수 있다는 사상이다. 공리주의자인 밀에 따르면, 정의는 공리의 원리에 의해 설명될 수 있다. 정의로운 행위나 제도는 최대 다수에게 최대 행복을 가져다주며, 결국, 옳음과 그름, 정의로움과 정의롭지 않음을 구별하는 기준은 사람들이 실제 소망하는 것, 즉 **'행복'**뿐이다. 다시 말해, 공리주의에서 행복의 기준은 개인의 최대 행복이 아니라 전체의 최대 행복의 합이다. 하지만 이러한 공리주의 관점을 따를 경우, 개인은 다른 사람이나 전체의 **'선(공동선)'**을 위해 자신의 행복을 포기할 것을 강요당할 수 있다.

루소: "정의는 사적 소유의 불평등을 정당화하려는 정치적 수사에 불과하다."

루소는 경쟁과 대항 의식, 이해관계의 대립, 그리고 타인의 희생으로써 자기 이익을 얻으려는 욕망 등은 모두 **'사적 소유'**가 만들어낸 효과라면서, 여기서 정의의 규칙이 생겼다고 보았다. 재산의 불평등이 용인되는 사회 상태는 강자의 횡포를 가능하게 만들면서 결과적으로 약자는 억압되고, 모든 불평등이 확대 재생산되는 비참한 사회 상태가 된다는 것, 그리하여 비참한 사회 상태를 벗어나기 위해 정의의 규칙이 필요하게 되었다는 것이다. 이런 이유로, 루소에게 있어서 정의의 규칙이란 결코 '불평등한 평등'이 아니라 다만 사회적·정치적으로 조장된 불평등을 정당화하는 **'정치적 수사(修辭)'**에 불과하다. 루소는 불평등 문제에 관해 당시로는 놀랄만한 통찰력을 보였다.

롤스: "정의는 사회적 합의로써 공정한 정의를 실현하는 것이다."

롤스는 부와 자유, 기회 및 자존심을 공정하게 배분하는 것이 정의라고 보았다. 이를 위해서는 누구든지 자유를 누릴 수 있는, 즉 개인에게 경쟁의 기회를 평등하게 부여할 수 있어야 한다. 그 토대 위에서 결과로써의 불평등은 어쩔 수 없으나 사회 속에서 가장 불우한 사람들의 생활은 개선되도록 배려해야 한다는 원리가 지켜지는 **'공정'**한 정의라면, 사회의 구성원들은 그러한 원칙에 합의할 수 있을 것이다.

롤스는 원초적 입장의 당사자들이 다음과 같은 사회 정의의 원칙에 합의하게 될 것으로 보았다. 제1 원칙은, '평등한 자유의 원칙'을 따라 각 개인은 기본적 지위에 있어서 평등한 권리를 가져야 한다는 것이다. 제2 원칙은, 제1원을 바탕으로, 먼저 사회적·경제적 불평등은 먼저 **'차등의 원칙'**을 따라 최소 수혜자에게 최대의 이익을 보장하도록 이루어져야 하고, 이어서

'기회균등의 원칙'을 따라 공정한 기회균등의 원칙에 따라 모든 사람에게 개방된 직책이나 직위와 결부되도록 배정되어야 한다는 것이다. 롤스는 구성원 간에 이러한 사회 정의 원칙이 공정한 절차를 통해 합의된 것이라면, 이것을 정의롭다고 보는 **'공정으로써의 정의'**[21]를 주장했다.

노직: "정의는 권원적인 의미로 정당한 교환을 뜻한다."

노직은 철저히 **자유주의** 관점에서 정의를 말했다. 개인은 각자가 지닌 힘에 대해 전적으로 배타적인 통제권과 사용권을 가진다. 따라서 국가는 어느 한 개인이 다른 이들을 돕도록 강요할 수 없다. 그는 개인들 사이에 적법한 계약을 맺지 않는 한, 개인이 타인의 이익을 위해 헌신할 의무는 없다고 보았다. '강제된 도움'을 금하며, 타인을 돌보아야 할 당위성은 모두 계약에서 도출된다고 생각했다.

왈쩌: "정의는 사회 내의 서로 다른 가치가 교환되지 않도록 하는 것이다"

공동체주의자 왈쩌는 정의의 원칙을 규정하는 단일한 기본적 가치란 존재하지 않으며, 각 사회의 특수성에 따라, 그리고 한 사회 내에서도 다양한 사회적 가치가 존재한다고 보았다. 따라서 다양한 영역을 형성하는 고유의 사회적 가치들은 각각에 적합한 정의의 원칙에 따라 분배되어야 한다. 예를 들어 부와 상품이라는 가치는 '자유 교환', 공직이라는 가치는 '업적'이라는 서로 다른 정의 원칙에 의해서 분배되어야 한다. 왈쩌는 이러한 과정을 통해 평등에 복합적으로 접근할 수 있으며, 사회적 가치들이 자신의 **고유한 영역** 안에 머무름으로써 복합 평등이 실현될 때 정의로운 사회가 될 수 있다고 보았다. 이를 **'복합 평등으로써의 정의'**라고 한다.

20 자유
: 천부적 인권의 핵심 요소

자유는 외적 강제 또는 구속에서 벗어난 자립 상태를 말한다. 인간은 자율적 이성을 지닌 존재로, 자기 행동의 옳고 그름을 판단할 줄 안다고 전제한다. 인간은 이성적·합리적 사고를 통해 자기 스스로 의사를 결정하고, 결정한 의사에 따라 자율적으로 행동하며, 어떠한 이유로든 그 행동에 방해받거나 구속되지 않는다. 개인은 어떤 행위에 대해 이를 스스로 선택하고 스스로 결정하며, 그에 따른 책임 또한 자신이 진다.

오늘날 자유는 '~에서 벗어난'이라는 **소극적** 의미 외에도, '자기 하고 싶은 대로 할 수 있는'이라는 **적극적** 의미와 함께, '자신이 세운 법칙에 자신을 종속시키는' 의미로써의 **자율적** 의미를 지닌다.

자유권은 천부적인 권리지만 그와 동시에 공동체 속 타인과의 관계에서 발생하는 권리이다. 이러한 의미에서 자유는 개인의 구속을 지양(止揚)하지만, 타인과의 관계에서 자유를 보장받기 위해 사회적 구속에 의존해야 한다는 역설적 특징을 지닌다. 이것을 **'자유의 역설'**이라고 한다.

자유주의는 개인의 자유를 존중하는 정치철학 사상으로, 근대 자본주의 사회의 성립·발전과 동반하여 나타났다. 경제적으로는 자유방임주의를 통해 사적 소유와 이윤 추구를 보장하고, 정치적으로는 입헌제 의회정치를 채택하여 전제주의를 배격하는 한편, 사상적으로는 사상·언론·종교의 자유를 추구함으로써 개인의 자유 확대를 지향한다. 자유주의는 헌법에 자유권적 기본권을 명시함으로써 근대 민주주의 발전에 크게 기여했다.

현대 사회에서 자유주의는 단순히 가치중립을 표방하는 데에서 더 나아가, 개인의 경제적 자유를 적극적으로 촉진하고자 힌다. 경제적 불평등에서 비롯된 빈부격차 극복이 현실에서 중요한 과제로 떠오르면서 롤스의 **'공정으로써의 정의'**와 같은 평등주의적 자유주의 사상이 시대적 담론으로 부각하고 있는데, 이는 개인의 자유와 공동체적 가치와의 균형을 추구한다는 점에서 절충적이다.

■ **자유권**

영국의 철학자 로크는, 개인은 다른 사람이나 국가로부터 개인의 자유를 방해받지 않을 권리, 즉 '자유권'이 있다고 주장했다. 자연 상태에서 누구나 자유권을 갖게 되는데, 자유권에는 생명, 자유, 재산에 대한 권리가 포함된다. 국민은 그러한 자유를 누릴 권리가 있으며, 정부는 그런 자유를 함부로 침해하거나 간섭해서는 안 된다. 다른 사람이나 국가가 그러한 자유를 침해할 가능성이 있기에, 현대 자유 민주주의 사회에서는 그것을 **'기본적 인권'**으로 정해 보장하고 있다.

스토아학파: "자유는 곧 이성이다."

제논·세네카로 대표되는 스토아학파는 어떤 외적 조건으로부터도 독립해 있는 자유에 대해 성찰하려고 했다. 스토아학파에 있어서 자유는 열정을 극복하고 자연을 이해함으로써 평온함에 이른 인간의 이상적인 상태로 이해된다. 그러므로 자유는 비범한 영혼의 힘, 곧 **'이성'**의 다른 이름에 지나지 않는다. 즉, 자유는 이성에 따라서 행위를 하는 인간의 내적 독립성 내지는 도덕적 능력을 뜻한다. 이런 관점은 이후 대부분의 고전주의 철학자(스피노자, 라이프니츠 등)의 사상적 기반이 되었다.

칸트: "자유는 실천이성으로 도덕법칙을 따르는 것이다."

칸트는 《실천이성비판》에서, 자유는 '어떤 일을 스스로, 그리고 주도적으로 시작할 수 있는 능력'이라고 정의했다. 칸트에게 있어서 무언가 아무것도 하지 않는 것은 자유가 아니다. 그러므로 자유는 스스로가 적극적으로 취득하는 그 무언가이다. 칸트는 이러한 적극적 자유는 **'자율'**에서 나온다고 보았다.

칸트에 따르면 자율은 누군가로부터 강제되지 않고, 오로지 자신이 생각하는 규범에 따라 행동하는 것이다. 그러므로 칸트에게 있어서 도덕적 자유는 곧 도덕 법칙을 따르는 것이다. 칸트에게 있어서 자유는 도덕 법칙을 통해서 실현되고, 도덕 법칙은 또한 자유를 기반으로 할 때 효력을 발휘한다. 칸트는 이러한 순환 관계 속에서 자유는 도덕 법칙 실현을 위한 **'실천이성'**으로 작용하고, 도덕 법칙은 자유를 따라 **'선의지'**를 수행하는 행위 준칙으로 작용한다고 생각했다.

■ **자유로부터의 도피**

프랑스 사회철학자 에리히 프롬은 '자유로부터의 도피'라는 명제를 통해 근대인의 자유를 바라보는 인식의 양면성을 갈파했다. 그는 자유를 갈망하면서도 동시에 그것으로부터 도피하려는 인간 심리를 꼬집었다. 프롬은 근대 이후 인간에게 자유가 주어졌음에도 불구하고 진정으로 자유를 누리지 못하면서, 오히려 자유로부터 도피하려 든다고 보았다. 개인은 전근대적인 사회의 구속으로부터는 해방되었지만, 적극적 의미에서의 자유, 곧 **'~을 향한 자유'**를 상실했다는 것이다.

밀: "자유는 자신의 방식대로 살 수 있는 절대권리다."

밀은 《자유론》에서 자유주의 사상의 핵심인 자유의 원리를 제시했다. 개인의 행위의 자유는 그것이 타인에게 해를 끼칠 때만 간섭받을 수 있으며, 그 이외의 어떤 이유로도 침해될 수 없다는 것이다. 설령 당사자에게 이로운 일이라도 결코 이를 강제하거나 이것을 받아들이도록 위협을 가할 수 없다. 개인은 자기 자신, 곧 자신의 몸이나 정신에 대한 **'주권자'**이기 때문이다. 밀은 자유의 기본 원칙으로써의 개인의 자유를 강조하면서도, "개인의 자유가 타인에게 해를 끼친다면 개인은 이에 전적으로 책임을 져야 한다"라고 말함으로써, 그 한계 역시 분명히 했다.

사르트르: "자유는 인간의 운명이자 인간 그 자체다."

사르트르는 스스로 본질을 만들어나가는 인간의 '자유의지'를 강조했다. 사르트르에 따르면, 인간에게는 예정된 본질이 없기에, 딱히 본질에 의하여 구속당할 것이 없다. 아무런 목적도 없이 부조리한 세계에 내던져진 인간은 스스로 선택하고 스스로 결정할 수 있는 자유로운 존재다. 인간은 자신의 존재 이유와 본질을 스스로 만드는 창조적 존재인 것이다.

사르트르에 따르면, 인간은 자기가 원하는 대로 자신의 삶을 만들어 갈 절대적 자유가 있다. 마음 내키는 대로 선택하고 결정할 자유가 개인에게 있는 것이다. 그러나 이 자유는 자신이 원하는 것을 선택하는 소극적인 자유가 아니라, 책임과 의무를 동반하는 **적극적인** 의미의 자유를 말한다. 그는 인간은 자기 삶의 길을 스스로 선택하고 결정해야 하는데, 그에 따른 모든 책임을 자신이 질 때 비로소 진정한 자유를 누릴 수 있다고 보았다.

장자의 '소요유'

'자유롭게 거닐며 유람한다'라는 뜻의 '소요유(逍遙遊)'는 인간이 추구하는 궁극 목표로써의 '절대 자유'를 지칭하는 의미라 할 수 있다. 장자의 철학에서 중요하게 다루고 있는 이 개념은 일체의 세속적 가치를 포기하고 자연 속에서 인간의 본질적 자유로움을 행하는 것으로, 유한성과 구속에서 벗어나 정신적 자유를 누리는 것이야말로 진정한 '자유'라는 사실을 일깨운다.

21 평등
: 분배 정의의 담론

평등이란 모든 사람을 동등하게 대우하고 균등한 기회를 부여하는 것을 말한다. 평등 개념은 일반적으로 사회적·정치적 평등을 의미하며, 프랑스 혁명을 기점으로 정치 영역에서 가장 중심이 되는 역할을 담당해 왔다. 인간은 누구나 천부인권을 소지하는 사람으로서 권리 측면에서 동등하며, 차별적 대우를 받지 않아야 한다는 사회구성의 원리가 그것이다.

평등은 동일성 또는 유사성 개념과는 다르다. "모든 인간은 평등하다"라고 할 때, 이것이 단순히 '여성과 남성은 동일하다' 또는 '흑인과 백인은 유사하다'라는 의미를 지니는 것은 아니다. 평등은 **'복합적'**인 의미를 지닌 개념으로, 그 핵심을 구성하는 다양한 사회 정의 및 이것과 관련된 원칙의 집합이라고 보는 것이 일반적이다.

계몽주의의 이상으로써의 평등은 17세기 후반에 로크 등이 제시한 정치이론에서 유래했다. 이후 평등은 '생명권, 자유권, 행복추구권'처럼 양도 불가능한 천부적 권리, 즉 '모든 인간은 평등할 권리가 있다'라는 생각을 담아 미국 〈독립선언〉에 명시되었고, 〈프랑스 인권선언〉에서 평등은 '자유, 박애'와 함께 자유주의 기본 이념으로 명문화되었다.

현대 민주주의 정치 이념은 **평등사상**에 철저히 기초를 두고 있다. 오늘날, 정치적인 측면에서의 형식적 평등은 경제적 평등의 뒷받침이 없으면 실질적 평등을 달성하는 데 문제가 발생한다. 더불어, 평등한 인간관에서는 인간 단독자로서의 개성의 차이나 타고난 재능의 차이, 또는 사회적 역할의 차이가 불가피하게 발생할 수밖에 없다. 이런 점에서, 합리주의적 평등사상은 그것에 내포된 여러 문제를 안고 있다.

■ **기회의 평등과 결과의 평등**

기회의 평등이란 사람들이 인종, 가치, 계급, 종교, 나이 등 여러 가지 선택할 수 없는 요소들로 인해 차별받지 않고, 모두에게 동등한 기회가 주어지는 것을 말하며, '기회균등'이라고도 한다. 결과의 평등은 모든 사람의 기본적 삶의 조건을 보장하기 위해 능력이나 배경 등 사회적 조건에서 열세에 있는 사람에게 다양한 혜택을 제공하는 **'합리적 차별'**을 말한다.

하이에크: "기회의 평등을 우선해야 한다."

철저한 자유주의 사상가인 하이에크는 **'기회의 평등'**을 강조했다. 하이에크에 따르면, 모든 사람이 평등하다는 주장은 결코 진실이 아니다. 그것은 허구적이고 관념적인 희망 사항일 뿐이다. 사람들의 타고난 재능은 가지각색이다. 그러므로 '법 앞의 평등', 즉 고전적 자유주의자들의 주장처럼 최소한으로 요구하는 법적·정치적 기본권을 누리고자 할 경우, 그들은 서로 매우 다른 사회적·경제적 위치에 이를 수밖에 없다.

하이에크는 개인과 사회의 발전을 위해서는 결과의 평등이 아닌, 기회의 평등이 바람직하다고 보았다. 기회의 평등이 실현되려면, 사람들이 타고난 재능과 잠재력을 한껏 발휘하지 못하게 막는 인공 장애물(출신·인종·성별 제한 등)이 없어야 한다고 보았다. 국가가 개입하여 개인의 자유와 권리를 조정함으로써 재산·지위·권력과 같은 조건 차이에서 오는 필연적 결과로서의 불평등을 해소하려 들어서는 안 된다고 보았다.

이런 이유로, 하이에크가 생각하는 평등은 본질적인 측면에서 **'능력주의'**와 관련한다. 이를 위해 국가는 개인이 각자 타고난 재능으로 열심히 일해 사회적으로 높은 지위에 이를 수 있는 방향으로 나아가야 하며, 이를 위해서는 불평등을 용인하는 방향으로 평등한 권리와 폭넓은 자유를 열어 두어야 한다고 역설했다.

토크빌: "평등은 역설적으로 불평등하다."

토크빌은 저서 《평등의 역설》에서 민주적 평등 사회의 어두운 면모를 예리하게 포착했다. 토크빌에 따르면 평등에 대한 열망에는 두 종류가 있다. 하나는 더 강하고 더 높은 서열에 있는 사람들처럼 되고자 하는 열망이고, 다른 하나는 반대로 더 나은 위치에 있는 사람들을 자신이 있는 곳으로 끌어내리고자 하는 열망이다.

전자와 같은 열망은 우리 모두를 위로 끌어올리는 진보적 동력이 될 수 있지만, 반대로 후자와 같이 아래를 향한 균등화를 통해 차이를 만회하려는 감정은 선망 혹은 질투를 낳는다.

토크빌에 따르면, 이것은 일종의 평등 딜레마이다. 다수의 여론이 소수의 이성적 판단을 억압하는 **'다수의 압제'** 현상, 높은 위치에 있는 사람을 아래로 끌어내리고자 하는 왜곡된 평등의 집착 등과 같은 민주사회의 병리 현상들은 평등을 지향하는 민주주의가 오히려 혐오와 우울을 불러올 수도 있다는 역설을 보여준다.

아마티아 센: "역량의 평등이 중요하다."

인도 출신 세계적인 경제학자인 아마티아 센은 인간 행위의 동기로서 자기 이익뿐만 아니라 '공감'이나 '사회적 공헌' 같은 질적 개념을 경제학에 도입할 것을 주장했다. 그는 사회적 공헌의 중요성을 보다 강조하면서, 경제학의 중심에 인간을 두는 한편, 윤리학을 경제학에 접목하려 했다. 이를 일컬어 '센의 경제학(센코노믹스)'라고 한다.

센이 사회적 공헌의 개념을 강조한 이유는 사회적 불평등이 현대 사회에서 해결해야 할 가장 큰 문제였기 때문이다. 센은 롤스가 제시한 '차등의 원칙'을 받아들여 자신의 논리를 전개해 나갔다. 하지만 롤스가 가장 불우한 사람들의 이익을 최대화하기 위해 소득이나 부와 같은 기본재의 차등

분배를 주장한 것과 달리, 그는 '능력의 차등'으로서의 **'역량 개발'**을 강조했다. 정의로운 사회를 위해 롤스의 부와 소득과 같은 '기본재' 대신 재능과 같은 '기본적 역량'을 평등의 기준으로 해야 한다고 보았다.

센은 차등의 원칙을 소득이나 재산과 같은 기본재는 물론이고 자유와 역량의 차원으로 확장해야 한다면서, 특히 **'능력의 차등'**을 강조했다. 능력이란 스스로 가치 있다고 여기는 목표들을 달성하는 데 필요한 여러 기능을 말한다. 센에 따르면, 기본재를 평등하게 보유해도 '장애인'은 '병자'와 마찬가지로 자유를 맛보지 못한다. 기본권적 자유 충족과 더불어 가치 있는 삶을 추구하려면, 개개인이 얼마만큼 자유롭게 선택할 수 있는지, 다시 말해 무엇을 할 수 있느냐와 관련한 삶의 방식의 지평을 넓혀야 한다.

센은, 모든 사람이 평등하게 실질적인 자유를 최대한 누릴 수 있는 방향으로 '사회 정의'를 실현해야 한다면서, 특히 빈곤 퇴치를 위한 **공공정책**의 필요성을 강조했다. 빈곤은 인간 생존과 사회 활동에 필요한 개별 역량을 수행하기 어렵게 만들기에, 국가는 빈곤 퇴치에 앞서 사회적 약자의 개별 **'역량'**부터 개발할 수 있도록 적극적으로 힘을 쏟아야 한다고 강조했다.

드워킨의 '운 평등주의'

미국의 법철학자 로널드 드워킨은 롤스 정의론의 아이디어를 기반으로 '운 평등주의' 사상을 전개했다. 드워킨은 개인의 삶에서 이용 가능한 자원의 분배적 평등을 실현하기 위한 기준으로써 '선택'과 '운(運)'을 구별했다. 공동체 구성원의 인성이 반영된 선택적 '운'의 결과는 개인이 책임져야 하지만, 여건 차이로 인한 **비선택적** '운'의 불평등은 부당하며 보상을 요구할 수 있다고 주장했다. 운 평등주의는 선택에 따른 책임이라는 자유주의적 가치와 **불운의 보상**이라는 평등주의적 가치를 통합하고 있다는 점에서 의의가 있다.

22 역사
: 사실과 해석

역사는 '사실로서의 역사'와 '기록으로써의 역사'라는 두 측면이 있다. 전자가 객관적 의미의 역사라면, 후자는 주관적 의미의 역사라 할 수 있다. 사실로서의 역사는 **객관적 역사**, 즉, 시간상으로 현재에 이르기까지 일어났던 모든 과거 사건을 의미한다. 이러한 의미에서 역사는 바닷가 모래알과 같이 수많은 과거 사건들의 집합체가 된다.

기록으로써의 역사는 과거의 사실을 토대로 역사가가 이를 조사하고 연구하여 주관적으로 재구성한 것이다. 이 과정에서는 역사가의 가치관 같은 **주관적인 요소**가 필연적으로 개입하며, 이 경우 역사라는 말은 기록된 자료 또는 역사서와 같은 의미가 된다. 우리가 역사를 배운다고 할 때, 이것은 역사가들이 선정하여 연구한 기록으로써의 역사를 배우는 것이다.

사상가마다 역사가 어떻게 발전하는지, 역사 발전의 원동력은 무엇인지에 대한 의견이 다르다. 헤겔에 따르면 역사는 '세계정신'이 자신을 전개하면서 인간의 자유를 확장해나가는 것이다. 마르크스는 역사는 생산력과 생산 관계의 발달에 따라 진보한다는 사적(史的) 유물론을 전개했다. 한편, 아도르노는 "역사는 야만에서 인간성으로 발전하는 것이 아니라, 투석기에서 핵폭탄으로 발전하는 것과 같다"라면서, 역사의 진보 자체를 회의적으로 보았다.

칸트: "역사는 인간의 자유의지 실천이다."

칸트는 "자연은 이유 없이 어떤 일을 행하지 않는다"라고 보았다. 자연이 추구하는 최고의 목적은 인간의 완성으로, 자연은 일정한 규칙에 따라 인간을 완성해 나간다. 자연의 계획을 완성하고 자연이 목적한 의도를 실현해가는 과정이 '역사'라는 것이다.

칸트에 따르면, 인간은 이러한 자연의 의도를 따름으로써 악으로부터 선으로 나아가는 '계몽'의 역사를 실현한다. 역사의 규칙적인 진행을 아는 것은 **'이성'**으로 가능하며, 인간의 이성은 역사가 단순한 사실의 나열이 아니라 일정한 목적을 향해 진행하는 과정임을 인식하는 인간 고유 능력이란 사실을 보여준다.

칸트는 인간은 이성뿐만 아니라 스스로 판단하고 행동하는 **'자유의지'**를 가졌는데, 이 자유의지야말로 자연의 목적을 실현하기 위한 역사 발전의 도구라고 보았다. 자연의 목표를 이루어가는 과정으로써의 역사 발전이란 앞 세대 사람들이 다른 세대를 위해 준비하는 가운데서 이루어진다. 이러한 의미에서 볼 때, 개인의 삶은 물론이고 한 세대의 역사는 **'인류'**라는 더 큰 공동체의 보편적인 역사를 위한 부분이다. 칸트는 인류의 보편 역사를 실현하기 위해서는 무엇보다도 이성과 자유의지에 의해 도덕과 행복을 실천하는 선한 삶으로 구현되어야 한다고 보았다.

헤겔: "역사는 이성의 변증법적 자기실현 과정이다."

헤겔은 자유를 변증법을 따라 현실 사회에 실현하는 과정을 '역사'라고 생각했다. 즉, 역사는 인간이 자유를 손에 넣기까지의 **'진보'** 과정이라는 것이다. 그는 역사의 근저를 움직이는 것은 곧 인간 이성의 자기실현 과정을 통해 자유로움에 다가가려는 의식, 곧 **'절대정신'**이라고 생각했다. 헤겔은 역사가 이성의 지배를 받고 있다고 생각하면서, 역사를 움직이는 주체인 '이성'을 절대정신(세계정신)이라고 불렀다. 절대정신의 본질은 **'자유'**이며, 이 절대정신이 역사적으로 그리고 단계적으로 자기 전개를 해나가면서 인간의 자유를 실현한다고 생각했다. 그것이 곧 역사다.

헤겔에 따르면 절대정신은 소수의 인간이 자유를 누리는 시대로부터 인간 모두 자유를 누리는 시대로 역사를 움직이며, 최종적으로 **'인륜'**[22]이라는 공동체로 나아간다.

헤겔은 역사를 '세계를 가로지르는 이성의 전진'으로 보았고, 인간이 만든 각종 제도를 변증법적 과정의 산물로 여겼다. 그에게 있어서 '정신→절대정신→자유→역사→인륜'으로 나아가는 과정은 모두 이성이라는 보편 지식의 힘이 있기에 가능한 것이다.

■ **마르크스의 사적 유물론**

마르크스주의의 유물론적 역사관을 말한다. 헤겔 변증법의 영향을 받으면서도 역사를 움직이는 원동력을 관념이 아닌 물질적 생산력과 생산 관계, 이를테면 자본가와 노동자 같은 관계로 보았다. 마르크스주의는 생산력과 생산 관계의 **'모순'**이 계급 투쟁과 혁명을 낳음으로써 역사가 필연적으로 자본주의에서 사회주의로 이행한다고 보았다.

헤르더: "역사의 목적은 인간성의 실현이다."

독일의 계몽사상가 헤르더에 따르면, 역사는 일정한 순서와 규칙에 따라 진행하며, 그 자체로 목적을 가진다. 헤르더는 역사의 목적은 자기완성이며, 이는 다름 아닌 **'인간성'**의 실현이라고 보았다.

헤르더에 따르면, 인간성을 실현하기 위한 역사의 길은 하나의 절대적이고 보편적인 형식으로 정해진 것이 아니며, 그 해답을 각 개인이나 민족이 지닌 독특한 역사적 조건에서 찾아야 한다. 이런 생각으로 그는 획일적인 역사 전개를 거부하면서, 각 민족이 지닌 다양성의 가치와 문화의 상대성을 인정해야 한다고 주장했다.

헤르더는, 계몽주의의 지나친 합리성 강조는 역사를 비롯한 모든 것들을 법칙으로만 설명하려는 기계론적 사고에 빠지는 결과를 낳는다고 비판했다. 그는 **'역사의 상대성'**을 강조하면서, 민족의 고유성을 잘 드러내는 개체의 특성과 의미, 그리고 민족 문화가 지닌 독특한 전통은 역사 발전을 일으키는 원동력으로 작용한다고 보았다. 그와 함께 역사의 이해 방법으로 '감정이입'을 제시하면서, 그 시대 그 지역 그 민족의 내면에서부터 함께 느끼고 함께 생각할 때 역사의 본질은 이해 가능하다고 주장했다.

키르케고르: "개인의 주관적인 삶이 역사를 만든다."

키르케고르는 인간의 실존적인 삶 그 자체가 역사를 만들어간다고 생각했다. 그는 국가보다 개인이 우선한다면서, 지금 살아있는 자신인 '현실존재(실존)'가 추구하는 **'주체적 진리'**가 한 사람 한 사람의 결단으로 드러날 때 역사는 발전한다고 보았다.

키르케고르는 개인의 역사는 '실존의 세 단계'를 변증법적으로 거치면서 앞으로 나아간다고 주장했다.

먼저, 인간은 쾌락을 통해 질적인 비약을 추구하지만, 이내 그것이 일시적인 쾌락이라는 데 절망한다. 그러면서 인간은 결단으로 가족이나 직업을 갖고 윤리적으로 살아가는 '윤리적 실존'으로 비약한다. 그러나 이때도 인간은 '윤리'에 부합하지 않은 자신을 계속 책망하고 절망한다. 그리고 이성에 비추어 부조리한 종교적 진리, 신앙의 진리로 다시금 비약한다. 바로 그때 인간은 '신' 앞에서 오롯이 혼자 서있는 **'실존적 단독자'**가 되어 주체적 진리를 획득하게 된다.

이렇듯 우리 배후에는 역사를 움직이는 보편적 진리가 버티고 있는 것이 아니라, 개인 스스로 결단하여 미적 실존, 윤리적 실존, 종교적 실존으로 비약해 가는 것이다. 그에 따르면 역사의 각 장면에는 인간의 주체적이고 개별적인 결단만 있을 뿐이다.

23 이데올로기
: 관념·이념·이상·가치관·세계관

이데올로기란 일반적으로 사람들이 흔히 갖는 통상적 관념들을 지칭한다. '상식' 내지는 **'이념'**이 그것이다. 이데올로기는 본래 '관념학'으로써 로크, 콩디악, 흄을 잇는 인식론적 작업을 뜻했다. 그러나 이후 나폴레옹이 자신에게 반기를 들었던 관념학파의 사상을 매도하기 위해 사용한 이래, 이 용어는 부정적인 의미로 쓰이기 시작했다.

오늘날, 이데올로기는 현실 사회의 문제점을 개선하고 이상사회를 향해 나아가는데 필요한 방향을 제시하는 관념이나 이상(理想)으로써, 일종의 **세계관·가치관**이라고 할 수 있다. 근대의 주요 이데올로기는 프랑스 혁명 이후 이상사회에 대한 다양한 청사진을 제시하는 과정에서 출현하였으며, 대표적인 예로는 자유주의, 민주주의, 민족주의, 사회주의, 보수주의 등을 들 수 있다. 이데올로기는 근대의 산물로써 역사적 미래상과 함께 구체적인 수단이나 투쟁 방법 등을 제시하지만, 이상사회는 전통시대의 산물로써 현실 사회를 풍자적인 방법으로 비판하고 초역사적 미래상을 제시한다.

이데올로기의 순기능으로는 역사 진보에 대한 믿음과 실천 의지의 주입, 대중의 정치적 각성, 민주주의 성장과 발전에 대한 공헌을 들 수 있다. 역기능으로는 정치적 무관심과 급진적 이념에 빠지는 오류, 획일적 세계 인식으로 인한 비타협적·독선적 태도의 고양, 총체적 성격과 극단주의 및 폭력성의 문제 등이 있다.

마르크스: "이데올로기는 허위의식이다."

마르크스에게 이데올로기란 '사회적 존재 양식에 따라 규정된 어떤 가지 관념의 존재론적 형태'를 의미한다. 다시 말하면 인간의 의식이 그들의 존재를 규정하는 것이 아니고, 거꾸로 그들의 **사회적 존재**가 그들의 의식을 규정하는 것이다. 즉, 사람이 사회에서 어떻게 살아가는가에 따라 그 사람의 관념이 규정된다.

마르크스는 사회의 지배 이데올로기는 **지배계급**의 이데올로기라고 보았다.

어느 시대든 지배적인 이데올로기는 지배계급의 이데올로기로, 피지배 계급의 입장에선 당연히 거짓된 의식, **'허위의식'**으로 인식된다. 그는 지배·피지배가 사라지면 허위의식으로써의 이데올로기도 사라질 것이라고 보면서, 피지배 개급인 노동자는 '이데올로기'로부터 벗어나기 위해 계급의식에서 눈을 떠야 한다고 주장했다.

루카치: "이데올로기는 물상화된 허위의식이다."

전통 마르크스주의자인 루카치는 이데올로기를 '계급의식'과 '물상화'라는 두 가지 관점에서 바라보았다.

그에 따르면, 이데올로기적 계급의식은 개인의 경제 상태에 따라 '계급적'으로 규정된 무의식으로, 자신의 의지가 아닌 사회적·경제적 구조에 의해 형성된 것이다. 루카치는 이데올로기는 구조화된 계급의식의 형태를 취한다고 보았다.

루카치는 자본주의 사회의 일상은 **물상화(物象化; 물화, 사물화)**된 의식으로 뒤덮여 있다고 생각했다. 이렇게 일상이 빚어낸 의식은 역사적인 진리도 물질사회의 진리도 꿰뚫어 볼 수 없게 한다. 루카치는 물상화가 이데올로기의 형태로 사회를 뒤덮고 있다면서, 이런 상황에서 벗어나기 이해서는 노동자 계급이 스스로 계급의식에 눈을 떠서 물상화된 허위의식을 깨뜨려야 한다고 주장했다.

알튀세르는 마르크스의 전통 이데올로기 이론을 근본적으로 뒤집었다. 알튀세르는 이데올로기는 마르크스가 말하듯 허위의식이 아닌, 사회 구성원이 공유하는 **필연적인 의식**이라고 보았다. 어떤 의미에서 볼 때 사람이 이데올로기 속에서 살아가고 있음을 인정했다. 누구도 시대 바깥으로 뛰쳐나갈 수 없으며, 이데올로기를 벗어나는 일도 불가능하다고 보았다.

알튀세르가 말하고자 한 것은, 의식은 단독으로 바깥으로 나올 수 없다는 분명한 사실이다. 그렇다면 주체는 그 시대의 지평, 그 시대의 이데올로기의 한 가운데로 불려가서 그 안에서 자신을 재확인할 필요가 있다는 것이 그의 생각이다.

알튀세르는 어떤 주체 자신이 주체가 되기 위해서 이데올로기가 필요하다고 보았다. 인간은 하나의 주체가 되기 위해서 이데올로기 관점에서 자신을 파악하고, 그 이데올로기를 자신의 방식으로 인식할 필요가 있다. 주체는 이 이데올로기를 자신의 것으로 체득함으로써 비로소 스스로 생각하고 행동하는 **'주체'**가 된다고 보았다.

■ **이데올로기적 국가장치**

알튀세르는, 개인의 사상이나 신념, 즉 이데올로기는 학교, 미디어, 기업 등의 시스템에 의해 국가에 맞게 만들어진다고 생각했다. 그는 국가의 이 같은 구조를 **'이데올로기적 국가장치'**라고 불렀다. 국가장치는 군, 경찰과 같은 억압 장치와 학교, 종교와 같은 이데올로기 장치로 구성된다. 국가의 이데올로기 장치로 만들어진 주체는 무의식적으로 그리고 스스로 기꺼이 국가에 복종하고, 이데올로기를 만드는 쪽에 선다.

이데올로기적 국가장치는 개인에 선행한다. 신념이 있기에 이데올로기적 장치를 주체적으로 구축하는 것이 아니라, 이데올로기적 장치로 인해서 개인 각자는 신념을 가지게 된다. 말하자면, 알튀세르에게 주체는 '이데올로기'의 결과이다.

알튀세르는, 자본가 계급에 이익을 주는 자본주의적 생산 관계의 존속을 보장하는 것은 **국가 권력**이며, 국가 권력은 국가기구(국가장치)를 통해 행사된다고 보았다. 현실적으로 국가 권력의 재생산은 대부분 이데올로기적 국가장치들이 보증하며, 이 장치들은 피지배 계급에 지배 이데올로기를 내면화하는 기능을 한다. 그 결과, 계급 적대에도 불구하고 이러한 이데올로기적 지배를 통해 자본주의적 생산 관계는 **유지**된다.

바르트: "이데올로기는 현대 신화의 허구적 기능으로서 작용한다."

바르트는 현대의 '신화'를 계급적 이데올로기의 한 형태라고 보았다. 부르주아가 지배하는 현대 사회에서 신화의 이데올로기는 부르주아지의 지배를 정당화하려는 목적을 지니며, 그에 따라 현대 신화는 계급적 이해관계를 고착하는 역할을 한다고 생각했다.

바르트에 따르면, 근대 들어 신분제도가 철폐되면서 부르주아 계층은 새로운 지배방식을 모색할 필요성을 느꼈고, 그렇게 해서 동원된 것이 바로 **'신화'**[23]이다. '이름을 원치 않는 계급'을 뜻하는 부르주아지는, 마치 부자가 자신의 이름을 드러내지 않으려 들듯이 중간계급과의 경계를 모호하게 만든다. 그들은 사실상 사회를 지배하면서도 불필요하게 실체를 드러내지 않음으로써, 은밀하게 사회 전체를 지배하고 통제하려 든다. 이렇게 부르주아지는 자신의 이름을 거부함으로써 자신의 계급적 기원을 숨기고, 마침내 '신화'가 된다. 신화가 사람들에게 당연시되고 무의식적으로 작용하듯이, 신화로 위장된 부르주아지의 계급적 지배는 자연스러운 것으로 정당화되고, 게다가 그것이 영원히 지속할 것이라는 착각을 빚어낸다. 바르트는, 이렇듯 이데올로기로 작용하는 현대 신화는 그만큼 **허구적**이며 작위적이고 특정 목적성을 갖는다고 보았다.

24 이상사회
: 유토피아

이상사회란 사람들이 가장 바람직하다고 여기는 사회를 말한다. 이상사회, 즉 유토피아에 대한 꿈은 인간에게 있어서 보편적인 현상으로, 인간은 이상적인 삶과 함께 바람직하다고 생각하고 또 실현되기를 꿈꾸는 이상사회의 모습을 그린다.

이상사회는 사상가들에 따라 여러 의미로 해석된다. 일찍이 동서양의 많은 사상가가 각자 자신이 생각하는 독특한 이상사회의 모습을 제시했다. 서양에서는 플라톤에게서 최초의 '이상 국가'를 발견할 수 있으며, 토머스 모어는 저서 《유토피아》에서 '공화국의 가장 이상적인 구성'에 대해 기술했다. 동양에서는 공자가 '대동 사회'를 이상사회로 제시했으며, 노자는 '소국과민'을 이상사회로 묘사했다.

토머스 모어의 유토피아는 현실 사회의 사회적·정치적 비판의 도구로 제시된 것이고, 칸트의 이상사회 개념은 도덕적·정치적 진보의 극한 조건 또는 규제 이념으로 제시된 것이다.

이 같은 비판적이고 규제적인 차원은 실현을 전제로 하지 않고 제시되는 **'이론적 이상사회'**의 개념이라 할 수 있다.

이와 달리 **'실천적 이상사회'**는 역사의 지평 속에서 실제로 실현하기 위해 제시되는 개념이다. 마키아벨리나 마르크스는 이상사회를 환상적인 것으로 보면서 이것의 실현 가능성에 의문을 품었다. 현대 생태주의 철학자 한스 요나스 역시 이상사회 개념은 쓸모없는 것이며, 현실의 정확한 인식에 해롭다면서 이를 비판했다.

플라톤: "이상사회는 정의가 실현되는 사회다."

플라톤에게 '이상(理想)'이란 최고의 것이자 완전한 것이며, 진·선·미가 실현된 상태를 말한다. 플라톤은 민주주의 제도를 따르는 사회는 사리사욕이 횡행하는 사회로써, 이를 타파하고 지혜와 용기가 충만한 덕의 소유자(哲人)가 계획을 짜고, 이를 실현하기 위해 노력하는 공유제의 사회야말로 이상사회, 즉 **이상 국가**라고 역설했다.

플라톤은 《국가》에서 모든 유토피아의 원조 격인 이상 국가의 윤곽을 제시했다. 그러면서 국가는 통치자 계급, 수호자 계급, 생산자 계급으로 이루어진다고 보았다. 각 계급의 타고난 본성인 이성·의지·욕망이 지혜·용기·절제의 덕으로 나아갈 때, 국가는 도덕적으로 올바르고 완벽한 상태인 **'정의'**의 덕을 실현하고, 이상 국가가 탄생한다고 보았다. 플라톤이 구상한 이상 국가는 민주제가 아닌 귀족제라고 할 수 있다.

공자: "이상사회는 인륜이 실현된 사회다."

공자는 '대동 사회'를 이상사회로 제시했다. 공자의 대동 사회는 무위지치(無爲之治)로 표현되는 요순시대의 이상향을 지칭한다. 공자는 대학(大學)의 도(道)에서 이르기를 지극한 선에 머무는 것을 뜻하는 '지어지선(止於至善)'을 '최고의 선', 곧 **대동 사회**라고 했다.

대동(大同)이란 말 그대로 '크게 하나가 됨'을 뜻한다. 공자는 "큰 도(道)가 실행되면 세상은 공공의 것이 되어서 통치자도 어질고, 유능한 사람이 선택받고, 남의 부모도 내 부모로 돌보며, 젊은이는 일거리를 얻고, 고아·노인·병자가 다 부양되고, 재산을 공유하니 도둑이 없고 대문을 잠그지 않아도 되는 세상이 된다"라고 말하면서, 이런 사회를 일컬어 대동 사회라고 했다.

이처럼 공자가 꿈꿨던 대동 사회는 자신과 타인의 구별이 없이 모든 사람이 함께 조화롭게 어울려 사는 사회를 말한다. 곧 **인륜(人倫)**이 실현된 사회로서, 개인이 자신의 능력을 충분히 발휘할 수 있으며, 누구에게나 기본적인 삶이 보장되는 사회이다. 따라서 그의 대동 사회는 오늘날의 보편복지가 실현되는 평등한 사회이자, 능력과 신분을 넘어 모두가 행복한 공동체라 할 수 있다. 참고로 공자는 대동 사회보다 다소 못하지만, 정치와 민심과의 합일을 통한 태평성대를 **'소강사회(小康社會)'**라고 했다.

■ **소국과민**

노자는 다스림 없는 다스림, 즉 무위의 다스림(無爲之治)이 이루어지는 '소국과민(小國寡民)'의 사회를 추구했다. 그는 적은 수의 사람들로 구성된 사회라야 인위적인 것을 최소한으로 줄이고 자연에 따르는 삶을 살 수 있다면서, 작은 규모와 적은 인원으로 이루어진 나라야말로 이상적인 사회라고 보았다. 나라가 크고 사람이 많을수록 인위적 제도와 규범이 만들어지면서 백성은 **무위자연**의 삶을 살아가기 어렵다는 것이다.

루소: "이상사회는 계몽으로 이성의 힘을 재건하는 것이다."

루소에 따르면, 자연 상태에서 인간은 서로 관계를 맺지 않고, 어떠한 지배나 복종도 없다. 인간은 자기 보존과 타인에 대한 연민이라는 제한된 감정만을 지닌 채 자유·평등·평화의 상태로 존재한다. 하지만 루소는 국가가 탄생한 이래 **사유재산제**가 인간을 타락시켰다고 주장했다. 자연 상태로부터 사회 상태로 비약했을 때, 인간은 이성과 함께 사유재산을 가짐으로써 사리사욕, 허영, 전쟁, 악을 저지르게 된다고 보았다. 사회계약으로 탄생한 국가 안에서 사람들은 오히려 불안정한 상태로 된다고 생각했다.

이런 이유로, 루소는 이상사회는 인간의 원점인 자연 상태를 **'교육'**을 통해 문명사회 안에 재건하는 것으로 생각했다. 이를 위해서는 입법을 통해 사유재산의 권리를 명확히 하고, 교육을 통해 타락한 이성을 바로잡아야 하며, 다수자의 명쾌한 이성이 사회를 제어할 수 있는 **민주주의** 사회를 실현할 필요가 있다고 주장했다.

칸트: "이상사회는 도덕률이 지배하는 사회다."

칸트는 국가를 **'도덕적 인격체'**로 간주하면서 이상사회의 준거를 제시했다. 개인이 이성에 따라 움직이듯이 국가 역시 '이성'에 따라 움직인다면, 이것이 바로 인간이 희망할 수 있는 이상적인 상태라고 생각했다. 칸트는 자연적인 존재가 모여 이루어진 사회인 국가는 완전한 '이성'의 나라를 실현하기 어렵다고 보았다. 바람직한 인간 사회에는 도덕이 필요하듯이, 이상사회를 실현하기 위해서는 국가(및 국제사회) 간에도 **도덕률**이 필요하다고 생각했다. 개인뿐만 아니라 국가 역시 이성에 따라 도덕적으로 움직여야 한다고 보았다.

이런 생각을 바탕으로 그는 《영원한 평화를 위하여》라는 저술을 통해 상비군의 철폐, 국제법의 확립, 국제평화기관의 필요성을 역설했으며, 이는 국제연맹의 이념적 토대가 되었다.

마르크스: "이상사회는 사유재산제를 혁파할 때 도래한다."

마르크스는 사회체제의 토대를 '생산력'과 '생산 관계'에서 찾았다. 마르크스에 따르면, 자본주의 사회에서는 자본가가 생산 수단을 소유하며, 생산력의 발전에 발맞춰 생산 관계가 달라진다. 자본가의 노동 착취로 생산 관계와 생산력 간의 모순이 일어날 때 사회혁명이 일어난다. 그는 노동자가 억압적 생산 관계를 혁파하여 생산력을 해방하면, 프롤레타리아가 지배하는 이상사회가 도래한다고 보았다. 이상사회 출현 조건을 **자본주의의 모순**에서 찾은 것이다.

25 제도
: 규범적 양식의 복합체

제도는 인간의 행동·태도·관념을 규율하는 규범이 상호 관련을 맺고서 일정한 양식으로 드러난 것이다. 즉, 제도는 사회 안에서 누가, 무엇을, 어떻게 할 것인가를 규정하는 규범적 양식의 복합체다.

제도는 규칙으로 굳어진 사회적 실천과 관습의 집합으로, 좁은 의미로는 법률·행정·교육·사회보장 등 한 사회의 중요한 공공 기능을 조직하는 특수한 형태를 말한다.

제도는 본능에서 나오는 것과 대비되는 것으로서, 언어·종교·관습 등 인간에 의해 수립된 모든 것을 일컫는다.

제도는 기본적으로는 동시대의 생산 양식을 기초로 한다. 제도는 사회의 경제적 구조 위에 성립한 **상부구조**로, 이를 유지하기 위해서는 정신적 규율과 함께 하부구조로써의 물질적인 조건을 갖추어야 한다. 예를 들어, 가족제도는 '사랑'이라는 정신적 요소와 함께, '주거'라는 물질적 조건이 갖추어져 있을 때 비로소 성립한다.

제도가 없는 사회, 즉 제도라는 규범 속에서 인간 행위를 형성하고 안정화를 도모하지 않는 사회는 없다. 이런 의미에서 제도는 **'문화'**와 밀접하게 연관된다. 예를 들어 교육제도는 사회 구성원들이 자유, 자아실현, 문화를 누리기 위해 꼭 필요하다.

모든 제도는 '금지'에 묶여 있는 강제적인 체계로서 존재한다. 이런 관점에서 볼 때 제도는 본질적인 면에서 **'억압적'**이라면서 이를 부정적으로 보는 시각이 있다. 그러나 다른 한편으로, 제도의 규범적이고 **'자율적'**인 기능을 강조하면서, 제도가 인간을 이롭게 하는 기능을 담당한다고 주장하는 시각도 존재한다.

아도르노: "제도는 인간을 구속하고 억압하는 기제다."

아도르노는 제도를 **'부정적'**인 시각에서 바라보았다. 서로를 믿지 못하는 불안정한 인간 본성이 제도를 만들고 제도로써 받아들였지만, 이것이 다시 인간을 지배하는 **권력**으로 작동한다고 보았다. 그렇기에 제도로부터 비롯된 권력은 그만큼 타율적이다. 인간은 제도 아래에서 억압되고, 순응과 복종을 강요당하며, 실현 가능성을 잃고 만다.

아도르노는, 인간을 위해 제도가 존재해야만 하는데도 불구하고 제도가 인간을 지배하는 현실에서, 우리가 제도로부터 얻을 성과는 없다고 주장했다. 인간 스스로 결정하고 책임질 수 있어야만 세계는 진정으로 안정되고 행복할 수 있기 때문이다.

오늘날 인류가 처한 근원적인 문제가 바로 제도 때문에 발생한 것이라는 그의 주장은 그만큼 현실적이다. 인간은 갈수록 자신을 구속하고 억압하는 제도에 기대려 드는데, 이는 그들 자신이 제도적 권력이 되어 인간을 억압하려 드는 성향을 보이기 때문이다.

겔렌: "제도는 인간을 안전하게 보호하는 장치다."

겔렌은 아도르노와는 달리 제도를 **'긍정적'**인 시각에서 인식했다. 겔렌에 따르면, 제도는 비록 인간의 자유를 제한하지만, 인간을 안전하게 보호해주는 안전장치다. 그는 만약 제도가 무너지고 없어진다면 인간은 더욱 불안정해지고 불행에 빠지고 말 것이기에, 많은 제약을 감수하고서라도 제도를 보존하고 고수해야 한다고 주장했다. 인간이 자유롭기 위해서는 안전과 같은 기본적인 사안에 관한 결정을 인간의 자율에 기대하기보다는, 제도에 맡기는 것이 더 효과적이고 효율적이라고 생각했다.

부르디외:
"제도는 문화적 계층 취향으로 견고해지면서 대물림된다."

부르디외에 따르면, 우리는 사회의 **'아비투스'**에 따라서 서로 무의식적으로 제도를 만들어낸다. 아비투스는 일종의 문화적 코드로써의 **'계층 취향'**을 말한다. 아비투스는, 개인의 경제적 배경을 바탕으로 각자 살면서 누리게 되는 일상의 경험이 문화적·소비적 습성으로 축적된 결과, 그것이 개인의 의식 속에 무의식적으로 내면화되고 습관화된 관념이라 할 수 있다. 그는 인간이 성장하는 과정에서 습득한 아비투스가 개인의 '선호', 즉 **제도**로써 내면에 더욱 견고하게 자리를 잡는다고 보았다.

부르디외는 아비투스를 경제적 계급의 속성에서 비롯되는 삶의 경향성으로 인식했다. 그는, 아비투스는 나와 타자를 구분하려는 차별화의 욕망에서 비롯된 것이기에 그만큼 **'구조적'**인 요인이 작용한다고 보았다. 경제적 계급을 통해 발생하는 문화적 차이는 한 시대가 아닌, 세대를 거쳐 재생산되는 구조를 갖는다고 생각했다. 이것이 가능한 이유는 그들이 소유하고 있는 경제적 재화와 문화적 능력을 다양한 방식으로 상속하게 만드는 기제들이 사회 내에 자연스럽게 존재하고 있기 때문이다.

부르디외는 현대 사회에서 상류사회의 문화는 지배계급의 권력을 더욱 단단하게 만드는 제도적 수단으로 작용한다고 보았다. 즉, 언어, 사회구조, 법, 사상처럼, 아비투스 역시 인간의 의식을 제한하고 지배하는 인간 내면의 구조 틀을 형성함으로써, 그것이 계층을 구분하고 지배하는 **권력**의 기제로써 작동한다고 생각했다.

■ 문화자본

아비투스의 대표적인 것이 바로 **'교육'**이다. 아비투스는 교육을 통해 상속되며, 그것도 복잡한 교육체계를 통해 무의식적으로 이루어진다. 현대 사회에서 지배계급은 더는 예전과 같이 경제적인 상속만으로는 자신의 계급을 자식에게 온전히 세습하기 어려움을 깨닫고, 교육을 통해 자신의 사회적 지위를 물려주려고 한다. 그것을 가리켜 **'문화 자본'**이라고 하는데, 현대 사회에서는 경제적 자본의 지배보다 문화적 자본의 지배가 강화되며, 때론 두 자본이 서로 결합해가며 타자를 지배하기도 한다.

문화 자본과 경제 자본은 상호 **교환**될 수 있는 성질의 것으로, 경제 자본이 많은 가정의 자녀일수록 문화를 보다 다양하고 풍부하게 경험할 수 있도록 기회가 열려 있다. 이처럼 경제 자본과 문화 자본의 상호 교환 가능성은 현대 사회에서 정당한 방식으로 계급을 세습할 수 있게 만드는데, 우리나라의 교육열이 높은 이유가 여기 있다.

루만: "제도는 커뮤니케이션을 통해 만들어진다."

독일의 사회학자 니콜라스 루만은 고유의 사회시스템 이론을 전개하면서, 사회를 성립시키는 것은 '인간'도 인간의 '행위'도 아닌 **'커뮤니케이션'**이라고 보았다. 그는 사회는 인간으로 성립되는 것이 아니라 커뮤니케이션으로 성립되는 것으로 생각했다.

루만에 따르면, 인간 사이에 이루어지는 행동은 가능한 행동 가운데 극히 일부이다. 그는 이것을 **'복잡성의 축소'**라고 했다. 가령 어떤 사람이 땅 위를 걸을 때, 이를테면 무언가를 밟아 죽일 가능성처럼, 자신이 일으킬 수 있는 무한한 가능성을 생각하면 걸음을 한 발짝도 내딛지 못할 것이다. 하지만 다행히 인간은 가능성의 우선순위를 정할 수 있는 능력을 암묵적으로 체득하고 있는데, 이것은 사회 내에서의 인간 상호 간 커뮤니케이션을 통해 이루어진다. 이러한 복잡성의 축소는 인간 사이의 행동에서 **'예측'**이라는 형태를 취하는데, 이것이 '제도'다. 그는, 인간은 상호 커뮤니케이션을 통해 사회적으로 체득한 예측의 그물 속에서 비로소 행동할 수 있다고 보았다.

26 타자
: 거울에 비친 자아

'타자(他者)'란 동일성을 나타내는 '일자(一者)'와 대립하는 개념으로, 철학은 옛날부터 일자와 타자와의 논리적 관계나 형이상학적 관계를 문제 삼아 왔다. 타자를 존재론적 관점으로 한정시켜서 자기에 대한 타인(他人)으로 본다면, 그런 경우에는 자기와 타자의 인간관계가 문제시된다. 예를 들면, 사르트르는 "타인은 지옥이다"라고 하여, 나와 타자의 관계는 서로 타인을 부정하는 상극관계라고 보았다. 이것의 진정한 의미는, 타인이 나와의 관계를 받아들이려 하지 않을 때, '나'로 하여금 내면의 지옥 상태를 만들어낸다는 것이다.

결국 '나'라는 사람은 타인의 시선 안에서만 형성될 수 있는 것이다. '나'라는 사람은 나를 둘러싸고 있는 모든 이들과의 관계에 따라 규정될 뿐 아니라, 나라는 사람의 근본적인 실체는 **타인과의 상호작용**으로 형성되는 것이다. 즉, 진정한 '나'란 내가 타인과 엮어 나가는 관계에 따라 규정되는 것으로, 나와 타인 사이에 더는 단절이 없어야 한다는 것을 의미한다.

이에 비해 부버나 마르셀은 나와 타자를 인격적 관계와 비인격적 관계로 구별하여 고찰했다. 인격적 관계에서 타자는 '나'에 대한 2인칭인 '너'이다. 비인격적 관계에서는 타자가 3인칭으로서의 '그'나 '그것'으로, 타자의 인격이 '나'에 의하여 대상화되고 사물화된다. 한편, 인식론적 관점에서 볼 때, 타자란 권력 안에 들어있는 동일자의 바깥에 존재한다. 그래서 타자란 권력의 중심에서 보았을 때 '다른' 사람들, 바깥의 사람들이다. 이런 '타자' 개념의 규정에는 여러 가지 방식이 존재한다.

그중 하나로 **'규정'**을 통해 규정하는 방식이 있다. 동일자란 규정하는 존재이고, 타자란 규정되는 존재이다. 여기에서 '규정'이란 가치, 의미, 법규, 규범, 제도 등 여러 가지 맥락을 띨 수 있다. 제도를 예로 든다면, 동일자는 제도를 규정하고 타자는 그 규정에 따라 한정된다. 그래서 타자는 '~이 아닌 존재'라는 부정의 방식으로 규정된다. 예를 들어, 광인은 '~한 존재'가 아니라 '정상인이 아닌 존재'로 규정된다. 즉, 타자(타아, 대상, 객체)란 자신의 규정이 아니라 타자(자아, 동일자, 주체)의 규정을 통해서 '규정'되는 존재이다.

어느 쪽이든, 타자(타인)란 **'다른 나'**이다. 타자의 문제를 철학적으로 다루는 것은 본질 측면에서 '가역성'을 갖는 동일자와 타자, 주체와 객체의 이중적인 구조에 의해 성찰하는 것을 의미한다.

데카르트: "타자는 의식 바깥에서 존재한다."

데카르트의 사유는 "나는 생각한다. 그러므로 나는 존재한다"라는 절대 확실한 철학적 진리를 기반으로 하여 출발했다. 하지만 여기에는 존재하는 것은 자신뿐이라는 **자기의식**이 일차적이며, '타자'와는 아주 멀다. 나아가 타자의 실존 자체까지 잠정적으로 회의(懷疑)의 대상이 된다. 이렇듯 데카르트처럼 '나'만을 근거로 삼는 한 '타자'의 문제는 발생하지 않는다. 타자(타인)를 자기의식의 구성을 위해 필요한 존재로 여기기 시작한 것은 헤겔부터이다. 헤겔은 '주인-노예의 변증법'을 통해 주체와 타자는 동시에 서로 응시하는 피할 수 없는 관계라고 보았다.

후설: "타자는 나와 의식을 공유하는 세계다."

후설은 자아의 존재를 근거로 한 타자와의 **'공동 세계(상호 주관적 세계)'**라는 개념을 통해 자신만이 독특한 타자론을 전개했다. 후설은, 우리가 세계는 실재한다고 확신하는 이유는, 그 확신에 이르는 일련의 사고 방법을 우리가 알고 있기 때문이라고 생각했다. **'상호 주관성'**이 그것인데, 이를 설명하면 다음과 같다. 일단 자아의 의식이 있다. 자아의 의식이 작동하기 위해서는 육신이 '나의 몸'으로서 존재한다고 확신해야 한다. 그리고 내 몸과는 별개인, 내 몸에는 없는 대상이 있다는 것을 감각적으로 인식해야 한다. 대상에 대한 인식은 객관적 세계의 존재로써가 아니라, 자극에 따른 것이다. 이때 특히 나와 동일한 몸을 가진 타인에게 감정 이입하여, 나에게는 없는 타인의 자아, 다시 말해 **'타아(他我)'**의 존재를 확신한다. 이 타아가 갖는 확신을 후설은 상호 주관성이라고 했다.

상호 주관성은 말하자면 나도 타자도 '동일한 세계를 이루고 있음'을 확신하고 있다는 것을 내가 확신하는 것이라고 할 수 있다. 이로써 상호 주관적 세계로서의 **객관적 세계**가 만들어진다. 객관적 세계에 대한 확신은 이를 확신한 사람에게 실재하는 것과 동일하다. 후설은 상호 주관성이 세계의 존재를 견고히 한다고 생각했다. 내가 어느 세계에 살고 있다는 것은 다른 주체(타자)들과 함께 그 세계를 경험하고 공유함을 뜻한다. 요컨대 후설은 나와 타자가 서로의 주관을 맞부딪친 후, 그곳에서 공통적으로 품을 수 있는 객관적 세계를 모색할 수 있다고 생각한 것이다.

레비나스: "타자는 거울에 비친 자아다."

레비나스는 타자의 타성(他性), 즉 **'타자성'** 문제를 깊게 파고든 철학자이다. 레비나스의 타자는 나와 다른 나, 즉 '타아(他我)'다. 하지만 타자에게는 그것을 넘어선 무언가가 있다. 타자는 항상 자아의 이해 가능성을 뛰어넘는다. 레비나스는 이렇게 넘어서는 것을 **'얼굴'**이라고 불렀다.

레비나스의 '얼굴'은 실제 얼굴이 아니라, 타자(좀처럼 알 수 없는 상대이자 깨달음의 계기가 되는 그 무엇)의 '타자성(즉, 거울에 비친 타자의 모습으로써의 '자아'를 뜻한다)'을 의미하는 비유적 개념이다. 그는 이유 없는 불안이나 두려움을 뜻하는 **'일리야'**로부터 빠져나오는 데 있어서의 핵심이 바로 **'타인의 얼굴'**[24]이라고 생각했다.

타인의 얼굴은 '사람을 죽여서는 안 된다'라는 정언명령처럼, 인간은 이성으로써가 아니라 무조건 타인에게 윤리적으로 책임을 느껴야만 한다는 규범적 의미로서 이해된다. 레비나스는 서로 이해하지 못하는 '타자와의 관계'라고 하더라도 얼굴을 마주함으로써 이해의 가능성을 교환하고, 이로써 관계성을 파괴하는 사태를 막을 수 있다고 생각했다.

■ **일리야**

일리야는 '실존자 없는 실존'의 비인칭적 양상을 나타내는 개념으로, 인간으로 하여금 '존재에 대한 불편한 마음(이유 없는 불안이나 두려움)'을 느끼게 하는 세계의 모습을 뜻한다. 레비나스는, 인간은 자기중심적인 세계를 이룬다 해도 결코 일리야로부터의 고독에서 빠져나올 수 없다고 보았다. 결국에는 자신이 이해하지 못하는 범위 안에서의 세계를 구축할 수밖에 없다는 것이다. 그렇다면 일리야로부터 빠져나오는 것은 불가능한 것인가? 레비나스는 **'타인의 얼굴'**에서 길을 찾아야 한다고 생각했다.

미드: "타자는 사회적 자아다."

사람은 자신이 속한 사회의 가치와 문화에 따라 행동하는데, 이때 자아에 반영된 일반적인 타인의 모습을 **'일반화된 타자'**라고 한다. 미국의 사회심리학자 미드의 자아에 대한 개념 틀 속에는 '주체로써의 나(I)'와 '객체 또는 대상으로써의 나(Me)'라는 두 가지 자아가 있다. 주체로써의 나는 개인적 신념과 충동에 의해서만 행동하는 자아이다. 반면, 대상으로써의 나는 사회에 적응하고 사회의 요구를 내표하는 자아, 즉 '일반화된 타자'이다. 이 두 자아는 상호작용하면서 **사회적 자아**로 성장한다.

27 지식/앎
: 지성의 결정체

지식은 어떤 사물에 대한 명료한 의식과 그것에 관한 판단을 말한다. 광의적인 의미로는 사물에 관한 개개의 단편적인 사실적·경험적 인식을 말하며, 협의적으로는 원리와 통일성에 따라 조직되어 객관적 타당성을 요구할 수 있는 판단 체계를 일컫는다.

고대 그리스에서 **'지식(앎, 에피스테메)'**은 신화로부터 이탈하면서 하나의 독자적인 현실 파악의 대상으로써 구성되었다. 아리스토텔레스는 원칙에 대한 '앎'으로서 철학을 기본학문의 위치로 끌어올렸고, 이후 앎의 철학, 즉 인식론은 다른 모든 학문의 바탕이 되었다.

지식과 **인식**은 다르다. 지식은 인식보다 더 큰 외연을 가진다. 인식이 정확히 정의된 대상에 대한 앎을 뜻한다면, 지식은 특정 영역에서 형성된 정보의 조직된 전체(과학적 지식) 또는 특정 능력을 함양하는 정보나 행위의 터득(실천적 지식)을 뜻한다.

철학적 담론에서 지식은 인식, 담론, 실천, 탐구방법의 집합을 가리키기도 한다. 지식은 무지, 의견, 믿음과 대립한다. 그러나 지식이 합리적인 인식으로 환원되는 것은 아니다. 감각적인 인식과 관찰과 경험은 지식 형성에 크게 기여한다. 거의 모든 철학자는 지식의 본질, 가능성과 조건, 차이에 관심을 둔다.

다양한 지식을 그 내적 필연성에 기초하여 논리적으로 체계화한 것이 **'과학'**이다. 과학적 지식의 원천은 인간의 의식으로부터 독립하여 존재하는 객관적 세계이며, 지식의 내용은 이 객관적 실재를 특정 측면에서 반영한 것이다.

■ **에피스테메**

에피스테메는 그리스어로 '학문적 인식' 곧 지식을 뜻한다. 플라톤은 지식을 독사(doxa)와 에피스테메(episteme)로 구분했다. '독사'는 감각기관(오관)을 통해 들어온 정보를 거르지 않고 주어진 그대로 받아들인 생각으로, 근거가 박약한 지식, 즉 억견(臆見)을 일컫는다. 반대로 정보를 이성적으로 판단해 얻은 객관적 지식을 **'에피스테메'**라고 한다. 플라톤은 인간이 선한 삶을 살기 위해서는 독사를 멀리하고 이성을 통해 **객관적 지식**을 얻어야 한다고 주장했다.

현대 들어, 푸코는 이성을 이끄는 보편 지식을 일컫는 에피스테메를 개별 지식이 아니라 '한 시대의 모든 학문에 공통되는 지식의 토대'라는 뜻으로 생각했는데, 이를 **'담론(談論)'**이라고 한다. 그는 권력이 복잡한 사회구조를 통해 효력을 발생시키는 과정에 주목했다. 푸코에 따르면, 진리란 그 자체로 존재하는 것이 아니라 담론에 의해 규정되는 하나의 지식일 뿐이다. 푸코는 지식은 시대에 따라 변하는 것으로, 각각의 지식마다 나름대로 추구하는 진리가 다르다고 생각했다.

후설: "지식은 '판단 중지'라는 현상학적 환원을 통해 확실성을 갖는다."

후설은 **'에포케(판단 중지)'**라는 방법으로 현상학적 환원을 실행하면 지식의 근원이자 사고의 근거를 밝힐 수 있다고 생각했다. 에포케는 우리 앞에 존재한다고 확신하는 사물에 대해, 그것의 존재 여부를 일단 받아들이지 말아야 한다는 '의심하는(판단 중지)' 태도를 말한다. 예를 들어, 눈앞에 사과가 놓여 있을 때 우리는 그 존재를 확신하지만, 그렇더라도 우리가 왜 이를 확신하는가를 밝혀내기 위해서는 사과의 존재를 철저히 의심해봐야 한다. 우리가 사과를 '에포케'하는 목적은 그것이 사과임을 확신하는 근거를 알아내기 위해서인데, 이는 사과와 같은 사물이 아닌 도덕이나 법률과 같은 **관념**을 인식하는 태도에서도 동일하다. 후설은 에포케로 사물의 가장 근원으로부터 파악하는 것이 중요하다고 보았다. 에포케는 데카르트의 방법적 회의를 응용한 판단 중지 사고로, 확실한 지식을 이끄는 사고 활동이라 할 수 있다.

폴라니: "암묵지는 지식이 체화된 상태의 내공이다."

미국 사회철학자 칼 폴라니는 **'암묵지'**의 중요성을 강조했다. 암묵지란 '머릿속에 잠재해 있는 지식'으로, 흔히 **'노하우'**라고 부른다. 그는 말로 표현하기 힘든 몸에 밴 습관 혹은 사회에 일상적으로 적용되는 상식 등을 암묵지의 예로 들었다.

우리 몸에 체화된 자전거 타기 습관이 암묵지의 대표적인 사례다. 자전거를 책으로만 배울 수 있는 사람은 없다. 자전거 운전에서 가장 핵심적인 과정은, 직접 자전거를 운전하면서 우리 몸이 넘어지지 않고 앞으로 나가는 방식을 경험하게 하는 것이다. 이 암묵지의 반대편에 있는 지식을 '명시지'라고 하는데, 폴라니는 이를 '구체적이거나 성문화된 것으로, 공식적이고 체계적인 언어로 전달 가능한 지식'으로 정의했다.

로티: "지식은 인간의 문제 해결에 도움을 주어야 한다."

미국의 분석철학자 로티는 실용주의 입장을 따르면서도, 인간과 자연을 대립시키는 플라톤식의 이분법적 사고를 인정하지 않으려는 태도로서의 '반표상주의'를 표방했다. 반표상주의는 철학적으로는 실재론과 반실재론의 논쟁, 주관과 객관의 인식론적 구분, 사실과 가치의 이분법적 구분 등을 모두 부정한다.

로티는 **상대주의** 관점에 서서, 참된 지식으로서의 진리는 언제든 오류 가능성이 있으며, 지식은 인간의 문제 해결에 도움을 주는 '역사적 조건'에서만 참된 진리가 될 수 있다고 주장했다. 그는 또한 **'다원주의'** 관점에서 인간을 환경에 적응해 나가는 존재로 간주하면서, 지식의 실용 가치와 도구적 유용성을 인정하는 실용주의 사상을 분석철학이라는 새로운 사상적 흐름과 결합하고자 했다. 이를 **'신실용주의'**라고 한다.

게티어: "지식은 정당화된 참된 믿음만으로 정의될 수 없다."

미국 정치철학자 에드먼드 게티어는 전통 인식론에 도전했는데, 그 핵심 사상은 이후 **'게티어 문제'**[25]로 명명되었다. 게티어 문제는 전통 인식론이 지식으로 규정한 '정당화된 참인 믿음'은, 지식이 되기 위한 필요조건일 뿐 충분조건은 아니라는 사실을 보여준다. 정통 인식론에 따르면 지식은 곧 '정당화된 참인 믿음'으로, 그 반대 의미는 성립하지 않는다. 그런데 사람의 믿음이 정당화되고 참이 되는 상황이더라도, 그것을 지식으로 인정하지 않을 수도 있다. 그것이 바로 게티어 문제의 핵심 논변이다.

게티어 문제는 현대 인식론에서 가장 중요한 과제로 등장한 **'인식의 정당화'**와 관련한 물음에서 출발했다. 전통 인식론을 펼친 플라톤은, "안다는 것은 정당화된 참된 믿음을 의미한다"라면서, 지식이란 '정당화된 옳은 신념'이라고 주장했다.

플라톤에 따르면, 어떤 사람이 어떠한 명제를 옳다고 믿고, 그 명제가 실제로 옳으며, 게다가 그가 그렇게 믿는 것이 정당화된다면, 오직 그런 경우에만 그는 그 명제를 안다고 할 수 있다. 하지만 게티어는 정당화된 참된 믿음만으로는 '앎(지식)'이 성립하지 않는다고 보았다. 게티어는 세 쪽 분량의 소논문에서 '지식이란 **인식 측면에서** 정당한 참된 믿음'이라고 재정의하면서, "애초에 믿음(즉, 인식) 그 자체가 잘못되었다면 아무리 체계적인 논리라도 결코 정당화될 수 없다"라고 주장했다. 주관적 믿음과 객관적 사실 간에는 괴리를 보일 수 있다는 것이다.

28 기술
: 인간 존재의 다른 이면

사전적인 의미에서의 '기술(技術)'은 과학 이론을 실제로 적용하여 사물을 인간 생활에 유용하도록 가공하는 수단 또는 사물을 다루는 능력이나 방법을 의미한다. 기술에 대한 철학적 성찰로서 '기술철학'이 있다. 기술철학은 생산품의 제작을 통한 인간의 욕구 충족과 인간 목적을 다루기보다는 기술을 통한 인간의 자기표현 과정에서 자연의 재료들이 어떻게 변형되고 생성되는가를 다룬다.

근대에 나타난 과학적·합리적·도구적 사고방식은 근대 기술의 전형적인 특징으로 볼 수 있다. 이 사고방식은 갈수록 사회적·개인적 삶의 형성에서 결정적인 영향을 끼치고 있다.

그 결과, 과학적·기술적 문명이라는 개념은 곧 **유용성**과 **진보**를 지칭하는 의미로 사용되고 있으며, 기술철학은 '현대 기술 발전 기술에 의해 각인된 인간 존재의 문제'를 의미 깊게 다루고 있다.

기술 문제에 대한 철학적·비판적인 논쟁의 전제는 기술의 **'본질'**에 대한 통찰이다. 인간 삶의 방식에 관한 기술의 업적과 위험, 다시 말해 기술 문명의 양면성은 철학에서 다루는 핵심 주제로, 기술의 본질에 대한 근본 성찰과 새로운 이해, 그리고 바람직한 기술상을 제시한다.

■ 기술결정론

기술결정론은 과학기술이 인간 삶의 전 영역에 영향력을 미치고 있으며, 그에 따라 기술은 인간이 더는 기술을 통제하고 관리할 수 없을 정도로 자율성을 확보했다고 보는 관점이다. 기술의 자율성이란 기술의 발전이 정치·사회·문화와 같은 외적 요인에 의해 영향을 받는 것이 아니라, 기술 자체가 갖는 **내적 필연성**이 기술을 발전시키고 그에 따라 개인은 물론 사회에 결정적인 영향을 미친다는 입장이다.

기술결정론에 따르면, 기술의 대상이 된 인간은 기술이 결정하는 새롭고 특수한 환경에 의해 인간 삶의 내용과 방향이 규정되며, 그에 따라 인간의 기술 통제력은 상실된다. 이런 이유로 기술의 성립과 발전에 사회적·정치적·경제적·문화적 요인들이 개입될 여지가 없으며, 오히려 기술 발전을 **사회 변동**의 주요 원리로 파악할 뿐이다.

하이데거: “기술 그 자체가 아닌, 기술을 사용하는 인간 사고가 더 문제다.”

하이데거는 근대의 본질을 파악하기 위해 독자적인 ‘기술론’을 전개했다. 그는 근대 기술의 본질을 ‘도발로써의 탈은폐’라고 정의했다. **탈은폐**는 자연이 인간의 소유와 이익에 필요한 것을 빠르게, 대량으로 ‘토해낼’ 것을 심문하는 방식과 유사하다.

현대 기술은 자연이 은폐시켜 놓은 것을 인간이 강제로 탈은폐시키는 방식을 사용하는데, 하이데거는 이를 **‘게슈텔(Gestell)’**이라고 불렀다. 게슈텔은 ‘작업대’처럼 테크네에 알맞은 소도구를 뜻하는데, 하이데거를 이 단어를 전용하여 ‘Ge－stell’이란 용어로 사용한 것이다. 이렇게 되면 단어의 의미는 피의자를 심문하고 때로는 주리를 틀면서 고문하는 용도의 ‘고문대’가 표상하는 **‘닦달’**이라는 의미로 전환된다. 자연을 닦달하고 사람을 닦달해서 무언가를 만들어내는 것이 현대 기술이라는 것이다.

하이데거는 이렇게 자연과 관계를 맺는 기술의 본질을 ‘게슈텔’로 파악하면서, 기술을 ‘인간을 도구로 몰아가는 사회시스템’이라고 보았다. 그런 까닭에 게슈텔은 ‘모든 것을 몰아가는 기구’라고 해석해도 좋을 것이다. 게슈텔은 인간을 포함하여 온갖 사물을 ‘쓸모가 있느냐, 없느냐’의 관점에서만 판단하면서 그 이외의 가능성은 배제한다. 그는 모든 것을 몰아세우는 도구인 게슈텔이야말로 인간 앞에 놓인 가장 큰 위기라고 보고 이를 극복하고자 했지만, 이에 대한 구체적인 방안을 제시하지는 못했다.

하이데거는 기술 자체가 위험하기보다는 오히려 그 기술을 사용하는 인간의 **'사고'**가 더 위험하다고 보았다. 자연은 언제나 주문될 수 있는 하나의 부품이 되듯이, 자연을 도발적으로 이용할 것을 요청하는 인간 역시 결국에는 하나의 부품으로 전락하고 만다고 생각했다.

하이데거에 따르면, 기술의 본질은 기술이라는 **'존재'**가 기술적인 관계로서 우리에게 드러나게 만드는 것이다. 존재가 어떤 방식으로 우리에게 드러나고 나타나는가는 결코 인간의 행위가 아니다. 기술이 '존재론적'인 운명이라면, 우리는 기술의 위험에 대항하거나 극복할 방법은 없다. 우리가 할 수 있는 일이란 존재의 목소리에 귀를 기울이는 것뿐이다. 하이데거는 자연을 오직 부품으로만 파악하는 인간 자신이 부품의 주문자로서만 존재하게 만드는 현대 기술을 비판하면서도, 결국은 현대 기술의 운명을 수동적으로 받아들일 수밖에 없는 정반대의 결론에 도달했다.

자크 엘륄: "현대 기술은 사실상 자율적이다."

프랑스의 정치학자이자 기술철학자인 자크 엘륄은, 현대 기술사회에서는 인간은 더는 기술 발전을 좌지우지할 수 없게 되었다고 주장했다. 그의 주장은 "현대 기술은 사실상 자율적으로 되었다"라는 유명한 언명으로 이어졌는데, 이는 기술 비관론을 대표하는 말이 되어 수많은 비난과 오해를 받아왔다.

하지만 엘륄이 **'기술의 자율성'** 개념을 통해 말하고 싶었던 것은 다음과 같다. 현대인들은 기술을 인간을 위한 수단이라고 굳게 믿고 있지만, 정작 기술 발전을 주도적으로 이끌지 못하고 있다. 현대 들어 기술의 선택이나 확산에 있어서 인간의 선택이 우선권을 갖지 못하면서, 기술 발전의 흐름 앞에 인간의 자율성을 잃고 말았다.

또한 현대 기술이 엄청난 규모로 확장함에 따라 한 개인이나 집단이 특정 기술의 발전 과정을 완전히 파악하거나 제어하는 것이 불가능해졌다. 그런데도 현대인들은 기술 발전은 무조건 좋은 것이라는 생각으로 기술을 통제하고 싶은 생각을 별로 하지 않는다. 이에 엘륄은 기술의 자율성을 회복하고 인간의 주도권을 되찾기 위한 첫걸음은 역설적으로 인간이 자율성을 상실했음을 **'인정'**하는 것이라고 주장했다.

닐 포스트먼: "기술이 인간의 가치를 대신할 수는 없다."

미국의 대표적 미디어 사회학자 닐 포스트먼은 현대 기술에 대해서 **부정적인** 입장을 보였다. 그는 현대 사회를 **'테크노폴리'**라고 규정했는데, 이는 '과학·기술의 원리와 작동이 인간과 사회의 모든 요소에 영향을 미치는 상황'을 뜻한다. 이런 상황에서는 기술이 단순한 도구가 아닌 삶의 가장 중요한 요소로 등장하게 된다.

포스트먼은 이러한 상황을 비판하면서, 이를 극복하기 위해서는 새로운 기술이 개발될 때마다 그것이 과연 어떤 필요에 따라 개발되는 것인지, 기술 개발로 인해 큰 이익을 보거나 혹은 손해를 입는 이들은 누구인지, 그 기술은 또 다른 문제를 일으키지는 않는지 등등을 고려해야만 한다고 주장했다.

물론 그의 주장을 따른다면 기술 개발을 정당화하기 힘들어질 것이고, 숙고에 너무 많은 시간이 들어서 기술 발전은 한없이 더디어질 것이다. 그러함에도 포스트먼은 인간의 인간다움은 기술만을 통해 얻어지는 것은 아니기에, 기술 개발과 관련한 그런 **'숙고'**가 테크노폴리보다 낫다고 생각했다.

29 인식
: 이해하는 행위

가장 넓은 의미의 지식을 이르며, 경험에서 주어진 것을 수용하고 그것을 설명하거나 이해하려는 행위를 뜻한다. 지각·기억·성찰에 의한 이해는 물론이고 그것의 이해를 표현하는 명제와 판단을 포함하는 것으로서, 의욕·정서와 함께 **'의식'**의 근저를 이룬다.

인식은 그 자체로써 하나의 이론적이고 순수한 활동, 즉 실용성과는 관계없이 지식에 대한 순수한 욕구를 만족시키려 드는 사고 활동이다. 그런데도 사람들은 인식이 설령 순수한 것이라고 해도 이것을 일종의 효율적인 행위라고 생각한다.

근대에 와서 인식은 주관과 객관의 이중 관계로 파악되고 있다. 인식은 인식하는 **주관적 자아**와 인식되는 **객관적 대상**이라는 양자 간의 인식 관계에 따라 성립하기 때문이다. 주관과 객관의 상호 관계에 대해 리케르트는 '대상의 인식과 인식의 대상' 간의 상호작용으로 표현했다.

인식론은 지식을 뜻하는 그리스어 **'에피스테메'**에서 유래한다. 인식론은 참다운 지식(앎)은 어떤 것이고, 지식을 가능하게 하거나 제한하는 조건은 무엇인지, 그리고 보편타당한 지식은 어떻게 만들어지는지를 연구하는 철학의 분야이다.

지식의 문제에서 근본적인 것이 감각적 경험에 따른 것인지, 이성적 정신에 의한 것인지에 따라서 인식론의 입장은 달라질 수 있다. 어느 쪽이든 지식의 체계적 구성으로, 대상의 올바른 판단이 가능할 때 비로소 그것은 참다운 지식(앎)이 될 수도 있고, 반대로 거짓인 지식이 될 수도 있는 것이다.

■ **인식 주관**

대상과 객관을 인식하는 주체로써의 주관을 말한다. 합리론의 입장에서는 '이성·오성·의식'을 가리킨다. 넓게는 '감각·지각'도 주관의 작용에 속하지만, 이것들은 오성과 비교하여 수동적이고 또 이성이나 오성에 의해 비로소 질서를 갖춘다는 점에서 본질상 주관에 속하지 않는다고 보는 학자들도 있다. 리케르트는 주관에 있어서 객관화할 수 있는 물리적·심리적인 것을 배제할 수 있는 초월적이고 비인격적인 형식을 엄밀한 의미의 주관, 또는 인식론적 주관이라고 했다. **생철학**[26]은 합리론적 주관의 추상성과 실천 불가능성을 특히 반대하는 사상이다.

헤라클레이토스: "참된 인식은 로고스적 지혜에서 나온다."

헤라클레이토스는 **'로고스'**[27]라는 개념을 처음이자 적극적으로 사용한 사상가이다. 그에게 로고스는 세계의 움직임을 지배하는 규칙 그리고 변화 가운데 질서와 조화를 부여하는 원리다. 모든 것은 변하기 때문에 절대 고정된 것은 없지만, 헤라클레이토스 앞에 펼쳐지는 세계는 예측 가능토록 규칙적이고 아름답다. 그는 세계 이성인 로고스에 합치하는 사고를 통해서만 올바른 **인식**과 참된 **지혜**에 도달할 수 있다고 보았다.

플라톤: "인식은 이데아를 상기하는 것이다."

플라톤에 따르면, 인간의 인식 활동은 이미 알고 있는 것을 다시 '기억'하는 것이다. 인식은 영원하고 완전하며 불변하는 순수 이데아의 세계에서, 이미 보았지만 잊어버렸던 것을 '다시금 **상기**'하는 것이다. 인식 능력과 사유 능력은 인간의 정신에 이미 내재하고 있으므로, '앎'이란 이미 알고 있는 것들을 기억하는 것이고, 무지란 망각에서 오는 것이다.

플라톤의 인식에 대한 이러한 생각은 **'존재'**에 관한 그의 견해와 깊은 관계를 맺고 있다. 존재하는 것에는 '감각을 통해 알 수 있는 것'과 '정신을 통해 알려지는 것'의 두 가지가 있다. 플라톤은 이를 바탕으로 인식을 '참된 인식(에피스테메)'과 '일상적 의견(독사)'으로 구분했다. 그러면서 정보를 이성적으로 판단해 얻은 객관 지식, 곧 모두가 받아들일 수 있는 로고스적 지식만을 인식으로 보고, 감각에 좌우되는 일상적 의견은 참된 인식이 아니라고 주장했다.

플라톤에 따르면, 인식은 '참'으로 존재하는 것들에 관한 것이기 때문에 거짓일 수 없지만, 일상적 의견은 진실한 의견도 있을 수 있고 거짓된 의견도 있을 수 있기에 참된 인식이라 할 수 없다.

진정으로 존재하는 것은 생성 또는 사멸하는 것이 아니고 언제나 그리고 항상 존재하는 **영원불변**한 것이며, 바로 이러한 존재에 대한 앎이 플라톤이 말하는 의미에서의 '인식'이다. 사물의 본질을 꿰뚫는 진짜 지식은 오로지 이데아를 추구함으로써, 그리고 우리의 참된 인식을 통해서만 얻을 수 있는 것이다.

인식의 기원과 본질: '합리론과 경험론, 칸트의 선험론'

인식의 기원에 관한 연구는 고대 자연 철학자 때부터 계속되었지만, 철학의 중심 과제가 된 것은 근대 들어 데카르트의 합리론(이성주의)과 로크의 경험론(경험주의)이 대립하면서부터이다. 그들은 합리론과 경험론이라는 전통적으로 대립해 온 두 이론의 입장에서, 서로 다른 방식으로 인식의 본질에 대해 논의했다.

합리론은 인간은 **본유관념(생득관념)**을 갖고 태어난다고 주장한 데 비해, 경험론은 이를 부정했다. 관념은 경험을 통해 마음속에 그려지는 것이라고 경험론자들은 생각했다. 데카르트가 대표하는 이성주의에 따르면, 인식은 '진리의 씨앗'으로, 우리의 정신 속에 자연스럽게 존재한다. 따라서 우리는 대상을 정신의 직접적인 자명성을 통해 인식할 수 있다. 로크, 흄 등이 제시한 경험주의는 선천적인 관념을 거부하고 우리의 정신을 '아무것도 쓰여 있지 않은 종이'로 보았다. 이 **백지론(타블라 라사)**[28]을 따라 우리의 모든 인식은 경험, 즉 감각으로 주어진 것에서 나온다고 생각했다.

이후 독일의 칸트는, 인식은 경험적 실재인 동시에 선험적 관념의 영역이라고 생각하면서, 합리론과 경험론을 종합하여 자신만의 독특한 철학 체계를 수립했다. 우리의 모든 인식은 경험과 더불어 시작한다. 그러나 이것이 우리 인식이 경험에서 나온다는 것을 의미하지는 않는다. 경험은 단지 인식의 '질료'일 뿐이다.

이 질료가 인식의 대상이 되기 위해서는 조직되어야 한다. 조직화는 이성의 **아프리오리한**(선천적인, 선험적인, 초월적인) 구조를 통해서만 가능하다. 그래서 인식은 감각적인 질료로부터 출발해 이성에 의해 만들어지는 일종의 **'구성'** 작용인 것이다.

사르트르: "인식은 주체성의 확인이다."

사르트르는 인식의 의미를 '나'라는 주체가 '나'의 밖을 향해서, 자신이 사물에서 벗어나고 사물을 초월하는 행위로 보았다. 인간이 참된 인식에 도달하기 위해서는 마음속 깊은 내부의 은신처에서 나와, 밖을 향하여 나아가면서 자신을 내던져야, 다시 말해 **'기투(企投)'**[29]를 해야 한다고 보았다. 인간은 세계 속에서 인식하며, 세계에 대한 자신의 개방을 통해서만 자신을 발견할 수 있기 때문이다.

즉, 인간은 현재를 넘어 미래를 향해 자신을 '내던짐'으로써 비로소 실존에 이르고, 자신의 실존 안에서 자신을 스스로 규정하면서 자유로운 존재로 거듭난다. 그는 인식의 의미를 '나'라는 주체가 '나'의 밖을 향해서, 사물로부터 자신을 벗어나고 사물을 초월하는 행위로 보았다.

30 본질
: 참되고 가치 있는 존재

본질은 그 어떤 사물을 성립시키면서, 그 사물에만 내재하는 고유한 존재를 말한다. 형이상학적으로는 부수적 성질의 대립어로, 어떤 존재의 항구적인 본성을 구성하는 것을 말한다. 그 점에서 본질은 **'실체'**와 가깝다. 본질은 또한 일반적으로 어떤 사물을 '무엇인가'로 규정할 수 있는 척도로써의 사물의 특질을 말한다. 예컨대 동물을 동물로써 성립시키는 동물의 특질이 곧 동물의 본질이다. 본질은 **'실존'**에 대립하는 개념으로, 하나의 사물을 '정의(定意)'해 주는 것을 뜻한다. 그 점에서는 **'개념'**과 가깝다. 논리학적으로는 사유의 대상을 정의하는 여러 한정·규정의 총체를 가리킨다. 이런 의미로써의 본질은 '유(類)·종(種)' 등의 **'보편'**이다. 유명론적 입장은 이 보편을 다만 기호로만 인정하고 그 본질로써의 존재를 부정한다. 반대로 실재론적 입장은 보편의 실재성을 인정한다.

본질은 사물의 **'무엇'**을 규정하는 지속적인 것으로써, 현상과 대립하여 사물의 참된 모습, 즉 본체로써의 의미를 지닌다. 이러한 의미에서의 본질과 현상의 대립은 그리스 철학 이후 여러 가지 형태로 논의가 되어 왔다. 헤겔의 이론을 비판적으로 계승한 변증법적 유물론이 명확히 밝히고 있는 것처럼, 본질과 현상은 서로 대립하면서 불가분의 통일을 이룬다.

본질의 개념은 철학사에서 매우 중요하고 치열한 논의의 대상이었으나, 그것이 '사물의 궁극이 무엇인가'를 규정한다는 점에서는 변함이 없다. 문제는 그 '무엇'이 과연 무엇으로 이루어져 있고 또 어디 있으며, 사유에 의해서 있는 것인가 아니면 실제로 있는 것인가, 그리고 그 '무엇'은 현존하는 사물과 어떤 관계가 있는 것인가 하는 것이다.

플라톤과 아리스토텔레스의 '본질'

본질, 즉 플라톤이 말하는 **'형상(形相)'**은 현실 세계의 감각적 대상 속에서 불완전하게 구현되어 있다. 이런 이유에서 플라톤은 순수한 본질 또는 형상의 세계, 합리적으로 이해할 수 있는 세계를 감각적 세계와 대립시켰다. 플라톤에게 본질은 진리의 특성(보편성과 필연성)을 가지기 때문에, 더 참되고 더 가치 있는 존재이다.

아리스토텔레스는 플라톤처럼 사물의 본질을 초월적 형상(이데아)이라고 생각하지 않고, 그 사물에 본래부터 들어있는 궁극적인 무엇인가를 구성하는 것으로 보았다. 아리스토텔레스의 본질은 순수 형상으로써가 아니라, 본질을 구성하는 요소로써의 '질료'와 '형상'이 **'함께'** 들어있는 것이다.

■ **형상과 질료**

아리스토텔레스는 모든 사물은 '형상'과 '질료'로 이루어져 있다고 보았다. 형상은 개별 사물의 구체적인 형태를 이루는 것으로서, 곧 사물에 내재한 **본질**을 말한다. 의자의 본질은 의자의 형상이고, 컵의 본질은 컵의 형상이라 할 수 있다. 그리고 개별 사물의 **소재**를 '질료(물리학에서 말하는 '질량'의 개념이 아니다)'라고 한다. 이를테면 나무 의자의 질료는 목재이고, 유리컵의 질료는 유리이다. 같은 질료를 가지고 여러 가지 다른 사물을 만드는 것이 형상이다.

로크: "본질은 경험을 지식으로 추상화한 관념이다."

로크에 따르면, 사물의 본질은 우리가 직접 경험할 수 있고 또 검증할 수 있어야만 하는 '무엇'이다. 하지만 우리는 순수한 본질을 경험할 수 없다. 로크에 따르면, 본질은 실체와 마찬가지로 직접 경험할 수 있는 것이 아니다. 경험을 초월해서 본질에 대한 지식을 얻을 수도 없다. 만일 본질에 대한 경험의 체득과 지식의 습득이 가능하다면, 사물의 본질에 대한 직접적·

감각적 경험을 하지 않아도 이를 논리적으로 설명할 수 있어야 한다. 그러나 장미를 봤거나 접해 본 적이 없는 사람에게 장미의 실체에 대해서, 그리고 장미의 본질에 대해서 논리적으로 설명하는 것은 불가능하다.

이러한 주장을 바탕으로 로크는 사물의 본질은 우리가 직접 알 수 없는 것으로, 다만 우리의 **추상** 능력에 의해서 만들어진 관념이자, 개별적인 것을 하나로 묶어서 편리하게 분류하기 위한 용어에 불과하다고 보았다. 로크에 따르면 집, 장미, 책과 같은 것들의 본질이란 **단순 관념**[30](감각을 통해 얻은 관념), 즉 '말'에 불과하다.

후설: "본질은 '지향성'을 따르는 것이다."

현상학의 창시자 후설에 따르면, 본질은 어떤 대상이 그것 없이는 성립되지 않는 그 무엇으로, **'직관'**을 통해 파악할 수 있다. 본질에 이르는 방법은 **'자유 변경'**이다. "지금 나는 의자에 앉아 이 글을 쓰고 있다"라고 했을 때, 이 의자를 지금과 다른 모습으로 상상을 계속 확장하는 것이 자유 변경이다. 의자가 가질 수 있는 이론적으로는 무한한 방식들을 상상한다면, 우리는 의자의 본질을 직관할 수 있게 될 것이다.

후설은, 사물의 본질을 깨닫기 위해서는 우리의 의식 바깥에서 일어나는 '현상'을 주관적으로 해석해서는 안 되며, 그 현상 속에 담긴 대상의 본질을 파악해야 한다고 주장했다. 그에게 있어서 현상은 단순히 드러난 모습이 아니므로 본질과 대립하지 않는다. 후설에 의하면 사물은 항상 그리고 이미 우리의 정신 활동을 통해서 **'의식'**된 것이다. 이를테면 책상이나 장미와 같은 사물은 실제로는 우리의 의식 속에서 의식작용을 통해서 나타난 책상과 장미라는 현상인 것이다. 즉, 현상은 우리가 알고 있는 책상과 장미이고, 그것들의 본질은 **'현상'** 속에 들어있다. 사물은 현상으로서만 우리에게 인식되기 때문으로, 후설은 본질에 대한 인식은 현상을 파악하는 것에서부터 출발해야 한다고 생각했다.

후설은 그러므로 개체의 본질을 이해하기 위해서는 우리의 의식 활동이 따라야 한다고 보았다. 본질은 우리의 의식과 분리될 수 없으며, 이러한 의식은 '무엇에 관한 의식', 곧 지향성을 의미하는 것으로, **'사유(노에시스)'**[31]를 뜻한다. 우리의 의식은 비어 있는 의식이 아니라 언제나 무엇인가에 관한 의식 활동이다. 후설은, 본질의 파악은 대상과 대상에 대한 의식 관계를 통해서 이루어진다고 주장했다.

- **실존은 본질에 앞선다.**

사르트르는 실존주의[32]를 "실존은 본질에 앞선다"라는 말로 표현했다. 여기서 실존이란 인간 **'존재'**를 의미하며, 본질은 사물이 사물로서 존재하기 위해 필요한 조건이라 할 수 있다. 사르트르는 오직 인간에게만 "실존은 본질에 앞선다"라는 말을 했다. 이는 실존을 결정하는 것은 인간 이외에는 없다는 뜻이다. 그에 따르면 먼저 인간이 있고 그런 다음에야 비로소 삶의 본질을 발견할 수 있다. 이때 인간은 자아와 세상 사이에 있는 공허함을 발견하는데, 이것이 바로 실존을 파고드는 **'무(無)'**라고 보았다. 사르트르는 인간은 기존의 어떠한 본질에 지배되는 존재가 아니며, '허무'를 뚫고 자기 스스로 인생을 **개척해 나가는** 실존적 존재라고 주장했다.

본질주의 비판

철학이나 과학은 절대진리에 도달할 수 있다는 본질주의 관점을 비판하는 사상을 말한다. 리오타르와 보드리야르는, 지금까지의 서구 사상을 이끌어왔던 본질주의는 허구적 담론으로, 이런 로고스 중심주의적 사고에서 벗어나 주변부로 **'탈중심화'**되어야 한다고 주장했다. 데리다는 본질주의의 불합리성을 제기하면서, 본질과 비본질로 양분된 텍스트를 **'해체'**하는 작업을 그 대안으로 제시했다.

31 보편
: 사물 일체의 공통된 성질

보편은 '일반적인 것', '공통적인 것', '모든 것'으로써의 완전히 정해진 성질을 띠고 있는 것으로, '개별자(개별적인 것)'에 반대되는 것이자 관련한 모든 사물에 반드시 적용되는 것이며, 그 자체로 있는 것이라는 인식을 가능토록 하는 출발점이다. 세계 내, 그러니까 인간의 의식 밖에 실제로 존재하는 대상은 무수히 많고 개별적이지만, 인간의 정신에 있는 대상은 하나이고 보편적이다.

우리가 인간을 보고 인간이라고 단정할 때, 실제로 존재하는 인간은 여럿이지만 사유 속의 인간은 하나이고 보편적인 성격을 띤다. 예를 들어 '철수'라는 '인간'이 있을 때, '철수'와 '인간'은 동일한 인물을 지칭하지만, 이때 전자의 '철수'는 우리 눈앞에 있는 개별적 존재로서의 특정인을 가리키는 데 비해, 후자의 '인간'은 우리의 정신 속에 있는 보편적인 의미로써의 인간을 총칭하는 개념이다.

철수는 개별적 존재(**실재**)이고 인간은 보편적 개념(**관념**)이다. 둘을 각각 '개별자'와 '보편자'라고 한다. 개별과 보편의 관계는 존재와 사유, 실재와 개념의 관계를 규명하는 데 있어서 큰 과제이다.

논리적 사유는 '개별·특수·보편(또는 일반)'의 관계를 기반으로 하여 전개된다. 경험적 실재나 논리적 사유의 인식 대상으로써, **'개별'**은 경험적 실재에서 떨어져 단순히 낱낱의 사물을 지시하기 위해 사용된다. **'특수'**는 가령 어떤 특수한 인간 혹은 특수한 경우 등으로 말할 때는 가끔 개별과 같은 뜻으로 사용되지만, 논리적 사유에서는 다수의 개별을 그 성분으로 가지고 있는 층위를 의미한다. **'보편'**은 많은 '특수'를 자기보다 더 낮은 층위로서 가지고 있는 더 높은 층위를 의미한다. 따라서 개별·특수·보편의 관계는 '소크라테스 그리스 사람, 인류'의 관계처럼 외연의 관점에서 포섭 내지는 포함관계로 고찰되고, 이를 간단히 개(個)·종(種)·유(類)로 표현한다.

개별·특수·보편과 관련한 것을 각각 개별적·특수적·보편적이라고 부르고, 그들 각자가 가지고 있는 성격 내지는 상태를 **개별성·특수성·보편성**이라고 부른다. 일반적으로 경험과학에서 특수와 보편은 그 외연의 크기 정도에 따라 상대적으로 구별하는 것에 불과하다.

예를 들면 소크라테스에 대하여 그리스 사람은 보편이며, 그리스 사람은 유럽 사람에 대해서 특수이고, 유럽 사람에 대해서 인류는 보편이다. 다시 말해, 종속관계를 나타내는 많은 층위가 형성하는 한 계열 속의 각 단계에 있어서 높은 층위는 낮은 층위에 대하여 보편이며, 반대로 낮은 층위는 높은 층위에 대하여 특수인 것이다.

■ 보편성 문제

플라톤의 '이데아론'이 만들어낸 중요한 이슈의 하나는 '보편성'의 문제로, 이후 철학사의 핵심 주제가 되었다. 중세 철학 논쟁(**보편논쟁**)[33]의 계보에는, 보편은 현실에 존재하며 개별적인 것보다 더 우위에 선다는 '**실재론**(혹은 플라톤 학파의 사상)'과, 보편은 인간이 만들어낸 말일 뿐이므로 현실에 존재하지 않는다는 '**유명론**'이 있었다. 이 논쟁의 기본적인 개념들은 플라톤주의로부터 출발하며, 둘 사이의 본질적인 차이점은 현대철학의 여러 분야에서도 전반적으로 나타나고 있다. 실재론적 입장은 물질적 특성이나 윤리적 사실, 혹은 수학적 원리 등과 같이 우리의 인식이나 경험과는 독립적으로 세상 '그곳에' **실체**가 있다는 시각을 견지하고 있다. 그 반대편의 입장에 선 철학자들은 반실재론자로, 어떤 것에 대해 알려진 것과 우리가 알고 있는 것 사이에 불가피하게 직간접적으로 연관되어 있다는 주장을 펴고 있다.

플라톤과 아리스토텔레스: '보편' 개념에 대한 상반된 인식

플라톤과 아리스토텔레스는 보편이 지닌 특성을 바라보는 관점이 달랐다. 플라톤은 보편자가 개별자로부터 따로 분리되어 존재한다고 보았지만, 아리스토텔레스는 보편자의 실재는 개별 사물 안에서 발견되어야 한다고 보았다.

플라톤은 "이데아(보편)는 개별 사물(개체) **밖에서** 실존한다"라고 생각했다. 보편은 **'형상'**을 뜻하는 본질, 즉 이데아의 세계를 표상하는 참된 실재로서, 현실 세계에 있는 개별 사물과 분리되어 독립적으로 존재한다. 따라서 개별 사물(개별자)은 형상의 기억을 통해 보편을 모방하고, 보편은 개별 사물을 통해 우리에게 감각적으로 경험될 뿐, 보편 자체는 우리가 경험할 수 없는 세상 '저 너머'의 것이다.

그러나 아리스토텔레스는 이러한 플라톤의 입장과는 견해를 달리했다. 아리스토텔레스는 "개별 사물(개체, 개별자) **안에** 본성(보편, 보편자)이 있으며, 보편은 개체 바깥에 독립해서 실재하지 않는다"라고 보았다. 개별 사물은 질료(質料)와 형상(形相)의 결합으로, 형상은 질료와 결합할 때만 개체를 형성한다고 보았다. 우리 눈으로 볼 수 없는 보편자, 곧 '형상'은 독립적인 대상으로 존재하는 것이 아니라 감각적인 개별 사물 안에 내재하고 있다는 것이다. 아리스토텔레스에게서 개별자, 곧 개체는 특수한 것인데 비해 형상은 보편자로서, 개별자 안에 들어있는 전체를 감싸고 함축하는, 즉 '많은 다양한 것을 하나의 이름으로 부르게 하는 것'을 뜻한다.

합리론과 경험론의 '보편' 인식

플라톤과 아리스토텔레스의 보편적인 진리에 이르는 방법에 대한 견해 차이는 근대 들어 철학자들을 두 사상으로 갈라놓았다. 플라톤을 따라 선험적인 지식, 즉 타고난 지식을 믿는 **합리주의**(데카르트, 칸트, 라이프니즈)와 아리스토텔레스를 따라 모든 지식은 경험에서 나온다고 주장하는 **경험주의**(로크, 버클리, 흄)가 그것이다.

헤겔: "보편은 역사를 움직이는 이성적 실체다."

헤겔에 의하면 역사의 주인은 인간 '이성'이다. 이성은 역사 속에서 완성되는 것이며, 인간의 이성이야말로 보편적 존재자다. 헤겔이 말하는 **보편**(곧, **이성**)은 세상 밖에 있는 추상적이고 초월적인 것이 아니라, 역사 속에서 자신을 드러내면서 모순되는 것을 극복해 나가는 구체적이고 적극적이며 현실적인 **'실체'**이다.

■ **진리의 보편타당성**

대상 전체에 예외 없이 유효한 것으로, 일반적으로 '진리'는 보편타당성을 가진 인식 또는 지식을 일컫는다. 지식의 보편타당성에 대한 근거가 성립하는 데는 다음 세 가지 입장을 들 수 있다.

첫째, **주관적 관념론**에서는 인간 경험의 조직 형태를 '진리'라고 하고, 그 타당성을 많은 사람이 주관적으로 승인하는 경험적 현상에서 구한다. 이것은 근본적으로는 보편타당성을 거부하는 결과를 불러온다.

둘째, **객관적 관념론**에서는 칸트의 경우처럼 시간·공간·범주라는 인식 형식의 선천성에서 구하거나, 타당한 개념을 당위로서의 가치에 결부시키면서 이것에 판단에 대한 보편타당성의 근거를 구한다. 객관적 관념론은 보편타당성을 절대시하는 결론에 이른다.

셋째, **유물론**의 입장에서는 의식에서 독립하여 실재하는 물질적 세계에 그 근거를 구한다. 모든 진리를 변화 및 발전하는 것으로 보면서 현실적이고 상대적인 입장을 따른다.

32 관념
: 사고의 내용

관념은 이성의 작용으로 얻은 최고의 개념인 '이데아' 및 이것에 기원을 둔 '아이디어(idea)' 그리고 '이념' 및 '표상'을 뜻하는 다양한 의미를 담고 있다. 그만큼 관념은 특정하기 어려운 개념으로, **'관념적'**이란 말은 이와 같은 관념에 관한 다양한 의미를 나타낼 뿐만 아니라, 현실을 떠난 사고와 의견을 가리킬 때도 사용된다.

관념은 감각적·감성적 **'표상'**에 대립하는 것으로, 사람의 마음속에서 드러나는 지적 표상이나 개념, 또는 의식 내용이라 할 수 있다. 관념이란 사유가 현실을 대상화하기 위해 사용하는 매개물로, 이 점에서 관념은 세계를 '이해할 수 있도록' 한다. 세계를 이해할 수 있다는 것은 곧 관념의 차원이 존재한다는 것을 긍정하는 것이다.

플라톤이나 헤겔 같은 객관적 관념론자들은 '이데아'를 자신들 세계관의 기초로 삼고 있는데, 흔히 **'이념'**이라는 말로도 통용된다. 그런데 이와 같은 용법과 구별되는 관념은 우리의 의식 내용을 구성하는 것으로서, 근대 철학 이래 인식론에 관한 관심이 높아지고 있는 가운데 형성되고 발전했다.

합리주의와 경험주의의 '관념'

데카르트를 비롯한 이성주의자와 실재론자는 절대자의 창조물로서의 참된 관념이 지니는 존재론적 독립성을 인정한다. 그러나 이 입장의 반대편에 있는 경험론자와 유명론자에게서 관념은 존재하지 않는다. 데카르트는 관념은 주체의 **'이성'** 능력을 따라 표상으로 포착되는 '생득적인 것'이라고 말했지만, 로크는 이를 부정하여 관념은 **'감각'**에서 생긴다고 했다. 로크의 이와 같은 사고방식으로부터 버클리와 같이 관념을 주관의 감각에만 귀착시키는 주관적 관념론이 나타났다. 홉스와 같은 유명론자에게 있어서 관념이란 사물의 공통적인 성질에 대해 인간이 부여한 이름일 뿐이다. 경험론자인 흄에게 있어서 관념이란 감각적 인상의 희미한 **복사물**일 뿐이다.

■ **본유관념**

본유관념(생득관념)은 인간이 태어나면서부터 가지고 있는 지식 또는 관념을 말한다. 선악 구별, 절대 지식처럼 경험으로 학습되지 않는 **'지식'**이 그것이다. 데카르트는 인간은 그 어떤 지식을 갖고 태어난다고 생각했으며, 그 지식을 통해 자연의 원리를 알아낼 수 있다고 보았다. 그리고 자연의 원리를 판단하는 근거는 **'신(神)'**이 존재하기 때문이라고 여겼다. 신이라는 궁극의 근거가 올바로 판단할 수 있는 능력을 인간에게 부여했기 때문에 인간의 타고 난 지식은 항상 옳게 작용한다는 것이다.

독일 관념론: 칸트와 해겔

칸트에 따르면, 관념은 인간이 현상계를 넘어서는 사물 자체의 **본질**(예를 들어 영혼의 존재, 세계의 존재, 신 등)을 탐구하려고 할 때 발생하는 것이다. 그는, 시간과 공간은 외부 세계에 속하는 것이 아니라 현실을 감각적으로 **'직관'**하는 데 필요한 주관적 조건이라고 보았다. 즉, 그것은 '감성의 아프리오리한 형식'이다. 감각적 경험이 세계를 과학적으로 인식하는 데 꼭 필요하더라도, 세계는 우리에게 그 자체로써 나타나는 것이 아닌 표상의 수단을 통해서 모습을 드러낸다. 감각적 질료에 적용된 오성의 아프리오리한 개념ㅇ루 형성되는 인식은 우리에게 현상의 필연적인 질서를 가르쳐 줄 뿐이지 **'물자체'**에 직접 접근할 수 있도록 하는 것은 아니다.

하지만 헤겔에게 있어서 관념은 인간 정신의 '아프리오리'한 자료가 아니다. 그것은 사유와 세계가 **'변증법적'**으로 관계를 맺음으로써 일어나며, 사유와 세계는 실천을 매개로 하여 둘 사이에 공통되는 '형상'을 만들어낸다. 그래서 하나의 관념은 세계와 긴밀한 관계를 맺어 스스로 현실로 만들 때 비로소 관념이라 불릴 자격을 갖는다.

헤겔의 변증법적 유물론의 입장을 따를 때, 관념은 객관적인 외적 사물이 의식에 반영된 것으로, 관념은 단순히 주관적인 것이 아닌 **'객관적'**인 내용을 포함하는 것이다. 나아가 관념은 의식에 수동적으로 반영되는 것이 아니라 인간의 실천 활동을 통해 얻어지는 것이다. 일단 형성된 관념은 외부 세계에 작용하여 그것을 변화시키거나 외부 세계의 인식을 한층 높이는 역할을 하는데, 이는 관념이 객관적인 외부 세계의 인식을 관념 그 자체 속에 지니고 있기 때문이다.

■ **물자체(物自體)**

플라톤 이후 철학은 주로 대상의 본질에 관해 관심을 쏟았다. 그러나 칸트는 대상을 인식하는 **'주체'**에 주목하면서, 우리가 감각할 수 없지만 존재하는 그 자체를 초월적 **실체** 또는 '물자체(物自體)'라고 했다. 칸트에 따르면 우리는 물자체를 생각할 수 있을 뿐, 이를 직접 인식할 수 없다. 물자체는 우리의 감성과 오성을 거쳐서, 그리고 사유와 경험을 거쳐서 단지 **'현상'**으로만 주어지기 때문이다. 따라서 우리는 현상으로써의 사물이 감각을 촉발함으로써 그것이 우리 내부에 생겨나도록 하는 표상만을 알 수 있을 뿐이다. 칸트는, 우리가 인식하는 것은 오직 **현상의 세계**일 뿐이라고 생각했다.

근·현대 관념론의 흐름

관념론 사상은 17세기에 이르러 본격적으로 형성됐다. 이 시기의 '관념론'은 표상 배후의 현실, 즉 외적 세계의 실재성을 부정하는 사상으로써의 의미를 지닌다. 관념론은 사용하는 맥락에 따라 다양한 의미를 지닌다. 칸트의 이성의 정당한 사용 조건에 대한 비판적 연구를 **'선험적 관념론'**이라고 한다.

피히테의 **'주관적 관념론'**은 '나'가 아닌 것에 맞서는 주체적 능력을 긍정한다. 셸링의 **'객관적 관념론'**은 자연과 정신의 종합을 역설한다. 헤겔의 **'절대적 관념론'**은 관념이 실제 현실을 설명할 것을 요구한다.

18세기 들어 이러한 관념론에 대립하여 사유의 외부에 세계가 존재한다는 주장이 일었는데, 이것이 **'실재론'**이다. 19세기 중엽에는 근대 자연과학의 발전을 배경으로 **'유물론'**이 세력을 얻었다. 이후 유물론에 대한 반동으로 칸트의 비판적 관념론을 재건하는 움직임이 일어났고, 자연과학의 인식론적 기초 확립을 임무로 하는 **'신칸트주의'**가 태동했다. 신칸트주의, 신헤겔주의, 경험 비판주의, 실용주의, 생의 철학, 기호논리학, 현상학, 실재론, 실존철학 등은 모두 변증법적 유물론이 아닌, 서로 색채를 달리한 현대 관념론 사상이라고 할 수 있다.

생(生)의 철학에서 말하는 '관념'

서양 관념론의 핵심인 '주체의 의식 철학'에 철학적 비판을 가한 것이 삶의 의의나 체험의 가치를 중시한 **'생의 철학'**이다.

생의 철학은 표상이나 관념이 인간에게서 그 어떤 것보다 중요하다는 생각을 거부한다. 또한 생의 철학에 따르면, 관념이나 사고가 삶의 기초를 부여하는 것은 불가능하며, 삶이야말로 관념이나 사고의 기초이자 더는 뒤로 거슬러 올라갈 수 없는 지평이다. 그리고 생의 철학자라고 불리는 베르그송은 사물을 관념으로 환원하는 것은 사물의 생성을 분해하고 대상을 고정하는 것이라고 비판했다.

33 실체
: 사물의 근원·본질

실체(實體)는 실제 사물 또는 외형에 대한 실상(實相)으로, 생성 변화하는 여러 현상 속에서 항상 자기 동일성을 유지하는 존재를 가리킨다. 실체는 우리가 지각하는 모든 성질·상태·작용 등의 근저를 이루는 것으로서, **'실재'**라고 부르기도 한다.

실체는 철학적으로는 '늘 변하지 않고 일정하게 지속하면서 사물의 **근원(아르케)**을 이루는 것'을 뜻한다. 생성·소멸하는 다양한 모든 현상(現象)은 실체가 변환한 모습으로, 이 실체를 어떻게 해석하느냐에 따라 여러 실체 개념이 생긴다. 예를 들어 플라톤의 '이데아', 데모크리토스의 '원자', 아리스토텔레스의 '개별 사물'이 그것이다. 밀레토스 학파의 '근원(아르케)', 엘레아 학파의 '유(有)' 역시 궁극적 실체라 할 수 있다. 그리스 철학의 역사는 실체 개념의 역사라고 해도 과언은 아니다. 중세의 스콜라 철학의 역사도 존재론적 관점에서 보면 실체적 형상(形相)의 역사라고 할 수 있다.

근대과학은 실체 개념의 근본적인 변동을 조건으로 해서 성립될 수 있었다. 즉, 실체를 아리스토텔레스적·플라톤적 형상으로 보는 사고방식에서 벗어나 피타고라스 학파의 수(數)의 철학을 따라 실체를 수학적으로 파악되고 개념화하기에 이르렀다. 생성 변화하는 모든 현상 속에서 실체는 양적으로 변하지 않는 것으로 본 것이다. 이를테면 질점의 운동은 어떤 외적 힘의 영향을 받지 않는 한 그 속도와 방향이 변하지 않는다고 주장하는 관성의 법칙 역시 수학적으로 표현된 실체 개념이라 할 수 있다. 이것은 관계적 사유가 전통적인 실체 개념에서 함수개념으로 이행한 것으로, 카시러는 과학적 인식의 발전에 따라 실체 개념은 함수개념으로 대체되어 간다고 했다.

현대철학은 이전까지의 실체 개념에 대해 비판적이다. 오늘날, 사물은 각자 관계를 맺으면서 저마다의 가치를 지니고 있다는 **'관계주의'** 시각에서 실체를 논의하는 사고가 주류를 이루고 있다.

■ **아르케(arche)**

아르케는 **'만물의 근원'**이라는 의미이다. 그리스 자연 철학자들은 신화나 전설을 따르기보다는 합리적인 사고로 만물의 근원을 탐구했다. 최초의 철학자로 불리는 탈레스는 물을, 아낙시메네스는 공기를, 헤라클레이토스는 불을, 데모크리토스는 원자를 각각 만물의 근원적 실체라고 주장했다. 덧붙여, 아리스토텔레스는 아르케를 '학문의 기본원리'라는 의미로도 사용했다. 반의어는 '완성', '목적'을 뜻하는 **텔로스(telos)**이다.

아리스토텔레스: "실체는 우리 눈앞에 놓여 있는 존재 그 자체다."

아리스토텔레스에 따르면, '실체'는 다른 것에 의존하지 않고 개별적으로 존재하는 개체이다. 그는 사물의 실체는 그 사물 **안에** 있다고 보았다. 실체는 "이것이다, 저것이다"라는 **'개체성'**을 갖고 있으면서 다른 것과 분리된다. 실체의 분리 가능성은 개별성을 전제로 하지만, 이 둘은 사실상 서로 분리할 수 없는 동전의 양면처럼 **'동질성'**을 지니고 있다. 이를테면 홍길동을 홍길동답게 하고 이순신을 이순신답게 하는 각각의 실체적 특성으로서의 개별성이 이 두 사람의 차이를 만들면서 서로를 구분한다. 그렇더라도 둘 다 범주적으로 사람이라는 '유(類)'에 속한다는 점에서 동질성을 갖는다.

플라톤은 실체는 우리 눈으로는 직접 볼 수 없는 추상적인 것으로 여겼지만, 아리스토텔레스는 바로 우리 눈앞에 놓여 있는 **'구체적'**인 것으로 인식했다. 아리스토텔레스에게 있어서 **존재**는 곧 '실체'로, 바로 우리 눈앞에 있는 존재를 의미한다. 실체는 현실 세계에 실재하고, 감각기관에 의해 지각되는 대상이며, 단지 존재 그 자체로 존재하는 존재자이다.

아리스토텔레스에 따르면, 우리 눈앞에 존재하는 실체는 그것을 구성하는 요소가 하나로 모여 일정한 기능을 수행한다. '형상'과 '질료'가 그 구성 요소로써, **'형상'**은 우리의 사고 속에 들어있는 비물질적 성질이며, **'질료'**는 형상을 드러낼 수 있는 재료를 말한다. 집을 예로 들면, 집을 짓는데 필요한 나무나 돌, 흙 등은 질료이고, 집의 구조나 기능, 목적, 용도 등은 형상에 속한다.

형상이 없는 질료란 아직 구체적인 어떤 것이 아니며, '그 자체로는 아무런 것도 아닌 것'이다. 단지 무엇인가가 될 수 있다는 가능성을 갖고 있을 뿐이다. 가능성으로써의 질료가 형상을 만났을 때 비로소 '이 집 또는 저 집'과 같은 구체적인 어떤 것, 곧 '실체'가 된다.

근대의 '실체' 개념

실체 개념이 철학적으로 중요한 의미를 지니게 된 것은 근세에 들어와서부터다. 대륙의 합리주의는 실체를 정신적인 측면에서 고찰했다. 데카르트에 의하면 실체란 '그것이 존재하기 위해서 다른 아무런 것도 필요로 하지 않고 자체적으로 존재하는 것'이다. 스피노자에 따르면, 실체는 그 자신에 의해서만 이해되며, 그 개념(형성)에 다른 개념(의 도움)을 필요로 하지 않는 것으로, '신' 즉 **'자연'**이다. 데카르트·스피노자의 실체가 **기계적 자연관**을 따르는 것에 비해, 라이프니츠는 실체를 **유기론적 자연관(역동적 자연관)**을 따르면서 자발적이고 자기 활동적이며 상호 독립적으로 기능하는 무수한 '단자(모나드)'라고 보았다.

한편, 경험주의는 정신과 관련한 실체적인 면보다는 정신에 대한 기능 및 활동에 관한 고찰에 치중했다. 로크는 정신적·물질적 실체를 상정했으나, 그것은 복합 관념에 붙인 단순한 **'이름'**에 불과하다고 보았다. 로크가 사물 존재의 감각적 확실성을 인정한 데 비해, 버클리는 물질적 실체는 알 수 없을 뿐만 아니라 전혀 존재하지 않는다고 단정하면서, 오직 **'정신'**만이 능동적이며 불가분한 실체라고 했다. 흄에 이르면 정신과 물질의 실체 둘 다 존재하지 **않는** 것으로서 부정된다.

합리론과 경험론을 종합한 칸트에게 실체, 즉 시간 속에서 실재의 항구성이라는 관념은 아프리오리한 개념(또는 판단의 범주)이다. 즉, 실체는 주체에 독립적이면서도 인식할 수 있는 현실의 사물이 아니라 사유의 아프리오리한(선험적) **'조건'** 또는 **'형식'**이다. 칸트는 경험 대상으로써의 현상적 실체만을 인정하고, 기존의 철학자들이 말했던 형이상학적 실체는 인식의 대상에서 제외했다.

카시러: "실체는 함수관계로 파악할 수 있다."

현대 들어 신칸트학파의 일원인 카시러는 실체를 현상의 함수관계로 해결하려 들었다. 카시러에 따르면, 질량, 힘, 원자, 에테르, 에너지, 공간, 시간 등의 개념은 실체에 대한 표현이 아니라 현상의 여러 변화에 법칙과 질서를 부여하기 위한 수단에 불과한 것으로, 과학적 인식의 발전에 따라 실체 개념은 점점 **'함수개념'**으로 대치되어 간다고 보았다. 이런 생각은 신칸트파의 관념론을 철저히 추구한 결과라 할 수 있다.

마흐: "실체는 공상에 불과하다."

뉴턴이 공간을 물리적 실체라고 본 것에 비해, 오스트리아의 과학철학자 에른스트 마흐는 공간이란 어느 한 물체와 다른 물체 사이의 상대적 위치 관계를 서술하는 용어이지 물리적인 실체가 아니라고 생각했다. 즉, 실체는 **'공상'**에 불과하다고 주장했다.

34 실재
: 사물과 현실의 참모습

실재(實在)는 현실에 존재하는 객관적이고 확인할 수 있는 존재 양식을 가진 모든 사물의 집합을 말한다. 철학에서 실재는 겉모습과 대립하는 사물의 진정한 존재, 즉 현실의 '참모습'을 일컫는다.

실재는 사물의 진리 그 자체로서 감각적 성질의 밑바탕, 즉 형이상학적 실체와 동일시된다. 플라톤은 '이데아'를 참다운 실재, 즉 **'실체'**라고 보면서 감각적·개별적 사물은 이것에 의해서 현상으로 존재한다고 했다.

실재론은 관념론에 대립하는 개념이다. 사고·사유 속에서만 존재하는 관념에서 독립하여, 사물·사상(事象)으로써 존립하는 것을 의미한다. 인식 대상이 인식 작용의 의식이나 주관에서 독립하여 존재한다고 보며, 그것에 대한 객관적 파악에 의해서만 참다운 인식이 성립한다고 본다. 그러나 대상이 우리의 주관과는 아무런 관계없이 독자적이고 객관적인 실재로서 존재한다는 견해 및 이와는 달리 관념적이라고 보거나 정신적이라고 보는 견해도 성립할 수 있다(중세의 실재론).

실재론은 그 실재를 보는 견해에 따라 소박한 실재론(자연적 실재론·경험적 실재론), 과학적 실재론(반성적 실재론·비판적 실재론), 관념론적 실재론(객관적 관념론·칸트의 비판주의), 신실재론(새로운 실재론) 등으로 구분된다.

■ 과학적 실재론과 반실재론

전자와 같은 소립자는 실제 관찰할 수 없고, 과학에서나 이론으로 다루는 이론적 대상이다. 이론적 대상은 당연히 실재한다고 생각하는 입장을 **'과학적 실재론'**이라고 하는데, '과학은 객관적 사실이다'라는 생각이 이에 해당한다. 이와 달리 이론적 대상은 실제 현상을 설명하기 위해 만들어 낸 편의 장치에 불과하다고 생각하는 입장을 **'반실재론'**이라고 한다. 콰인의 '총체주의' 사상에 따르면, 이론에 부합하지 않는 실제 경험 결과가 도출되더라도 그 이론의 어느 부분이 잘못되었는가를 확정하기 어렵다.

■ **소박한 실재론(자연적 실재론)**

일상적인 감각 대상은 있는 그대로 실재한다고 믿는 견해이다. 사물은 우리가 지각하는 그대로 존재하며, 우리가 지각하든지 않든지 간에 **'독립적'**으로 존재한다고 믿는다.

■ **비판적 실재론(과학적 실재론)**

비판적 실재론은 사회과학을 이해하기 위한 철학적 접근 방식으로, 상식적인 지각의 세계가 곧 실재의 세계라는 견해를 과학적으로 비판하면서 실재와 감각을 **'분리'**하여 생각한다. 비판적 실재론은 과학철학(초월적 실재론)과 사회철학(비판적 자연주의)이 결합한 사상으로, 있는 그대로의 객관적 실재는 알 수 없다고 보면서 경험주의와 실증주의를 반대한다.

■ **관념론적 실재론(객관적 관념론)**

대상의 본질은 인간의 의식을 초월한 정신적·객관적인 것이라는 입장이다. **'정신'**이야말로 세계의 참된 실재로서 우주의 원형이며, 만물은 그 표현에 지나지 않는다고 본다. 플라톤의 이데아, 헤겔의 절대정신, 변증법적 유물론이 있다.

■ **현대철학에서의 새로운 실재론(신실재론)**

'사물 자체'와 '이성' 개념을 사변적으로 다시 회복하고자 시도함으로써, 근대 인간중심주의 철학과 현대 포스트모던의 상대주의 입장이 지닌 문제점을 극복하기 위한 새로운 실재론 사상이다. 현재 메이야수의 **'사변적 실재론'**, 하먼의 **'객체 지향 존**

재론', 드레이퍼스의 **'다원적 실재론'**, 가브리엘의 **'신실재론'**이라는 네 가지 사유를 중심으로 전개되고 있다. 현대철학에서의 새로운 실재론은 '인간 이후'의 세계를 폭넓게 고찰함으로써, 인간의 사유가 미치지 못하는 장소이기도 한 (실재로서의) 세계(이를테면, 증강현실)를 사유하는 방향으로 나아간다.

플라톤: "실재는 이데아의 참된 모습이다."

우리는 사물이 우리 정신 바깥에 존재할 뿐만 아니라, 정신이 우리에게 사물을 인식시켜 주는 것으로 생각한다. 그러나 플라톤은 이 같은 생각을 근본적으로 비판했다. 플라톤은 우리가 알고 있다고 믿는 감각적 세계가 사실은 시시각각 변하는 모순된 세계라고 보았다. 단순한 현실을 넘어서는 유일한 실제이자 진정한 실재는 **'로고스(이성)'**로 이해되는 세계이다.

플라톤에 따르면, 사물의 근거를 형성하는 것이자 존재의 본질인 '형상'은 사물 바깥에, 그리고 사물을 생각하는 우리 정신의 바깥에, 다시 말해 '이데아'의 세계 존재한다. 이데아는 플라톤 철학의 핵심 개념으로, 모든 존재와 인식의 근거가 되는 항구적이며 초월적인 '실재'를 뜻한다.

이데아는 우리가 눈으로 확인할 수 있는 형태가 아니라, 마음의 눈으로 통찰하는 사물의 진정한 모습 혹은 사물의 **원형**[35]을 가리킨다. 감각으로 파악할 수 있는 존재는 시간이 지날수록 모습을 바꾸지만, 이데아는 영원불변하다. 그는 모든 사물은 이데아의 그림자에 지나지 않기에 우리는 그것의 진정한 모습을 찾아내야 한다고 주장했다.

캉탱 메이야수: "사물은 인간의 인식과는 무관계하면서 실재한다."

사변적 실재론은 사유로부터 독립한 또는 인간으로부터 독립한 방식으로 실재성의 본질에 대해 고찰하면서, 세계는 이유 없는 **'우연성'**을 따라서 존재한다고 보는 새로운 철학의 사조이다.

메이야수는 칸트의 비판철학을 이어받은 현대 관념론을 **'상관주의'**라고 명명했다. 상관주의는 "사물은 인간과의 상관관계에 의해 존재의 의미가 부여된다"는 입장이다. 세계에 실재하는 대상 그 자체에 대한 직접적인 진술은 불가능하며, 오직 의식과 세계의 상관관계에 의해서만 접근할 수 있다고 보는 시각이다. 인간 마음 바깥에 자리 잡은 실재하는 '물자체'는 우리가 사유로써 다룰 수 없으며, 다만 이성의 힘으로 물자체의 본질에 이르기 위해 노력할 뿐이다.

하지만 메이야수는, 상관주의는 모든 객체를 인간 사유의 상관물, 즉 사유 속의 객체로 존재하도록 하는 것이기에 **'인간 중심'**의 편향된 사고를 불러온다고 보았다. 상관주의는 존재자인 인간에게 세상에는 '존재' 이유가 있다는 생각을 뿌리까지 없애버림으로써, 이 세계 사물에는 어떤 존재적 근거도 이유도 없다는 사고를 우리에게 남길 뿐이다. 우리가 그것에 관하여 생각하고 있다면, 우리는 이미 그것을 생각하고 있으므로 인간의 사유로부터 독립적이지 않기 때문이다. 그는 칸트 이후 철학의 '상관주의' 경향에 이의를 제기하면서, **의식 바깥**의 절대적 실재를 구출하려고 했다.

로벨리: "보이는 세상은 실재가 아니다."

세계적인 물리학자 카를로 로벨리에 따르면, 일상에서 드러나는 '실재'는 우리의 직관을 배반한다. 양자역학을 따르는 실재의 세계에는 '시간'이 존재하지 않는다. '시간'은 근사치일 뿐 정확한 '실재'를 표현하는 개념이 될 수 없다. 공간도, 거리도 존재하지 않는다. 우리의 눈은 근사치를 보고, 우리의 직관은 근사치를 생각하고, 우리의 감각은 근사치만 지각할 뿐이다. 우리는 오직 **'엄밀한 상상'**을 통해서만 '실재'를 더듬을 수 있다. 로벨리는 "우리 눈에 보이는 세상은 실재가 아니다"라면서, 우주를 보는 우리의 시각을 완전히 바꿔버렸다.

35 존재
: 실재·실체·본질·실존

존재(存在)는 무엇이 '있음'을 나타내는 말로, '有(있음)' 또는 '실존'이라고도 하여 '비존재' 또는 '無(없음)'와 대립하는 의미다. 일반적으로 '있다' 또는 '존재한다'라고 불리는 모든 것들을 포괄하는 폭넓은 개념이자 가장 근본적인 규정이다.

존재(존재자)는 어떤 **'실재'**를 지칭하기도 한다. 즉, '자성(自性)을 가지고 독립적으로 존재하는 실재(實在)'를 의미한다. 이때 실재는 탁자와 같은 물건이나 어떤 생명체 같은 구체적 개체일 수도 있고, 하나의 관념이나 허구일 수도 있다.

전자의 경우를 **'실체(實體)'**라고 한다.

형이상학에서 존재는 생성하는 것과 대립하는 안정된 것으로서의 '존재로서의 존재**(참 존재)**' 혹은 '실재'를 가리킨다. 아리스토텔레스와 스콜라 철학의 전통은 존재를 '자기 동일적'인 것으로 머무르는 절대적 실존(참 존재)으로 이해했다.

그러던 것이 데카르트에서 중요한 변화가 일어났다. 데카르트는 철학적 탐구의 방향을 사물의 존재(객체)에 대립하는 개념으로써의 인식하는 **'주체'**를 존재로서 새롭게 규정하고자 했다.

존재 개념에 대한 성찰은 파르메니데스로부터 하이데거에 이르기까지 모든 형이상학적 물음의 실마리를 이루어 왔다. 아리스토텔레스도 철학이란 '존재의 학문'이라고 생각했을 정도로 '존재 자체'는 철학에서 난제 중의 난제라 할 수 있다.

■ **존재론**

사물의 존재에 관해 탐구하는 철학 분야를 말한다. 가장 기본적 또는 근본적 차원에서, 존재론은 '왜, 무엇이 존재하는가'라는 질문에 답하고자 한다. 이때, 구체적인 사물의 존재를 검토하는 것은 아니다. 존재론의 초점은 존재하는 그것이 무엇이든, 그것이 '존재'한다는 것들의 **가능성**과 **현실성**을 좀더 일반적 층위에서 검토하는 데 있다. 20세기 존재론의 탐구에서 가장 큰 영향력을 행사한 철학자는 하이데거로, 부르디외, 데리다, 낭시, 리오타르와 같은 후기 구조주의 사상가들의 대다수는 하이데거의 사상과 폭넓게 연관되어 있다.

파르메니데스: "존재하는 것은 존재하고 있음을 사유하는 것이다."

파르메니데스는 존재를 처음도 없고 끝도 없는 '불변·부동·불가분'의 실재라고 보았다. 있는 것은 '있는 것'이고 없는 것이 아닌 한에서, '존재'란 그 어떤 변화도 모르기 때문에, 있는 것은, 즉 존재하는 것은 **'하나'**라고 생각했다. 다시 말해, 세상에 무한히 펼쳐져 있는 수많은 '있는 것들'의 '있음 자체'는 '없음'이 아니기에 '하나'라는 것이다. 파르메니데스는 이런 생각을 연장한 끝에, 존재는 물질적인 것이자 정신적인 것으로써, 그 점에서 사유와 존재는 **'일치'**하며 서로 구별할 수 없는 것이라고 보았다.

아리스토텔레스: "존재는 지혜와 지식의 근원이다."

아리스토텔레스는 현존하는 모든 대상에는 변화가 있고, 그 기저에는 이를 가능하게끔 하는 **'원인'**이 있다고 보았다. 설령 이전에 존재하지 않았던 어떤 대상이 있다면, 이는 그 어떤 것이 변화한 결과로써 존재하는 것으로 생각했다. 그는 변화의 대상을 **'질료'**라고 보았다. 이 질료가 이를테면 소크라테스에게 소크라테스일 수 있도록 '형상'을 부여했다고 본 것이다. 아리스토텔레스는 세계 내의 모든 대상에는 '질료'와 '형상'이 **'혼재'**되어 있다고 주장했다.

아리스토텔레스는 존재의 본질은 형상 그 자체만으로는 알 수 없다고 보았다. 형상과 질료는 따로 나뉠 수 없으며, 양자가 **'함께'**해야 비로소 존재로 드러난다고 보았다. 즉, 존재의 본질은 단지 가능한 양태(가능태)로 재료 안에 내재하여 있기에, 그것이 형상을 통해 현실(현실태)로 나타나야 비로소 본질이 드러나는 것이다. 그러므로 재료 안에 들어있는 가능태와 무관한 형상은 생각할 수 없으며, 형상은 재료의 성질을 드러내는 설명 방식으로 자리매김을 한다.

아리스토텔레스는 존재의 본질은 질료에서 형상으로, 곧 가능태에서 현실태로 발전하는 과정에서 드러난다고 보았다. 그리고 **'목적'**이 무엇인가에 의해 결정된다고 보았다. 그래서 아리스토텔레스는 목적 없이는 어떤 것(존재자)도 존재할 수 없다고 주장했다. 아리스토텔레스의 자연 사물은 저마다의 목적을 갖고 존재한다는 사고방식을 **'목적론적 자연관'**이라고 한다.

데카르트:
"존재는 생각하는 나를 확인시켜 주는 정신의 주관자다."

데카르트에서 존재 개념은 '객체로부터 주체로의 전환'이라는 중요한 변화를 일으켰다. 데카르트는 철학적 탐구의 방향을 사물의 존재에 대립하는 **'인식 주체'**로 재조정하고자 했다. 데카르트는 "나는 있다. 존재한다"라는 명제는 내가 언제 어디서 어떻게 말하거나 마음속으로 떠올리든지 간에 반드시 '참'일 수밖에 없다고 주장했다.

하이데거: "존재는 일상적인 세계 속에 빠져 사는 '자아'다."

하이데거는 서양철학은 존재와 존재자를 혼동해 왔다고 지적하면서, 그동안 존재자를 존재의 저급한 형태로 취급해 왔다고 비판했다. 하지만 이제는 존재와 존재자 사이의 '존재론적 차이', 즉 존재자를 넘어서서 존재의 의미를 되물어야 한다고 주장했다. 그 이유는 인간은 존재의 의미를 물을 수 있는 **'유일한'** 존재자이기 때문이라는 것이다.

■ **현존재**

하이데거는 존재하는 것으로써의 사물과 대비되는 의미로써의 존재적 인간을 '현존재'라고 불렀다. **현존재(다자인, 실존)**라는 말은 존재한다는 사실을 명확히 의식하고 존재에 관해 묻는 인간의 독자적인 속성을 표현한 것이다. 그는 인간에게 두 가지 삶의 방식이 있다고 주장했다. 하나는 **'비본래성'**으로써의 삶으로, 일상생활 속에 파묻혀 자기 자신을 잃어버린 채 무의미한 삶을 산다는 뜻이다. 다른 하나는 **'본래성'**으로써의 삶으로, 인간이 자신의 존재 가능성을 의식하고 열심히 사는 것을 말한다.

하이데거는 **'본래성'**으로써의 삶을 이상으로 삼고, 그 실현을 위해 **'시간성'**이라는 개념을 제시했다. 인간은 죽음이라는 유한성을 깨달아야 비로소 시간의 소중함을 자각하고, 자기 삶의 주인으로서 미래를 향해 적극적으로 나아갈 수 있다고 보았다.

하르트만: "존재는 자아에 대한 인식이다."

독일 관념론 철학자 하르트만에 따르면, 인식이라는 것은 대상의 산출이 아니라 모든 인식에 선행하고 또 인식으로부터 독립하여 존재하는 무언가를 파악하는 것이다.

따라서 자아가 자신을 통해서 존재하는 것은 이를 스스로 인식해야만 올바로 파악할 수 있다. 즉, 인식 안에는 이미 자기 자신에 대한 인식이 기초해 있기에, 자아가 어떤 것을 만드는 생산 활동을 하려면 먼저 자신이 **'존재'**한다는 사실부터 인식해야 한다.

36 지각
: 감각적 인식 작용

지각은 감각기관을 통해 외계의 사물·상태를 인식하는 것을 말한다. 즉, '지각'이란 인간과 인간을 둘러싼 사물의 정보를 인식 및 해석하는 일련의 과정으로, 판단·사고·감정·기억에 긴밀하게 관계한다. 우리는 지각을 거쳐야 비로소 내부 세계든 외부 세계든 접할 수 있다. 그리고 지각의 문제는 우리의 내부 세계와 우리를 둘러싼 외부 세계를 이해할 수 있는 실마리라고 할 수 있다.

심리학적·의학적 의미에서 지각·감각·인지는 차이 난다. **'감각'**은 주위환경 변화(자극)를 눈·코·귀·혀·입이라는 오관의 자극을 통해 알아차리는 과정이다. 이에 대하여 **'지각'**은 자극으로 발생한 감각을 다른 감각과 비교하거나 과거의 기억에 기초하여 그 의의를 부여하는 것이다. 감각 자극에 대한 의식적인 기록이 곧 지각인 것이다. 한편, **'인지'**는 사고 또는 지각의 대상을 알아차리는 마음의 작용으로, 지식이 무언가를 알아서 얻은 성과를 의미한다면 인지는 아는 작용과 얻는 작용 각각 또는 모두를 의미한다.

철학의 인식론에서는 지각을 대상에 대한 **'주체'**의 관계로써 정의한다. 이와 관련한 핵심 물음은, "지각은 대상의 실존에 더 가까운가, 아니면 사물을 드러내는 신체적 상황에 더 가까운가? 그리고 지각은 우리에게 주어지기 위해 직접적이어야만 하는가?" 하는 것이다. 또 "지각적 판단은 순수하게 생리적인 질서에 속하는 '감각 소여'에 적용되는 지적 능력으로부터 유래하는가, 아니면 반대로 감각 자체에 포함된 판단능력에서 유래하는가?" 하는 것이다.

지각에 대한 우리의 일상적 직관과 과학적 실재론의 입장은 차이 난다. **과학적 실재론**에 따르면, 실재 세계는 거듭해서 발전한 과학을 통해 우리에게 '실재'한다고 입증할 수 있는 존재이다. 반면에 **'직관'**으로 지각된 세계는 실재 세계에 기반을 두고 있지만, 그것으로 환원할 수 없는 독특한 심적 측면을 가지고 있다.

우리는 과학적 탐구의 대상인 실재 세계와 우리의 일상적 삶을 구성하는 지각된 세계에 걸쳐서 살고 있다. 두 세계의 조화가 가능한가에 대한 대답을 찾을 수 있다면, 과학과 기술의 발전을 추구하는 과학적 세계관과 자연과의 조화를 강조하는 **생태론적 세계관**의 대립 문제에 관한 해결의 실마리도 찾을 수 있을 것이다.

■ **'지각'하는(지각되는) 존재(사물)에 대한 인식론의 세 관점**

인식의 바탕이 경험에 있다고 보는 경험론에 따르면, 지각이란 오로지 '감각'에 의해 사물을 인식하는 것이다. 반면, 데카르트의 합리론에 따르면 지각은 **'이성'**으로 사물을 파악하는 것이다. 후설의 현상론에서는, 지각은 경험론과 합리론처럼 사물이 존재하는 방식이 아니라 사물이 우리에게 주어지는 방식, 사물이 우리 **'의식'**에 제시되는 방식에 의한 것이다. 탁자를 예로 들 경우, 내가 지각하는 사물은 탁자 그 자체가 아니라, 탁자에 대한 나의 '체험'이 개략적으로 주어질 뿐이다. 다시 말해, 현상학은 지각이라는 행위에 영향을 미치는 복잡한 원리에 주목한다. 이렇게 놓고 볼 때, 현상학은 경험론적 사유를 확장하되, 버클리의 유심론(주관적 관념론)과는 달리 '사물 그 자체로 돌아가 그것의 진실과 본질에 접근할 것'을 요구하는 사유 방식이란 것을 알 수 있다.

- ■합리론: '이성'으로 사물을 파악(지각은 선험적 이성 활동)
- ■경험론: '감각'에 의해 사물을 인식(지각은 경험적 인식 작용)
- ■현상학: 사물이 우리 의식에 제시되는 방식(현상)에 의해 인식(지각은 현상의 추체험)

엠페도클레스: "지각은 인식 변화의 출발점이다."

엠페도클레스는, 우리가 지각하고 경험하는 대상은 생성 또는 소멸한다고 보았다. 그 이유는, 다양한 물질 입자로 구성된 대상이 변화와 운동을 하기 때문이다. 그는 대상은 변화하지만, 그렇더라도 그것을 구성하는 입자는 변화하지 않는다고 보았다.

존재를 구성하는 '물, 불, 공기, 흙'이라는 기본 입자는 변화하지 않지만, 대상을 형성하기 위해 서로 섞이면서 우리가 경험으로 지각하는 대상의 **'변화'**를 만들어낸다고 보았다.

데카르트: "지각은 불확실한 인식에 불과하다."

데카르트는 "대상에 대해 신뢰할 만한 인식을 주는가"의 관점에서 지각의 문제를 제기했다. 예를 들어 내가 수면에서 구부러진 막대기를 보았다면, 그리고 가까이 갔을 때 그것이 수면이 일시적으로 만들어낸 외관에 지나지 않았음을 알았다면, 이 경우 지각을 '실재'의 인식과 동일시할 수 없다. 지각은 우리에게 **'불확실'**한 현상만을 제공해 주었을 뿐이다. 데카르트는 우리가 순수한 인식에 이르기 위해서는 지각에 담겨 있는 감각적 요소를 정화한 후 순수한 판단을 이끌어야 한다고 생각했다.

버클리: "존재하는 것은 지각되는 것이다."

우리는 일반적으로 사물이 존재하기에 그것을 지각할 수 있다고 생각하지만, 사실은 누군가가 지각하기 전에 사물의 존재를 인식할 수 없다. 대상의 존재 **이전에** 반드시 우리의 '지각'이 있다. 버클리에 따르면, 지각하는 우리가 존재하지 않으면 사물도 존재하지 않는다. 버클리에게 세계는 물질로써 존재하지 않고 우리의 **'의식'** 안에 있다. 즉, 만약 누군가가 대상(예컨대, 꽃)을 지각한다면, 그 대상은 그 사람의 의식 안에서 존재하는 것이다.

그렇다면, 우리가 아무도 보지(지각하지) 않을 때도 꽃은 '존재하고 있지 않은가'라는 반론이 따를 수 있는데, 이에 버클리는 우리가 보지 않아도 신이 보고 있으므로 꽃은 존재한다고 주장했다.

흄: "인간은 지각의 구속을 받는다."

흄에 따르면, 정신이나 자아는 그 자체로 독립적이거나 동일성을 갖는 것이 아니다. 그것들은 우리가 보고 듣고 느끼는 다양한 **'체험(지각)'**을 반복하고 있는 것에 지나지 않는다.

흄은 정신이 따로 있는 것이 아니라 관념과 인상의 다발만 있을 뿐이라고 생각했다. '나, 주체, 자아, 정신'으로 불리던 것들은 인상과 관념의 묶음, 곧 '지각'의 다발일 뿐이다. 흄은 이를 두고 '인간은 지각의 구속을 받는다'라고 표현했다. 흄에게 있어서는 지각(감각)이 확실히 존재한다고 해서 그것이 '나'라는 실체는 아닌 것이다. 이러한 그의 생각은 칸트의 비판철학에 영향을 주었다.

메를로퐁티: "지각은 신체를 통한 외부성의 체험이다."

메를로퐁티는 《지각의 현상학》에서, 자신과 타인의 존재를 인식하는 방식은 '지각' 안에 압축되어 있다고 주장했다. 현상학에 따르면, 신체와 지각은 서로 엄격히 구별되는 두 가지 존재 영역이 아니라, **'실존'**이라고 불리는 동일한 사태의 서로 다른 두 층위에 불과할 뿐이다. 따라서 내 몸과 자아가 상호 관계를 맺는 가운데 성찰의 시간을 공유하고 존재의 숭고함을 발견하면, 그것이 곧 나를 스스로 보살피는 아름다운 메시지다. 그런 깨달음의 주체로써 갖는 자상한 언어와 태도, 느낌, 더불어 삶, 스스로에 대한 사명감 등은 유기체 간의 얼개를 더욱 건강하고 튼튼하게 결합한다.

37 비판
: 건강한 판단력

비판은 어떤 사실이나 현상 또는 행동의 진위·우열·가부·시비·선악을 판단하여 그 가치를 밝히고 평가하는 것을 말한다. 비판이란 사물의 구성이나 배치를 꿰뚫어 각각의 요소의 역할 및 제약을 확인하면서 그 사물의 가치를 평가하는 행위이다. **'비평'**이라고도 한다.

비판의 어원은 '나누다, 골라내다, 판별하다'라는 뜻의 그리스어 'krinein'으로, 비판이라는 것은 주어진 대상을 구성하고 있는 요소로 나누고 그 요소와 전체의 연관을 밝힘으로써 그 대상을 평가하는 것을 가리킨다. 우리는 어떤 대상을 비판함으로써 단순한 경험에 집착하거나, 좁고 그릇된 편견이나 독단에 빠지지 않고 참된 판단이나 행동을 할 수 있게 되는 것이다.

비판과 비난은 다르다. **'비난'** 또는 비방은 특정 대상의 결점을 근거로 인신공격 및 조롱, 비속어로 헐뜯거나 폄하를 하는 것이지만, 비판이나 비평은 이성적으로나 논리적으로 잘못된 점을 분석하고 지적하는 것을 말한다.

비판은 또한 반박과도 차이난다. **'반박'** 또는 반론은 어떤 의견·주장·논설 등에 반대하여 말하는 것으로, 상대의 주장에 대해 반대하거나 해명하는 것이다. 이에 비해 비판은 사물을 분석하여 각각의 의미와 가치를 인정하고, 전체 의미와의 관계를 분명히 하며, 그 존재의 논리적 기초를 밝히는 것이다.

칸트: "비판은 계몽을 선도한다."

철학에서 비판의 개념을 확립하고 본질적 의의를 발견한 사람은 칸트다. 칸트의 철학을 비판주의 또는 **비판철학**이라고 부르는데, 이때 비판의 의미는 논의나 학설의 시비(是非)를 가리려는 것이 아니라, 경험에서 독립한 이성의 인식 능력을 확실하게 밝혀 그 기반 위에서 형이상학을 수립하려는 철학적 태도를 의미한다.

칸트의 비판철학은 '이성'에 대해 비판한다. 여기서 비판은 이성을 부정하는 뜻에서의 의미가 아니라, 사물을 구성하는 근본을 철저히 따져 살펴야 한다는 의미로 사용된 것이다.

그는 형이상학이 독단론이나 회의론에 빠지는 것을 경계하면서, 그리고 인간의 이성 능력을 철저히 의심하면서 형이상학 세계를 인식해야 한다고 주장했다.

칸트에 따르면, 철학은 기존의 체계를 배우는 것이 아니며, 누구나 자율적인 주체로써 사고함으로써 **'진리'**를 탐구해 나가는 것이다. 칸트는 진리 탐구의 수단으로, 그때까지 문학에서 비평이라는 의미로 쓰였던 **'크리티크(critic)'**라는 개념을 철학에 도입했다. 인간이 스스로 사고하는 힘을 사용하여 기존의 인식 체계를 새롭게 평가함으로써 계몽의 과제를 실행할 수 있다고 본 것이다.

이처럼 칸트는 사물에 대한 인식과 그것들이 어떤 구조로 되어있는가를 인간의 지각과 사고 능력 그 자체가 발생하는 지점에서 고찰했다. 그때까지 서구 사상 체계를 지배해왔던 형이상학 체계를 비판하면서, 인간이 왜 형이상학적인 문제, 즉 인간 의지의 자유, 영혼의 불멸, 신 존재 등의 문제를 묻지 않을 수 없는가에 주목했다. 그리고 이런 형이상학적 문제는 단순히 이성의 힘으로는 해결할 수 없는 것이라고 보면서, 이를 해결하는 힘을 **'이성'**이 비판 능력에서 찾았다. 19세기 후반, 리프만의 이른바 '칸트로 돌아가라'를 표방한 신칸트학파는 인식을 사유하는 방법론적 측면에서 칸트의 비판주의 입장을 계승했다.

■ 크리티크

비평·비판을 뜻하는 '크리티크'는 문학과 예술에서의 분석적·논리적 태도를 일컫는 말로 사용된다. 문학에서 비평은 작품을 해부하여, 작가의 의도가 어떻게 성공하고 있으며, 작품에 어떤 고유한 가치가 있는가를 알아보는 것이다. **문학 비평**은 작품 자체의 가치, 작가와 작품의 관계, 작품과 독자의 관계라는 세 가지 관점에서 실행된다.

예술 비평은 예술이론 성립의 모체로 작용한다. 미학 사상이나 예술이론은 항상 미적인 것 또는 예술 작품에 대한 비평적 태도에 근거한다. 그렇더라도 비평적 태도는 미학적 의미에서는 단순한 논리적 입장을 따르는 것에 더해, 그 근저에 작용하는 예술적 체험의 자각과 반성에 크게 의존한다. 이런 뜻에서 예술 비평은 **'창조·관조·미적 능력'**이라는 세 가지 근원적 방향으로 나아간다.

마르크스: "자본주의의 모순을 폭로하는 것이 비판의 본질이다."

마르크스는 경제학 분야에서의 '비판'을 꾀했다. 마르크스가 시도한 것은 자본주의 사회의 메커니즘을 그 내적 작용 측면에서 고찰하려는 의미에서의 비판적 분석이다. 그는 근대 경제학이 자본주의 사회의 참된 메커니즘을 분명히 밝히지 않는 점에 주목하면서, 비판의 방법으로 자본주의 사회의 근간에 있는 중요한 **'제약'**을 폭로했다.

마르크스는 자신의 유물론적 변증법을 '비판적인 동시에 혁명적'이라고 말했다. 마르크스주의에서 말하는 비판은 학설·이데올로기는 물론이고 사람들의 행동이나 제도와 관련하여, 자본주의에 내재한 오류·모순·결함 등을 지적할 뿐만 아니라, 그것들을 생산하고 규정하는 근원으로서의 사회적 **'계급 관계'**를 밝히는 데 있다. 그리고 계급 투쟁이라는 실천적 비판을 통해 사회적 모순의 근원을 변혁함으로써, 정신적·물질적 생활 조건을 더 높은 차원으로 지양(止揚)하는 데 있다.

호르크하이머: "이성이 도구화되면 비판 기능을 상실한다."

호르크하이머는 《도구적 이성 비판》에서 이성이 도구화되면 맹목적으로 변질하면서 오류를 막는 비판적 기능을 상실한다고 보았다. 그에 따르면, 이성은 목적을 이해하지 못한 채 단지 합당한 수단만을 계산하는 능력이 되어서는 안 된다.

이성은 목적과 수단을 포괄적으로 이해하면서 모든 것들을 비판하는 능력이어야 한다.

호르크하이머는 현대 사회에 만연한 광기와 야만성은 자연과 인간 그리고 문화 모두를 유용성을 산출하기 위한 대상으로만 파악하는 **도구화된 이성**에서 비롯되었다고 보았다. 도구화된 이성은 규범의 상실, 이념의 상실, 가치의 상실과 대상의 사물화를 가져온다고 생각했는데, 그 대표적 사례가 바로 '홀로코스트'다.

호르크하이머는 왜곡된 '계몽'의 특질을 '도구화된 이성'이라고 보았다. 그는 '왜'라는 질문에는 관심이 없고 '어떻게'라는 질문에만 대답하는 도구화된 이성은 인간이 '왜 존재하는지'와 같은 궁극적 목적을 잃어버리게 한다고 생각했다.

목적과 의미를 잃어버린 인간이 자신이 행한 일을 되돌아보고 반성하거나 성찰하지 않을 때, 합리적 사고를 뜻하는 '계몽'은 **'폭력'**으로 전화(轉化)한다고 보았다.

호르크하이머는 도구화된 이성을 인간을 위한 이성으로 되돌리기 위해서는 **'비판적 이성'**을 회복해야 한다고 보았다. 이성의 자기부정과 자기비판으로 도구화된 이성에 의해 왜곡된 '계몽을 계몽하는 것'만이 현대 사회를 지배하는 각종 '폭력'으로부터 벗어나 인간성을 회복하는 길이라고 주장했다.

38 진리
: 철학적 반성

진리란 언제 어디서나 누구든지 승인할 수 있는 보편적 법칙이나 객관적 타당성을 지닌 '사실'을 일컫는다. 진리 탐구는 인식론에서 중요시하는 근본 물음으로, 철학은 '지혜에 대한 사랑'이란 어원적 의미는 곧, 진리에 관한 탐구를 철학의 주요 과제로서 삼고 있음을 보여준다. 진리는 '존재'라는 개념만큼이나 논의의 영역이 폭넓다.

서양 철학사에서 진리는 크게 두 가지로 나누어 고찰한다. 하나는 그리스 이래 중세를 거쳐 근세에 이르기까지 전해 내려온 진리관이고, 다른 하나는 근대철학이 확립한 진리관이다.

전자는 **'존재론적·신학적 진리관'**으로 외부 세계의 존재 가능성 및 현실과의 일체감에서 진리를 구하려는 태도이다. 이 경우 진리의 기준은 외부 세계의 존재와 현실과의 관계에 있다. 이러한 사고는 아리스토텔레스로부터 발전하여 스콜라 철학을 대표하는 아퀴나스의 사상으로 확립됐다.

한편, 후자인 근대의 진리관은 **'관념론적·인간 중심적 진리관'**으로 인간의 의식과 인식에 진리의 기준을 둔다. 그리고 진리는 우리의 의식 속에 있는 것으로서, 인간에 의해서 발견되는 것이지 어떤 초자연적 계시를 받아 얻어지는 것이 아니다. 이 경향은 베이컨과 데카르트를 거쳐 칸트에 이르러 확립됐다.

이 같은 진리 탐구는 성공할 수 있을까? 회의주의는 이것을 부정한다. **'회의주의'**는 우리의 인식 능력으로서는 보편타당한 지식을 얻을 수 없다고 보는 사상이다.

철학적으로 '독단론'과 대립하며, 어떤 지식을 얻기 위한 의문, 체계적인 질문을 통해 지식을 얻는 방법, 윤리적 가치 및 지식의 한계 등과 관련한 문제를 포함한다. 회의론자들은 진리에 접근하는 것은 불가능하다고 생각하기보다는, 우리가 진리에 도달했음을 확신할 수 없다고 믿는다.

■ **회의주의**

회의주의는 진리 탐구를 부정하고, 진리 파악의 가능성을 '독단적으로' 긍정하는 태도를 경계하면서 이를 **회의(懷疑)**와 검토로서 대체하려 든다. 회의주의는 그 자체에 진리성을 함축하고 있다는 점에서 모순적이지만, 인식이나 진리에 관해 신중하고 겸허한 태도를 지닐 수 있게 한다는 점에서 긍정적이다. 회의주의는 근거 없는 믿음이나 독단적인 주장과 관련한 일깨움을 준다.

소크라테스: "진리는 무지를 자각하는 것이다."

소크라테스는 자신의 **'무지(無知)'**를 깨닫는 것이 진리를 알고 또 자신을 아는 출발점이라고 생각했다. 자신이 무지한데도 불구하고 스스로 지혜롭다고 착각하고 있는 소피스트와는 달리, 소크라테스는 자신이 무지하다는 사실을 깨달았다. 그리하여 그는 "너 자신을 알라"고 외쳤다. 그리고 이런 외침은 인간의 지식을 검증하고, 인간이 추구해야 하는 선(善)을 규정하는 내면의 요구라고 생각했다. 그 결과, 소크라테스는 사람들이 스스로 선과 덕에 대해 잘 안다고 믿지만 실제로는 껍질뿐인 지식에 사로잡혀 있음을 알게 되었다. 그런 외관상의 지식은 대화 가운데 로고스(이성)를 통한 엄밀한 검증을 견디지 못한다는 사실도 경험했다. 그 과정에서 소크라테스는 확실한 인식에 도달하기 위한 최고의 방법을 고안해 냈는데, 그것이 바로 **'문답법(논박법)'**이다.

소크라테스는 이 문답법을 활용하여, 먼저 상대방의 논리 안으로 들어가서 모순점을 찾아냈다. 그리고 그 모순을 집요하게 추궁하여 상대방이 무지(無知)하다는 사실을 스스로 시인하도록 만들었다. 자신이 무지하다는 것을 아는 것(**무지의 知**), 즉 무지의 자각이야말로 참다운 지식에 이르는 필수 불가결한 조건이라고 본 것이다. 소크라테스는 논박법이라고 하는 대화의 방법을 통해 대화 상대방이 피상적 지식을 넘어 보편적이고 불변하는 진리에 다가갈 수 있도록 도왔다. 상대적이고 실용적인 진리를 내세운 소피스트와는 달리 **절대적이고** 변하지 않는 진리를 추구한 것이다.

아리스토텔레스: "진리는 사물 객관에 있다."

아리스토텔레스는 '있는 것을 없다'라고 하거나 '없는 것을 있다'라고 말하는 것은 허위이며, 반대로 '있는 것을 있다'라고 하고 '없는 것을 없다'라고 말하는 것은 진리라고 했다. 이때의 진리의 기준은 우리의 인식이나 지각에 있는 것이 아니라 **'사물 안'**에 있으며, 인식이나 지각은 사물에 의해 결정되는 **'상대적'**인 것으로 보았다.

니체: "진리는 환상이자 거짓에 불과하다."

니체는 인간의 인식에는 한계가 따르며, 우리가 사실이나 실재, 그리고 절대적 진리라고 말하는 것들은 모두 환상에 불과하다고 보았다. 니체는 '진리'를 비판하면서, 이를 언어와 개념이 지닌 한계를 갖고서 설명했다. 일반적으로 진리란 어떤 사물에 관한 판단에서 시작되며, 언어라는 수단으로 표현된다,

니체는 인간은 언어라는 틀 속에 갇혀서 생각하고 인식함으로써 언어가 곧 '진리'라는 **'환상'**을 만들어낸다고 주장했다.

니체는 진리가 만들어내는 환상에 의문을 품었다. 니체는 진리란 없으며 진리를 원하는 마음, 곧 **'진리에의 의지'**만이 있을 뿐이라고 생각했다. 니체에게 진리란 이론이 아니라 **'삶'** 그 자체다. 진리는 내가 결정하고 내가

의지하고 내가 창조하는 그 무엇으로, 내가 '나 자신'이 되는 것을 가로막는 모든 진리는 우상일 뿐이다. 니체는 우상 파괴에 모든 열정을 바쳤으며, 스스로 "망치를 들고 철학을 하는 자"를 자처했다

■ **변증법적 유물론의 진리관**

변증법적 유물론은 의식에서 완전히 독립해 있으면서 객관적 법칙에 따라 운동하고 있는 물질의 존재를 극단적으로 인정한 나머지, 사유로서의 의식이 **'물질세계'**의 법칙을 정확하게 반영하는 것에서 진리를 찾고자 했다. 이때 인간의 의식은 일정한 발전 단계에 놓여 있는 과학의 수준과 사회생활의 역사적 조건에 의해서 제약되므로, 진리는 불가피하게 **'상대주의'**에 빠지고 만다. 그러한 상대성은 결국 절대적 진리 속에 포섭되는 것으로, 인간은 이러한 상대적 인식을 통해 무한히 절대 진리에 접근해 간다.

카르납: "진리는 언어 분석을 통해 설명 가능하다."

논리실증주의 철학자 카르납에 의하면 진(眞)·위(僞)라고 하는 말, 즉 '진리'는 절대적 의미와 상대적 의미를 지닌다. 절대적 진위(**절대 진리**)란 물질의 실체와 같이 언어표현을 떠난 존재를 말하는 것이며, 상대적 진위(**상대 진리**)란 언어표현이 대상을 옳게 지시하고 있는가 어떤가, 또는 표현 자체에 모순은 없는가를 말하는 것이다.

카르납에 따르면, 전자는 언어를 떠난 문제이므로 토론의 여지 없이 다만 각자의 직접 체험에 맡겨두는 수밖에 다른 도리가 없으나, 후자 즉 언어표현에서의 진위는 엄밀히 토의할 수 있는 문제이다.

카르납은 언어가 설명하는 과학적이고 객관적인 사실의 영역 안에서 세계의 진리를 설명하면서, 오직 **'문자 언어'**만이 진리에 접근할 수 있다고 보았다.

39 정신
: 영혼·의식·지성·사유·이성

정신의 사전적 의미는 육체나 물질과 대립하는 영혼이나 마음, 사물을 느끼고 생각하며 판단하는 능력 또는 그런 작용, 사물의 근본적인 의의나 목적 또는 이념이나 사상, 우주의 근원을 이루는 비물질적 실재 등 다양하다.

정신은 **'마음'**과 동일한 의미로도 쓰인다. 마음이 주관적·정서적으로 개인의 내면에 머무르는 것인데 비해, '정신'은 지성이나 이념을 따르는 고차원적인 마음의 움직임으로 개인을 초월하는 의미를 지닌다. 정신이 지시하는 바는 인간 자신 내지는 인간 사회의 본질에 해당하며, 개념적으로 인간관·세계관·가치관을 대변한다.

정신철학(심리철학)은 정신을 실체인 몸과의 관계를 통해 고찰하는 철학의 한 분과이다. 데카르트 이후 몸과 마음의 관계는 철학의 중요한 관심 분야였다. 우리는 일상에서 정신과 육체와의 관계(몸은 마음을 따른다는 인과론적 사고)를 경험한다. 물을 마시고 싶다는 의지(정신 상태) 때문에 시원한 물을 마시려고 냉장고 문을 열거나, 과거의 어떤 아픈 기억을 떠올릴 때(정신) 눈물을 흘리는(육체적 상태) 경우가 그것이다.

정신철학은 이런 것과 관련한 문제에 대한 해결점을 찾으려는 시도이다. 오늘날은 분석철학, 특히 언어철학에서 그 흐름을 잇고 있다. 현대 인식론도 결국에는 정신의 문제를 해결하지 않고서는 그 한계를 절감할 수밖에 없다는 사실을 보여준다.

아낙사고라스: "정신은 세계를 만드는 목수다."

아낙사고라스에 따르면 누스(nous, 만물에 깃든 지성), 곧 '정신'은 모든 운동의 근원이다. 정신은 모든 사물 가운데 가장 순수하고 가장 섬세한 것으로서, 태초부터 만물이 질서 있게 순환하도록 하는 원인을 제공한다. 만물이 태동한 이후에도 정신은 스스로 존재하며, 다른 어떤 것과 혼합하지 않으면서 유일하게 혼자서 세계를 지배하는 힘을 지니고 있다. 따라서 정신은 만물에 관한 모든 것을 알고 있으며, 나아가 생명을 지닌 일체의 만물을 지배한다. 그는 정신을 궁극의 **'실재'**로 보는 유심론의 관점에서, 누스를 정신적인 것으로써의 세계를 구성하는 '제1원리'로 상정했다.

데카르트: "정신은 인간 존재 그 자체다."

데카르트는 정신과 물체는 서로 다른 유한 실체로써, 이 둘은 무한한 실체인 '신'에 의존하면서 그리고 서로 대립하면서 존재한다고 보았다. 이때 물체(물질)의 속성은 '연장'인 데 비해 정신의 속성은 '사유'라면서, 두 실체 간의 의존관계를 부정하는 **'이원론'**을 주장했다. 이 경우에도 이성은 큰 이성인 '신'과 관련된다고 보았다.

데카르트는 인간 정신의 특성은 **'판단'**하는 능력이라면서, 이 능력에 의해 우리는 대상을 인식하게 된다고 주장했다. 우리가 어떤 대상을 알게 되는 것은 시각의 작용도, 촉각의 작용도, 상상의 작용도 아니다. 우리가 보고 만지는 것도 결국에는 내 정신 속에 있는 판단 능력을 통해서 이해하는 것이기 때문에, 정신의 통찰만이 대상에 대한 모든 인식을 가능하게 한다고 생각했다. "생각한다는 것이 곧 존재하는 것이다." 이것이 데카르트가 내린 결론이다.

스피노자: "정신과 신체는 동일한 개별자의 두 측면이다."

스피노자는 데카르트의 사상을 따라, 우리는 '정신'을 따라서 생각을 한다고 주장했다. 그렇더라도 인간 정신은 육체를 떠나서는 생각하거나 활동할 수 없다고 생각했다. 정신은 '생각'하지만, 그렇다고 해서 생각하는 능력으로서의 정신의 실체가 육체와 분리해서 따로 존재하는 것은 아니라고 보았다. 정신이 활동하는 곳이 '육체'로, 스피노자는 이를 두고 "정신은 육체의 집"이라고 했다.

스피노자에 따르면, 사물과 관념은 신의 속성에 포함되어 있을 때만이 현실로서 지속할 수 있다. 모든 물체는 외연이라는 속성을 가진 신의 **'양상**(모드, 실체의 여러 상태)'이고, 관념은 의식이라는 속성을 가진 신의 양상이기 때문이다. 따라서 인간에게 육체와 정신은 서로 **'병행'**하는 관계라고 할 수 있다. 스피노자에 따르면, 정신과 육체는 하나의 개체를 바라보는 두 측면으로, 정신은 육체 없이 존재할 수 없다. 정신과 육체는 서로 대립하거나, 독자적으로 존재하지 않는다. 그는 정신과 육체라는 두 속성은 처음부터 분리할 수 없는 유일한 **'단일체'**라고 보았다.

■ 실체인가, 기능인가

데카르트의 심신 이원론은 스피노자에 의해서 '신이 곧 자연'이라고 보는 일원론으로 통일됐고, 라이프니츠는 단자론을 내세우면서 모나드는 정신이 자기활동을 하는 것으로 규정했다. 결국, 이들의 입장은 정신을 **'실체'** 또는 실체의 속성으로 보는 경향이었다. 이후 정신이 실체라는 견해는 후퇴하고 활동 또는 기능으로써의 정신을 고찰하는 경향이 일반화되었고, 그에 따라 근대의 인간 주체성은 **관념론적** 색채가 농후해졌다. 로크는 정신적 실체를 하나의 복합 관념에 붙여진 이름으로서만 인정했으며, 흄은 실체로서의 정신을 완전히 제거한 마음을 모든 지각표상의 일단(一端)으로 삼았다.

헤겔: "정신은 자아의 발견이다."

헤겔은 자연으로 '외화(外化)'된 이념이 정신에 의해서 그 본질로 되돌아간다고 여겼는데, 그 정신의 발전 과정에는 역사적·사회적 세계 전체를 포함한다.

여기에 이르면 마음이 실체적인 데 반해 정신은 이념적인 것으로, 또는 심정이 비합리적인 데 반해 정신은 로고스적인 성격을 띠게 된다. 헤겔은 **'절대정신'**으로써의 세계정신, 시대정신, 민족정신을 강조했다.

라일: "정신은 행위의 지향성을 따른다."

영국의 정신철학자 라일은, 데카르트의 실체이원론은 **'카테고리 착오(범주 착오)'**[84]를 마음과 행동의 관계에 적용하여 사용함으로써 정신의 착오를 일으킨 것이라고 주장했다. 그는 정신 또는 마음과 관련된 일상어의 개념은 대부분 인간의 행동 내지는 행위 성향을 가리키는 말이라고 생각했다. 두뇌를 포함하는 인간 육체 이외에 '정신'이라고 불리는 어떤 별도의 실체가 인간 속에 들어있다고 생각하는 것은 **'기계 속의 유령'**을 신화로서 받드는 것과도 같으며, 또한 '성향–언어'를 '실체–언어'로 착각하는 범주 착오에서 비롯된 것이라고 주장했다. 그는 기계(물질)로써의 몸(육체)을 마음이라는 유령이 조작한다는 데카르트의 생각을 '기계 속의 유령'이라고 비꼬듯이 표현했다.

라일에 따르면, 마음의 작용은 육체의 행위로는 전적으로 설명하기 어려우며, 다른 사람의 마음을 완전히 이해하는 것도 불가능하다.

우리는 타인의 경험을 있는 그대로 공유할 수 없는데도, 심신 이원론에서는 마음을 육체와 같은 범주로 봄으로써 마음을 전부 이해할 수 있고 또 육체의 행위를 마음으로 설명할 수 있다는 식으로 **'범주의 오류'**를 범하고 있다고 비판했다.

40 신체
: 물질성과 정신성의 양가성을 지닌 존재

서양철학에서 신체(육체, 몸)는 정신이나 마음과 대비되는 개념이다. 서양 전통 철학에서 신체는 인간에게 있어서 동물적인 요소로써, 고귀한 정신보다도 뒤떨어진 것, 정신의 자유로운 움직임을 방해하는 것이라는 생각이 지배해왔다.

플라톤은 신체와 정신은 완전하게 분리된 것이 아니라, **'상호의존'**하면서 존재한다고 보았다. 훌륭한 교육이란 정신과 신체를 조화롭게 발달시키는 것으로, 교육을 통한 육체와 영혼의 조화롭고 균형 잡힌 인간상을 주장했다.

아리스토텔레스는 신체는 영혼의 감옥이 아니라, 신체가 있어서 영혼이 있으며, 영혼이 있어서 신체가 존립한다고 보았다. 아리스토텔레스 역시 플라톤처럼 신체와 영혼(정신)의 **조화롭고 균형 있는** 발달을 중시했지만, 바람직한 인간 형성을 위해서는 신체라는 감옥에서 영혼을 해방해야 한다고 생각했다.

그렇더라도 플라톤과 아리스토텔레스에게 있어서 신체는 단지 정신을 가두고 있는 감옥이 아니다. 그들은 인간이 이데아의 나라로 나아가기 위해서는 신체를 가진 '에로스'의 힘이 필요하다고 생각했다. 이런 양면적 사고는 이후의 서양철학의 흐름을 결정짓는 데 큰 역할을 담당했다.

서구 문명에서 신체는 늘 기피의 대상이었지만, 20세기 후반에 이르러 신체에 관한 다양한 탐구가 다양하게 이루어지면서 존경의 주체로 새롭게 떠오르고 있다.

데카르트: "신체는 정신에 좌우된다."

데카르트는 신체와 정신을 두 개의 서로 다른 '실체'라고 보았다. 그는, 세계는 '사고하는 실체(영혼)'와 '독립된 실체(물질)로 구성되어 있다고 보았다. 인간 또한 같다고 생각하면서, 정신의 본질은 '사유(사고)'이고, 신체(물질)의 본질은 '연장'이라고 규정했다. 연장은 신체에서 공간을 차지하는 구체적인 실체를 뜻하고, 사유는 신체의 구체화 할 수 없는 실체로써의 그 무엇이라 할 수 있다.

데카르트는 대상을 철저히 의심한 결과 최종적으로 남는 것은 자기 의식, 즉 **'사유'**뿐이라고 주장했다. 이 발상에 근거하면 정신과 신체, 즉 육체는 전혀 별개의 성질을 지닌 존재로 구분해서 생각할 수 있다. 이것이 곧 **'심신 이원론(실체이원론)'**으로, 사유하는 정신인 마음이 **주체**이고, 그것의 연장인 신체는 **객체**라는 사고가 그것이다.

데카르트는 사유와 연장은 결코 양립할 수 없는 별개로, 송과선을 통해 정신(사유)이 신체(연장)를 통제하는 것으로 생각했다. 정신은 사유를 본질로 하는 데 비해, 육신이나 물질은 단순히 연장을 본질로 하는 것에 불과한 것이다. 더 나아가 그는, 인간은 자신의 신체를 마치 기계처럼 사물로 취급할 수 있다는 사고방식을 따라, 자연계는 원리상 기계(물질, 육체)와 다름없다는 **'기계론적 자연관'**을 확립했다. 자연계에 대해서도 생각하는 정신 이외의 모든 것은 마치 기계와도 같은 것이라고 보면서, 그 본질은 사유(思惟)가 아니라 '연장(延長)'이라고 생각했다.

■ 데카르트의 상호작용설(실체이원론)과 스피노자의 심신병행설(성질이원론)

데카르트의 심신 이원론을 정신철학에서는 **'실체이원론'**으로 부른다. 마음(의식)과 몸(신체)은 **별개**의 실체로 뇌를 통해 연결되면서 상호작용한다. 데카르트는 우리가 육체적 통증을 느끼는 것은 우리의 마음이 몸을 움직이기 때문이라고 보았다.

마음(정신)과 몸(육체)은 '뇌'를 통해 상호작용한다는 것이다. 데카르트는 생각하는 '나(사유=마음=의식=정신)'와 공간을 점유하는 것(연장=몸=물질=신체)을 뚜렷하게 구별함으로써 **근대적 자아**를 확립했다.

스피노자의 **'성질 이원론'**은 마음과 몸은 **동일**한 것으로 마치 동전의 양면처럼 2개의 성질을 갖고 있다고 보았다. 스피노자는 정신(마음, 영혼)과 몸(신체, 육체)은 별개라는 이원론의 관점을 따르지만, 마음이 몸을 움직이는 것은 아니라고 보았다.

니체: "신체는 이성을 주관한다."

니체는 신체적 고통을 통해 삶의 의미를 찾아야 한다면서, 정신 너머의 '신체'를 강조했다. 그는 "신체가 이성의 도구가 아니라, 이성이 신체의 도구"라고 말하면서, 서구 사상사에서 이성의 부속물로 전락한 신체를 복권하고 그 의미를 새롭게 하고자 했다.

니체에 따르면, 신체는 이성이나 영혼에 부속된 도구가 아니다. 오히려 그 반대로, 대지와 인간을 연결하는 **'교량'**이다. 그는 신체를 무시하고는 그 어떤 위대한 업적도 쌓을 수 없을 뿐만 아니라, 신체 없는 자기 창조와 변신은 원천적으로 불가능하다고 주장했다. 니체에게 와서 그동안 천대받던 신체가 최고의 지혜를 낳는 '커다란 이성'이자, 철학적 탐구를 주도하는 **주체**로 떠오른 것이다.

메를로퐁티: "신체는 정신을 주관한다."

메를로퐁티 철학의 궁극적인 목표는 데카르트의 이성 중심주의를 넘어서는 것이었다. 그는 세계에 대한 근원적 지식은 **'지각'**이라는 원초적 경험을 통해서 얻어질 수 있다고 보았다. 메를로퐁티에 따르면 지각은 단순히 신체의 감각을 통해 이루어지는 것 또는 이성적 인식을 위한 자료가 아니라 우리 몸(신체)에 **'체화된 의식'**으로, 의식하는 주체가 세계와의 공존 속에서 이루어내는 능동적이고 생동적인 행위이다.

메를로퐁티는 "의식은 신체, 즉 몸 안에 있다. 의식은 신체 없이는 존재할 수 없다"라는 데카르트의 생각을 이어받아 신체(육체)는 **'객체이면서 동시에 주체'**라는 의미로 받아들였다. 이를 두고 신체는 '주관으로써 지각하기도 하고, 객관으로써 지각하기도 하는 것'이라고 표현했다. 신체가 있어야 우리는 세계를 지각할 수 있으며, 세계는 우리에게 '지각될' 수 있다고 보았다. 즉, 우리 의식은 신체를 통해 세계와 만나는 것이다. 그는 신체와 세계가 접촉하는 부분을 세계의 **'몸'**이라고 불렀다.

사물은 나의 몸과 나의 실존에 관계하며, 건강한 몸 구조하에서만 존재한다고 생각했다.

■ **상호 신체성**

우리는 신체에서 타자와 구별된다. 우리가 타인의 마음을 곧바로 알 수 없는 것은 **'신체'**가 다르기 때문이다. 우리는 주체로써 타인을 의식하고, 의식하는 나에게 타인은 객체로써 나타난다. 서로 다른 의식을 가진 주체끼리는 타인을 **'객체'**로밖에 인식할 수 없다. 그런데도 우리가 타인을 이해할 수 있는 것은 신체를 가지고서 세계 안에서 살고 있기 때문이다. 신체를 가진 인간은 같은 세계 속에서 살아가고 있는 사람이기 때문에, 상대의 마음을 이해할 수 있고, 자신의 감정을 전달하는 것도 가능하다.

메를로퐁티는 이것을 **'상호 신체성'**이라는 말로 표현했다. 그는 상호 신체성을 '몸'이라고 불렀다. 몸을 통해 사람들은 타자와 편하게 서로 이해할 수 있다. 우리는 타인의 신체 행동을 모방하면서, 그리고 타인의 신체 행동에 의해 직접 영향을 받으면서 성장한다. 신체는 개별성을 갖는 자연적 존재인 동시에, 타자를 모방하고, 타자에 자신의 감정을 전하고, 타자와 교류하는 사회적 존재인 것이다.

41 물질
: 물리적 실체

물질은 우리에게 가장 확실하게 직접 경험되는 대상으로, 실제 세계의 궁극적 토대라 할 수 있다. 과학에서 물질은 질량을 가지고 공간을 차지하는 모든 것으로, 물리적 현상을 구성하는 요소들의 총체를 말한다. 철학에서 물질은 정신의 바깥에 있으면서 감각을 통해 지각되는 존재를 의미한다.

철학자들은 물질의 본질을 다양하게 정의했다. 고대 그리스 자연 철학자들 가운데 탈레스·아낙시만드로스·헤라클레이토스는 물질을 활력과 영혼을 가진 것으로 보는 **'물활론(物活論)'** 사상을 펼쳤으며, 데모크리토스·에피쿠로스는 물질의 요소로서 원자를 가정하는 **'원자론'**을 주장했다. 한편, 아리스토텔레스는 물질을 '질료'라고 했는데, 이것은 현실태인 **'형상'**, 즉 '이데아'에 대립하는 가능태로 정의된다.

근대 들어, 데카르트에서 물질은 물체의 실체로서 힘을 갖고 있지 않으며, 그 본질은 기하학적 **'연장'**이다. 로크·흄에 이르러서는 물질의 본질은 알 수 없는 것이라고 여기게 되었고, 칸트는 물질을 가능 경험의 대상으로서만, 다시 말해 **'현상'**으로서만 존재하며 '물자체'는 인식할 수 없는 것이라고 보았다. 극단적인 관념론자인 버클리는 물질의 존재 자체를 무시했던 반면, 마르크스와 같은 유물론자는 물질의 존재를 인정하면서 정신의 근원을 물질에 두었다. 한편, 변증법적 유물론에서는 감각을 따라 인간의 의식에 모사되거나 의식에서 독립하여 따로 존재하는 객관적 **'실재'**로 보았다.

현대 물리학자들은 물리적 실재인 물질을 질량을 짊어진 것, 즉 **'관성'**을 가진 것으로 파악했으며, 상대성 이론에서는 질량 자체를 에너지와 동일한 것이라고 이해했다. 하지만 과학 발전으로 물리적 실재에 관한 정교한 수학적 모델이 개발되면서 물질은 역설적으로 **'관념화'**되는 상황에 도달했다. 물질은 상식이 부여하는 '구체적'인 특성을 상실했으며, 물질을 구성하는 요소들은 점차 관찰할 수 없는 존재가 되었다. 오늘날의 물질 개념은 '추상적'이고 '개념적'이며 '이론적'이다.

데모크리토스: "우주는 원자라는 물질의 이합집산에 의해 설명 가능하다."

자연 철학자 데모크리토스는 존재하는 모든 사물은 더는 나눌 수 없는 궁극적 미립자, 즉 **'원자**(atom)'로 구성되어 있다고 보았다. 데모크리토스는 "세계는 공허한 공간과 원자로 구성되어 있고, 모든 변화는 원자의 이합집산 과정이다. '무(無)'에서는 아무것도 생성될 수 없고 존재하는 것은 소멸하지 않는다. 모든 현상은 **'필연적'**으로 일어나며 우연적인 것은 없다"라고 했다. 이러한 원자론은 16세기 이후 자연과학의 중요한 관심사가 되면서 발전했다. 20세기에 들어와서는 원자가 양자·중성자·전자 등의 소립자로 구성되어 있다는 생각이 지배적인 가설로 자리잡았다.

아리스토텔레스: "물질은 형상을 구성하는 개별 실체다."

아리스토텔레스는 플라톤의 사상을 받아들여 사물의 실체는 '형상'과 '질료'로 구성되어 있다고 했다. 집을 짓는데 사용되는 목재가 질료라면 형상은 집의 개념에 상응하는 구조상의 형태를 가리킨다. 말하자면, 형상이란 설계도와 같은 것이고, 질료란 재료와 같은 것이다. 이때 사물 저마다의 형상이 다른 까닭은 그것들의 사용 **'목적'**이 다른 때문으로, 개체는 형상과 질료가 어우러져 성립한다. 이처럼 아리스토텔레스는 플라톤의 '이데아' 사상과는 다르게 **'현실주의'** 사상을 펼쳤다. 즉, 플라톤에게는 이데아가 실체였지만, 아리스토텔레스에게는 구체적인 개체가 실체, 곧 **'물질'**이다.

■ 유물론

철학에서 실체의 성질을 '물질적'이라고 보는 입장이다. 유물론은 실체의 성질에 관한 형이상학적 입장에서 **'유심론'**과 대립하고, 인식 대상에 관한 인식론적 입장에서 실재론으로 받아들여지면서 **'관념론'**과 대립한다. 유물론은 모든 사물을 물질의 운동 과정에서 이해하면서, 영혼이나 정신도 물질의 운동에서 발생한 것이라고 본다.

유물론은 일반적으로 '기계론적 유물론'과 '변증법적 유물론'의 두 가지 형태로 구분되고 있다. **'기계론적 유물론'**은 분자·원소와 같은 불변적인 물질적 실체를 인정하고 그 역학적 운동에 따른 자연 현상을 설명한다. **'변증법적 유물론'**은 마르크스와 엥겔스에 의해 확립된 이론으로, 기계론적 유물론과 같이 불변의 고정적인 실체를 인정하지 않고 양에서 질로, 질에서 양으로 부단히 이행하는 영원한 운동 과정 안에서 물질을 이해한다. 변증법적 유물론의 견해는 자연 현상에 대해서 뿐만 아니라, 사회와 역사의 영역에까지 확충하는 '사적 유물론' 또는 '유물사관'으로 전개되었다.

로지 브라이도티: "물질은 세계를 구성하는 능동적 실체다."

'팬데믹'으로 표상되는 오늘날, 인간 중심주의에 대한 반성으로 물질에 대한 사고의 전환이 일어났는데, 사회 현상을 물질의 관계로 이해하는 **'신유물론'**이 그것이다. 신유물론을 제창한 세계적인 여성학자 로지 브라이도티는, '인간 중심주의'에서 생물과 무생물을 모두 포함한 **'물질 중심주의'**로의 패러다임 전환을 꾀했다.

브라이도티에 따르면, 마르크스의 유물론 사상은 다분히 인간 중심적이다. 마르크스 역시 서구 휴머니즘의 전통을 따라 인간의 역사는 자연의 물질과 무관하게 전개 및 발전한다고 전제했다. 하지만 그녀는 인간의 손이 미치지 못한 자연물과 장소뿐만 아니라, 인공물과 과학기술 등 인간 자체가 아닌 모든 사물과 그 사이에서 일어나는 현상에 관심을 두었다. **'물활론적 일원론'**은 늘 변화하는 세계를 좀더 분명하게 이해할 수 있게 한다면서, 물질과 정신, 자연과 인간, 객체와 주체를 분리하는 '이원론'을 걷어내고 물질 중심의 '일원론'을 펼칠 것을 주장했다. 인간 역시 물질에 불과하다는 사실을 따라, 인간은 물질을 둘러싼 환경에 순응하면서 변화를 모색할 것을 주장했다.

■ 신유물론

신유물론(새로운 유물론)은 페미니즘, 존재론, 과학철학 등의 분야에서 '물질'에 대한 새로운 개념을 정립하면서 20세기 말에 등장했다. **'물활론적 전회'**라고 부르는 신유물론은 인간 정신 바깥의 물질세계에 집중하는 유물론적 사유조차 인간 존재를 특권적인 주체로 상정한 것이라고 비판하면서, '물질 스스로가 변형적인 힘'을 갖추고서 '차이'를 가로지르거나 교차하는 방식으로 사유의 '질적 전환'을 시도한다. 이전까지 단지 '재현'을 통해서만 말해지는 대상이거나 더불어 말하는 대상으로만 여겨졌던 물질의 수동성을 기각하고, 물질의 **능동성**과 영향력을 새롭게 사유하는 것이다.

들뢰즈로부터 영향을 받은 신유물론은 마누엘 데란다가 이 용어를 본격적으로 꺼내 들었고, 이후 로지 브라이도티가 페미니즘 이론에 적용하면서 체계화됐다. 신유물론의 흐름 속에는 다양한 이론체계가 포섭되어 있는데, 특히 현대 실재론적 사유의 하나인 그레이엄 하먼의 **'객체 지향 존재론'**은 현대 테크노 사이언스 사회에서 인공지능 같은 기계가 수행하는 비인간적 행위가 어떻게 영향력을 얻고 또 어떤 식으로 발현하는지에 대한 새로운 해석의 가능성을 열었다는 평을 받고 있다.

42 가치
: 윤리학과 경제학의 핵심 개념

가치는 인식 주체의 요구, 특히 감정이나 의지의 요구를 만족시킬 수 있는 성질을 일컫는다. 따라서 가치는 대상에 관계하는 주체의 일정한 태도, 즉 승인·거부·추구·회피 등의 평가작용을 예상한다. 그러한 평가작용의 주체인 자신의 성격에 따라 가치는 개인적·사회적·자연적·이상적·절대적 가치로 구분된다.

가치는 넓은 의미에서 '좋다'라고 하는 성질을 말한다. '나쁘다'라고 하는 성질도 반(反)가치, 즉 마이너스 가치로써 넓은 의미의 가치에 포함된다. 가치는 크게 다음 세 가지로 구분된다. 첫째, **'욕구'**의 대상으로써의 가치로, 이 경우 가치는 규범적 성질을 지니지 않는다. 둘째, **'규범'**으로써의 가치로, 도덕상의 규범이 그것이다. 셋째, **'수단'**으로써의 가치로, 이 역시 규범으로써의 가치처럼 당위적인 성격을 갖는다.

가치에 관한 물음은 우선 도덕과 과학의 기초에 관련된 물음의 핵심에 자리 잡는다. 플라톤에게 가치는 이상적이고 초월적인 실재와 관계한다. 니체는 가치의 **'주관성'**을 강조하면서, 모든 가치는 자신의 선택을 '보편적'인 것으로 만들려는 사람들의 이해관계에 관련한다고 보았다. 가치에 관한 물음은 또한 사회철학의 문제이기도 하다. 아리스토텔레스와 마르크스의 사회철학에 따르면, 생산물의 공정한 교환은 그것을 비교하는 가능성으로써의 **'등가성'**의 개념을 전제로 한다.

'가치론'은 가치란 무엇인가, 가치와 사실의 관계, 가치 판단의 정당성 등 가치와 관련한 여러 문제에 관한 철학적 연구를 폭넓게 논하는 철학의 분야를 일컫는다.

철학에서 가치라는 말을 쓸 때는 **'평가'**의 의미가 포함된다. 주로 도덕철학, 즉 윤리학에서 가치라는 말을 많이 쓰는데, 이때 도덕 역시 여러 가지 기준들 가운데 하나일 뿐이며, 따라서 사회과학은 물론 자연과학에서의 가치중립, 이른바 가치의 **'객관성'**이 중요한 문제로 대두된다.

■ 사용가치와 교환가치

경제에서의 가치는 상품이 지니는 '속성'을 가리키는데, 이때 상품의 가치에는 '사용가치'와 '교환가치' 두 가지 측면이 있다. 경제학에서 중요한 것은 사용가치가 아니라 교환가치로, 경제학에서 가치라는 개념은 곧 **'교환가치'**를 가리킨다. 교환가치는 화폐를 매개로 하여 이루어지지만, 그렇더라도 화폐는 여러 가지 상품을 매개하는 편리한 역할을 할 뿐 상품의 진정한 가치를 측정하는 객관적인 기준이 되지 못한다.

예를 들어 노동가치론에 따르면, 한 상품의 가치는 그 상품을 생산하기 위해 투입된 노동량이기에, 이때의 상품의 진정한 가치는 노동으로 측정된다. 이처럼 가치는 늘 **'교환'**이라는 행위 속에서 형태가 만들어지고 또 창조된다.

아리스토텔레스: "사용가치와 교환가치는 다른 개념이다."

어떤 사물의 사용가치와 교환가치 사이에 차이가 있음을 처음으로 주목한 철학자는 아리스토텔레스다. 그에 따르면, 사용가치는 사물의 본원적인 물리적 속성이 가치를 결정한다. 예를 들어, 다른 도끼보다 더 잘 드는 도끼는 다른 도끼보다 더 좋은 재료로 만들어졌다고 본다. 교환가치는 **사회적**으로 구성되며, 특정 사회의 변덕과 취향에 따라 끊임없이 변화한다. 아리스토텔레스는 이를테면 마차가 집보다 가치가 더 크면 그것은 정도에서 벗어난 일이라고 간주했다. 소유자에게 마차보다는 집이 지닌 가치가 훨씬 더 높다는 것이 명백하기 때문이다.

마르크스는 아리스토텔레스의 사용가치와 교환가치 개념을 이어받아 자신만의 독특한 이론을 전개했다. 그러면서 앞서 예로 든 아리스토텔레스가 정도에서 벗어난 것이라고 보았던 시각, 즉 마차보다 집이 더 높은 가치를 지녔다는 인식은 자본주의 사회에서는 정상적인 것으로 보았다.

마르크스는 가치를 일컬어 주어진 상품에 내재하면서 '사회적으로 필요한 노동'에 상대적인 것으로 정의했다. 이에 따르면, 마차를 만드는데 100시간의 노동이 필요하고 집을 짓는데 1만 시간의 노동이 필요하다면, 집은 마차보다 더 가치가 높다. 이러한 사실은 화폐(마르크스에게 화폐는 하나의 상품이다)가 모든 사물의 교환가치를 표준화하는 과정에서 은폐될 수 있음을 의미한다.

마르크스는 본래 가치라는 말에는 그 자체가 가진 '본원적인 힘'이라는 뜻과 그것이 다른 사람에게 '타당하다'라는 이중적인 의미가 담겨 있다는 것에 주목했다. 그는 이러한 가치의 두 가지 의미에 관해 상품을 예로 들어 그 차이를 쉽게 설명했다. 상품에서 가치의 두 측면은 '사용가치'와 '교환가치'로 제시된다. 사용가치는 상품 자체의 유용성을 말하며, 교환가치는 상품 자체가 아니라 다른 상품과의 관계에서 오는 **'상대적인 가치'**를 말한다.

마르크스에 따르면, 이 두 가치는 바뀔 수 있으며, 그래야 상품 판매가 가능하다. 생산자에게 상품은 교환가치를 지니는 것이고, 구매자에게는 사용가치가 충족되어야만 하는 것이다. 두 가치가 바뀔 수 없으면 상품은 존재할 수 없다. 가치가 있다는 것은 판매 행위로 분명히 드러나는가 하면, 판매되기 위해서는 가치가 있어야만 하는 것이다.

마르크스는 상품의 상대적인 가치를 인간의 **노동력**과 결부시키려고 했다. 노동력을 제공하는 노동자의 가치는 재생산을 위해 필요한 물질이나 상황의 가치에 따라 결정된다. 가치를 인간의 생산력으로 환원한 것이다. 그러므로 마르크스에게 가치의 문제는 궁극적으로 **'인간의 재생산'**, 다시 말해 자본가에 의한 노동력의 착취와 그에 따른 인간 소외 문제와 연결된다.

소쉬르: "가치는 그것을 둘러싼 체계에 의해 결정된다."

소쉬르는 가치는 사물의 본원적인 힘에서 비롯된다고 생각하지 않았다. 그는 가치를 체계와 요소 간의 관계로 파악했다. 개개의 요소가 모여 하나의 체계를 이룬다. 이 **'체계'**는 이것을 이루는 **'요소'** 없이는 존재할 수 없으며, 반대로 요소 역시 체계가 존재하지 않으면 가치를 지니지 못한다. 소쉬르에 따르면, 가치는 그 자체의 본원적인 힘과 다른 개체와의 차이를 **'통합'**하지 않으면 성립할 수 없다.

소쉬르는 개별 단어(언어) 역시 마찬가지라고 생각했다. 단어는 다른 단어와의 **'차이'**에서만 의미를 지닌다. 단어 역시 '가치'를 지니고 있으며, 단어의 가치는 의미의 '차이'에서 결정된다고 보았다. 소쉬르에 따르면, 단어는 그것을 가리키는 사물의 성격을 반영하는 것이 아니라, 다른 단어와의 관계에 따라 그 '의미'를 획득하는 것이다. 가치는 그 단어가 본래 가진 힘에서가 아니라 어떤 **언어 체계** 안에서 만들어지는 것이다. 소쉬르에게 언어의 가치는 곧 언어의 '의미'로, 언어적 '차이'와의 관계 때문에 생겨난 것이다.

■ **윤리적 가치 판단 문제**

윤리적 가치는 일반적 의미에서의 '좋음'이 아니라, '도덕적으로 좋음', 곧 '선' 내지 '올바름'이다. 윤리적 논의가 문제 삼는 것은 '좋은 행동'이 아니라 '선한 행위'와 관련한 것이다. 윤리적 물음의 주제는 '선'이라는 가치판단과 관련한 것으로써, 공리주의에서 중요시하는 이익이나 유용성의 잣대로만 판단해서는 안 되며, '옳음'과 같은 당위의 문제가 개입할 여지를 끌어들인다.

43 개념
: 인식과 사고의 틀

개념은 "어떤 대상 고유의 본질적 속성을 반영하는 사유의 형식"이다. 개념은 "세계를 이루는 사물·사건·사태·대상·현상·과정에 대한 어떤 판단의 결과로서, 그 대상을 지칭하는 여러 특성과 특질 속에서 공통된 요소를 추상하여 종합한 하나의 **관념**"이다. 인간의 사고는 추상(抽象)에 의해 생겨난 개념이고, 추상에 의해 조립된 것이다.

개념은 이를테면 '생각을 담은 그릇'이자 **'인식의 틀'**로, 사고의 출발점이자 생각의 기본 단위이며, 세계를 들여다보는 창(窓)이라 할 수 있다. 우리는 개념을 통해 세상을 이해하고 세계를 파악할 수 있기에, 개념은 인간의 인식 과정에서 중요한 의미를 지닌다. 여러 개념이 생겨날 때마다 우리가 세계를 어떻게 바라보는지, 즉 세계관에 따라 크게 영향을 받는다. 어떤 개념을 만들어낼까, 그리고 그런 개념이 어떻게 묶이는가에 따라 세계를 보는 관점이 달라진다.

개념 이해에서 중요한 것은 **'범주화'**이다. 범주는 같은 성질을 가진 개념의 부류 또는 범위라 할 수 있는데, 우리는 세상 만물을 (동일성이 아닌) **'유사성'**을 통해 이 묶음(범주) 또는 저 묶음(범주)으로 구분하여 세계를 인식한다. 즉, 우리는 인간 정신의 근간인 개념을 체계적으로 인식하고 개념을 범주화하여 사고함으로써 정신의 활동을 강화하고, 보다 본질적이면서도 다양한 시각에서 인간과 세계의 이해를 넓힌다. 이를테면 아이들은 개념을 어른들보다 적게 갖고 있기에, 당연히 아이들의 세계는 어른들의 세계보다 단순하다. 이렇게 놓고 볼 때, 세계에 대한 우리의 지식은 곧 우리가 구성한 가상의 개념 체계라 할 수 있다.

이 개념의 틀은 시대와 사회마다 다르게 나타난다. 가족이라는 개념은 시대별로 많은 변화를 겪어 왔다. 예를 들어 공동체적 가치를 중시하는 전통 가족 개념과 핵가족 시대에서의 가족 개념은 큰 차이를 보인다. 또 같은 시대라고 해도 미국 사회와 우리나라 사회에서 말하는 가족 개념은 그 사회적 기반 차이로 인해 의미를 달리할 수 있다. 때에 따라서는 같은 개념을 사용하지만, 그 내용 면에서 상당히 다른 것을 가리킬 수도 있다. 중국의 통치 개념과 우리나라의 통치 개념이 다르다면, 두 나라 국민 사이에 서로 의사소통이 충분히 이루어지고 있는 것인지, 같은 의미로 쓰이는지에 대한 의문과 함께 보편적 사고 체계에 대한 신념까지도 흔들어 놓을 수 있다.

우리는 어떤 사물·대상에 관한 개념을 가지고 있어야만 그것에 관한 판단, 즉 사고와 추리와 논증을 할 수 있다. 그렇기에 사고와 추리와 논증은 판단을 따라 구성되고, 판단은 또한 개념을 따라 조직화 된다. 개념이 없으면 판단과 추리라는 사고를 행하기 어렵고, 인식한 내용을 체계적으로 정리할 수 없다. 글에 실린 개념의 의미를 올바로 정의하지 못하거나, 개념화하여 생각하지 못하면, 주장이나 논증을 효과적으로 끌고 나가기 힘들다.

개념은 언어와 함께 형성되고, **'언어'**로 표현된다. 언어로 표현되는 개념이 '용어'다. 용어는 문법에서 말하는 명사적 단어이고, 주어와 술어로써 명제를 구성하는 요소다. 논리학적으로 개념은 판단의 구성 요소라 할 수 있다. 그러나 우선 개념이 있고 그것들이 결합하여 판단을 가능케 한다는 뜻이 아니다. 개념은 사물·사건·사태·대상·현상·과정의 사회적 실천 가운데 널리 쓰이는 판단을 전제하고 기초하여 형성되는 것이다. 즉, 개념은 사물·사건·대상·현상·과정을 여러 형태로 비교하면서 사고하는 과정에서 개별 구성 요소로 나누어지고(분석), 그 본질적 특징은 비본질적 특징과 구별된다(추상), 그리고 이러한 본질적 특징이 개괄되고 한정되는 과정에서 개념은 형성된다.

■ **개념의 내포(內包)와 외연(外延)**

개념은 내포와 외연으로 구성된다. 개념이 반영하고 있는 대상의 특유한 내용·속성·성질·특성을 개념의 **'내포'**라고 하고, 그 개념이 반영하고 있는 대상의 집합 또는 범위를 개념의 **'외연'**이라고 한다. 정확히 규정하는 것은 곧 개념을 구성하는 두 가지 중요한 측면인 개념의 '내포'와 '외연'을 명확히 하는 것이다. 개념의 내포를 명시적으로 규정하는 절차가 **'정의(定意)'**이며, 외연은 범주화와 관련된다.

칸트의 '카테고리'

칸트는 '개념'이야말로 인간의 논리적 사고를 가능케 하는 요소라고 보았다. 칸트는 이러한 특별한 요소를 '카테고리'라고 불렀다. 카테고리는 **'범주(範疇)'**를 뜻하며, 대상과 사물을 분류하는 기준이자 머릿속 척도라 할 수 있다. 인간은 사물을 파악한 후 공통적인 것을 모아서 대상을 분류하는 것이기에, 이 분류 방법에는 인간 사고의 공통성을 드러내는 많은 요소를 포함한다.

칸트에 따르면, 인간은 오감에 의해 지각한 대상을 감성 형식에 의해 공간적·시간적으로 파악한다. 이어서 오성의 범주(카테고리)가 대상을 인식한다. 칸트는 인간의 개념 인식에는 12개의 카테고리(감각을 현실화하는 데 필요한 일종의 기본적인 개념군)가 구비되어있다고 보았다. 그 대표적인 것이 원인과 결과에 따라 사고하는 방식으로, '오성의 아프리오리(선험)적 개념'의 카테고리를 사용함으로써 인간의 사고는 보편적이며 객관적인 것이 된다. 칸트는 이러한 일련의 카테고리 체계를 **'이성'**이라고 부르면서, 그러한 체계는 **'선험적'**으로 갖추어져 있는 것이라고 주장했다.

데리다의 '그라마톨로지'

프랑스 구조주의 철학자 데리다는 서양의 형이상학에는 일종의 '로고스 중심주의'가 존재한다고 보았다. 이는 유럽 민족이 최고의 인간성을 실현하는 주체라는 서양 중심주의 개념이다. 데리다는 저서 《그라마톨로지에 관하여》에서 서구의 이성 중심주의 언어관(개념)을 문제 삼으면서 서양 철학사를 **'해체'**하려 들었다.

데리다는 서양 사상사를 음성 중심주의와 책의 숭배라는 두 가지 측면에서 해부했다. 철학자들은 음성 언어를 과대평가하면서 그 이외의 언어는 진리를 간접적으로만 재현하는 불순한 언어로 비하했으며, 책 역시 진리의 체계적 총체성을 담은 완전한 형식으로 간주했다면서, 음성 언어와 책 둘 다 비판적으로 보았다. 이런 두 가지 성향이 이성 중심주의 개념의 불가피한 속성이자 편견이라고 말하면서 부정적인 시각을 드러냈다. 이러한 데리다의 철학을 '해체 철학'이라고 부르는데, 해체 철학은 서양 철학사 전체의 기본 전제에 관해 물음을 던져 그 전제를 극복하려는 시도라 할 수 있다.

■ **이항대립**

서양철학을 관통하는 개념적 사고는 '선과 악', '옳음과 그름', '주체와 객체', '이성과 감성', '정신과 육체', "서양과 동양', '남성과 여성'과 같은 '이항대립'적 **위계**를 따르면서 전자가 후자보다 우위에 있다고 간주한다. 하지만 데리다에 따르면, 후자가 전자보다 열등하다는 생각은 근거 없는 착각이자 환상에 불과하다.

데리다는 이러한 이분법적 위계질서가 그동안 부당하게 행해졌던 억압을 합리화하고 정당화하는 논리로 작동해왔다고 비판했다. 이항대립을 상정하여 우열관계를 만들게 되면 약자는 철저히 배제되고 만다. 데리다는 서양 중심의 인식론적 표현과 형이상학적 사고는 진리를 말하는 대신 자신들과는 사상을 달리하는 표현들을 억압하고, 배제하고, 깎아내리는 기제로 작용한다고 보았다. 그는 서구적 사고에 의해 쫓겨나고, 은폐되고, 무시당한 것들을 찾아 복원하기 위해서는 **'탈구축'**의 방법으로 인간을 구속하는 파괴적 우열관계를 해체해야 한다고 주장했다.

44 논리
: 판단의 진술

논리는 오류를 범하지 않는 사고의 형식과 규칙을 말한다. 인간이 어떻게 사고하는가를 표현하는 생각의 규칙이 곧 '논리'다. 사물을 감각으로 식별하거나 기억 또는 상상으로 깨닫는 직관과는 달리, 그것들에 대한 어떠한 형태의 반성 작용인 사고(思考)가 진행되는 과정을 오류가 없이 전개하기 위한 규칙과 형식이 곧 논리다.

논리는 예컨대 '자본주의 발전 논리를 말한다'거나 '국제 관계는 힘의 논리에 의해 지배받는다'처럼, 좀더 넓은 의미로 사용되어 객관적 사물이 거치는 과정과 그 절차를 가리켜 말하기도 한다. 대체로 일상생활에서는 논리라는 말이 넓은 의미로, 그것도 서로 다른 여러 맥락에서 사용되고 있다. 이런 맥락에서 넓은 의미로 사용되는 '논리'라는 말은 실은 **'이치'** 일반, 즉 말과 생각의 이치를 뜻한다고 볼 수 있다.

인간의 사고가 **'논리적'**인지를 판단하는 것은 사고하는 사람이 주어진 문제를 객관적이고 명확하게, 그리고 사고의 법칙을 따라 얼마만큼 체계적으로 분석하는가로 결정된다. 그렇기에 논리적이란 말의 의미는 곧 논의 전체가 정합적이고 누가 보아도 그 논의의 이치가 이해될 수 있는 것, 그리고 그 논리에 따르면 타자라도 같은 논의를 전개할 수 있다는 것을 일컫는다. 일견 역설적으로 보이는 것도 그 논의의 내적인 구성과 추론의 이치가 정확하면, 그것 역시 논리적이라 할 수 있다.

논리학은 올바른 사유(思惟) 또는 **사고의 법칙**을 연구하는 학문을 말한다. 논리학은 어떻게 해야만 오류에 빠지지 않고 올바른 사유를 진행할 수 있는가, 그리하여 진정한 지식을 얻기 위해서는 어떠한 법칙과 형식을 지켜야 하는가 하는 사유의 규범을 연구하는 학문을 일컫는다. 하나의 추론은 올바른 사유를 지배하는 과정에 부합할 때 유효하다. 따라서 논리학의 목적은 이 과정들을 정당화·명료화·공식화하는 법칙을 이끄는 것이다. 논리학은 올바른 추론인 듯 보이는 오류 추리를 피할 수 있도록 하는 규범적 학문이란 점에서 의의가 있다.

■ **동일률·모순율·배중률**

논리적 사고를 위한 기본법칙으로 동일률, 모순율 그리고 배중률이라는 항진 명제가 있다. 항상 '참'이어서 '거짓'일 수가 없는 이 명제들 가운데 **'동일률'**은 하나의 사실에는 하나의 판단만이 존재함을 상정한다(A는 A다). **'모순율'**은 동일 판단에 모순이 존재하지 않아야 하며 이로 인해 어떤 사실이 '참'이면 '참'일 뿐 동시에 '거짓'일 수가 없다는 것을 의미한다(A는 A이면서 동시에 B가 될 수 없다). **'배중률'**은 논리적 판단은 어떤 명제가 '참'이냐 아니면 '거짓'이냐의 둘 중 하나이며 그 중간의 형태는 존재하지 않는다는 명제이다(A는 A이거나 A 아니거나 둘 중 하나일 뿐, 그 중간은 없다).

아리스토텔레스의 '형식논리학'

아리스토텔레스는 서양 논리학의 기초를 세운 철학자이다. 그는 논리학이란 정신을 분석하는 것이라고 말하면서, 인간 정신의 궁극적 요소를 '개념', '판단', '추론'의 세 가지라고 했다. 그가 쓴 논리학 관련 저술을 묶어서 《오르가논》이라고 부른다. 기관(機關)이라는 뜻으로, 논리학은 다른 학문을 하기 위한 도구라고 생각한 것이다. 이를 반영하듯, 논리학은 진리 자체를 탐구하기보다는 다른 학문이 탐구한 진리 사이의 관계를 탐구하며, 논리는 **'개념·판단·추론'**이라는 사유를 통해 전개되고 발전한다.

아리스토텔레스는 인간의 사고방식에는 타당한 형식과 부당한 형식이 있다고 보고, 그 타당성을 식별하는 방법을 체계화했다. 그가 논리학을 체계화하는 과정에서 발견한 중요한 사실 가운데 하나는 연역 추리의 타당성이 논증의 형식에 의존한다는 것이었다. 이런 이유로 아리스토텔레스의 논리학을 **'형식논리학'**이라고도 부른다.

아리스토텔레스 형식논리학의 핵심은 귀납과 연역 그리고 삼단논법이다. 구체적인 사례들을 모아 일반적이고 보편적인 원리를 도출하는 것을 '귀납'이라고 하고, 보편적인 원리를 구체적인 사례에 적용하는 것을 '연역'이라고 한다. 그는 귀납에서 연역으로, 그리고 다시 연역에서 귀납으로 오가며 학문적 탐구가 진행된다면 오류에 빠지지 않고 진리에 도달할 수 있다고 보았다. 그의 삼단논법은 "사람은 죽는다. 소크라테스는 사람이다. 따라서 소크라테스는 죽는다"라는 추론 형식을 따른다.

이런 추론 형식은 전제가 참이라면 결론은 반드시 참일 수밖에 없다는 명제들을 보증한다.

■ **설득의 3요소**

아리스토텔레스는 자신의 저서인 《수사학》에서 이르기를, '수사학이란 주어진 상황에 가장 적합한 설득 수단을 발견하는 예술'이라고 말한 바 있다. 그리고 상대방을 설득하려면 3가지가 필요하다고 했는데, 그것이 바로 사고 및 이성 능력인 **로고스(logos)**, 감성적 호소를 뜻하는 **파토스(pathos)**, 도덕적 신뢰를 의미하는 **에토스(ethos)**다. 이러한 로고스, 파토스, 에토스는 각각 논리학, 수사학, 윤리학으로 발전했다.

베이컨의 '귀납적 사고' 중시 논리학

영국 경험주의 철학자 베이컨은 《신기관》에서 개별적 사실이나 원리로부터 더 확장된 일반 명제를 도출하는 **'귀납법'**이야말로 세상의 진실을 발견하는 요체라고 보았다. 베이컨 이전의 철학·학문 세계는 보편적인 것에서 개별적인 것을 추론해 내는 연역 추론이 지배했다. 그는 "연역 추론은 마음 속 관념들에 기초한 끼워 맞추기에 집착해 억지 결론을 내리며, 오류를 강화하고 진실의 발견을 방해한다"라면서, 귀납법이 유일한 희망이자 그렇게 획득한 지식·학문만이 인류 복지를 증진할 수 있다고 주장했다.

베이컨은 아리스토텔레스 삼단논법의 유용성을 부정했다. 삼단논법은 명제 사이의 관계만을 얘기할 뿐 새로운 지식을 창출하지 못한다며 평가절하했다. 베이컨의 비판 대상은 아리스토텔레스가 아니라 그리스적인 **목적론적 세계관** 전체였다. 그는 책상머리에 앉아서 사고·추리·공상하는 학문은 '참'을 발견할 수 없다면서, 여럿이 협력해 실험하고 관찰하는 과학으로 새로운 참(진리, 지식)을 완성하자고 제안했다.

그렇더라도 베이컨은 귀납법을 채택한다고 저절로 자연의 진리를 알 수 있는 것은 아니라고 보았다. 그는 관찰이나 실험에 바탕을 두지 않은 일반 명제를 '우상'으로 지목하면서, '종족·동굴·시장·극장'의 우상 등 4개의 **'우상'**[35]이 참된 지식에 접근하는 길을 가로막는 편견이라고 보았다. 그러면서 올바른 사고로 진리에 도달하기 위해서는 인간 정신에 깊이 뿌리박혀 있는 편견, 즉 우상부터 먼저 제거해야 한다고 주장했다.

헤겔의 '변증법적 논리'

헤겔은 역사란 정신이 자기를 인식해 나가는 과정으로, 정신 작용의 구조를 나타내는 논리학을 통해서 역사 발전 과정을 읽어낼 수 있다고 생각했다. 이것을 헤겔의 **'변증법적 논리'**라고 하는데, 인간은 이성의 법칙을 따르는 변증법적 사고 과정을 통해 절대적이고 보편적인 진리를 깨달을 수 있다고 보았다. 모순과 발전이라는 변증법적 사고 과정은 인간의 **'정신'**뿐만 아니라 **'역사'**에도 똑같이 적용될 수 있다고 생각했다.

45 범주
: 인식과 사유의 틀

범주는 같은 부류의 요소들을 분류해 놓은 **'인식의 틀'**을 말한다. 사물의 개념을 분류할 때 더는 일반화할 수 없다고 생각되는 최상위의 유개념이 곧 '범주'다. 범주(카테고리)가 만들어지면, 그것을 근거로 사상(事象)을 인식하게 된다.

범주는 'S는 P이다'라는 판단에서 S와 P에 들어갈 수 있는 항들을 가장 일반적인 수준에서 분류한 것이다. 범주라는 말이 '서술하다', '긍정하다'를 뜻하는 그리스어 '카테고리아'에서 유래한 것은 이 같은 이유에서다. '소크라테스는 인간이다', '소크라테스는 현명하다.', '소크라테스는 플라톤의 스승이다'와 같은 판단에서 '소크라테스'와 '인간'은 실체(또는 본질)의 범주에, '현명하다'는 질(質)의 범주에, '플라톤의 스승'은 관계의 범주에 속한다.

철학에서 범주(카테고리)는 존재하는 만물의 기본적인 속성 또는 그 속성에 따른 **'분류 틀'**을 가리킨다. 고대철학에서는 일반적으로 존재하는 것들을 분류하는 방법이나 위계질서, 존재하는 것의 속성을 일컫는다. 즉, "특정한 어떤 것이 존재하는 경우, 그것을 '무엇'이라고 불러야 하는가?"라는 것이 바로 범주를 확인하는 질문이다. 칸트 철학에서 범주는 사유를 가능하게 하는 **선험적 형식**으로, 그 형식을 기반으로 해야만 우리의 경험이 가능해진다.

범주화란 우리가 접하는 사물, 개념, 현상을 분류하여 이해하는 방식이다. 예컨대, 우리는 우리가 접하는 대상들 가운데 특정한 대상들을 '나무'로 묶어 이해한다. 어떤 것을 '나무'라는 이름으로 범주화하는 것은 그것이 '풀'이나 '돌'과는 다름을 아는 것이며, 모양이나 특성이 다른 낱낱의 수많은 나무를 하나의 개념으로 이해하는 것이다. 만약 범주화하는 능력이 없다면 새로운 존재를 접할 때마다 모든 정보를 새롭게 파악하고 기억해야 한다는 점에서 인지적인 부담이 매우 클 수밖에 없을 것이다.

아리스토텔레스: "범주는 논리를 형성하는 중심 개념이다."

아리스토텔레스는 《오르가논》에서, 범주는 존재자에 관한 '서술적 **정의(定意)**'[36]의 보편 형식이며, 동시에 이들 존재자가 그 아래에 포섭되는 최고의 **'유개념'**이라고 했다. 아리스토텔레스에 따르면, 각 개념은 상위의 보편 개념으로 되돌아가서, 결국 모든 개념은 특정한 최상위의 개념, 즉 범주에 종속된다. 예컨대 말(馬)은 '기제류–포유동물–동물–유기체–육체–실체'라는 종개념을 따라 범주화된다.

아리스토텔레스는 이러한 범주를 '실체' 이외에도, '관계', '성질', '양', '장소', '시간', '행위', '수동', '상태', '위치'의 총 10가지로 나누었다. 이를테면, 양의 범주에는 '단일성, 다수성, 총체성'이, 관계의 범주에는 '내재성과 존속, 인과율과 의존, 공동성'이, 상태의 범주에는 '가능성, 실존, 필연'이 포함된다.

아리스토텔레스는 개념을 범주화하면서 논리학의 중요한 한 요소로서 생각했다. 그는 범주는 해당 범주를 정의하는 필요충분 속성의 집합으로 결정된다고 보았다. 예컨대, 아리스토텔레스는 '사각형'이라는 범주의 필요충분 속성을 [네 개의 변], [폐쇄 도형], [평면 도형]으로 보았다. 모든 사각형은 이 세 가지 속성을 반드시 필요로 하며, 역으로 이 세 가지 속성을 가지면 모두 사각형으로 범주화하기에 충분하다는 것이다. 그리고 일단 사각형으로 범주화된 것은 삼각형이나 오각형이라는 범주와 그 경계가 명확하게 구분되며, 범주 내의 사각형은 모두 대등한 가치를 지녔기에 더 그럴듯하거나 덜 그럴듯한 사각형의 구별이 없다고 보았다.

칸트: "범주는 선험적 인식을 위한 사고 틀이다."

칸트는 선험논리학적 범주론을 제시하면서, 범주의 **'선험성'**을 주장했다. 칸트에 따르면, 개별적인 사유 과정(판단)의 근본적인 고유성에 관해 탐구할 때, 사유의 선험적 형식인 범주를 사용한다. 인식은 감성과 지성, 직관과 사유로 이루어진다는 것이 칸트의 기본적인 사고 틀로, 시간과 공간이 감성적 직관의 형식인 데 반해 범주는 지성에 의한 사유의 형식으로서 '순수 지성'이라고도 한다.

먼저, 물리적 대상의 성질은 우리가 지각하고 이해할 수 있는 방식으로 포착된다. 인간에게는 이 대상의 성질을 포착하게 하는 인식의 '틀'이 있다. 우리의 '지성(이해력)'이 그것으로, 이때 범주화가 따라야만 우리는 대상을 제대로 인식할 수 있다.

다음으로, 우리는 시간과 공간에 존재하지 않는 것을 포착해서 인식할 수는 없다. 시간과 공간은 우리의 감각 형식으로, 우리가 무엇을 포착하든 간에 그 무엇을 그 안에서 포착하게 하는 어떤 **'관계망(網)'**이다. 그리고 범주는 시간과 공간의 형식 아래 포착된 대상을 우리가 인식할 수 있게 해주는 **'사고 틀'**이다. 이제까지 우리가 본 것은 우리의 인식 기능이 역할을 수행하는 방식이다. 그러나 이는 경험과 연관되는 것이지, 경험되지 않는 존재 자체의 것은 아니다.

비트겐슈타인: "모두에게 공통되는 범주는 없으며 유사성만 있을 뿐이다."

논리실증주의 철학자 비트겐슈타인은, 우리가 접하는 수많은 개별 대상은 필요충분 속성의 집합으로 범주화되지는 않으며, 범주를 이루는 구성원들은 일부 속성만 **'공유'**한다고 보았다. 그는 이를 **'가족 유사성'**이라는 개념으로 설명했다.

가족 유사성은 가족 구성원들 사이에 존재하는 유사한 성질로, 가족 내 한 구성원이 가진 범주적 속성을 다른 구성원들이 공유하는 정도를 나타내는 척도를 뜻한다.

예컨대 '나, 동생, 아버지'로 이루어진 가족이 있다고 하면, '나'는 '아버지'와 부분적으로 닮고, '동생'도 '아버지'와 부분적으로 닮았다. 하지만 '나'와 '동생'은 닮은 점이 없을 수 있다. 다시 말해 구성원 전체가 모든 속성을 공유하지 않더라도 '가족'이 될 수 있다. 비트겐슈타인은 가족 유사성 개념을 통해, 모두에게 공통되는 범주적 특징이란 없으며, 그저 서로서로 교차하는 **'유사성'**만 있을 뿐이라고 주장했다.

■ 원형 범주화 이론

미국의 심리학자 엘리노어 로쉬는 비트겐슈타인의 견해를 바탕으로 '원형 범주화 이론'을 제시했다. 이 이론에 의하면 어떤 대상의 범주는 그것이 해당 범주의 원형과 얼마나 많은 속성을 공유하느냐에 따라 결정된다. **원형(原型)**은 어떤 범주에 대해 사람들이 마음속에 가지고 있는 **'표상'**으로, 어떤 대상이 해당 범주에 속하는지를 판단할 수 있게 하는 속성들의 추상적 집합체이다.

기존 범주에 속하지 않는 새로운 대상이 나타날 경우, 그 대상의 속성으로부터 새로운 범주의 원형이 만들어지며, 범주의 구성원들이 계속 추가되면 원형이 바뀌기도 한다. 예를 들어, 우리가 '배추, 양파, 마늘, 고추, 토마토' 등을 '채소'로 범주화한다는 것은, 개별적인 채소가 우리 마음속에 있는 원형과 일정 부분 유사하다고 판단했음을 의미한다. 원형과 많은 속성을 공유하는 '배추'나 '양파' 같은 것은 전형적인 '채소'로 평가되는 반면, 적은 속성을 공유하는 '고추'나 '토마토'는 덜 전형적인 것으로 평가될 수 있다. 또 판단 기준이 되는 원형이 무엇이냐에 따라 '토마토' 같은 것은 '채소'뿐 아니라 '과일'로 범주화될 수도 있다.

46 언어
: 인간 고유의 소통 도구

언어란 인간의 의지·감정·사상의 전달 수단으로, 특수한 기호체계로 전달하는 인간 특유의 능력을 말한다. 언어철학은 인간과 세계에 대한 이해에는 불가피하게 언어의 제약이 따른다는 사실에 관심을 둔다. 언어철학은 철학의 한 분과로써, 사고 체계와 표현 도구인 언어를 분석한다는 점에서 **'분석철학'**이라고도 한다.

언어란 실재하는 존재로써 인간의 필수 조건 가운데 하나라고 인식되면서, 플라톤과 아리스토텔레스 이후의 철학자들에게 중요한 학문적 탐구 대상이 되었다. 19세기 훔볼트, 소쉬르, 프레게는 철학의 중요 문제로써의 언어의 위치를 확립시켰다.

독일의 현상학·해석학은 언어를 '세계관'의 표현으로 보았던 훔볼트 사상을 계승한 것이고, 프랑스 **구조주의**의 근간이 된 것은 소쉬르의 언어 체계다. 1960년대 이후 언어철학은 인접한 여러 영역과의 교류를 통해서 과학 분야에서의 기초 학문의 위치를 차지하게 되었다. 유형 면에서 언어철학은, 인공 언어를 사용하여 언어 본성을 탐구하려는 태도, 다양한 접근을 통한 자연 언어 분석, 보편성을 지닌 자연 언어의 이론체계 정립의 세 가지로 구분된다.

현대철학은 언어의 화용론적 차원에 중점을 둔다. 비트겐슈타인은 언어적 기능의 환원할 수 없는 다양성을 드러내기 위해 **'언어게임'**의 개념을 제시하면서, 언어는 더는 사적인 현상으로 볼 수 없다고 주장했다. 영국의 분석철학자 오스틴도 언어를 행위와 연결해서 생각하는 **'언어 행위론'**[37]을 전개하면서, 언어는 사회적 맥락에서 파악해야 한다고 주장했다.

플라톤: "언어의 위험성은 상존한다."

플라톤은 '말'의 힘에 주목하면서, 그것의 **'반작용'**을 우려한 최초의 철학자였다. 예를 들어 《소피스테스》에서, 플라톤은 아테네 시민들에게 능숙한 연설술로 대중을 설득하고 기회주의적이고 궤변적인 정치가의 '말'을 경계하라고 충고했다.

헤르더: "언어는 사유의 구체적인 모습이다."

독일의 문학자 헤르더는 "우리는 대체로 언어와 함께, 그리고 언어 속에서 혹은 때때로 언어에 뒤따라서 생각한다. 이러한 사실이 인간의 인식에 어떠한 모습과 한계를 제공하는가?"라고 물었다. 헤르더에 따르면, 언어는 **'사유'**의 구체적인 모습으로, 언어에서 내적인 것과 외적인 것은 주관과 객관을 포괄하면서 통일성을 이룬다.

소쉬르: "언어는 기호로 표현된 의미 체계다."

소쉬르에 따르면, 언어는 관념을 표현하는 **'기호(記號)'**로 된 하나의 체계로, 수화(手話)와 비슷하다. 기호가 있는 곳에 체계가 있지만, 그렇더라도 기호는 **'자의적'**이다. 단어와 소리, 개념, 이미지가 서로 제멋대로 관계를 맺고 있다는 것이다. 언어는 '기표(記標)'와 '기의(記意)'[38]로 구분된다. 기표는 '들리는 소리와 쓰인 문자'를 말한다. 기의는 '기표가 나오는 실제 관념, 즉 의미'를 뜻한다. 소쉬르는 기표와 기의는 자연스러운 관계가 아니라고 보았다. 체계가 기호에 의미를 부여하며, 기호가 있는 곳에는 반드시 **체계**가 있다고 생각했다.

비트겐슈타인: "언어의 의미는 사용을 통해 알 수 있다."

논리실증주의자[39] 비트겐슈타인은 사실과 대응하는 과학적 언어를 분석하면 세계를 분석할 수 있다고 생각했다. 그러나 이후에 자기 스스로 그러한 생각을 부정했다. 과학적 언어가 앞에서는 경우에는 그것을 일상 언어로 사용하기 어렵고, 일상 언어를 우선하는 경우에는 과학적 언어를 체계화하기 어렵다고 보았기 때문이다.

비트겐슈타인은 세계를 이해하기 위해서는 순수 일상 언어를 분석하지 않으면 안 된다고 보았다. 일상 언어 역시 과학적 언어처럼 하나의 사실에 '1대1'로 대응하고 있다고 생각하지 않았다. 예를 들어, '오늘은 날씨가 좋다'라는 문장은 시간과 장소에 따라 여러 의미를 지닌다. 그는 그러한 담화의 특성을 **'언어게임'**[40]이라고 불렀다.

■ **"말할 수 없는 것에 대해서는 침묵하라."**

비트겐슈타인에 따르면, 이론상 확인할 수 없는 문장은 **'사실'**과 대응하지 못하므로 그 내용의 옳고 그름은 문제가 되지 않는다. 그 내용이 옳든 그르든 언어를 잘못 사용하고 있는 것이라 할 수 있다.

예를 들어 철학에서 '신은 죽었다.'라든가 '도덕은 알 수 있다.'처럼 확인할 수 없는 명제(문장)는 언어의 정확한 사용법이라 할 수 없다. 이것들의 문제는 언어로 표현 **'불가능'**한 것을 언어로 사용한 때문이다.

비트겐슈타인에 따르면, 언어 사용법을 위배하는 것은 그것에 답할 수 없다. 사실과 대응하지 않는 것은 언어화가 불가능하다. 언어가 의미하고자 하는 **'대상(사실)'**이 세상에 없기 때문이다. 비트겐슈타인은 철학의 참된 역할은 언어로 말할 수 있는 것들과 말할 수 없는 것들을 확정하는 것으로 생각했다. 그리고 "언어로 말할 수 없는 것에 대해서는 침묵해야 한다"라고 주장했다

■ 분석철학

무어, 프레게, 러셀 등 분석철학자들은 **언어 분석**을 통해 진리를 탐구할 수 있다고 생각했다. 비트겐슈타인은 철학은 언어를 분석하는 것이라고 주장했다. 전통 철학은 인식한 내용을 언어로 표현하는 형태를 취했지만, 언어에 따라 내용이 달라지기 때문에 혼란이 발생한다. 이에 분석철학자들은 독단적이고 주관적인 철학을 객관적인 언어의 문제로 전환하려 들었는데, 이를 **'언어학적 전환'**이라고 불렀다. 분석철학은 기호 윤리학의 연구로부터 시작하여 이후 미국을 중심으로 한 '과학철학'[41]과 영국을 중심으로 한 '일상언어학파'를 중심으로 발전했다.

하이데거: "언어는 존재를 드러내는 통로다."

하이데거는 '언어는 존재의 집'이라는 말로 표현했다. 언어는 단순한 의사소통 수단을 넘어 인간의 사유를 지배하고 세계와 사물을 인식하는 통로라는 뜻으로, 언어를 통하지 않고서는 **'존재'**를 제대로 파악할 수 없다는 의미다.

존재가 세계 안에서 스스로 자기를 드러내는 것처럼, 언어는 단지 존재의 **'발현'**일 뿐이다. 그러므로 인간은 언어가 자신에게 말하는 것에 귀 기울여 알아들어야만 비로소 언어라는 존재는 발현한다.

로티: "언어는 우연성의 산물이다."

로티는 '모든 인간에게 공통된 선천적인 언어'가 있다는 플라톤의 생각을 거부하면서, 언어는 역사적 **'우연성'**의 산물에 불과하다고 주장했다. 로티에게 언어는 '세계를 비치는 거울'이 아니다. 세계는 인간 존재 바깥에 있고 언어는 인간 내부에 있는데, 이때 언어와 세계 사이에는 대응 관계가 없다. 세계에 대한 언어적 묘사는 참일 수도 거짓일 수도 있으며, 그 점에서 언어에서 드러나는 보편적 진리는 없다고 보았다.

47 동일성
: 자아동일성·자기정체성

동일성(同一性)은 시간 속에서 같은 것으로 머무는 특성 또는 둘 이상의 사물을 똑같은 것으로 만드는 특성을 말한다. 동일성은 다른 사물과 대립·구분되면서 변함없이 동등하게 존재하는 개개의 성질로, 그러한 대립·구분되는 개개의 성질이 없다는 의미를 지닌 **'차이성'** 및 배제의 의미를 지닌 **'타자성'**과 대척점에 있는 용어다.

인식론적 맥락에서 동일성을 **'유사성'**과 혼동해서는 안 된다. 두 사물이 같기 위해서는 그 둘을 식별할 수 없어야 한다. 그러나 두 사물이 유사할 경우, 그 둘 사이에는 서로 다른 측면이 언제나 존재한다. 가치론적 맥락에서 동일성을 **'평등'**과 혼동해서도 안 된다. 평등은 사람들이 모두 같다는 의미가 아니라, 공평하게 대우받아야 한다는 것을 말한다.

존재론적 맥락에서 동일성은 정체성과 유사한 개념이다. **자아정체성**이란, 개인이 자신에 대해 갖고 있는 생각 또는 의식을 의미한다. 자아정체성은 자기가 어느 한 개인으로서 혹은 어떤 국가의 한 성원으로서의 자기 자신을 확신한다는 뜻인데, 이것은 **'자아동일성'**을 의미한다고 말할 수 있다. 이런 의미에서의 동일성은 선험적인 문제로써 자기를 그 어떤 사람으로 확인하는 '인격 동일성'과는 구별된다. 자아동일성은 자기가 그 누구도 아니고 바로 자기 자신이라는 확신으로, 그리하여 다른 사람과 확연히 구분되는 개체임을 확인하는 논리적 혹은 존재론적 작업이다. 반면, **인격 동일성**은 자기가 어떠한 사람이라는 확신으로, 따라서 인격 동일성의 확인은 어제의 내가 여전히 내일의 그 '나'일 수 있는 근거를 제시하는 경험적 혹은 인식론적 작업인 것이다.

동일성 문제는 철학에서 자아동일성, 즉 인간의 신체 및 정신 변화 '뒤에' 동일한 것으로 머무는 자아의 동일성이 존재하는가, 아니면 단지 '나'라는 대명사의 문법적 동일성이 존재할 뿐인가의 문제를 제기한다. 다음은 관련한 유명한 사고실험이다.

테세우스의 '배'

'동일성'은 사물 변화와 그 정체성의 지속에 관한 형이상학의 난제 가운데 하나이다. 아래 사례인 '테세우스의 배'에 관한 사고실험은 영국의 철학자 홉스가 제기한 것으로, "우리에게 **'본질'**이라는 것이 있는가?"라고 묻는다.

테세우스의 배가 있다. 단 한 번 수리한 그 배에 다른 판자를 바꿔 끼운다고 하더라도 큰 차이 없이 여전히 같은 배로 남아있을 것이다. 하지만 그렇게 계속 판자를 바꿔 끼우다 보면 어느 시점부터는 원래의 배의 조각은 하나도 남지 않을 것이다. 그렇다면 그 배를 테세우스의 배라고 부를 수 있는가?

위 사례가 '테세우스의 배'의 역설로, 이러한 발상은 어떤 것의 변화와 그 '정체성'의 지속에 대해 다루고 있다. 고대 그리스 자연 철학자 헤라클레이토스는 "사람은 같은 강물에 두 번 발을 담글 수 없다"라고 했다. 이는 흐르는 강물은 물론이고 사람도 사물도 이 세계도 시간의 흐름과 함께 끝없이 변화한다는 의미로, 헤라클레이토스는 만물에는 **'변화'**라는 원리(**판타 레이**)[42]가 있다고 생각했다. 모든 것은 언제나 변화하며 '동일성'의 연속은 모든 구성 요소의 연속성에 의존하지 않는다는 것이다.

하지만 이러한 입장은 역설적인 귀결을 불러왔다. 고대에 제기된 이러한 문제는 홉스에 의해 매우 흥미롭게 변형됐다. 다음은 홉스가 제기한 물음이다.

홉스가 테세우스 배의 목재를 교체할 때 헌 널빤지를 빠짐없이 다 모아서 다시 조립하여 배를 만들었다고 가정하자. 그렇게 완성된 배는 테세우스의 배인가? 아니면 홉스의 배인가? 같은 의미로 원래의 테세우스의 배는 새로 다 교체되었기에, 이 배는 새로운 테세우스 배, 즉 전혀 다른 배라고 할 수 있는가? 정작 이 배는 테세우스의 배로써의 존재를 유지하면서 그저 조금씩 오랜 세월 변해왔을 따름인데 말이다.

홉스에 따르면, 배란 그 물리적 모습(형상)에 기초한 항해 능력이 본질이다. 그는 만약 배의 본질(형상, 항해 기능)이 유지되고 있다면, 부분적으로 변화가 있다 하더라도 그것의 동일성은 유지된 것이라면서 헤라클레이토스의 주장을 반박했다.

그렇더라도 현대 과학에서는 물리적 동일성에 네 번째 차원인 **'시간'**을 추가함으로써 사물은 동일성을 유지할 수 있다고 본다. 만일 어떤 물체가 시공간(물리적인 3차원에 시간이라는 네 번째 차원을 더한 조합의 결과)을 관통하는 연속적인 경로를 따라가는 경우, '동일성'은 지속한다고 말할 수 있다. 이 경로의 각 단면은 특정한 시점을 통과 중인 어떤 물체를 보여준다. 이 물체는 하나의 단면에서 다른 단면으로 이행하는 변화의 과정을 보여 줄 수도 있으나, 만일 시공간적 연속성, 다시 말해 시공간을 관통하는 연속적 경로를 따라가는 모습을 가지고 있다면, 그 물체는 동일성을 유지하고 있는 것이다.

데이비슨의 '스웜프맨'

'동일성' 문제와 관련한 또 다른 사고실험으로 미국의 언어철학자 도널드 데이비슨의 **'스웜프 맨'**이 있다. 데이비슨은 스웜프 맨(늪에서 나온 남자)이라는 사고실험에서 홉스와는 조금 다른 시각에서 동일성을 고찰했다.

내용은 다음과 같다.

사람 A가 연못 옆을 지나가다 낙뢰에 맞아 죽었다. A의 시체는 연못 속으로 빠졌는데, 그와 동시에 연못에도 낙뢰가 떨어졌다. 그리고 엄청난 우연으로 어떤 화학 작용이 발생해 그 죽은 사람 A와 완전히 똑같은 사람 B가 연못의 진흙으로부터 걸어 나왔다. 이 늪에서 나온 사람 B, 즉 스웜프 맨은 죽은 사람 A와 외모와 뇌가 원자 수준으로 완전히 똑같은 인물이다. 스웜프 맨 B는 같은 기억을 지니고 있어서 자신을 A라고 믿고 있다. 사람들도 다들 스웜프 맨 B를 A라고 생각한다. 스웜프 맨 B는 다음 날부터 A처럼 회사에 가서 이전과 같이 생활한다. 세상은 변한 것이 아무것도 없다.

다시 살아난 스웜프 맨 B는 죽은 A와 **'동일'**한 인물이라고 할 수 있을까? 가령 내가 정보통신 기술을 사용하여 서울에서 뉴욕으로 순간 이동했다고 하자. 이 경우, 내가 순간 이동했다고 생각하면 문제는 없다. 그렇지만 이동한 것이 아니라, 사실 나는 소멸하고 뇌 속의 기억을 포함하여 나와 원자 수준으로 동일한 인물이 뉴욕에 새로 태어났다고 생각하면 어떨까? 물론 나의 순간 이동을 의심하는 사람은 아무도 없다.

이 경우, 순간 이동을 단순히 '이동'이라고 생각하면, 나의 **'동일성'**은 유지된다. 즉 내가 서울에서 뉴욕으로 순간 이동했다고 생각하면 뉴욕에 나타난 인물은 확실히 '나'다. 하지만, 순간 이동을 '소멸과 새로운 탄생'이라고 생각하면, '나'는 동일성을 유지할 수 없다. 나는 소멸해 버리고, 뇌 속의 기억을 포함하여 원자 수준으로 나와 '동일'한 인물이 뉴욕에 새로 태어났다면, 그 사람은 '나'라고 볼 수 없다. 새로 태어난 인물은 자신을 '나'라고 생각할 것이다.

48 인과율
: 원인에 대한 물음

인과율은 어떤 상태(원인)로부터 다른 상태(결과)가 필연적으로 따르는 것으로, **'인과 법칙'**이라고도 한다. "모든 사물과 사건과 사태는 각각의 원인을 가진다"라는 인과율의 원리는 근대과학에서 결정론의 관념을 확립했다.

흄은 '원인–결과'의 관계를 경험으로부터 직접 끌어낼 수는 없다면서, 그것은 같은 경험을 여러 번 반복하면 유사한 원인으로부터 유사한 결과가 도출될 수 있을 것으로 기대하는 인간 심리의 소산에 불과하다고 주장했다. 칸트는 이에 대해 이르기를, 인과 관계는 경험에서 끌어낼 수 있는 것이 아니라, 경험적 판단과 선험적 이성 능력이 결합하는 곳에서 올바른 인식이 형성되면서 인과율을 구할 수 있다고 보았다.

일반적으로 관념론은 '원인–결과'의 관계를 다분히 **'주관'**에 속하는 것으로 생각하는 데 비해, 유물론에서는 이를 인간의 주관, 즉 의식과는 독립적·객관적으로 성립하는 것으로 생각한다. 그러나 각각의 구체적인 '원인–결과'의 관계는 서로 독립하여 완전한 체계를 이루고 있는 것은 아니며, 서로 연관을 지니고 있을 뿐이다. 요컨대 인과 관계는 **'객관적'**인 세계의 다양한 사물과 상호 관련을 지닌 개별 요소에 불과하며, 따라서 반드시 고정·불변하는 관계는 아니다.

고전역학에서는 어떤 주어진 순간에 있어서 질점(質點)의 위치 및 속도가 알려지면 그 후의 운동은 완전히 예측할 수 있다고 함으로써, 세상 사물은 모두 인과율을 따른다고 보았다. 하지만 오늘날의 양자역학, 특히 하이젠베르크의 **'불확정성 원리'**[43]에 의하면, 미시 세계에 관해서는 엄밀한 의미에서의 인과율이 성립하지 않는다.

형이상학적 관점에서 볼 때, 인과율의 문제는 **'자유'**의 문제와 관련된다. 만약 세계 속에 자유로운 인과율이 존재한다면, 결정론과 자유의지는 어떻게 화해할 수 있을까 하는 것이 인공지능 시대를 사는 오늘날 새롭게 떠오르고 있는 담론이다.

아리스토텔레스: "사물은 네 가지 원인을 따라 움직인다."

아리스토텔레스는 사물의 '원인'을 네 개의 요인으로 상정했다. '형상인, 질료인, 작용인, 목적인'이 그것인데, 이를 **'사원인설'**이라고 한다. 이를테면 바위가 굴러떨어지는 데는 네 가지 원인(요인)이 있다. 질료인(사물을 구성하는 재료)은 바위 그 자체를 말하고, 형상인(사물의 배열이나 형태)은 사물의 위치, 작용인(사물을 변화시키는 요인)은 밀치기, 목적인(사물의 기능이나 목적)은 가장 낮은 곳으로 가려는 바위의 욕망이라 할 수 있다. 이 중 어느 하나가 빠져도 바위는 굴러떨어지지 않는다.

아리스토텔레스에 따르면, 세계를 이해하기 위해서는 세계를 이루는 것들을 단순히 아는 것만으로는 안 된다. 그는 세계를 이루는 다양한 사물의 성립 요인인 사원인설에 대해 잘 알고 있어야 한다고 보았다. 이처럼 자연 사물은 저마다의 목적을 갖고 존재한다는 사고방식을 **'목적론적 자연관'**이라고 한다

흄: "인과성은 습관에서 비롯되는 것에 불과하다."

흄은 인과 관계는 **'경험(습관)'**에서 비롯되는 것이고, 자연 세계에 존재하는 것은 아니라고 생각했다. 흄은 인과의 필연적 결합을 주관적인 것으로 생각하면서, 이것을 관습에서 생긴 '기대'와 동일시했다. 이를테면 A와 B라는 사건이 차례로 일어나는 것이 여러 번 관찰되면, 습관을 바탕으로 A에 대한 관념에서 B에 대한 관념이 연상되고, 그러면 우리는 그 A와 B가 인과

관계에 있다고 말한다.

하지만 흄은, 인과율은 사물의 본질에 대한 언명이 아니라 습관에서 얻은 관념의 순서에 관한 언명일 뿐이라고 주장했다. 그는 객관적 인과 관계를 부정했으며, 자연과학에 대한 회의론을 펼쳤다. 이에 칸트는 인과성을 경험을 구성하는 인식주관이 정립한 선천적 범주로 보면서, 흄의 견해가 독단적이라고 비난했다.

라이프니츠:
"사물은 최고의 원인인 신을 향해 인과적으로 나아간다."

라이프니츠는 세계가 '최고선'을 향해 나아가기 위해서는 오로지 '신'이 미리 정해놓은 프로그램에 맞춰 서로 협력해야 한다고 주장했다. 그는 우주가 통일된 질서 안에 있는 이유는 애초부터 신이 세계를 구성하는 최소 단위인 **'모나드'**[44]로 하여금 서로 협력하면서 조화를 이루어가도록 만들었기 때문이라고 보았다. 세계를 이루는 무수한 단자들은 상호 인과 관계가 없지만, 신이 서로 조화를 이루도록 창조했다는 것이다.

이것을 **'예정조화'**라고 하는데, 라이프니츠에 따르면 우주 질서가 성립한 이유는 우연이나 과학 운동 때문이 아니라 신이 '예정'했기 때문이다. 오직 하나이며 또한 완전한 실체인 신은 최고의 원칙에 따라 가능한 모든 것 가운데 유일하게 존재하는 최상의 세계만을 창조했다는 것이다. 이처럼 라이프니츠는 존재하는 모든 것에는 이유가 있으며, 그것들은 최고의 원인인 '신'을 향해 나아간다고 말하면서, 자신만의 독특한 **인과론적 세계관**을 펼쳤다.

칸트: "인과율은 올바른 사물 인식을 위한 보편 방식이다."

칸트에 따르면, 인과율은 단순히 사물을 연합하여 생각하는 습관이 아니다. 인과율이란 오성의 '아프리오리(선험적)'한 구조로써, 경험을 조직하고 인식을 가능케 하는 것으로써의 순수한 사고 개념이다. 우리가 자연 속에서 현상의 혼란스러움을 느끼지 않고 원인과 결과의 연쇄를 발견하는 것은, 우리가 "모든 사건은 각각 원인을 가진다"라는 것을 **'아프리오리'**하게 알고 있기 때문이다.

■ 인식의 코페르니쿠스적 전환

칸트는 대상(진리)이 먼저 있고 인식하는 주체인 우리가 그 대상을 향함으로써(사유함으로써) 대상을 인식하게 된다는 전통 형이상학으로는 인식의 객관성을 얻을 수 없다고 생각했다. 그는 인식의 방향을 완전히 바꾸어 대상이 인식의 주체 쪽으로 향한다고 생각하고, 감각을 통해 대상에 대해 알게 된 것을 초월론적 자아가 조직하여 인식이 완성된다고 주장했다. 이런 방향 전환을 **'코페르니쿠스적 전환'**이라고 한다.

즉 칸트는 진리와 인간의 입장을 역전시켜 진리(대상)가 인간의 사유를 규정하는 것이 아니라, 우리의 인식이 진리를 규정한다고 보았다. 그렇게 해서 인간이 도달 가능한 진리야말로 '진리'라고 부를 수 있는 유일한 것이라고 주장했다.

이러한 칸트의 주장을 계기로 이후의 철학은 우리가 알 수 없는 초월적 세계를 설명하는 보편 진리이자 인간의 지혜를 뛰어넘는 진리를 추구하려 애쓰기보다는 우리가 바라보는 세계의 범위 내에서 각자 세계의 진리를 탐구하는 현실적인 방향으로 전환되어 나아갔다. 코페르니쿠스적 전환은 칸트의 **'초월론적 관념론'**의 핵심을 집약한 용어로, 인식에서의 인과율은 자연과 세계에 내재하는 것이 아니라 그것을 탐구하는 '정신', 즉 이성에 있음을 보여준다.

49 모방과 재현
: 미메시스

모방(imitation)과 재현(representation)은 예술철학에서 중요한 개념으로, 둘 다 어떠한 것을 모사하여 다시 나타내는 것을 뜻한다. 자연의 모방을 뜻하는 **'미메시스'**는 예술을 통한 실재의 '재현'을 의미한다. 그 점에서 미메시스(mimesis)는 '모방'과 '재현'의 의미를 포괄하는 개념이라 할 수 있다.

예술에서 '모방' 개념은 다른 예술가의 제작을 모범으로 하여 똑같이 제작·흉내 내거나, 현실의 존재자를 **'모사'**하여 그와 같은 것을 제작하거나 그려내는 것을 의미한다. 미학에서 문제 되는 것은 주로 후자의 경우로, 예술의 기원이나 본질을 단순한 모방으로 생각하는 전통 사상에서 벗어나 현대에는 모방적 계기가 예술 창작의 한 구성 요소라는 사실을 인정하고 있다. 모방은 본래 예술 창작의 원리지만, 게오르게 그로스의 미술처럼 예술적 체험으로서의 내적 모방을 예술의 과정으로 두는 경우도 있다.

한편, '재현'은 다른 사물과 유사하며, 그것의 등가물로 여겨질 수 있는 무엇을 창조하는 의미로 사용되는 개념이다. 예를 들면, 사진은 이차원 공간 안에서 그것의 피사체를 있는 그대로 담아내므로 재현이지만, 그 피사체와 동일한 것은 아니다.

재현은 '다시 현전케 하는 것'을 뜻하며, 말 그대로 **'다시 드러남(드러냄)'**이다. 무언가가 있는 그대로 나타내는 것이 아니고 '다시 드러내는 것'이란 점에서 **'유사성과 상사성'**의 관계로 '표상'된다. 표상은 글자 그대로 '앞에 세움'이라는 뜻으로, 여기에는 '무엇이, 무엇을'이라는 문제, 즉 **'주체와 대상'**의 관계가 전제되어 있다. 주체는 대상을 자신 앞으로 호출하면서, 그것에 대응하는 어떤 '상(象)'을 대리로 내세운다. 그것이 표상으로 주체가 대상에 갖는 인식의 표상이 곧 '재현'인 것이다.

재현의 의미는 이처럼 철학적으로, 현대예술은 대상의 단순한 모방으로써의 '재현적 모방'이 아니라, 원본으로부터 자유로움, 닮지 않은 닮음, 새로워지기 위한 닮음인 **'비재현적 모방'**에 중점을 두면서, 독자에게 다양한 해석의 가능성을 열어놓는다.

플라톤과 아리스토텔레스의 '모방' 개념 인식 차이

플라톤은 눈에 보이는 현상으로서의 현실 세계는 모두 형상, 즉 이데아의 불완전한 모방에 불과하다고 생각했다. 그런데 예술은 현실을 모방함으로써 참된 존재인 형상으로부터 두 단계나 멀리 떨어진 존재가 된다. 플라톤은 예술은 이데아의 모방인 현실(현실 세계, 현상)을 다시 또 모방한 것이기에, 그만큼 **'저속'**한 것이라고 인식했다.

아리스토텔레스는 플라톤의 이 같은 생각과는 견해를 달리했다. 아리스토텔레스 역시 인식론적 입장에서 변치 않는 영원성을 가진 이데아의 존재를 부정하지는 않지만, 그렇더라도 이데아는 우리가 지각하는 현실 세계와 분리된 것이 아니라, 그 안에 내재한 그 무엇이라고 인식했다. 아리스토텔레스에 따르면, 형상(이데아, 본질)은 사물(질료, 현상, 현실 세계) 안에 내재하고 있기에 분리될 수 없으며, 사물에 형상을 합함으로써 더욱 **'의미 있는'** 존재가 된다. 즉 형상의 실체(즉 본질)는 구체적이고 현실적인 대상들 속에서 발견되며, 본질은 개별 사물에 의해 표현됨으로써 드러난다.

아리스토텔레스에게 이 세상(현실 세계)은 형상(이데아의 세계)을 모방한 것이 아니라 세상이 형상을 구현하고 있는 것이며, 따라서 개별 대상(현상, 현실 세계)은 이데아의 불완전한 모방이 아니라 그 자체가 형상을 포함한 의미 있는 **'실체'**다. 그의 관점을 따르면 예술 작품, 즉 예술 활동을 통한 현실 세계의 모방이란 질료(사물) 속에 구현된 형상(본질)을 파악하고,

그것을 재현하는 것으로써의 가치를 인정받는다.

유상와 상사 그리고 시뮬라크르

프랑스의 구조주의 철학자 미셸 푸코는 《이것은 파이프가 아니다》에서 '유사'와 '상사'라는 개념을 통해 '재현' 개념을 설명했다. 유사(類似)와 상사(相似) 둘 다 '비슷함'이란 의미인데, 그중 유사하다는 것은 재현(모방)한다는 의미이자 **'최초'**의 요소를 참조한다는 뜻이다. 비슷하기 위해서는 최초의 어떤 참조물이 있어야 하기 때문이다.

그런데 최초의 참조물을 복제한 복사본들은 복제가 진행될수록 점점 더 희미해진다. 그리하여 복사본들은 좀더 높은 단계의 복사본과 좀더 낮은 단계의 복사본으로 분류된다. 여기에는 철저한 위계질서가 있는데, 최초의 원판으로써의 원본을 푸코는 '주인'이라고 명명했다. 그러나 상사는 '주인', 즉 **'원본(오리지널)'**이 따로 없다. 그렇기에 시작도 끝도 없으며, 위계도 없다. 그저 단지 사소한 차이에서 차이로 무한히 증식될 뿐이다. 예컨대 앤디 워홀의 코카콜라 그림에서 보듯, 어떤 것이 시작이고 어떤 것이 끝이라고 할 수 없는 것이다.

이렇게 놓고 볼 때, 상사는 결국 들뢰즈가 《차이와 반복》에서 플라톤의 **'시뮬라크르'** 개념을 새롭게 조명한 것이라 할 수 있다. 플라톤에 의하면, 사물은 이데아를 모방한 이미지에 불과한데, 그중에서도 좀더 분명하게 이데아를 모방한 것이 사본이고, 흐릿한 이미지는 '시뮬라크르'라고 했다. 이때 사본은 이데아와 유사성을 가진 이미지인데 비해 시뮬라크르는 일종의 사본의 '사본'이고, 무한히 느슨해진 '유사성'이다.

따라서 이것을 회화에 적용하면, 모델을 충실하게 복사한 그림이 원본과 **'유사의 관계'**라면, 모델과는 아무 상관없이 복제품끼리 서로 닮아가는 반복하는 이미지들은 **'상사의 관계'**다. 예컨대 모나리자는 16세기 이탈리아의 한 여인이라는 실제의 모델을 비슷하게 모사한 사본인데 비해, 앤디 워홀의 색깔만 다를 뿐 똑같은 얼굴을 한 마릴린 먼로 시리즈의 그림은 실제 모델을 모사한 것이 아니라 애초부터 복제품이었던 어떤 사진을 조금씩 다르게 반복한 시뮬라크르다. 이러한 시뮬라크르의 개념은 들뢰즈나 푸코가 생각하는 것처럼 밝고 **'역동적'**인 의미로도 쓰이고, 반대로 보드리야르가 우려하는 것처럼 가상의 현실 세계를 표현하는 **'부정적'**인 의미로도 쓰인다.

푸코: "시뮬라크르, 즉 재현은 해석의 다양성을 높인다."

푸코에 따르면, 시뮬라크르는 사본의 사본이 아니라 **'차이'**로써 한없이 반복되고 증식되는 이미지이기에 무한한 **'역동성'**을 지닌다. 따라서 푸코에게는 시뮬라크르를 따라 모든 차이와 반복을 동시에 작동하는 것이 예술의 가장 큰 목표이다. 즉, 차이와 반복을 통한 일상성의 전복이 곧 시뮬라크르 예술로, 바야흐로 예술은 모방이 아니라 '반복'이며, 원본의 재현이 아니라 원본 없는 시뮬라크르 시대가 왔다고 보았다.

보드리야르: "시뮬라크르는 실재를 왜곡할 뿐이다."

보드리야르는 현대 사회에서 더는 '실재'가 존재하지 않으며, 오늘날의 실재는 실질적인 '실체'로써의 실재가 아니라 조작되고 왜곡된 결과일 뿐이라고 보았다. 지시 대상인 실체에서 '기의'가 사라진 빈껍데기로써의 '기표'만 남아있는 이미지가 곧 시뮬라크르 혹은 **'하이퍼 리얼리티'**로, 시뮬라크르는 더는 실재의 모방·복제·패러디가 아니라 실재를 표기하는 기호로 '대체'한 것에 불과하다.

그는 우리는 실재가 사라지고 그 자리에 기호가 들어서 진짜인 체하는(이것을 '시뮬라시옹'이라고 한다), 다시 말해 **'가짜'**가 진짜 행세를 하는 시뮬라크르 시대를 살아가고 있다고 보았다.

50 변증법
: 진리에 도달하려는 대화 기법

변증법은 좁은 의미로는 토론의 기술로, 물음과 대답을 통해 진리에 도달하려는 대화 기법을 말한다(플라톤). 넓은 의미로는 사실의 영역에서든 사고의 영역에서든, 대립하는 요소들 사이의 역동적이고 충실한 상호 작용을 일컫는다(헤겔).

서양에서 가장 오래된 **'진리 탐구법'** 중 하나가 변증법이다. 변증법은 먼저 대화·문답법의 의미에서 성립했지만(고대), 형식논리학과 거의 같은 뜻으로 사용했던 단계를 거쳐서(중세), 헤겔에서는 사물 그 자체의 운동이라는 의미와 더불어 폭넓게 학문적 인식방법이라는 의미를 지니게 되었다(근대).

엘레학파의 제논은 상대방의 입장에 어떤 모순이 있는가를 논증함으로써 자기 입장의 올바름을 입증하려고 했다. 이러한 **문답법**은 소크라테스에 의해 매끄럽게 전개되었다. 소크라테스는 대화를 통해 상대방이 스스로 자기 안의 진리를 깨우치도록 하는 방법을 자주 구사했는데, '산파술'이라고 알려진 이 방법이 바로 변증법이다. 이후 플라톤이 이를 이어받으면서 마침내 변증법은 '진리 인식을 위한 방법'으로써 중시되었다. 플라톤은 변증법을 잘 작동시켜야 올바른 진리 탐구가 가능하다고 보았다.

근대 들어 독일 고전철학이 특히 변증법에 깊은 관심을 보였다. 칸트를 필두로 하여 변증법에 관한 고찰이 이루어졌으며, 헤겔에 이르러 가장 포괄적으로 논의되었다. 헤겔은 변증법을 세계를 관통하는 **'일반 법칙'**으로 파악했으며, 마르크스는 헤겔의 관념론적 변증법을 유물론적 입장에서 정립했다. 현대 들어 페렐만은 헤겔의 변증법을 계승하여 '신수사학'이라는 새로운 논증 이론을 전개했다.

■ **제논의 역설**

제논의 역설은 고대 그리스 엘레아 학파의 철학자 제논이 스승 파르메니데스의 사상을 옹호하기 위해 사용한 **변증법적 사변 논법**이다. 제논은 아킬레우스와 거북이의 역설을 통해 움직임이 불가능한 것임을 증명해 보이고자 했다. 무엇인가가 움직이는 것을 볼 때마다, 그 대상이 움직이는 것처럼 보이는 것은 **'감각'**이 우리를 속이기 때문이라고 생각했다. A에서 B까지 가기 위해 먼저 그 거리의 반을 움직여야만 한다는 사실은, 우리의 감각은 우리가 언제나 그것에 가 닿았고 또 그곳을 지나쳐 갔음을 말해준다. 그래서 제논은 우리의 감각이 우리를 속이는 것이라고 결론 내렸다. 제논은 역설을 통해 존재(존재자)는 유일한 것이 아니고 또 움직이는 것이라는 주장의 논리적 모순을 지적하면서, **'일원론적 불변성'**을 주장한 파르메니데스의 견해를 합리화시켰다.

헤겔의 '관념론적 유물론'

헤겔은 변증법을 살아있는 현실의 운동 원리 그 자체로 보았다. 그는 인간은 이성의 법칙을 따르는 변증법적 사고 과정을 통해 절대적이고 보편적인 진리를 알아낼 수 있다고 생각했다. 헤겔은 생성되어 유동하는 세계를 고찰하기 위해서는 현실의 모순된 상태를 파악하려는 변증법이 적절하다고 생각했다.

헤겔의 변증법은 **'절대 관념'**에 도달하기 위한 논리적인 사고방식으로, 이를테면 밀알이 썩어 줄기와 잎이 나고, 다시 그 줄기와 잎이 시들면 수많은 밀이 열리는 이치와 같다. 처음의 밀알이 정(正, 정립)이라면 줄기와 잎은 반(反, 반정립)이며, 다시 생겨난 밀은 합(合, 종합)이라 할 수 있다.

헤겔은 **모순과 발전**이라는 변증법적 과정이 사고뿐만 아니라 역사적인 현실에도 똑같이 적용될 수 있다고 강조하면서, 뼈를 깎는 노력으로 모순을 없애고 나면 반드시 더 높은 단계로 나아간다고 주장했다. 헤겔에게 있어 변증법은 단순한 절충적 사고가 아니라, 더 좋은 해결책을 찾아 나가는 사고 방법이라 할 수 있다. 헤겔에 이르러 변증법은 **'사유'**의 현실적 운동과 관계 맺게 된 것이다.

■ **변증법적 진행 과정**

변증법적 프로세스는 다음과 같이 진행된다. 먼저, 최초에 어떤 것이 주장된다(**정립**). 가령 파르메니데스의 주장처럼 "존재자는 동일한 것으로 존재한다. 그러므로 변화는 있을 수 없다"는 명제는 사실이다. 그런데 현실의 세계는 변화로 가득하기에, 이 주장은 모순을 포함하고 있다. 그래서 이것을 부정하는 주장이 제시된다(**반정립**). 헤라클레이토스의 말처럼, "모든 것은 변화한다. 동일한 것은 없다" 그러나 동일한 것이 존재하지 않게 되면, 우리는 아무것도 파악할 수 없다. 그러므로 이 주장을 종합할 수 있는 새로운 주장이 필요하다(**종합**). 그리하여 아리스토텔레스의 "변화란 존재 속에서 잠재되어 있던 것이 현실적인 것으로 되는 것이다"라는 주장은 힘을 얻는다.

아도르노의 '부정 변증법'

아도르노는 헤겔의 주체성의 철학을 '동일성의 철학'이라고 비판했다. 헤겔의 변증법은 '부정의 부정은 긍정'이라는 형식에 의해 동일성의 체계로 전환함으로써, 이성에 의해 현실을 폭력적으로 가둔다고 보았다. 그는 이러한 헤겔의 긍정 변증법을 거부하면서, **'비동일성'**을 고집하는 '부정 변증법'을 주장했다. 그 핵심은 '동일하지 않은 것'이라는 개념이 갖는 의미다. 그가 말하는 '동일하지 않은 것'은 **'차이'**를 말하며, 그가 주장하는 비동일성 철학은 곧 차이를 추구하는 사고를 의미한다.

아도르노에 따르면, 이성을 앞세운 서구의 합리주의는 개념(주체 중시, 이성 중시의 사고)과 사안(대상이 되는 사태)을 강제로 일치시켜, 이미 존재하는 것을 정당화하는 방식으로 인간의 의식을 발전시켜 왔다. 이런 동일성 원리에 따라 인간은 **'도구화된 이성'**을 휘두르면서 자신이 인식할 수 있는 영역을 끝없이 확장해나갔고, 자연에 대한 인간의 일방적 지배처럼 '비동일자'에 대한 폭력적 지배를 심화해 왔다. 대표적 예가 아우슈비츠라는 '문명 속의 야만'이다.

아도르노는 폭력을 배제한 사고의 동일화를 위해서는 보편적이거나 추상적으로 '동일한 것'을 목표로 삼을 것이 아니라, 오히려 '동일하지 않은 것'을 목표로 삼아야 한다고 주장했다. 그는 철학적 사고에 대한 부정 변증법적인 **'비판적 자기반성'**을 통해 논의의 핵심을 '동일한 것'에서 '동일하지 않은 것'으로 전환해야 한다고 주장했다.

마르크스의 '유물론적 변증법'

변증법적 유물론은 자연과 사회의 전체를 물질적 존재의 변증법적 발전으로 설명한다. 헤겔의 관념론적 변증법을 유물론을 따라 전개한 이론으로, 마르크스가 **'유물 사관'**으로 일반화했고, 엥겔스, 레닌 등이 발전시켰다. 마르크스는 모순에 의한 운동이라는 헤겔의 변증법적 주제를 발전시켜 나갔다. 헤겔에서 역사를 활성화하는 모순은 곧 정신의 모순인 데 반해, 마르크스에서는 사회적·물질적 모순을 말한다. 마르크스는 역사의 원동력은 계급 투쟁이라고 보면서 헤겔의 관념론을 거꾸로 세웠다.

마르크스 변증법의 핵심은 정신의 발전 법칙으로써 세계를 기획한 것이 아니라, **'물질세계'**의 발전 법칙에 기초하여 인간 정신의 발전이 이뤄진다고 본 것에 있다.

51 방법론
: 철학적 탐구의 길

학문적 탐구에서 **'방법'**은 정신이 따라야 할 길이나 과정의 집합 또는 진리 탐구를 위해 정신이 따라야 할 특정 수단의 집합 또는 규칙화된 프로그램을 말한다. 철학의 경우, 우리는 진리를 발견하는 하나의 방법이 존재하는가, 만약 존재한다면 그것은 어떤 방법을 따르는가를 물을 수 있을 것이다. 철학자들은 진리 탐구를 위한 새로운 방법을 끊임없이 창출해 왔다.

철학에서 방법은 일반적으로 **'방법론'**을 말한다. 철학은 개별적이고 구체적인 과학과는 달리 가장 일반적이고 보편적인 진리 인식방법을 탐구한다. 인간을 둘러싼 현상은 너무나 복잡하기에, 이것에 관한 지식을 얻는 것은 그리 쉬운 일이 아니다. 그리하여 현상에 대한 지식을 얻기 위한 수단, 도구 및 과정 등이 요구되는데, 우리는 이것들을 통틀어 지식을 얻는 방법이라고 한다. 따라서 방법론이란 지식 획득을 위한 일련의 준비 단계에 관한 고찰이라 할 수 있다.

방법론은 크게 둘로 구분해서 살필 수 있다. 하나는 철학자들이 자신의 철학 체계를 세우기 위해 채택한 특유한 **'사유 체계'**를 말한다. 소크라테스는 사람들이 스스로 무지를 깨닫게 하는 방법으로 반어법을 사용했고, 플라톤은 분류법을 따라 사물에 대한 '정의'를 내렸다. 아리스토텔레스는 이미 아는 일반 지식으로부터 특수 사실을 설명하는 연역적 방법을 사용하였고, 베이컨은 개별 사실에서 일반 지식을 이끄는 귀납적 방법을 사용했다. 데카르트는 확실한 지식을 얻기 위해서는 모든 것들을 의심해야 한다는 '방법적 회의'를 학문의 방법으로 삼았다. 칸트는 지식이란 시간·공간이라는 직관의 형식과 범주라는 오성 형식이란 두 선천적 형식에 의해 구성되는 것이라고 하여, 자신만의 **선험적 방법론**을 내세웠다. 헤겔은 자신의 철학 체계를 **변증법**으로 전개했으며, 후설은 사물의 본질을 있는 그대로 기술하는 **현상학적 방법**을 추구했다. 이렇듯 거의 모든 철학자는 자신만의 고유한 방법론에 기초하여 철학 체계를 세웠다.

다른 하나는, 철학적 지식 획득의 수단으로 널리 받아들여지는 방법론으로, 연역적 방법과 귀납적 방법이 그것이다. 귀납과 연역이란, 경험론과 합리론의 사상적 입장에 대응하는 두 가지 논리적 사고법을 말하며, 둘 다 사물을 추론하기 위한 방법론이라 할 수 있다. 귀납은 개별적 경험에서부터 일반 결론을 이끄는 논리적 추론 방법이다. 귀납적 방법을 준수하면서 인간의 인식 문제와 도덕적 행위의 근거를 탐구하려는 사상적 흐름을 **'경험주의'**라고 한다.

연역은 확실한 원리로부터 이성적 추론을 통해 지식을 얻어내는 논리적 추론 방법이다. 일반 전제에서 삼단논법 등의 논리 법칙을 거쳐 개별 사실을 이끄는 방법이 이에 해당한다. 연역적 사고는 개별적이고 경험적인 사실을 배제하고 일반적인 법칙을 전제로 내세운다는 점에서 합리론으로 결론짓는다. 연역적 방법을 중시하면서 그 문제를 탐구하려는 사상적 흐름을 '이성주의'라고 한다.

데카르트의 '방법적 회의'

데카르트는 조금이라도 의문스러운 것들은 모두 거짓으로 보고 의심하는 사고를 통해 확실한 진리를 추구하고자 했다. 이성주의 전통의 기초를 닦은 데카르트는 감각 경험은 우리에게 확실한 지식을 주지 못한다면서, 의심할 여지 없이 확실한 지식을 찾기 위해 **'방법적 회의'**를 통해 모든 것을 의심해 보았다.

데카르트는 방법적 회의를 통해 모든 것을 의심한 결과 결코 의심할 수 없는 한 가지 사실에 이르게 되었는데, 그것은 '생각(의심)하는 나'가 있다는 것이다. 그리하여 "나는 생각한다. 그러므로 나는 존재한다(cogito ergo sum)"라는 확고부동한 진리를 얻을 수 있었다. 데카르트는 이것을 철학의 제1원리로 삼고서, **'이성'**을 사용하여 이것으로부터 확실한 지식을 연역하고자 했다. 방법적 회의는 모든 것을 거짓이라고 판단하는 '회의론'과는 다른 것으로, 진리를 얻기 위한 방법적 사유라고 할 수 있다.

■ **해석학적 방법론**

가다머는 데카르트가 말하는 명증성과 확실한 추론이라는 '방법'으로는 타자나 역사를 이해할 수 없다고 생각했다. 그는 데카르트에서 시작된 방법의 개념이 '근대적 합리성에 근거한 과학적 방법'에 치우친 것은 아닌가 의심했다. 과학적 방법의 유효성을 지나치게 믿으면 진리에 도달하기 어려울 수 있으며, 진리는 막연한 확실성이 되고 만다. 그럴 경우, 데카르트가 말하는 '방법'에 의존하는 이성은 목적을 위해 쓰이는 도구적 이성으로 퇴락하고 만다. 이에 비해 해석학이라는 방법은 해석하는 사람과 해석되는 텍스트 사이의 지평이 융합됨으로써 이루어지는 **'진리 체험'**인 것이기에, 긴장감 없는 넓은 대로처럼 다양한 가능성을 열어놓는다.

후설의 '현상학'

후설에 의해 시작된 철학의 접근 방법으로, 의식에 드러나는 현상의 본질을 파악하기 위해 내세운 방법이다. 현상학은 독립적 존재로써의 본질에 대해 어떤 가정도 만들지 않은 채 우리 의식에 나타나는 범위까지만을 (현상으로 알려진) 경험 대상으로 하는 철학적 접근 방식으로, 어떤 '주의'가 아니라 일종의 '방법'을 가리킨다.

현상학은 '비연역적'인 방법으로 본질을 서술하려 들며, 이때 본질은 다른 곳이 아닌 바로 **'현상'** 속에 들어있다고 본다. 즉, 세계는 우리에게 드러나는 만큼 존재하는 것이라고 본다.

후설은 인간의 의식에 나타나는 사태로부터 그 **'공통항(본질)'**을 바라봄으로써 모든 사람에게 공통되는 인식의 가능성을 이끌 수 있다고 보았다. 그는 과학적 근거를 필요로 하는 실증적 사태를 비롯하여 정의나 아름다움 같은 가치관에 이르기까지, 모든 대상은 자신에게만 들어맞는 확신을 뛰어넘지 못한다고 생각했다. 이것이 그가 **'의식'**에 주어진 지각 경험을 탐구함으로써 보편적인 인식 조건을 밝히려고 한 이유다.

칸트의 '아프리오리'

아프리오리(a priori)는 '선험적인 우리가 경험하기 전에 이미 주어진'이란 뜻으로, 아무런 전제 없이 그 자체로 사물을 설명할 수 있음을 일컫는다. 아프리오리는 인류의 공통된 경험 방식을 감성 형식으로, 이해 방식을 **오성(悟性)** 범주로 한다. 이에 반대되는 개념인 아포스테리오리(a posteriori)는 '무엇의 뒤로부터, 경험한 것으로부터 얻는'이란 의미로, 경험을 바탕으로 사물을 이해하고 설명하는 방법을 일컫는 말이다.

칸트는 인간에게는 공통된 경험 방식과 이해 방식이 내재해 있다고 보았다. 이때 경험에 선행하는 것이 바로 '아프리오리'다. 칸트에 의하면, 어떤 것은 경험 없이도 설명할 수 있다. 즉, **선험적인 판단**이 가능하다. 예를 들어, "원은 둥글다"라는 명제는 분석판단이다. '원'이라는 개념에는 이미 '둥글다'라는 사실이 포함되어 있기 때문이다. 이와 달리 "7+5=12"라는 것은 선험적 종합판단이다. '12'는 '7'에도 그리고 '5'에도 들어있지 않은 개념이기 때문이다.

칸트는 우리가 이런 판단이 자명하다고 알아차리는 것은 이른바 인간의 타고난 능력, 곧 **선천적인 능력** 때문이라고 보았다.

52 예술
: 아름다움의 추구

예술은 문화의 한 부문으로, 창작·감상 등의 예술 활동과 그 성과로써의 예술 작품 그리고 음악·미술·영화·무용 등의 공연 예술을 총칭한다. 예술의 본질은 **'아름다움'**을 추구하는 데 있다. 플라톤은 참된 예술은 아름다움(美)을 표현함으로써 이것을 향유하는 자의 정신에 훌륭한 조화를 가져다주고, 선으로 향하는 좋은 습성을 가져온다고 했다.

예술철학은 예술의 본질 또는 현상에 대해서 그 원리를 고찰하는 철학의 한 분야로, 곧 **'미학'**이다. 그리고 바움가르텐은 예술미를 자연미와 병립하는 것으로 인식하면서, 미와 예술의 본질을 추구하려는 노력을 통해 **'미학(美學, 에스테티카)'**을 수립하고 그것을 철학 체계 속에 포함을 시켰다. F. 피셔는 예술 작품 향수자 감정이입에 의한 **'미적 체험'**이 예술미의 본질이라고 했다.

예술의 기능은 크게 두 가지로 나눌 수 있다. 하나는 **쾌락적 기능**(미적 기능)으로 예술이 주는 감동과 즐거움을 의미한다. 다른 하나는 교훈적 기능(**사회적 기능**)으로 예술이 주는 정치적·교육적·도덕적인 역할로써의 실용적 유용성을 의미한다.

예술은 심미적 경험의 확충뿐만 아니라, 감성적·도덕적 교화의 역할도 한다. 시나 소설은 물리·화학적 지식으로는 감당할 수 없는 진실성을 고양하고, 사회와 역사에 대한 의식을 넓혀 주며, 도덕적 감수성을 키워 준다. 예술 작품과 맞닥뜨리면서 우리는 세계를 보는 새로운 눈을 가지게 되고, 사물의 현상을 새로운 차원에서 신선하게 느끼며, 우리 행위를 새로운 도덕적 기준으로 반성하게 된다.

예술 활동은 그것이 도덕적 반성 위에서 이루어질 때 최고의 예술이 된다. 예술로부터 얻는 도덕적 자기반성은 개인적인 차원에서 벗어나 더 나은 사회로 거듭나는 힘을 가진다. 그리고 투철한 도덕적 자기반성을 기초로 한 훌륭한 예술 작품은 그 시대의 강력한 **'사회 윤리'**의 역할을 담당하기 때문이다.

예술을 바라보는 견해에는 예술의 자율성을 강조하는 순수 예술론과 예술의 사회성을 강조하는 참여 예술론이 있다. **순수 예술론**은 예술 이외의 다른 어떤 것을 위한 수단이나 정치와의 관련성을 부정하고 예술의 독창성·창조성을 옹호하는 견해로, 예술 작품은 순수하게 미 그 자체만을 추구하고 표현하는 것이 옳다는 시각이다. 이와는 달리 **참여 예술론**은 사회와 무관한 순수한 예술이란 있을 수 없고 예술 또한 사회의 반영이라는 견해로, 예술은 현실 사회의 모순을 지적할 수 있어야 할 뿐 아니라 사회 발전에 도움이 되어야 한다는 시각이다.

아리스토텔레스: "예술은 인간의 자유를 드러내는 것이다."

아리스토텔레스는 예술을 기술과 합쳐서 **'기예(技藝)'**라는 폭넓은 개념으로 이해했다. 그는 기예 속에서 인간의 자유가 폭넓게 드러나는 것을 보았다. 아리스토텔레스에 따르면, 기예는 완전히 결정되어 있지 않은 사물의 운동에 폭넓게 개입함으로써 형상, 즉 이데아를 창조하는 근원으로 작용하고, 예술가나 장인으로 하여금 자연과의 경쟁력을 높인다. 이런 이유로, 예술이 기술과 뗄 수 없는 관계를 맺는 한 예술적 창조와 기술의 능숙함을 날카롭게 대립시킬 필요가 없다고 보았다.

니체: "예술은 삶을 긍정하는 기제로 작용한다."

니체는 예술 창작을 위한 근본 충동을 두 가지 유형으로 구분했다.

아폴론형과 디오니소스형이 그것으로, 이 두 충동은 서로 투쟁하고 화해하면서 예술의 발전을 이룬다고 보았다.

니체에 따르면, '아폴론'적 예술은 중용을 갖추고 있으며 조화롭고 투명한 맑기를 지닌다. 이와 달리 '디오니소스'적 예술은 탈경계의 예술이자 힘과 파괴의 예술이다. 니체는 예술의 창의성은 **'디오니소스적'**인 사고에서 나온다고 주장했다.

니체에 따르면, 예술은 무의미하고 부조리한 현실 속에서 우리가 무너지지 않도록 하는 힘이 있다. 현실 극복을 위해 인간은 도피처가 필요한데, 예술은 실제 세계가 아닌 허구 세계를 창조하는 역할을 한다고 보았다. 여기서 '허구'란 누군가를 속인다는 의미가 아니라 현실을 변형시켜 **'새롭게'** 만들어낸다는 뜻으로, 예술가는 넘쳐나는 생명력으로 세계의 의미를 새롭게 하면서 세계에 아름다움을 부여하고, 세계를 살만한 곳으로 만든다. 니체는 모든 위대한 예술의 효과는 감상자에게 생명의 기운을 불어넣는다는 의미에서 모든 예술 작품은 삶을 '긍정적'으로 만드는 기제라고 주장했다.

하이데거: "예술은 다른 세계를 열면서 존재의 의미를 드러낸다."

하이데거에 따르면, 예술의 본질은 '존재자의 진리가–작품 속에서–**스스로 드러냄**'으로써 나타나는 것이다. 이는 '예술은 현실을 모방하여 묘사하는 것'이라는 미학의 오랜 전통(모방론)을 되풀이하는 것이라 할 수 있다. 예술 작품에서 드러나는 진리는 묘사 대상인 존재자와 일치하는 **'재현으로서의 진리'**를 의미하는 것으로 인식될 수 있다.

하이데거에 따르면 예술 작품의 창작은 대상의 재현도 아니고 예술가의 주관적 표현도 아니다. 작품의 창작은 존재자의 **'진리'**를 작품 속으로 밀어 넣어 형상화한 것이라 할 수 있다. 작품의 감상 역시 작품 안에 재현된 내용을 확인하거나, 또는 예술가의 생각과 의도를 파악하는 것에 있는 것이 아니다. 감상은 우리를 작품 속으로 밀어 넣는 것이고, 우리가 일상적·습관적으로 머물던 곳과 전혀 다른 세계를 접하면서 그동안 놓쳐버린 사물과 존재의 폭넓은 **'관계'**를 깨닫게 하는 것이다.

■ **숭고**

미학에서 **'숭고(崇高)'**란 위대함을 나타내는 용어로, 물리적, 도덕적, 지적, 미적, 정신적, 예술적인 것을 포함하는 개념이다. 칸트는 아름다움과 구별되는 자연의 미적 특성으로서의 숭고 개념을 이론적으로 체계화했다. 그는 미에 대해 분석하면서 타인과의 통합성에 대한 감정적 경험이 무엇인지를 규명하려고 시도했다. 칸트에 따르면, 숭고는 무언가에 압도당하거나 통제력을 잃어버린 상태의 경험으로, 거대한 건축물 앞에서 현기증을 느끼는 것과 유사하다. 하지만 숭고는 느낌과 인식 모두의 이해를 넘어서기 때문에 대상에 의존하지 않는다고 주장하면서, 결코 이를 '재현'할 수 없다고 보았다.

그는 숭고의 경험에 **긍정적** 가치를 부여하기 위해 환희의 느낌을 끄집어냈다. 숭고의 경험은 예기치 않은 환희의 느낌을 발생시키며, 이 환희는 시간과 공간의 감각이 확장되는 것과 같다고 말했다.

한편, 프로이트는 마음이라는 관점에서 예술적 재현과 변형에 대한 이론을 발전시켰다. 프로이트에 따르면, 숭고는 서사성과 재현화를 통해서 억제된 **'무의식'**의 감정에 형식을 부여하는 것이다. 그는 무의식적 욕망과 두려움의 징후로서 예술에서의 숭고의 감정을 분석했다. 그러면서 다빈치의 작품 《성모 마리아와 두 아이가 함께 있는 성 안나》라는 작품에서 "하나의 몸에서 두 개의 여자 머리가 있는 것 같다"라고 두 여인의 특이한 인상에 대해 이를 기술했다. 처음에는 두 여인에서 히드라를 닮은 괴기한 이미지가 눈에 띄지 않지만, 자세히 보면 다빈치의 여자에 대한 무의식적 공포가 드러난다면서 숭고의 감정을 **'부정적'**으로 보았다.

53 삶
: 인간 존재의 궁극

'삶'은 인간의 존속 원리로, 삶의 의미는 인간 실존과 관련한 철학적 담론을 구성한다. 이를테면 니체의 '힘에의 의지', 베르그송의 '순수지속', 하이데거의 '기투성(내던져짐)'이 그것이다. 그래서 삶의 의미는 철학 및 종교에서 다루는 실존, 의식, 행복에 관한 개념과 깊게 관련되어 있다. 또한 삶은 이성, 존재, 가치, 도덕, 선악, 자유의지, 신, 영혼, 사후세계 등의 문제와도 연관되어 있다.

인간의 삶은 근본적으로 인간과 인간의 만남, 즉 **'관계성'**에서 출발한다. 우리의 일상은 끊임없이 다른 사람과 만나는 가운데 이루어진다. 아리스토텔레스가 말했듯, 인간은 사회적 존재이기에 우리는 항상 타인과 관계하면서 삶을 영위하고, 자신의 내면세계를 성찰하는 삶을 산다. 칸트에 따르면, 인간은 인격이라는 존엄성을 갖는 목적적인 존재로, 인간과 인간의 만남은 인격을 갖는 '나'와 '너'의 만남이 되어야 한다.

근대에 이르러 '자유로운 존재로써의 인간'이라는 가치관이 생겨난 이후, 삶의 의미는 스스로 생각하는 수밖에 없게 되었다. 우리는 '삶의 의미가 정해져 있지 않다'라는 불안정함을 받아들이고 각자 목적지를 찾는 수밖에 없다. 하이데거는 유한한 존재인 인간은 언젠가는 죽는 것이기 때문에, 죽음을 애써 외면하기보다는 자기 고유의 삶을 선택할 수 있는 **'가능성'**을 추구해야 한다고 말했다. 사르트르는 인간은 본질을 갖지 않은 채 태어나는 것이기에, 스스로 본질을 찾는 수밖에 없다고 했다.

결국, 좋은 삶, 바람직한 삶이란 자기 삶의 의미를 묻고 그러한 물음과 더불어 자신이 성장하게 된다는 사실을 자각하는 데 있다. 이는 자신의 내면적 성찰에 머물지 않고, 다른 사람과의 상호 주관적 이해 속에서 좋은 삶에 필요한 것들에 대해 반성하는 태도라 할 수 있다. 올바르게 산다는 것은 곧 자기를 성찰하는 것으로, **타인과의 관계** 속에서 나를 '비춰 보는 것'이라 할 수 있다.

아리스토텔레스: "좋은 삶은 실천적 탁월함을 발휘하는 데 있다."

아리스토텔레스에 따르면 인간은 어떠한 '목적' 때문에 존재하는데, 그 궁극의 목적은 그리스어로 '잘 존재하는 것'을 뜻하는 **'행복(에우다이모니아)'**이다. 그는 인간이 참되게 존재하기 위해서는 이성적 사고와 도덕이 필요하다고 했다. 이성적 사고는 인간만이 할 수 있는 유일한 기능으로, 우리는 그것을 잘 갈고 닦아야 하며, 이를 위해서는 '도덕'이 필요하다. 즉, 인간 궁극의 목적인 행복은 도덕적 성품에 바탕을 둔 이성적인 사고에 의해 얻을 수 있는 것이다.

아리스토텔레스는 인간의 행복을 가져오고 삶의 의미를 부여하는 것은 '프로네시스', 즉 **'실천 지식'**이라고 보았다. 프로네시스란 올바른 일을 올바른 방식과 올바른 근거로 올바른 시기에 실천하는 능력이다. 인간은 현실 세계에서 실천 문제를 해결하면서 각각의 특수한 상황에서 무엇이 **'선(善)'**인지를 파악하는 감각으로서의 좋은 품성을 기른다. 그러므로 가장 행복하게 잘 사는 사람은 '선의 이데아'를 실현하는 좋은 품성을 갖추고서 이론적이고 실천적인 **'탁월함(덕, 아레테)'**을 발휘하는 사람이다.

니체: "삶은 자아실현 과정 그 자체다."

니체는 '신은 죽었다'라고 말하면서, 우리가 사는 세계는 '유일한' 것이며, 인간이 '모든 가치의 창조자'라고 믿었다. 그는 자신의 가능성을 최대한 실현하는 인간을 **'초인'**이라고 정의했는데, 초인이 되기 위한 인간의 노력이 문화와 문명을 만들어냈다고 보았다. 니체에게서 초인은 말하자면 자기 삶의 **'주관자'**다.

니체는 모든 것은 영원한 무(無)로 사라져 버리는 것이 아니라, 다시금 영원으로 되돌아온다는 **'영원회귀'**[45] 사상을 펼쳤다. 지금 우리가 사는 세계에서 인간은 언젠가는 죽을 테지만, 결국에는 다시 돌아올 존재라면서, 인간은 결국은 영원히 사는 것과 별반 다르지 않은 삶을 산다고 보았다. 따라서 '삶'이란 자아실현의 방편으로써, 그 자체로 무한히 노력하며 살만한 가치를 만들어낸다고 결론 내렸다.

■ **초인(超人)**

니체는 영원회귀의 순환적 삶 속에서 인간은 삶을 긍정하면서 강인하게 살아야 한다면서 기존 가치를 뛰어넘는 새로운 인간상을 제시했는데, 이를 '초인'이라고 불렀다. 초인은 인간이 초극해 나아가야 할 목표로, 노예도덕에서 벗어나 올곧고 강인하게 **'자기 삶'**을 영위하는 자다. 니체는 자라투스트라라는 인물을 내세워 초인을 예찬했다.

부버: "삶의 의미는 나와 너의 관계에 따라 규정된다."

독일의 종교철학자 마틴 부버에 따르면, '나' 혹은 인간은 본질적으로 혼자가 아니라, 어떠한 방식이든 **'관계 맺음'**을 통해서만 의미를 찾을 수 있는 존재다. 부버에 따르면, '나' 그 자체는 존재하지 않는다. 존재하는 것은 다만 근원어 '나-너(존재자)'의 '나'이거나, '나-그것(사물)'의 '나'일 뿐이다. '나'라고 말할 때 사람은 '나-너'의 '나'이거나, '나-그것'의 '나'이거나의 어느 하나가 된다. 그가 '나'라고 말할 때 거기에는 이 두 '나' 가운데 어느 한 '나'가 존재하고 있다. 그가 '너' 또는 '그것'이라고 말할 때는 두 근원어 가운데 이에 알맞은 '나'가 거기 존재하고 있다. '나'라는 존재는 전적으로 **'타자'**와의 관계 맺음에 의해 규정되는 것이다.

그가 보기에 인간이란 다른 인간과 더불어 있는 존재다. 그는 언제나 이미 더불어 존재하는 인간을 두고 **'사이 존재'**라고 불렀다. 인간이란, 나와 너의 만남 속에 있는 사이 존재다. 나는 다만 나로 있는 것이 아니라, 너와 나 사이에 존재하는 것이다.

레비나스: "좋은 삶은 타자의 윤리를 실천하는 것이다."

레비나스에 따르면, 인간다운 삶은 '있음'의 차원에 만족하는 삶이 아니라, 다른 사람에게 눈뜨면서 자신이 거듭 깨어나는 삶이다. 인간다운 삶이란 타인과 관계하는 삶이며, 타인과 얼굴을 마주하며 타인의 삶을 깨닫는 삶이다. 사람의 몸 전체가 바로 **'관계의 얼굴'**이며, 얼굴의 관계는 그 누구도 함부로 죽일 수 없다는 윤리의식을 전제로 한다. 따라서 윤리란 나와 관계있고 내게 얼굴로 다가오는 것에 대한 **'책임성'**이며, 사심 없이 타인을 섬기라는 거룩함의 요청이기도 하다. 레비나스는 타인의 고통에 대해 **'연대'**와 **'책임'**으로 답하는 것이 인간 존재의 목적이라고 보았다.

수전 울프: "좋은 삶은 객관적 가치를 따라야 한다."

미국 노스캐롤라이나대 수전 울프 교수는 그동안 철학자들이 인간 행동의 동기를 '이기주의'와 '이타주의'라는 식의 이분법적 사고로 해석해 온 것은 잘못이라고 지적했다. 그녀는 우리가 어떤 행동을 하는 까닭이 이기심이나 도덕적 의무 같은 주관적 요인 때문만은 아니라면서, 어떤 대상을 사랑하는 것은 '주관적'인 마음과 사랑할 만한 '객관적'인 대상이 **'합치'**된 결과라고 생각했다. 삶의 의미란 노력성 및 자기 이익과는 다른 범주인 '가치 있는 활동에 대한 적극적인 관여 과정'에서 존재를 드러내며, '주관적인 이끌림'과 '객관적인 매력'이 **'만났을'** 때 의미가 있다고 보았다.

54 관용
: 다른 의견을 가질 권리

관용은 타인의 생각이나 행동을 인정하고 받아들이는 자세를 말한다. 관용의 정신은 항상 자기의 생각에 한계가 있음을 자각하여 타인의 생각에 마음의 문을 열어놓는 것이자, 타인과의 **'공존'**을 인정하고 타인의 의견을 **'수용'** 하는 능동적·개방적 자세다.

관용은 사회에서 이단인 소수 의견 발표를 자유스럽게 인정하여, 그러한 의견을 차별적으로 대하지 않는 것을 뜻한다. 사회에서 관용이 지배적인 가치로 용인되기 위해서는 구성원들이 자기 견해에 대한 '신념'을 가져야 한다. 그리고 자기와는 다른 의견과 토론이 사회의 진보에 필요하다는 것을 **'인정'**하여, 자신이 동의하지 않는 견해에 대해서도 발표의 자유를 받아들이는 태도를 지녀야 한다.

유럽에서 관용 개념은 특히 종교 갈등과 관련해서 대두했다. 루터, 캘빈 등이 주도한 16세기 종교개혁은 기존 기독교에 대한 관용을 요구하였고, 이후 관용의 원리는 17세기 말-18세기 로크, 볼테르 등 계몽사상가에 의해 전개됐다. 18세기 후반의 미국 독립전쟁 및 프랑스 혁명 중에 제창된 여러 인권법전, 특히 프랑스 혁명기 시민의 권리 선언에서 관용은 국가 권력의 강제로부터의 양심과 신앙의 자유에 기초하는 **'기본권적 인권'**의 하나로 규정되었다.

이처럼 관용에 대한 요구는 르네상스 이후 근대 부르주아 사회의 발전과 함께 발전해 왔다. 관용이 지닌 적극적 의미는 중세 봉건적 압제에 반대하는 광범한 인민의 자유와 민주주의의 요구를 반영한 데 있다. 관용은 **'다양성'**의 전제로, 소수자들이 어떠한 탄압이나 소외 없이 더불어 살아갈 수 있도록 보장하는 중요한 요소다.

오늘날 관용의 가치는 **자유민주주의** 사회와 **다원주의** 사회를 가능케 하는 기초 덕목이다. 관용의 미덕은 자유주의 사상에서는 매우 뿌리 깊은 것이어서, 그러한 체계를 갖춘 국가는 물론이고 올바른 정신을 가진 개인들에게도 필수 덕목으로 자리한다.

카스텔리오: "관용은 다른 의견을 가질 권리다."

루터와 더불어 대표적인 종교개혁가인 세바스티앙 카스텔리오는 16세기 최고의 인문주의자이자 양심적 지식인이다. 그는 칼뱅의 폭력과 종교적 광기에 온몸으로 저항하는 한편, 양심의 자유를 위하여 목숨을 걸고 싸웠다.

카스텔리오는 저서 《이단자에 관하여》를 통해 칼뱅이 국가 권력을 빙자하여 온갖 살인죄를 저지른 사실을 백일하에 드러냈다. 당시 종교개혁가 칼뱅과 그의 추종자들은 젊은 신학자 세르베투스가 삼위일체설을 부정하자 제네바 시의회에서 이단 재판을 열어 화형을 선고했다. 이에 카스텔리오는 칼뱅의 독선을 지적하고 '관용'의 필요성을 주장했다. 그에게서 드러난 관용 정신은 "다른 의견을 가졌다고 죽이거나 박해해선 안 된다"라는 말로 요약된다. 카스텔리오는 인간의 모든 제도와 사상이 처음에는 모두 불편한 소수 의견이었음을 지적하면서, 다른 사람들의 생각을 **'존중'**하라고 주장했다.

볼테르: "관용은 이성의 승리다."

프랑스 계몽기의 대표적인 철학자로 꼽히는 볼테르는 프랑스 지성사에서 특별한 위치를 차지한다. 종교적 광신주의에 맞서서 평생 투쟁했던 그는 관용 정신 없이는 인류 발전도 문명 진보도 있을 수 없다고 생각했다. 볼테르는 '칼라스 사건'이라는 자연법에 어긋나는 마녀사냥식의 세속적 종교

재판을 계기로 종교적 불관용의 희생자들을 변호하면서, 프랑스 사회 내에서의 이성의 불완전함과 법률의 불충분함을 비판했다.

볼테르는 저서 《관용론》을 통해 인간 정신의 **'자유'**를 옹호했다. 그는 인간의 행복을 위해 평화와 화합의 정신과 불화와 증오의 정신 가운데서 과연 어느 것이 더 바람직한가를 물었다. 그리고 사람들이 서로 다른 견해를 가지고 있다고 해서 그들을 박해하는 것은 참으로 부조리하고 잔인하다고 주장했다. 특히 종교적 광신과 맹신은 인간의 자유를 억압하고 인류의 행복을 방해할 뿐이라고 비판했다.

볼테르는 그 해결책으로 광신이라는 정신의 질병에 **'이성'**의 빛을 쬐어야 한다고 주장했다. 그는 이성은 온화하고 인정미가 있으며, 너그러움을 불러일으켜 미덕을 확고히 하고, 사람들로 하여금 기쁜 마음으로 법에 복종하도록 만든다고 주장했다. 그렇더라도 이성은 진보와 행복을 전적으로 보증하는 것은 아니며, 이성의 효율성과 합리성 외에 **'관용의 정신'**이 뒷받침될 때 가능하다고 보았다.

■ **톨레랑스**

'톨레랑스'는 프랑스어로 관용을 의미한다. 서로 간의 다름을 인정하고 차이를 존중하며 온전히 받아들이자는 것으로, 넓게는 다른 사상·신앙을 가진 사람을, 좁게는 다른 행동방식을 가진 사람을 **'인정'**하고 **'이해'**하는 것을 뜻한다. 톨레랑스를 실천하는 것을 단순히 나와 상대의 다름을 이해하는 것으로 생각해서는 안 된다. 진정한 톨레랑스는 이해를 넘어서 상대의 있는 그대로의 모습 자체를 받아들이는 것이기 때문이다.

톨레랑스 개념은 구교와 신교가 서로 반목하여 전쟁을 벌였던 16세기 프랑스 종교개혁 시기로 거슬러 올라간다. 톨레랑스는 낭트칙령을 반포해 신교를 허용한 앙리 4세가 광신적인 구교도에 의해 피살되고, 루이 14세 때 수십만 명의 신교도가 목숨을 잃는 등 엄청난 대가를 치르면서 쟁취한 결과였다. 이러한 종교적 갈등을 겪으면서 쟁취한 사상의 자유가 프랑스 인권선언에서 확립되면서 톨레랑스는 확고히 정립되었다.

포퍼: "관용은 역설적으로 불관용을 허용하지 않을 권리다."

관용의 역설은 관용 개념이 **'자기모순'**을 지니고 있음을 일컫는 의미이다. 만약 관용의 태도로 불(不)관용을 관용하게 되면 이는 불관용을 인정하는 셈이고, 그렇다고 불관용을 관용하지 않으면 이는 관용의 태도를 위배하는 것이므로, 어느 경우에도 관용할 수 없다는 역설적 결론에 이르게 된다. 다시 말해, 사회가 무제한으로 관용을 베풀게 되면 결과적으로 불관용에 의해 관용의 정신과 행동이 사라져 버린다는 것이다.

오스트리아의 과학철학자 포퍼는 저서 《열린 사회와 그 적들》에서 **'관용의 역설'**에 대해 언급했다. 포퍼가 말하는 열린 사회는 개인의 자유와 권리가 보장되고 자유로운 비판과 토론 가능한 사회다. 표현의 자유는 그러한 사회의 전제 조건으로써, 포퍼는 표현의 자유를 부정하는 정치적 세력이 실제로 사람들의 표현의 자유를 억압하거나 제한하려 한다면, 이것에 대해서는 관용할 수 없다고 주장했다. 특히 **'표현의 자유'**를 제한하는 이른바 불관용한 세력과의 합리적인 토론이 불가능한 상황이라면, 필요한 경우 **'무력'**을 사용해서라도 이들을 적극적으로 배격해야 한다고 주장했다.

포퍼는 아무런 제약이 없는 무제한의 관용은 궁극적으로 관용의 소멸을 불러온다고 보았다. 관용을 위협하는 세력에게도 무제한의 관용을 베푼다면, 관용적인 사회와 관용 정신 그 자체는 파괴당하고 말 것이라고 주장했다. 그러므로 관용적인 사회, 즉, 열린 사회를 유지하기 위해서는 관용이 허용되는 **'한계'**를 정해야 하며, 불관용을 관용하지 않을 **'권리'**가 있어야 한다고 역설했다.

55 공감
: 타자의 윤리를 실천하는 도덕 감정

공감(共感, 동감〈同感〉)은 상대방 입장에 서서 상대가 경험한 바를 이해하거나, 다른 사람의 처지에서 생각하는 능력을 말한다. 공감은 타인의 주관적 감정을 자신 안에서 느끼는 것이지만, 자신이 주체로써 경험하는 느낌과는 구분되는 어떤 마음의 공유 상태를 말한다. 그 점에서 공감은 곧 **'감정이입'**을 뜻한다. 타인의 경험을 공유하고 걱정을 나누며, 타자의 시각에서 생각하고 배려하는 감성역량이 바로 공감이다.

공감 능력은 인류가 가진 독특하고, 위대한 정신 작용이다. 다른 사람의 마음을 읽고, 감정을 느끼는 것은 당연한 일처럼 보이지만, 사실 인류 이외에 공감 능력을 지닌 동물은 거의 없다. 우리는 공감 덕분에 타인의 기분을 읽을 수 있다. 서로 잘 이해하고 공통점을 찾게 해주는 연결 고리가 바로 공감이다.

공감과 동정(동정심)은 유사한 듯 보이나 다르다. 공감은 다른 사람의 감정과 생각을 '함께' 나누는 것인데 비해, **'동정(이나 연민)'**은 다른 사람의 고통이나 불행을 보고서 가엾게 여기는 일방향의 마음이다. 그렇기에 동정은 맹자가 설명한 인간의 선한 본성으로서의 **'측은지심(惻隱之心)'**에 가까운데, 어려운 사람을 애처롭게 여기는 선한 마음이 그것이다. 이러한 동정은 타인의 불운과 고통에 대해서는 잘 작동하지만, 기쁨 같은 긍정적인 마음을 함께 나누지 못한다. 불쌍하고 약한 상대에 대해서 동정만 할 뿐 좋은 일에 대해서는 질투하고 경쟁하는 마음으로 이어지기도 한다. 그렇더라도 공감은 '동정심'과 곧잘 혼용되어 사용된다. 공감을 통해 타인을 이해하게 되면 타인에 대해서 걱정하는 감정인 동정심이 생기고, 결국에는 그 사람을 돕고자 한다.

공감에 기반한 **'연대'**의 감정은 고통스러운 현실을 자양분으로 한다. 우리는 고통을 같이 나눈 사람에게 더 크게 공감한다. 자신의 삶이 고통스럽다고 여길수록, 고통받는 자에게 더 쉽게 공감하면서 서로 연대하게 된다. 타자와의 연대를 통해 개별 공감 능력을 키워나가면, 다른 사람들의 삶과 타자가 처한 상황에 감정이입하고 추체험함으로써, 그들을 이해하는 능력인 이타적 감정으로써의 **'사회적 공감'**으로 발전한다.

■ 도덕 심리학에서 말하는 '공감'

'공감'은 인간의 어떤 도덕적 행위가 옳거나 그를 수 있다는 규범성이 어디에서부터 도출되는지에 대한 철학적 물음을 제기한다. 규범적인 규칙들은 행위자가 따라야만 하는 **'의무'**를 표현하는데, 이 규칙은 또한 행위자의 의도와 동기를 반영하기도 한다. 칸트는 순수이성을 통해 사유한 도덕 규칙을 따르는 **의무적 행위**만이 윤리적일 수 있다고 주장했다. 반면 쇼펜하우어는 타인의 아픔에 공감하는 자연본성에 따라 행동하는 것이 순수한 도덕적 동기를 담은 **이타적 행위**라고 보았다. 현대에 들어 공감과 도덕 발달의 상관관계에 관해서 연구한 대표적인 학자는 발달심리학자 마틴 호프만으로, '공감'이란 이타적인 행동을 가능하게 하는 생물학적인 성향이기 때문에 인간이 도덕 행위자로 성장하는 데 가장 중요한 역할을 맡는다고 보았다.

애덤 스미스: "공감은 사회 발전을 견인한다."

스미스는 저서 《도덕 감정론》에서, 인간이 올바른 행동을 하고 나쁜 행동을 하지 않는 것은 인간 내면에 있는 다양한 감정이 서로 작용한 결과로서, 그것을 **'동감(공감)'**이라고 했다. 스미스에 따르면, 우리의 행동은 항상 사회 전체로부터 평가를 받고 있으며, 이때 다른 사람에게 나쁜 평가를 받고 싶지 않아 하는 감정을 갖는다. 그러한 감정은 모든 사람의 마음에 들 수 없기에, 결국 우리는 자신의 내면에 선악의 판단 기준을 정하고서 그것에 맞춰 행동한다.

스미스는 행동의 선악은 자기 스스로 판단한다고 생각하면서, 그 판단 기준은 사회의 목소리를 바탕으로 만들어진다고 보았다. 즉, 자기 행동의 옳고 그름을 결정하는 것은 다른 사람의 **'평가'**라는 것이다.

스미스는 이러한 내면의 법률을 **'일반 원칙'**이라고 불렀는데, '현명한 사람'은 사회 속에서 주위로부터 인정을 받고 싶어 하기에(즉, '공감'을 얻고 싶은 탓에) 스스로 이 일반 원칙을 따라서 올바른 행동을 한다고 보았다. 그리고 그러한 도덕적 감정으로써의 **'의무감'**이야말로 개인의 이기심을 통제하고 인간 사회의 발전을 가져오는 중요한 요소이자 동인이라고 생각했다.

■ **애덤 스미스의 《도덕감정론》**

애덤 스미스는 명저 《도덕감정론》에서 도덕은 사회적인 행위의 규준이며, 시민 사회의 질서 원리라고 했다. 스미스는 이를 **'공감의 원리'**로써 전개했다. 스미스는 사회적 행위 규준은 자기 행동이 타인의 공감을 받을 수 있느냐 여부 그리고 타인의 입장에서 자기 행동을 인정하고 받아들일 수 있느냐의 여부에 따라 결정된다고 생각했다. 스미스가 또 다른 저서 《국부론》에서 개인과 사회 발전의 동인(動因)으로 역설한 **'건강한 이기심'**은 이러한 객관적인 행위 규준을 따르는 것이다.

제러미 리프킨:
"공감은 타인의 상황과 기분을 느낄 수 있는 능력이다."

미래학자 제러미 리프킨은 《공감의 시대》에서 '공감'은 타인의 감정을 마치 자신이 느낀 것처럼 **'공유'**하는 것이라고 주장했다. 그는 인터넷 기반 미디어와 세계화의 확산이 공감 의식의 확산을 가져왔다고 보았다. 개인의 공감 의식이 사회 전체, 세계 전체로 확장할수록 사람들은 타인과 매우 밀접하다고 느끼면서, 그들에게 도움을 주려고 노력하거나 최소한 피해를 주지 않으려고 노력한다. 한편, 경제 행위에서 공감 의식의 확장은 개인과 사회에 큰 변화를 가져온다. 지금까지의 경제 행위는 단순히 개인의 이익을 극대화하려는 행위로 여겨졌다면, 이제는 자신의 행위에 따른 결과가 **'사회'**에 어떠한 영향을 미치는지도 고려한다. 그 결과, 경제적 행위와 사회적 행위의 구분은 모호해진다.

립스: "공감은 타자의 마음에 투사하는 것이다."

다른 사람의 심적 상태에 대한 이해를 심리철학에서는 **'타자 마음의 문제'**를 갖고서 고찰한다. 독일의 심리학자 립스에 따르면, '타자 마음의 문제' 해결은 내 마음이 상대방의 마음을 모방하는 것, 곧 **'공감'**에 있다고 보았다. 타자의 마음을 이해하려면, 먼저 타자의 입장이나 상황으로 나 자신을 투사하여 나의 심적 상태가 어떠할지를 상상하고, 이후 내 심적 상태를 유추하여 타자에게 **투사(投射)**하면 된다.

즉, 공감이라는 심적 능력을 중심으로 다른 행위자를 인과적으로 해석·설명·예측하는 것이다.

프로이트: "공감은 감정이입이다."

프로이트는 공감을 **'감정이입'**이라고 했다. 그는 흉내를 통한 **'동일시'**가 공감으로 이어진다고 보았다. 프로이트에 따르면 공감은 '다른 사람의 정신세계를 향해, 그 모든 지향을 받아들이는 기제'이자, '타인 속에서 우리의 에고(ego)가 낯설게 느끼는 어떤 것을 이해할 때 꼭 필요한 능력'이다. 이를테면 슬퍼하는 사람을 보고 그 슬픔을 느끼지만, 동시에 자신의 슬픔이 아니라는 것을 알고 있는 독특한 심적 상태를 말한다.

56 명예
: 타인으로부터의 평판

명예는 타자에게 존중받기를 바라는 인간의 내적·외적 **'인정 욕구'**다. 명예는 올바른 자의식 형성을 위해 인간이 갖추어야 할 기본 덕목으로, 타인과의 관계 속에서 평가되는 정신 가치다. 따라서 명예를 추구하는 인간은 자신은 물론 타인에게 좋은 평가를 받기 위해 노력한다. 이성적·사회적 존재인 인간이 자신과 타인에 의한 존중과 평가 결과로써 얻게 되는 정신 가치이자 보편 감정이 곧 '명예'인 것이다.

명예는 자신을 둘러싼 세상 안에서 활동하는 사람들과의 접촉 및 교류 과정에서 형성된다. 그렇기에 진정으로 명예로운 사람은 스스로 올바른 인격과 이성적 판단 능력을 갖추고 타인과 조화로운 삶을 위해 끊임없이 노력하는 자다. 개인의 명예는 외부가 아닌 자기 자신과 직접 관련된 것으로, 어떤 경우에도 자아의 의지와 능력을 통해 온전히 도달할 수 있는 것이다.

개인의 명예는 근본적으로 그 개인의 **'내적 자아상'**에 바탕을 두고 있으며, 자신의 눈에 비친 자아상을 제외하고는 어떤 외적 평판에도 연연하지 않는다. 따라서 명예 규약은 자신이 탁월성을 실제로 소유하려는 개인적인 결심을 요구하는 것이지, 그것을 소유하고 있다는 것을 남들에게 과시하는 데 있지 않다.

다시 말해, 명예는 자신의 능력이나 업적을 과시하거나 이를 세상 사람들로부터 인정받음으로써 자기만족에 도달하는 차원이 결코 아니다.

자신의 명예를 추구하는 사람은 동시에 **'타인'**의 명예도 존중하는 자세를 가져야 한다. 이를 위해서는 타인에 대한 도를 넘어선 비판뿐 아니라, 자기 과시를 자제하는 겸손한 태도가 요구된다. 탁월한 능력을 겸양하고 절제하는 모습까지도 타인들의 의견과 평가의 대상이 되기 때문이다. 명예는 **'도덕적'**으로 책임져야 할 영역인 것이다.

아리스토텔레스: "명예는 선의 이데아를 실천함으로써 얻는다."

아리스토텔레스에 따르면, 명예는 모든 외적인 선(善) 가운데 최대의 것으로, **'덕(德)'**의 보상으로 선한 사람들에게 주어지는 것이다. 아리스토텔레스는 타인에게서 어떤 장점을 인정하는 외적 표시가 그 사람의 인격에 대한 내적 **'존중'**의 표명으로써의 의미를 지닐 때 이것을 '명예'라고 보았다.

에픽테토스: "명예는 감정의 동요를 극복함으로써 얻을 수 있다."

고대 그리스의 스토아 철학자 에픽테토스에 따르면, 명예를 사랑하는 사람은 자기 자신도 남도 제대로 사랑하지 못한다. 세상의 명예는 단지 세상 사람들이 내리는 일종의 **'평판'**에 불과하며, 어떤 경우에도 이성에 근거한 참된 진리를 알려주지 못한다. 그에게서 명예와 같은 외부의 평판은 '이성'의 판단이 아닌 **'감정'**의 소산에 불과하다.

에픽테토스는 명예와 같은 평판은 우리가 스스로 만들어 낼 수 없는 것, 즉 '우리에게 달려 있지 않은 것'이라고 생각했다. 우리의 외모가 마음에 들지 않는다고 해서 이를 바꿀 수 없듯이, 외부에서 유래하는 평판을 우리의 의지대로 변화시킬 수는 없다는 것이다. 따라서 에픽테토스에게 명예는 좋은 것도 나쁜 것도 아닌 **'무관한 것'**이다.

사실상 우리가 경험하는 모든 좋고 나쁜 것들은 그 자체로 좋고 나쁜 것이 아니라, 우리의 **'판단'**에 따라 좋거나 나쁜 것으로 받아들여진다. 따라서 이것들이 우리에게 '좋은 것' 또는 '나쁜 것'이 되는 것은 전적으로 우리 **'자신'**에게 달려 있다.

명예는 외부 조건이나 관계에 따라 성립하는 것이 아니며, 순전히 우리 마음의 작용에 따라 존재하는 것이다. 그러므로 명예로운 사람은 어떤 사태와 맞닥뜨려도 그것을 나쁘게 받아들이지 않는다. 그는 어떤 사태에 초연한 마음을 유지하는 경지인 **'아파테이아'** 상태, 즉 감정의 동요를 극복함으로써 명예를 얻을 수 있다고 보았다.

■ **고대 영웅들의 명예관**

고대 영웅들의 명예 관념 속에는 타인의 의견으로부터 독립된 내면화된 자아상과 명예욕이 담겨 있다. 그들은 명예로운 죽음은 불명예스러운 삶보다 낫다고 생각했다. 타자로부터 강압이나 현실의 압력 앞에 굴종하는 것도 명예를 훼손하는 태도이지만, 자신의 **'내면'**에서 들리는 양심의 소리에 반하는 행동을 함으로써 스스로 **'자긍심'**을 훼손하는 것은 더 치욕스러운 일로 치부된다. 영웅이나 현자라면 자신의 명예와 정신 가치를 지키기 위해 기꺼이 목숨을 버릴 수 있어야 한다는 것이다.

키케로: "명예는 도덕적으로 선한 인격이다."

고대 로마 공화정 말기의 정치사상가 키케로에 따르면, 명예는 '도덕적으로 선한 것'이다. 키케로는 해야 할 것과 행하면 안 되는 것을 알기 위해서는 **'도덕적 선'**이 무엇인지를 분명히 알아야 한다면서, 그 가장 근원적인 것으로 **'지혜'**를 들었다. 키케로에 따르면 명예로운 사람은 사리분별력을 갖춘 지혜로운 사람으로, 인간은 명예를 추구해야 참된 행복의 길을 걸을 수 있는 것이다.

키테로는 명예는 이것의 상대 개념인 '유익한 것', 즉 **공리(功利)**와 상충하는 경우가 많다고 보면서, 인간은 눈앞의 이익이나 편의에 집착해서는 안 된다고 주장했다. 그는 "최고의 인격과 가장 숭고한 재주를 갖춘 사람에게서 찾을 수 있는 덕성은 명예, 지식, 힘, 영예에 관한 채워지지 않는 열망이다"라면서, 타인으로부터 존경을 받고자 한다면 도덕적으로 **'선한 본성'**인

명예를 따라야 한다고 주장했다.

몽테스키외: "명예는 인격 그 자체다."

계몽철학자 몽테스키외는 명예를 다양한 시각에서 고찰했다. 먼저 정치체제의 원리로써, 그는 《법의 정신》에서 덕, 절제, 명예는 각각 민주제, 귀족제, 군주제의 기반을 이룬다고 보았다. 그리고 군주제에서는, 공적 의무가 아니라 소수 특권자의 의견에 기초하는 명예가 국가의 존립을 떠받치고 있다고 주장했다.

다음으로, 명예는 낭만적 예술형식으로써의 기사도의 원리로 작용한다고 보았다. 고전적 명예는 물적 가치와만 관계하는 데 반해, 낭만적 명예는 **'인격성 그 자체'**로써의 주체의 무한한 자기 가치와만 관계한다. 따라서 그것은 한편으로는 인권의 불가침성을 '명예의 법칙'으로써 표명하지만, 다른 한편으로 '전적으로 형식적이고 내실 없는 것'으로, 나아가 냉혹하고 **비열한 '파토스'**가 될 수 있다고 보았다.

■ 명예와 명성

쇼펜하우어에 따르면, '명예'와 '명성'은 마치 쌍둥이 형제와도 같다. 그에 따르면, 명예는 누구나 스스로 부여할 권리를 가진 자질이지만, 명성은 오직 다른 사람들이 부여하도록 남겨질 자질에 관한 것이다. 모든 사람이 명예를 얻을 권리가 있지만, 명성을 얻을 권리가 있는 자는 매우 드물다. 명성은 오직 **'비범한 성취'** 덕분에 획득할 수 있는 것이기 때문이다. 그는, "명성을 잃는 것은 이름을 잃는 것처럼 소극적이지만, 명예를 잃는 것은 치욕이자 적극적인 것으로, 곧 생명을 잃는 것"이라고 했다.

57 선·악
: 도덕적 가치판단의 양면성

선악은 일반적으로 도덕실천 상의 가치 개념을 가리키는 개념이다. **'선(善)'**은 사물·인간·상황에 관하여 일반적으로 좋은 것–뛰어난 것–훌륭한 것을 뜻하며, 사회가 도덕적 가치로 인정하면서 그것의 확대를 추진하는 것을 총칭하여 이르는 말이다. 이에 비해 **'악(惡)'**은 좁게는 인간의 의지·태도·행위가 도덕적 규범에 어긋남을 뜻하며, 넓게는 사물이나 행위가 인간이 추구하는 가치와 반대되는 경우에 적용되는 말이다.

선과 악은 정도와 상황, 가치관 등에 따라 달라지는 **'주관적'**인 개념으로, 모든 인간은 선과 악의 양면성을 지니고 있다. 특히 중요한 것은 도덕적 가치로서의 '선'이다. 그러나 무엇이 가장 중요한 도덕적 선인가는 시간·장소·사람에 따라 달라진다. 그것은 용기일 수도 있고, 지혜일 수도 있고, 행복일 수도 있고, 쾌락일 수도 있고, 절제나 노동일 수도 있다.

윤리학에서 선과 악의 표준은 이것을 법칙에 두는가, 아니면 목적에 두는가로 구분된다. 전자는 다시 선악의 표준을 어떤 외부의 명령이나 권위에 두는 입장(**타율적 법칙론**)과 인간 내면의 양심에서 구하는 입장(**자율적 법칙론**)으로 구분된다. 자율적 법칙론은 다시 **'도덕감'**에 의해 직관적으로 선악을 판단할 수 있다고 보는 경향과 칸트처럼 **'선험적'** 형식의 원리에 따라 이를 파악할 수 있다고 보는 경향으로 나뉜다.

타율적 법칙론은 신탁처럼 신의에 의해 나타난 절대복종의 대상으로써의 명령이다. 사회적 관습 내지는 규약, 권력자의 명령을 곧 도덕 법칙으로 받아들이는 것을 말한다.

도덕은 사회의 유지에 필요한 규율이기 때문에 선과 악의 구별 및 평가 또한 사회 안에서 불가결하다. 그러나 사회현상이나 사람들의 행위에 대해서는 선악의 판단을 쉽게 단정할 수 없다. 이념과 가치에 따라, 상황과 조건에 따라, 계급과 계층에 따라, 그리고 사회 발전 단계에 따라 그 평가 기준은 다를 수밖에 없기 때문이다.

■ **아레테**

사람이나 사물이 지닌 가장 중요한 성질로, 탁월성, 유능함, 기량, 뛰어남을 의미한다. 이를테면 발이 빠른 것은 발의 아레테고, 토지가 비옥한 것은 토지의 아레테다. 고대 그리스 윤리학에서는 참된 목적 추구나 개인의 잠재 가능성 실현과 관계된 최상의 **'탁월성'**을 가리킨다. 아리스토텔레스는 '도덕적 미덕'의 의미로 이 용어를 사용하면서, 윤리학의 궁극 목표인 행복 추구는 탁월성을 바탕으로 **'완전한 덕(arete)'**에 이르는 영혼 활동이라고 규정했다. 소크라테스는 인간의 아레테는 선과 악을 이성적으로 판단하는 **'지혜'**라고 보았다.

아리스토텔레스의 '최고선'

아리스토텔레스는 플라톤이 이데아의 세계와 현실 세계를 구분한 것을 비판하면서, 이 세상은 수많은 개별적 실체들로 이루어진 하나의 세계라고 주장했다. 그는 '선(善)' 또한 이데아의 세계가 아닌 우리가 사는 현실 세계에 존재하며, 현실 세계에서 실현되어야 하는 것으로 보았다.

아리스토텔레스에 의하면, 인간의 모든 행위는 어떤 목적을 추구하는데, 그 목적에 해당하는 것이 곧 **'선(善, good, 좋음)'**이다. 그런데 이러한 각각의 선은 또 다른 상위의 선을 목적으로 한다. 예를 들어 악기를 만드는 기술은 좋은 소리를 내는 악기를 만들기 위한 것이고, 좋은 소리를 내는 악기는 더 좋은 연주를 하기 위한 것이다.

이렇게 각각의 선이 상위의 목적으로 점점 올라가다 보면 더는 올라갈 수 없는 선의 최종 목적에 도달하게 되는데, 아리스토텔레스는 이것을 **'최고선'**이라고 했다.

맹자의 '성선설'과 순자의 '성악설'

맹자는 인간의 도덕적 본성에 대한 신뢰를 강조했던 사상가로서, 인간의 본성이 선하다는 '성선설'을 주장했다. 그는 모든 사람이 다른 사람의 고통을 차마 그대로 보아 넘기지 못하는 선한 마음인 **'사단(四端)'**[46]의 마음을 가지고 태어난다고 보았다. 이러한 맹자의 관점은 인간의 본성은 악하다고 하여 성악설을 주장한 순자의 사상이나 인간의 본성에는 선이나 악이 없다는 고자의 '성무선악설'과는 차이가 있다.

순자 역시 도덕적 인간의 완성을 궁극의 목적으로 보았지만, 인간 본성이 원래 선하다고 보는 맹자와 달리 인간 본성이 악하다는 **'성악설'**의 관점을 제시했다. 그는 인간은 태어날 때부터 이익을 좋아하고 본능적인 욕구를 따르는 존재라고 보았다. 그는 본성이 교화되어야 한다고 주장하면서 인위적이고 후천적인 노력을 중시했다. 인간은 실천적 노력을 통해 자신의 악한 본성을 변화시켜 선하게 만들어야 한다고 보았다.

칸트의 '선의지'

모든 선 가운데에서 최고의 것을 '최고선(最高善)'이라고 한다. 칸트는 오직 **'선의지'**만이 최고선을 향한 도덕적 행위의 유일한 근거라고 주장했다. 선의지란 옳은 행위를 오로지 옳다는 이유에서 마땅히 해야 할 의무로 받아들이고 이를 따르려는 의지다. 만약 우리가 강도를 만나 상처를 입고 어두운 골목에 쓰러져 있는 사람을 본다면, 우리는 두려움을 느끼고 그를 그냥 지나칠 수도 있지만, 마음속으로는 상처 입은 사람을 마땅히 도와주어야 한다고 생각하게 된다.

이렇게 곤경에 처한 사람을 마땅히 돕고자 하는 것이 바로 '선의지'다. 칸트는 오직 의무로부터 나온 행위만이 선의지에 의한 행위이자 최고선을 지향하는 **'도덕적 행위'**라고 주장했다.

니체의 '선악의 피안'

니체에 따르면, 선악의 기준은 자기 보존을 위한 목적과 수단으로 이용되어 온 것에 불과하다. 기성 도덕, 특히 기독교 윤리에 의한 선악의 평가는 지배계급에 의한 **자기 보존 욕구**에서 나온 것이며, 인간의 본질적인 가치와는 아무런 관계가 없다. 기독교는 행복과 아름다움과 즐거움은 악으로, 가난과 비참함과 나약함을 악으로 규정하면서, 선을 행하려면 금욕과 희생을 감수해야 한다는 위선적인 태도로 일관했다는 것이다.

니체에 따르면, 이 세계에는 선악 그 자체가 있는 것이 아니라, 다만 선과 악으로 나누어 보는 **'왜곡'**된 해석만 있을 뿐이다. 오히려 선악의 관념을 뛰어넘은 곳에 '인간성'을 드러내는 깊은 진실이 있다면서, 기성 도덕 개념에 대한 일체의 가치 전도를 통해 **'선악의 피안(彼岸)'**에 도달할 때 새로운 인간상을 구현할 수 있다고 주장했다.

프로이트: '선과 악은 사회적 맥락에서 발생한다."

프로이트는 선악은 억압된 욕망에서 비롯된 것으로, 인간 본연의 **무의식**에 자리한다고 보았다. '오이디푸스 콤플렉스'[47]에서 알 수 있듯, 선악은 도덕적·사회적 구속력을 지닌 위계, 즉 권위나 질서, 도덕 체계, 규율을 바탕으로 하여 **사회적 맥락** 속에서 발생한다. 그는 인간은 내면적으로 부정할 수 없는 악의 존재를 지니고 있지만, 사회질서를 통해 형성된 조자아(슈퍼에고)가 공격적인 충동으로 나타나는 내면의 악, 즉 **'욕망'**을 제거한다고 보았다.

58 아름다움
: 미의 본질

아름다움(美)은 미학적 감정을 뜻한다. 아름다운 것(미적인 것)과 아름다움(미)은 같은 의미가 아니다. 일반적으로 **'직관'**의 작용이라는 차원에서는 '미적(아름다운 것)'이란 개념을 그 **'대상'**의 차원에서는 '미(아름다움)'라는 개념을 사용한다.

아름다움은 예술 작품 속에서 인지되는 '특정한 대상이 가지는 감각적이고 형식적인 특성'으로, 조화·질서·균형 등 미적 형식의 원리에 따라 주체가 느끼는 '감각적인 즐거움'이다.

플라톤의 미학적 관점처럼 아름다움의 본질을 주체나 대상을 초월한 이데아적 '완전함(순수미)'으로 여기기도 하지만, 근대 이후에는 대체로 '주체의 직관적 체험을 전제로 한 바탕 위에 대상과 주체와의 상호 관련에 있어 성립되는 정신적 가치(예술미)'로써 고찰되고 있다. 그렇게 해서 대상과 주체 어느 쪽에 근거를 두느냐에 의해서 '객관주의'와 '주관주의'의 입장으로 구별된다.

미학은 아름다움에 대한 철학적 이론을 가리킨다. 더 정확히 말해 미학은 아름다움의 감수성에 대한 이론을 말하며, 더 특수하게는 예술적 아름다움에 대한 이론을 말한다. 미학은 개별적인 아름다움을 다루는 **'예술 비평'**[48]과 구별된다.

아름다움은 우아미·숭고미·비장미·골계미 등 갖가지 미적 범주를 포함한다.

또한 넓게는 그들의 공통적인 성격인 추상적 개념을 의미한다. 현대 미학에서는 미의 **'독자성'**을 명확히 함과 동시에, 미와는 본질적인 면에서 통하지만 다른 면에서 구별될 수 있는 **'다양한 아름다움'**을 추구한다.

■ **미학**

바움가르텐은 미학을 **'에스테티카(aesthetica)'**라고 명명하고, 철학에서 미학을 독립시켰다. 그는 예술은 자연을 모방해야 한다면서, 다시 말해 감성적 인식에서 보이는 자연의 완전성을 모방해야 한다고 주장하면서, 미학의 대상을 **'감성적 인식'**의 완전성으로 규정했다.

플라톤: "아름다움은 선과 진리를 추구하는 참된 가치다."

플라톤에 따르면, 모든 미적 대상은 '미'의 이데아를 나누어 소유, 즉 **'분유(分有)'**함으로써 비로소 아름답다.

미는 개체의 감각적 성질에 있는 것이 아니라 모든 미적 대상에 불변부동의 '형태'로 나타나는 초감각적 존재이며, 균형·절제·조화 등이 **'미(美)'**, 곧 아름다움의 원리이다.

아리스토텔레스: "아름다움은 조화와 균형에서 오는 즐거움의 체험이다."

아리스토텔레스는 플라톤처럼 초월적인 세계에서 '미'의 이데아를 추구한 것이 아니라, 현실 세계와 구체적인 사물 속에서 아름다움과 예술의 본질을 찾았다. 아름다움은 현실 세계 너머에 있는 것이 아니라 구체적인 사물 속에 존재하며, 또한 아름다움은 크기와 형태 등 객관 사물의 속성으로, 그것도 각 구성 부분 사이의 유기적인 **'조화'**와 **'질서(균형)'**에 따라 결정된다고 보았다.

아리스토텔레스는 미의 주요 형식은 조화, 질서, 균형, 명료성이라고 주장했다.

그 역시 플라톤처럼 미를 객관적인 성질로 여겼고, 비례나 질서를 통해 이룬 조화와 균형이라고 했다. 아름다운 것은 살아있는 생명체든 구성해서 만든 것이든 각 부분의 배열에 질서가 따라야 하며, 전체적으로 조화와 균형을 이루어야 한다고 생각했다.

아퀴나스: "아름다움은 신 존재의 드러남이다."

아퀴나스는 미를 완전성·조화·빛남 속에서 찾고자 했다. 그는 "미는 완전성과 조화를 갖춘 사물이 거기에 간직된 형상의 **'빛남(발현)'**을 통해 인식될 때 비로소 기쁨을 자아낸다. 미는 신의 빛이고 그 빛을 받아서 완전한 형태로서 빛나는 것"이라고 보았다.

칸트: "아름다움은 미적 무관심에서 오는 보편적인 즐거움이다."

칸트는 아름다움을 '개념의 매개 없이 보편적 즐거움을 일으키는 것'이라고 정의함으로써, 미학적 판단은 '특수'하며 **'주관적'**이라는 것을 강조했다. 아름다움은 단순히 감성적 인식으로서 주어지는 것이므로, 아름다움의 쾌감은 존재에 대한 무관심에서 성립한다.

그것은 쾌락처럼 경향성에 의한 속박도 없고 존경을 요구하는 명령도 없다. 그것은 사람의 마음속에 형성되는 만족감으로서, 자유스러운 놀이의 상태에서 발견할 수 있다. 그런 뜻에서 아름다움은 선(善)이나 유용성이 요구하는 합목적성으로부터 해방되어 있다. 예술도 자연처럼 우리에게 아름다움을 일깨운다.

헤겔: "아름다움은 진리의 감각적인 드러남이다."

헤겔에게서 아름다움이란 '진리의 감각적인 드러남'으로, 예술의 다양한 형태는 아름다움에 대한 보편적인 인식의 계기를 제공한다. 헤겔은 자연적인 아름다움과 예술적인 아름다움을 구분한 후, 오직 **'정신'** 활동에서 나오는 예술적 아름다움만을 의식해야 한다고 보았다.

리오타르: "아름다움은 숭고미의 현현(顯現)이다."

리오타르는 칸트의 **'숭고미'**를 산업자본주의 사회에서 읽어냈다. 현대 산업자본주의 사회에서 상품은 늘 새로워야 한다. 그가 "어떤 작품도 우선 포스트모던해야만 모던할 수 있다"라고 말한 것은 곧, 모던을 넘어서야만 '모던'할 수 있다는 의미라 할 수 있다. 쉽게 말해, 소비자가 상품에 일찍 질리듯, 하늘, 땅, 바다, 우주에 느꼈던 숭고미도 여러 번 보다 보면 상쇄되고, 그저 상상력의 한계 때문에 어느 한순간 숭고하게 여겨졌던 것에 불과하단 사실을 깨닫게 된다는 것이다.

벤야민: "아름다움은 아우라를 통해 나타난다."

벤야민은 예술적 아름다움의 본질을 '아우라'에서 찾았다. 아우라란, 예술 작품의 원작을 바라볼 때 느끼는 일종의 '경외감'을 뜻한다. 주체가 대상과의 관계 속에서 얻는 미묘한 주관적 경험 또는 타인과의 관계 속에서 얻는 일종의 **'교감'**이 그것이다.

벤야민에 따르면, 전통 예술 작품은 아우라를 가지고 있으며, 기술 재생산 시대의 예술 작품은 아우라를 가지고 있지 않다고 규정했다. 이때 아우라는 예술 작품이 가지고 있는 물질적이고 객관적인 특징을 의미한다. 즉, 예술 작품이 가지고 있는 **원본성**, **일회성** 그리고 **진품성**이 바로 아우라다. 벤야민은 기술복제 시대가 불러온 아우라의 붕괴가 오히려 **'예술 발전'**의 동인으로 작용한다고 보았다. 기계를 통한 예술 작품의 생산, 그로 인한 원작과 복제품의 구분 불가능한 상황이 초래한 아우라의 몰락이 오히려 현대 대중 예술의 발전을 가져온다는 것이다.

59 사랑
: 에로스·아가페·필리아

사랑은 인간이 지닌 근원적이면서도 보편적인 감정이다. 철학에서 사랑은 타자와 하나가 되려는 경향으로, 이를테면 '신'을 향한 사랑이 그것이다. 고대 그리스에서 사랑은 **'에로스'**로 불렸는데, 이것은 육체적인 사랑에서부터 진리에 이르고자 하는 동경까지를 포함한다. 그리스도교에서의 사랑, 즉 **'아가페'**는 이웃에 대한 사랑과 신에 대한 사랑을 강조하고, 이것을 최고의 가치로 삼아 개인이 자기를 희생하는 과정에서 사랑에 이른다고 했다.

아리스토텔레스는 우애나 형제애처럼 주변 사람이 잘 되기를 바라는 순수한 마음을 **'필리아'**라고 했다. 비슷한 개념으로 가족 간의 사랑을 의미하는 **'스토르게'**가 있다. 오늘날 에로스는 남녀 간 육체적인 사랑을, 필리아는 친구끼리의 우정을, 아가페는 이타적인 사랑을, 스토르게는 혈육 간 애정을 가리키는 말로 사용되고 있다.

사랑은 대상의 개성을 존중하고 대상의 인격적 존엄을 확보할 수 있어야 하므로, 자기의 주관적 충동이나 욕구·관심을 만족시킬 때 느끼는 기쁨과는 구별되어야 한다.

사랑은 보편적인 선(善)을 지향하는 정신적 생활의 궁극적인 '덕'이어야 하며, 개인이나 종족의 생명보존을 위한 끈기 있는 노력을 요구한다. 그러므로 선을 사랑하고 인간적인 것을 사랑하는 자는 악을 미워하고 인간에 의한 압제나 착취를 멀리할 수 있어야 한다.

엠페도클레스: "사랑은 우주 생성 원리다."

그리스 자연 철학자 엠페도클레스는 사랑과 미움을 우주 생성 원리로 삼았다. 만물의 근원인 불·흙·공기·물의 '4원인'을 결합하는 사랑과 그와 반대로 이것들을 분리하는 미움이 서로 우열을 거듭하면서 세계는 **'순환·반복'**한다고 보았다.

플라톤: "사랑은 선을 향한 영혼의 도약이다."

플라톤에 있어서 영혼을 따르는 사랑은 가장 아름다우며, 육체적인 사랑보다는 '선(善)'을 추구하는 행위다. 선은 곧 아름다움으로, 영혼을 따르는 사랑은 선에 도달하기 위해 욕망을 절제하면서 이데아를 향해 나아간다.

플라톤에게서 사랑은 선과 미를 향한 절대적인 사랑이다. 사랑은 철학의 원동력이며, **'지혜에 대한 사랑'**이다. 플라톤에 따르면 사랑은 곧 인간의 결핍과 부족함을 아름다움으로 채우고자 하는 열망이다. 그러한 열망은 육체적인 것과 정신적인 것의 두 가지 형태로 나타나는데, 이 둘은 서로 뗄 수 없는 관계를 맺고 있다.

■ **필리아**

아리스토텔레스는 공동체 유지를 위해서는 '정의' 이상으로 '우애(友愛, 필리아)'가 중요하다고 보았다. 다른 말로 **'동료애'**를 일컫는다. 필리아는 상대방이 잘되기를 바라는 순수한 마음으로, 그러한 바람을 서로 인지하고 있는 품성 상태다. 필리아는 사랑의 일종이기는 하지만, 기독교의 조건 없는 사랑인 아가페처럼 타인에게 이타적으로 사랑을 베풀지는 않는다. 플라톤의 에로스처럼 상대방을 일방적으로 사랑하는 자기중심적인 행위 또한 아니다. 필리아는 자기 자신과 **'동등'**하게 남을 사랑하는 것이다.

스피노자: "사랑은 신의 완전성에 다가가려는 이성의 힘이다."

스피노자에 따르면, 모든 것은 자기 보존을 위해 노력한다. 인간은 본성적으로 심신의 만족보다 완전함에 다가가려고 노력한다. 이를테면 슬픔을 피하고 기쁨을 갈망하고 사랑한다. 욕망·기쁨·슬픔이라는 세 가지 근본 감정에서 여러 가지 사랑과 미움이 나온다.

우리의 정신이 사물을 영원함, 곧 필연성으로 인식하는 것은 정신을 더욱 완전히 하는 것이기에 기쁨이 된다. 이 완전한 인식은 사물을 **신(=자연=실체)**의 모습으로 인식하는 것이므로, 그 기쁨은 외부의 원인으로써 신의 관념, 곧 신을 향한 사랑이다.

쇼펜하우어: "사랑은 자기 보존 의지의 표현이다."

쇼펜하우어에 따르면, 사랑은 자기 종족을 보존하려는 본능적 의지에 불과하며, 반복적으로 되풀이되는 선천적 충동이다. 그에게 있어서 사랑은 성적 충동과 다르지 않다. 성욕은 사랑의 핵심 요소이며, 의지의 본질을 이룬다. 그는 사랑과 성(性)을 삶에 대한 의지와 연결하고, **'삶의 원동력'**으로 보았다. 삶을 이끄는 것은 진리와 이성이 아니고, 사랑과 그것의 표현인 '성욕'이라고 주장했다.

쇼펜하우어에게 있어서 인간의 사랑하는 감정과 성적 욕망은 단순히 맹목적이고 동물적인 욕망에서만 비롯된 쾌락 추구가 아니다. 종족 보존을 위한 목표 달성을 위해 필요한 환상이 바로 '사랑'이라고 보았다. 환상에 현혹된 개인은 종족의 의지가 실현되면, 이내 냉혹한 진실을 깨닫고는 자신의 희생에 눈을 뜨면서 환멸과 권태를 느끼고, 성취되지 않은 욕망으로 인하여 고통과 불행에 빠진다. 개인은 이 괴로움 앞에서 좌절하고 비탄하며, 그렇게 해서 삶의 비극은 계속된다.

이런 이유로, 쇼펜하우어는 인생의 고통은 사랑으로 인하여 영원히 끝날 수 없다고 보았다. 개인이 죽음과 고뇌에서 벗어나는 방법은 오직 **'생존 의지'**를 버리는 것으로 생각했다.

니체: "사랑은 자기애의 다른 표현이다."

니체는 기독교적 사랑은 '자기애를 타자애인 것처럼 본말 전도한 사랑'이라고 인식하고는, 이를 유린당한 약자의 원한의 산물(**르상티망**)이라고 하여 배척했다. 니체는 그 대신에 자기에게 충실한 사랑, 초인(超人)의 이상(理想)을 추구하는 사랑, 불변하는 것에의 사랑, 창조적 사랑을 주장했다.

마사 누스바움: "사랑은 공동체 성취로 나아가는 공적 감정이다."

미국의 정치철학자 누스바움은 인간은 연민의 감정인 공감 능력을 학습하여 애증이 병존하는 상황을 극복하고 사랑의 감정으로 나아간다고 보았다. 자기중심적인 '자아'가 외부 세계와 자신의 경계선을 넓혀나갈 수 있게 하는 것이 **'연민'**의 감정으로, 인간은 연민을 통해 자아의 경계선과 경계심을 낮추고 마침내 세계와 합일하는 경이로운 순간으로 비상하기에 이른다. 누스바움은 이것이 곧 '사랑'의 감정이라고 보았다.

누스바움에 따르면, 연민과 사랑의 감정을 가진 개인들은 자신이 상상하는 것을 구현하기 위해 법과 제도를 만든다. 이것이 감정을 철학적으로 그리고 정치적으로 받아들여야 하는 이유로, 법과 제도를 통해 사람들이 사랑의 감정을 중시하고 혐오와 수치심의 감정은 배제토록 이끌어야 한다고 보았다. 그렇게 되면 '연민', 곧 사랑의 감정은 자유민주주의 사회와 부합하는 **'공적 감정'**으로 확장할 수 있다고 생각했다.

누스바움은 정치적 자유주의는 사랑·연민·공감과 같은 좋은 감정을 통해서 유지될 수 있고, 혐오·질투·수치심과 같은 나쁜 감정들을 통해서 저해될 수 있다고 보았다.

60 행복
: 좋은 시간

행복은 인간 '본질'이 충족된 상태로, 인간 삶의 목표라 할 수 있다. 견해에 따라서는 재산을 소유하는 것, 덕과 선 또는 쾌락을 즐기는 것을 행복이라고도 한다. 행복한 상태는 주관적일 수도 있고 객관적으로 규정될 수도 있다. 행복은 심신의 요구와 그 주체를 어떻게 생각하느냐에 따라 여러 관점을 보인다.

행복은 철학적으로 대단히 복잡하고 엄밀한데, 때로는 행복을 구성하는 요소들이 서로 모순되기까지 한다. 행복은 불행과 마찬가지로 예기치 않게 우리에게 찾아오는 그 무엇이다. 그런데 그것은 일시적인 것으로, 완전한 소유를 거부한다. 때로 행복은 쾌락이나 기쁨과는 달리 만족의 지속적인 상태로 정의되기도 한다. 행복을 규정하기 어려운 이유가 이 때문이다.

행복이란 세상과 인생에 대한 위대한 **'긍정'** 이외에 아무것도 아니라는 사실이다. 중요한 것은, 행복은 거부하는 것이 아니라 받아들이는 것이며, 증오하는 것이 아니라 견뎌내는 것이고, 경멸하는 것이 아니라 사랑하는 것이다.

행복이란 어느 곳에 있든지 도달 가능한 상태가 아니라, **'행위'** 그 자체인 것이다. 그것은 행복을 위해 살아가는 것이 아니며, 살기 위해서 '살아가는' 행위이다. 이것이야말로 단 하나의 진정한 행복이며, 행복으로서의 행위 그 자체인 것이다.

현명한 사람이든, 어리석은 사람이든, 우리는 각자의 '정도'에 따라 행복하다. 그것이 일반적으로 행복이라 불리는 상태인 것이다. 행복은 어딘가에 있는 것이 아니라, 우리가 사는 **'현실'** 속에 있는 것이다. 이 현실이 행복 그 자체가 되는 것이다.

아리스토텔레스: "행복은 최고선을 향한 탁월함의 발현이다."

아리스토텔레스에 따르면, 행복은 인간의 본질인 이성이 제 역할에 충실한 상태이다. 그는 행복을 활동성에서 찾으면서, 행복을 인도하는 덕을 각 존재의 고유한 소질, 곧 **'탁월성'**으로 보았다. 아리스토텔레스에게 있어서 행복이란 '탁월성을 지향하는 정신 활동'으로, 행복한 삶은 곧 탁월성을 꾸준하게 실현하는 삶이다.

그렇기에 행복은 삶의 어떤 한 기간에 나타나거나 느끼는 것이 아니라 일생을 통해서 이루어지는 과정이다. 아리스토텔레스는 지성적인 사색인 '관조'하는 습관과 어느 한 편에 치우치지 않고 균형을 잡는 **'중용'**의 미덕을 실천함으로써 행복한 삶을 누릴 수 있다고 주장했다.

■ 에우다이모니아

아리스토텔레스는 《니코마코스 윤리학》에서 최고선, 즉 모든 행위의 궁극 목적을 '행복'으로 보았다. 그는 인간의 모든 행위는 **행복(에우다이모니아)**을 얻기 위한 것이며, 이것보다 높은 목적은 존재하지 않는다고 주장했다. 사람들은 어떻게 행복을 얻을 수 있는가에 대해 다양한 견해를 가지고 있다. 어떤 사람은 부유함을 통해, 어떤 사람은 건강을 통해 행복한 삶을 누릴 수 있다고 말하지만, 아리스토텔레스는 이러한 것들은 일시적인 것으로 진정한 행복은 아니라고 보았다. 그에 따르면 인간이 진정으로 행복하기 위해 필요한 것은 **'덕(德)'**이 있는 삶이다.

에피쿠로스: "행복은 쾌락, 곧 영혼의 평온함이다."

에피쿠로스는, 인간의 행복은 **'쾌락'**에 있다고 보았다. 행복은 쾌락에서 비롯하며, 쾌락이 없는 행복은 존재하지 않는다고 생각했다. 쾌락의 부재는 곧 '고통'이고, 고통 속에서 행복을 느낀다는 것은 불가능하기 때문이다. 그래서 그는 쾌락을 행복을 위한 수단으로만 보았던 플라톤과 아리스토텔레스의 견해와는 달리, 행복은 쾌락과 동등한 의미가 있다고 주장했다. 쾌락은 인간에게 있어서 최고의 '목적'으로, 그 자체가 선이며 최고의 행복이라고 보았다.

에피쿠로스는 행복을 쾌락과 동일시하면서, 행복으로서의 쾌락에는 두 가지 의미가 있다고 주장했다. 신체가 고통에서 벗어나야 하고, 마음이 혼란으로부터 자유스러워져야 한다고 보았다. 신체가 고통에서 벗어나서 평안해지는 상태를 **'아포니아'**라고 하고, 마음이 유혹과 불안으로부터 자유스러워지는 상태를 **'아타락시아'**라고 한다. 인간에게 주어지는 최상의 쾌락은 아포니아와 아타락시아의 상태이며, 이 상태에 도달했을 때 인간은 진정한 행복을 누리게 된다. 그가 말하는 쾌락은 다시 말하면 유혹과 욕망에 흔들림 없는 **'영혼'**의 평온함인 것이다.

스피노자: "행복은 정신의 자유다."

스피노자는 《에티카》에서, 행복은 '덕' 그 자체라고 했다. '덕'이란 곧 정신의 능력으로, 최고의 행복은 곧 지성의 능력을 최상으로 발휘하는 **'이성적인 삶'**을 추구하는 것이다. 스피노자가 말하는 이성적인 삶은 자신의 능력을 발휘하여 인간 욕망의 근원을 파악한 후, 이것을 따라서 **'합리적'**으로 욕망하는 것이다.

따라서 이성에 의한 욕망은 절대 지나침이 없다. 스피노자에 따르면, 이성적인 삶은 자연의 법칙에 따르는 필연의 삶이다. 스피노자는 세계는 **'필연적인 법칙'**에 따라 움직인다고 생각했다. 인간은 이성의 법칙에 따라 세상의 모든 것에 대한 타당한 지식을 알고서 그것에 따라 행동함으로써, 진정으로 행복에 이르는 길을 찾게 된다고 보았다.

애덤 스미스: "행복은 공감 능력에서 나온다."

애덤 스미스는 《도덕감정론》에서, 인간은 타인의 행복을 바라는 또 다른 본성이 있음을 강조했다. **'건강한 이기심'**[49]이 그것으로, 부를 추구하는 이기적 본성이 결과적으로 타인을 이롭게 한다고 보았다. 스미스는 자유 시장과 인간 사회는 건강한 이기심에 기반해야 하고, 그러한 덕성을 배양하지 않으면 오히려 삶이 위협받을 수 있다고 생각했다. 부의 무절제한 추구는 반드시 부패로 연결되고, 삶의 궁극적인 의미와 행복을 안겨 주는 핵심 요소를 앗아갈 것이라고 예견했다. 그러면서 그는, 아무리 이기적인 사람이라도 자신만을 생각하려 들기보다 남을 생각하는 경향이 있으며, 자신의 행위에 대해 다른 사람이 공감하는지를 중시하는 경향을 보이는데, 이때 사람은 행복을 느낀다고 생각했다.

쇼펜하우어: "행복은 내 안에 있다."

쇼펜하우어는 "삶은 고통이다"라면서, 삶의 무의미에 시달리는 것을 인간의 숙명으로 이해했다. 그러나 그는 세상을 싫어하고 귀찮은 것으로 여기는 그런 비관주의자가 아니었다. 오히려 행복을 인생의 가장 큰 목적으로 바라본 철학자였다. 고통으로 가득 찬 우리의 실제 삶을 똑바로 **'응시'**하고, 그 절망적인 세상 안에서 누릴 수 있는 진정한 즐거움과 기쁨을 누리며 당당하게 살아갈 것을 강조했다.

쇼펜하우어는 행복의 기준을 타인에게서 구하지 말고 자신에게서 찾아야 한다면서, **'삶의 의지'**를 강조했다. 행복을 타인의 눈에 비친 자신의 모습에서 찾는 자는 진정으로 행복하기 어렵다고 보았다. 불행해지지 않으려면 너무 행복해지려고 욕망하지 않아야 하며, 행복을 자신의 내면 외의 다른 데서 찾지 말아야 한다고 주장했다.

61 고통
: 좋은 삶에 대한 감각의 상실

고통은 육체적 또는 정신적으로 겪는 아픔이나 괴로움을 말한다. 삶의 고통은 수없이 많다. 그중에서도 철학에서 주목하는 것은 마음의 고통으로, 개인의 경험, 상황, 성격, 심리적 이해, 문화적 배경에 따라 그 아픔의 정도와 질, 반응이 달라진다. 고통은 인간 삶에서 떼려야 뗄 수 없는 운명적인 대상이자, 주관적인 심리 기제인 것이다.

그 점에서 고통은 **사회적 맥락**을 지닌다. 고통은 육체적 증상뿐만 아니라 여러 가지 사회적 요소와 요소들에 의해 영향을 받기도 한다. 특히 자신의 꿈과 욕구를 실현할 수 없다는 좌절감, 미래에 대한 막연한 불안은 고통을 더욱 가중하면서 사람들을 깊은 고통의 늪에 빠지게 한다.

고통은 또한 시간적이다. 인간의 고통이 짐승의 고통과 구별되는 가장 중요한 특성의 하나는 **'시간성'**이다. 과거에 느꼈던 고통에 대한 기억이나 미래에 닥쳐올 고통에 대해 '지금' 괴로워하는 존재는 인간뿐으로, 그러한 걱정과 불안과 같은 반성하는 의식작용이 고통의 강도를 높인다. 인간은 현재의 고통뿐만 아니라 기억 속의 과거 고통 그리고 예측되는 미래의 고통 때문에 괴로워하는 존재인 것이다.

■ 고통의 의식화

고통의 의식화, 곧 고통에 대한 성찰과 자기의식을 통해서 의미를 부여하는 작업이야말로 고통에 맞서는 데 있어서 가장 필요한 것이라 할 수 있다. 석가모니, 쇼펜하우어와 니체는 고통의 **'자각'**이야말로 자아 인식의 기초이자, 인간 삶의 본질로서 형이상학적 의미를 부여하는 행위라고 생각했다. 그들은 모두 고통의 의미를 부여하는 것이야말로 인간의 삶을 가장 존엄한 것으로 만드는 작업이라고 보았다. 아무리 고통스러운 삶이라고 할지라도 그 삶 안에 의미가 존재한다는 점을 인식해야 한다는 것이다.

고통에 대한 다양한 해석

《명상록》으로 유명한 아우렐리우스는 고통은 **'자신'**이 만드는 것이라고 주장했다. 그는 "만약 당신이 외적 요인에 의해 고통받는 것이 아니라면, 그 고통은 당신 내부의 생각이 만든 것이다. 당신은 언제든지 그것을 바꿀 능력을 지니고 있다"라고 했다.

실존철학자 야스퍼스는 인간 실존이 겪는 네 가지 상황, 즉 '죽음, 고통, 투쟁, 죄책감'은 인간의 실존을 각성한다고 보았다. 인간은 고통이라는 **'한계상황'**을 통해 자신의 삶을 재조명하면서 행복과 초월의 의미를 깨우친다고 주장했다.

독일의 철학자 막스 셸러는 《고통의 의미》라는 저술에서 고통이야말로 인간 내부자체에서 인간을 **'순화'**시키는 기능을 지니고 있다고 주장했다. 고통이 없으면 사랑도 없고 공동체도 없으며, 희생의 고통 없이는 사랑의 부드러움도 없다고 했다.

니체는 고통이야말로 **'창조'**의 원천이고 성장의 동력이라고 보았다. 고통은 우리를 끌어올리고 우리를 해방한다. 그는 "우리의 삶은 원래 고통으로 가득 차 있기에 아픈 것은 당연하므로, 고통에 당당하게 맞서라"고 했다. 니체는 인간의 자유로운 정신과 생의 의지를 부정하는 그리스도교의 진리가 그동안 고통을 은폐시켜왔다고 비판하면서, 고통이 의미하는 진실성을 드러내고자 했다.

공리주의자 벤담은 인간 행위의 동기는 쾌락을 추구하고 고통을 피하는 데 있다고 보았다. 벤담에 따르면, 어떤 존재의 이익을 고려할 때 갖춰야 할 조건은 고통과 즐거움의 양(量)이다. 그는 **'쾌락'**을 추구하고 고통을 피하려는 인간 본성적 행동이 개인은 물론이고 개인의 집합체인 사회에도 최대의 행복을 가져다준다고 보았다.

쇼펜하우어: "고통은 삶(生)의 의지다."

쇼펜하우어는 삶에 대한 **'집착'**이 모든 고통의 근원이라고 보았다. 쇼펜하우어에 따르면 인간 행위의 근거는 의지로, 인간은 삶의 의지를 갖고 태어난다. 여기에서 의지란 삶에 대한 맹목적인 **'욕망'**을 말하는데, 살고자 하는 의지는 언제나 채워질 수 없기에 인간을 포함한 존재자는 고통스러울 수밖에 없다. 이를 통해 알 수 있듯, 동양의 불교사상과 쇼펜하우어의 실존 사상은 삶을 '고통'의 연속이라고 본 점에서 유사하다.

쇼펜하우어는 고통받는 모든 존재에 대한 **'연민'**을 중요하게 생각했다. 그에 따르면 생의 의지는 무한하며 충족될 수 없기에 존재자는 고통받을 수밖에 없다. 의지는 표상으로서 실재 세계에 드러나는데, 신체 역시 의지가 표상된 것이다. 먹고자 하는 의지는 입으로, 생식하고자 하는 의지는 생식기로 표상된다. 이런 표상으로서의 세계에서 인간은 이기적이지만, 그와 동시에 타인에 대한 연민의 감정을 품게 된다. 인간은 자신이 경험한 고통으로 말미암아 타인 역시 고통에 차 있음을 확인하면서, 이런 고통을 타인에게 주지 않으려는 열망을 갖게 된다. 그는 이것을 **'사랑'**이라고 보았다.

레비나스: "고통은 타자의 윤리를 실천할 때 해소된다."

레비나스에 따르면, 고통은 자신의 수용 범위를 넘어서는 그 어떤 것이다. 따라서 고통의 외침과 신음에는 근원적으로 타인의 도움에 대한 요청이 깔려있다. 이 요청은 곧 타인과의 관계를 여는 것을 뜻한다. 그러나 이 '열림'은 '절반의 열림'이다. 이것이 '완전한 열림'이 되기 위해서는 고통받는 사람의 호소에 대한 **'응답'**이 있어야 한다.

레비나스는 우리가 타인의 고통에 찬 얼굴과 마주하면서 그들의 호소에 응답할 때 비로소 **'윤리'**가 싹튼다고 보았다. 고통받는 자의 호소를 냉정하게 외면하지 못하고는, 자기를 희생하면서 타자에게 귀 기울이는 존재자를 이기적 자아와 구별하여 **'윤리적 자아'**라고 불렀다. 내가 타자의 호소를 받아들일수록, 즉 나의 이기심을 버릴수록, 나는 타자에게 더 큰 책임을 느끼고, 그만큼 내 안의 윤리적 자아도 커나간다.

그러므로 타자에 대해 도덕적 책임을 감수한다는 것은 본질적으로 '타자'를 대신하여 고통받는 것이고, 타자를 위해 희생하는 것이다. 고통받는 자의 호소에 반응하는 '자아'는 끊임없는 자기 결단 과정에서 그 누구도 대신할 수 없는 윤리적 주체의 고유성을 확보한다. 레비나스는 자신과 타인의 관계 자체가 **'윤리'**라고 보면서, 타인의 고통을 방관하지 않고 자신이 대신 진다는 태도로 타자를 대해야 한다고 주장했다.

■ **피터 싱어의 '동물권'**

생태주의 윤리학자 피터 싱어는 "동물도 인간처럼 지각·감각 능력을 지니고 있으므로, 자신을 보호받기 위한 도덕적 권리를 가진다"라고 주장했다. 싱어는 저서 《동물 해방》에서, "모든 생명은 소중하며, 인간 이외의 동물도 고통과 즐거움을 느낄 수 있는 생명체"라고 했다. 더불어, 동물도 적절한 서식 환경에 맞춰 살아갈 수 있어야 하며, 인간의 유용성 여부에 따라 그 가치가 결정되어서는 안 된다고 생각했다. 싱어는 모든 생명체는 고통을 피하고 쾌락을 추구하므로, 인간을 포함한 모든 생명체의 이익은 동등하게 고려되어야 한다고 보았다. 이러한 **'이익 평등 고려의 원칙'**에 따라 동물을 고통으로부터 해방해야 한다면서, 새로운 실천 윤리로서의 '동물권'을 주장했다.

62 불안
: 인간 실존의 확인

불안은 마음이 편치 않고 조마조마한 상태를 말한다. 불안은 하루에도 몇 번씩 경험하는 것으로, 현대를 사는 우리에게는 매우 밀접한 개념이다. 불안의 실체는 유사 개념인 **'공포'**와 비교하면 좀더 이해하기 쉽다.

공포라는 감정이 어떤 것이냐에 대해서는 비교적 확실히 느낄 수 있는데, 우리가 어떨 때 공포를 느끼는지를 생각해보면 곧바로 알 수 있다. 누군가에게 크게 위협받을 때, 그리고 자신의 생명이 죽음의 위험에 처했을 때, 사람들은 공포를 느끼게 된다. 이에 달리 불안을 느끼는 경우가 있는데, 이것은 우리가 죽음의 상황과 맞닥뜨렸을 때처럼 절박한 느낌은 아니다. 가령 대학입시에서 떨어졌을 때 느끼는 감정은 우리가 죽음의 위험이 닥쳐올 때 느끼는 공포의 감정처럼 극단적인 것은 아니다.

그렇다면 불안의 원인은 무엇일까? 공포를 유발하는 실체적 원인은 비교적 확실하고, 게다가 당사자가 그 원인을 명확히 의식하고 있는 것에 반해, 불안의 원인은 그 실체가 명료한 것도 아니고 더군다나 당사자가 그 원인의 실체를 의식하지 못하는 것이 일반적이다. 많은 경우, 우리는 **'어쩐지 불안하다'**라고 느끼고, '막연히 불안하다'라고 생각한다. 정작에 현실로 맞닥뜨리는 공포와는 달리, 불안한 감정이 현실로 이어지는 경우는 많지 않다. 우리는 발생하지도 않는 것을 갖고서 공연스레 불안에 떪으로써 몸도 마음도 피폐해지는 것이다.

가시적이고 예측할 수 있고 통제 가능한 공포의 감정과는 달리, 예측하기 어렵고 비가시적이며 때론 통제가 안 되는 복잡한 **'내적 갈등'**의 상태가 곧 불안의 감정이다. 실체를 모르기에 역설적으로 더 크고 더 깊고 더 길게 동요할 수 있는 게 바로 불안의 감정이다. 공포는 처음에는 감정의 동요가 크지만, 그 실체가 파악되고 앞으로 어떠할 것인가 하는 '예측'이 가능해지면 공포의 감정은 이내 진정되고, 마침내는 어떤 식으로든 정리·해결되게 마련이다.

■ 철학에서 말하는 불안의 정체

불안의 근저에는 **'자아 존재감'**의 상실을 두려워하는 마음의 동요가 자리 잡고 있다. 즉, 자신의 존재감을 지탱하고 있는 상호 **'인정'** 욕구가 붕괴할지도 모른다는 심적 동요의 상태가 곧 '불안'의 감정이다. 자아의 존재의식은 타자로부터 인정받을 때 성립하는 것으로, 불안감은 '나'의 존재감을 타인으로부터 인정받지 못할지도 모른다는 생각에 크게 마음을 쓰거나, 좀처럼 마음의 안정을 찾지 못하는 데서 오는 내면적인 갈등의 표출이자, 마음의 동요를 느끼는 불길한 예감을 일컫는다.

다시 말해, 불안감은 타인을 지나치게 **'의식'**함으로써 일어나는 복잡한 감정으로, 그로 인해 자신의 존재감이 상실되는 것은 아닐까, 타인이 자신에게서 멀어지는 것은 아닐까 하는 불길한 예감에서 발생하는 동요의 감정이다. 이때 사람들은 타인에게 자신의 자존감이 무참히도 까발리고 짓밟혀 결국에는 이들로부터 외면당하는 것은 아닐까 하고 두려워함으로써, 좀처럼 불안한 감정에서 빠져나오지 못하고 만다.

하지만 알고 있어야 할 것은, 불안의 감정은 인간 누구나가 느끼는 **'보편 감정'**에 불과하다는 사실이다. 사람들이 죽음에 대한 불안감에서 도망칠 수 없는 것처럼, 비록 정도 차이는 있겠지만, 불안감으로부터 완전하게 벗어난다거나 이를 전적으로 피하기는 어렵다는 사실을 이해할 필요가 있다. 따라서 불안의 감정에 너무 민감할 필요는 없다. 그럴수록 불안은 증폭되기 마련이어서, 결국에는 불안이 불안을 낳는 악순환으로 이어질 뿐이다. 불안한 마음으로 괴로워하기보다는, 오히려 불안을 인간 본성의 자연스러운 현상으로 이해하고 이것을 '적극적'으로 받아들일 필요가 있다.

키르케고르: "불안은 실존을 자각하는 과정에서 극복된다."

실존주의 철학자 키르케고르는 저서 《죽음에 이르는 병》에서 불안에 맞서 싸우는 존재를 **'예외자'**라고 표현했다. 예외자는 이를테면 고독과 불안과 절망을 억누르고 자신이 추구하는 가치를 준수하는 존재를 일컫는다. 그는 인간이 예외자로서의 '삶'을 살기 위해서는 대중적인 사고에 매몰되어서는 안 되며, 자신의 신념('신'을 뜻한다) 앞에 당당한 개인으로 맞서는 예외자, 즉 '신 앞에 선 단독자'가 되어야 한다고 했다.

키르케고르는 예외자가 불안과 절망을 극복하고 참된 존재에 도달하기 위한 길을 세 단계로 구분하여 제시했는데, 이를 **'실존의 3단계'**라고 한다. 즉, 미적 실존(쾌락의 추구), 윤리적 실존(의무나 규범에 복종), 종교적 실존(단독자로서 신과 마주함)의 세 단계가 그것이다. 그에 따르면, 미적 실존 단계와 윤리적 실존 단계에서는 향락에 싫증을 내거나 자신의 무력함을 깨닫고 절망에 빠진다. 그러나 그것을 극복하고 단독자로서 신과 마주하면 종교적 실존이라는 참된 실존에 이를 수 있다. 높은 단계의 삶으로 옮겨가는 것은 자신의 주체적 결단과 도약에 의해서만 가능한데, 그가 **'개인의 주체성'**을 강조한 이유가 여기 있다.

하이데거: "불안은 실존의 자각으로 극복 가능하다."

하이데거의 **'세계-내-존재'**는 자신의 존재 가능성을 의식하고 세계와 관계를 맺으면서 열심히 살아가는 **'실존적 자아(현존재)'**를 말한다. 하이데거는 불안의 원인을 '세계-내-존재'인 인간이 처한 상태에서 찾았다. 우리는 어디에서 와서 어디로 가는지조차 모르고 세계 한복판에 내동댕이쳐진 채 죽음에 사로잡혀 있는데, 우리가 불안해하는 것은 그 때문이다. 그러나 일상생활에서 우리는 잡다한 일에 휘말려 평균적인 '인간'으로 퇴락함으로써 그것을 잊고 있다.

하이데거에 따르면, 세계 안에서 특정 존재자와 마주하는 '공포'와는 달리, 불안의 대상은 세계 안에 있는 그 무엇이 아니다. 불안의 영역에서는 일체의 존재자도 없고, 의미 있는 일상세계도 없다. 있는 그대로의 세계 안에서 인간은 '단독자'로서의 **'자기 자신'**과 마주한다. 불안 앞에서 인간은 비로소 **'실존'**을 자각하는 것이다. 하이데거는 인간은 불안할 수밖에 없는 존재임을 자각하면서, 어떻게 살 것인가를 진지하게 생각하는 **'선구자적 결의'**를 통해 자신의 가능성을 스스로 만들어가야 한다고 주장했다.

알랭 드 보통: "행복은 불안에서 벗어난 상태다."

우리에게 친숙한 젊은 철학자 알랭 드 보통은 현대인들이 왜 불안을 느끼고 행복하지 않은지에 대해 설명했다. 불안이 생기는 원인을 '사랑 결핍, 속물근성, 기대, 능력주의, 불확실성'의 다섯 가지 요인으로 구분했다. 그 가운데 불안을 일으키는 가장 주된 요인은 사회적 지위와 관련한 '기대 욕구'로, 이는 아이러니하게도 현대 민주주의가 지향하는 '평등'에서 비롯된다고 생각했다. 이것은 불안이 이를테면 **'상대적 박탈감'** 같은 상실 감정임을 뜻한다. 우리는 자신이 동등하다고 생각했던 대상(타자)과 **'비교'**하면서 스스로 행복하지 않다고 생각한다. 예를 들어, 대학 동창의 성공 소식을 들었을 때 나는 그렇지 못한 것에 대해 불안을 느낀다.

보통은 만인이 평등하다는 오늘날의 사회에서는 나보다 성공한 모든 사람이 나를 불행하게 만드는 대상이 될 수 있다고 보았다. 즉, 우리는 물질적 '성취'가 행복을 담보하는 가장 훌륭한 가치라고 생각하고는, 이것을 남들과 비교하면서 스스로 행복하지 않다고 느끼는 것이다. 보통은 그에 대한 해법으로 **내면의 성숙**을 강조하면서, 정치, 예술, 종교, 사상 면에서 다양한 지성을 쌓아 건전한 가치관을 확립할 것을 강조했다.

63 욕망
: 인간 본유 감정

서양철학에서 욕망은 다양한 의미로 받아들여지는데, 크게 다음 네 가지로 해석된다. 첫째, 욕망을 **'결핍'**으로 파악하는 시각이다. 플라톤에게 욕망이란 '자신이 결여한 대상에 대한 사랑'으로, 이성이 욕망을 제어할 수 있어야 한다고 보았다. 데카르트나 헤겔 역시 욕망을 결핍으로 이해했으며, 20세기 들어 라캉과 사르트르도 이 견해를 받아들였다. 이를 두고 라캉은 "인간은 타자의 욕망을 욕망한다"라고 주장했다.

둘째, 욕망을 **'생산 활동'**으로 파악하는 시각이다. 스피노자에게 욕망은 인간 본질로써, 이성이 욕망을 제어하거나 욕망을 지배할 수 없다. 니체는 욕망을 '힘·권력에의 의지'로 보았으며, 들뢰즈는 욕망을 생산적이고 창조적인 활동성으로 받아들였다.

셋째, 욕망을 **'모방 욕구'**로써 파악하는 시각이다. 르네 지라르는 욕망을 일상생활에서 흔히 일어나는 시기와 질투, 부러움과 선망의 관점에서 이해하면서, 우리가 어떤 대상을 차지하기 위해 서로 모방적으로 경쟁할수록 대상에 대한 욕망은 더 증폭한다고 보았다.

넷째, 욕망을 금기를 위반하려는 **'정념'**으로 파악하는 시각이다. 바타유는 일상생활에서 흔히 볼 수 있는 금기(禁忌)에 착안해 욕망을 이해했다. 법·도덕·관습과 같은 금기는 한편으로는 생활 질서를 보호하지만, 다른 한편으로는 우리로 하여금 금기를 어기도록 유혹하고 부추긴다고 생각했다.

스피노자: "욕망은 인간의 자기 보존 의지다."

스피노자는 인간은 자기 존재를 유지하려는 경향이 있다고 보았다.

그리고 그 힘의 원천을 **'코나투스(conatus)'**라고 정의했다. 코나투스는 인간 존재의 '본질' 그 자체를 지향하는 '순수한 인식'을 일컫는다. 코나투스는 정신과 육체의 합일을 지향하는 **무의식적인 '힘'**으로, 자기 존재를 보존하려는 노력이자 의지를 말한다.

스피노자는 인간의 정신과 육체는 서로 하나가 되려는 무의식적인 '힘'을 갖고 있다고 했다. 이때 정신과 육체가 어떤 상태에 있느냐에 따라, 다시 말해 무의식적인 힘으로써의 코나투스가 어떤 힘을 지향하느냐에 따라, 인간 행동은 **'욕망'**으로도 **'의지'**로도 표출된다고 보았다. 요컨대, 코나투스가 정신과 관련되면 '의지'라고 불리고, 육체와 정신에 동시에 관련되면 '욕망'이라고 불린다는 것이다.

스피노자는 저서 《에티카》에서, 인간은 '덕'을 실현함으로써 참다운 행복을 얻는다고 주장했다. 이때 인간 존재의 본질로써의 덕의 근원은 코나투스의 발현, 즉 자신을 **'보존'**하려는 노력에서 비롯된다. 스피노자에 따르면, 인간의 행복은 기독교가 말하는 천국이나 사회적 성취인 명예처럼 그 어떤 보상을 바라는 정신 가치에서 비롯되는 것이 아니라, 자기 보존 욕구라는 인간 본연의 욕망을 충실히 좇아 행동하는 과정에서 저절로 만들어지는 것이다.

이런 이유로, 인간의 욕망을 억제하거나 통제하려는 행위는 오히려 인간 본성으로써의 자기 보존 욕구를 거스르는 행위가 된다. 스피노자는 이보다는 정신과 육체, 의지와 욕망이 서로 하나가 되기 위해 **'상호작용'**할 때 코나투스는 상승하며, 이를 통해 인간은 참다운 행복을 얻는다고 보았다.

■ 코나투스의 예: 영화 〈쇼생크 탈출〉

영화 〈쇼생크 탈출〉에서 주인공 엔디는 아내와 그 애인을 살해한 혐의로 종신형을 선고받은 데다, 교도소 내에서 악질 재소자에게 걸려 강간까지 당하는 등 갖은 고통과 시련을 겪는다. 그러함에도 불구하고 그는 끝까지 탈출을 포기하지 않는 강렬하고 끝없는 **'의지'**를 드러내고, 마침내 탈출에 성공함은 물론, 그를 괴롭힌 악질 교도소장에 보기 좋게 보복한다. 엔디의 이러한 행동의 원천은 성욕, 식욕과 같은 물질적인 욕망보다는 인간의 자유와 존엄성을 추구하는 삶에의 의지가 아주 크게 작용한 때문으로 볼 수 있다. 그런 엔디의 행동은 **자기 보존 욕구**로써의 '코나투스'가 크게 작동한 것이라 할 수 있다.

라캉: "인간은 욕망하는 주체다."

라캉은 우리 삶의 원동력은 '욕망'에서 나온다고 보았다. 라캉이 말하는 욕망은 집착이나 탐욕의 의미가 아니라, 결핍을 채우기 위해 무한 반복되는 욕망을 말한다. 우리는 타자로 인해 무의식적으로 욕망하는데, 그 과정에서 욕망이 허구라는 사실을 알게 되면서 또 다른 욕망을 일으킨다. 그 점에서 라캉에게 주체는 '사유하는 주체'가 아니라 **'욕망하는 주체'**라고 할 수 있다.

라캉은 사람들은 자기 삶 속에서 겪게 되는 욕망을 스스로 억압하려 들어서는 안 된다고 생각했다. 오히려 욕망을 **'긍정적'**으로 바라보는 태도가 중요하며, 그럴 때 인간은 내적 결핍에서 벗어나 인간다운 존재로 거듭난다고 보았다. 구조적 결핍을 채우려는 욕망이 긍정적인 기제로 작용하면서, 인간은 실존을 느끼고 자신의 존재를 확인한다고 생각했다. 이를 위해 라캉은 존재의 결핍이 삶의 본질임을 인정하고 적극적인 삶을 추구함으로써, 진정으로 욕망하는 **'주체'**로 거듭나야 한다고 주장했다.

들뢰즈: "욕망은 생명에 에너지를 부여하는 생산 기제다."

서양 철학사에서 '욕망'은 그동안 부정적인 의미이자, 무엇인가의 결핍으로 생각되어 왔다. 그러나 들뢰즈 역시 라캉처럼 욕망을 생명의 흐름이자 무언가를 생산하는 **'긍정적인 힘'**이라고 보았다. 욕망은 무의식적인 에너지의 능동적인 흐름이라고 생각했다.

하지만 문제는, 현대 자본주의가 적당하게 결핍을 만들고 욕망을 조종하면서 구성원들을 정신적으로 황폐하게 만든다데 있다. 들뢰즈는 현시대를 '자본의 힘'이 끊임없이 기존 체계와 가치를 파괴하면서 새로운 욕망을 창출하는 **'탈코드 시대'**라고 보았다. 현대 자본주의 사회에서 '탈코드화'된 지나친 욕망은 다시금 욕망을 자극하고, 그렇게 해서 더 큰 '탈코드화'된 욕망을 부르는 악순환을 부른다고 보았다.

들뢰즈는 '탈코드화된 자본주의적 욕망'의 굴레에서 벗어나기 위해서는 끊임없는 **'탈주'**를 시도해야 한다고 생각했다. 그는 인간의 원초적 본성인 **'생산하는 욕망'**을 통해 자본주의로부터의 탈주와 연대의 가능성을 모색하고자 했다. 이를 위해서는 주체를 옭아매는 제도와 환경의 통제에서 벗어나, '생산하는 욕망'으로 끊임없이 탈주를 시도하면서 **'차이와 다양성'**의 가치를 실현해야 한다고 주장했다.

■ **탈주**

들뢰즈와 가타리가 주목한 것은 끊임없이 이어지는 움직임 혹은 **'탈주'**다. 탈주는 단순한 물리적 움직임을 넘어서, 자신의 삶을 옭아매는 '규범으로부터의 일탈'을 일컫는 의미다. 기존의 권위와 현실의 안주로부터의 탈주를 통해 차이들의 무수한 공존과 생성을 인정하는 것이 바로 **'노마디즘'**의 원리다. 들뢰즈와 가타리는 한 장소에 머물기보다는 다종다양한 가치를 지닌 영역을 찾아서, '리좀적(종횡무진)'이고 '스키조적(분열하면서)'으로 횡단하는 노마드적 삶을 영위하면서 끊임없이 탈주할 것을 제안했다.

64 폭력
: 무절제한 힘의 남용

폭력의 어원은 '힘의 남용'을 뜻하는 라틴어 'violentia'로, '힘'을 뜻하는 'vis'에서 유래했다. 폭력은 개인에 대한 힘의 행사로, 개인이 자기의 뜻대로 할 수 없게 하는 **'물리적 강제력'**을 말한다. 철학·정치학에서 폭력은 다른 사람 또는 국가나 세력을 제압하는 '힘'을 뜻한다.

인간의 어떠한 행동도 그 자체로는 폭력이라 할 수 없다. 어떤 행동이 폭력인가를 논하려면 반드시 그 '맥락'을 따져 살펴야 한다. 폭력이라는 말은 이중적인 의미를 함축한다. 어원에서 알 수 있듯이 폭력이란 우선 **'힘의 남용'**을 뜻한다. 그러나 폭력이라는 단어는 또한 '~에 반대해 행동하다'를 뜻하는 라틴어 'violare'와도 연관되며, 이 경우 폭력은 **'법을 위반'**하는 '물리적 강제'를 의미한다.

폭력과 권력은 구별할 필요가 있다. 모든 인간은 신체의 힘이나 정신의 힘을 가지고 있다. 인간이 힘을 가지고 있다는 것은, 자기 입장에 서서 볼 때는 전반적으로는 바람직하다. 하지만 그 힘이 그 의사에 반하여 **'타자'**에 가해질 때, 그것은 '폭력'이 된다. 한편, 타자와의 동의를 기초로 하여, 타자와의 상호 관계에서 힘이 발휘될 때, 그것을 **'권력'**이라고 부른다. 타자와의 관계에서는 누구나 권력 관계를 형성하는 네트워크에 편입되어 있지만, 그렇더라도 이것이 반드시 폭력을 동반하는 것은 아니다.

폭력을 정당화하는 권력은 개인의 평안과 공공의 안전, 도덕, 정신건강을 지키는 데 유용하게 사용될 때에만 지지를 받는다. 그 점에서 볼 때, 폭력은 일종의 **'필요악'**과도 같다. 폭력을 방어 차원에서 부득이 사용할 때 폭력은 도덕적으로 옹호될 수 있지만, 그렇더라도 권력을 빙자한 타자에 대한 맹목적인 폭력은 결코 용인될 수 없다.

근대에 들어서, 사회계약을 따라 성립한 권력 체계인 국가는 물리적인 폭력 장치를 독점한다. 막스 베버는 "국가란 정당한 혹은 정당하다고 주장하는 폭력수단에 기초를 둔 인간에 대한 인간의 지배다"라고 했다. 이를 통해 알 수 있듯, 군대나 경찰은 타자의 의사를 반하는 힘을 행사하는 조직이며, 때로는 구성원의 죽음에 관한 결정도 합법적으로 내릴 수 있는 막강한 힘을 가지고 있다.

알뛰세르가 '이데올로기적 국가장치'라고 불렀던 이것은 폭력을 막기 위해서 폭력을 행사하는 '장치'지만, 이런 권력이 휘두르는 폭력이 항상 합법적·합리적이지만은 않다는 데서 문제가 발생한다.

메를로퐁티: "폭력은 불가피한 선택이다."

메를로퐁티는 저서 《휴머니즘과 폭력》에서 좀더 본질적인 차원에서 '정치와 폭력'의 문제를 따져보려고 시도했다. 메를로퐁티는 폭력에 대한 일방적인 비판도 옹호도 허락하지 않았다. 그는 인간은 '다양한 종류의 폭력 중에서 어느 하나를 선택하는 존재'라면서, 폭력을 인간의 불가피한 문제로 인식했다. 우리가 신체를 가지고 있는 한 폭력은 숙명이라는 것이다. 예를 들어, 오늘 내가 가족과 외식을 하며 먹었던 삼겹살은 돼지의 참혹한 죽음으로, 인간의 동물에 대한 폭력이 담겨 있다.

메를로퐁티에 따르면, 정치 행위에서 인간은 '폭력 없는 순수'와 '폭력 행위' 가운데 어느 하나를 선택하는 것이 아니라, 여러 종류의 폭력 가운데 이떤 것을 선택해야 한다. 여기서 그가 말하는 폭력은 대화나 설득을 통해 타자를 자신의 의지에 귀속시키는 행위까지 포함한다. 그는 폭력에도 '급'이 있으며, 우리가 옹호해야 할 어떤 폭력이 있음을 인정해야 한다고 했다. 순수함과 폭력 중 어느 하나를 선택할 것이 아니라, 서로 다른 폭력 가운데 어느 하나를 **불가피하게** 선택해야만 한다는 것이다.

마르크스: "폭력은 계급 갈등 해결을 위한 필요악이다."

마르크스는 부르주아 계급에 의한 근원적인 폭력에 맞서는 프롤레타리아 계급의 **'대응 폭력'**을 주장했다. 그렇더라도 그는 모든 폭력을 용인한 것이 아니라, 프롤레타리아 혁명에 도움을 주는 한에서만 폭력을 사용할 것을 주장했다. 마르크스가 말한 '혁명적 폭력'은 '야만적 폭력'을 **'인간적 폭력'**으로 대체하는 의미로, 다시 말해 폭력 자체를 '지양'하는 폭력이자 휴머니즘적 미래를 향한 폭력이라 할 수 있다.

르네 지라르: "폭력은 욕망의 표출이다."

르네 지라르에 따르면, 우리의 욕망은 대부분 '타인의 욕망에 대한 모방'의 형태를 취한다. 이를 테면, 지금 유행하는 것은 곧 많은 사람이 구매하는 것이다. 많은 사람이 바란다고 생각하는 상품을 자신 역시 바란다고 생각하면서 그것을 구매하고, 스타일을 흉내 낸다. 록 콘서트에 사람이 모여드는 것도, 유명한 레스토랑에 사람이 모여드는 것도, 이 모든 것이 타인의 욕망에 대한 모방이 효과적임을 보여주는 것이다.

지라르는 이런 모방적인 욕망은 그 안에 **'폭력적'**인 요소를 숨기고 있다고 보았다. 예를 들어 유명 인사나 연예인이 우리나라를 방문하면, 그들을 보려고 많은 팬이 몰려든다. 이것은 타인의 욕망을 모방함으로써 자기 욕망을 채우고자 하는 심리가 작용한 때문으로, 사람들은 모방 속에서 자신만의 '차이'를 얻고자 노력한다. 기자 회견장에서 다른 사람을 제치면서까지 스타의 사인을 받았으면 하고 바라는 모습에서 알 수 있듯, 우리는 타인을 억누르면서까지 자신의 **'욕망'**을 채우고자 한다. 그 점에서 욕망은 폭력적인 요소를 담고 있다.

■ **구조적 폭력**

사회구조나 제도가 정의롭지 못한 데서 발생하는 폭력을 일컫는다. 구조적 폭력은 의도된 것은 아니지만 **불공정한 사회구조**로 인해 가해지는 폭력이다. 일반적으로 정치와 경제 분야에서 발생하는 억압과 착취가 여기에 해당하며, 구체적으로 빈곤, 기아, 사회적 소외, 독재 정치, 경제적 독점, 인종차별, 성차별 등을 들 수 있다.

사카이 다카시: "옳지 않은 폭력에는 대항폭력으로 맞서야 한다."

일본을 대표하는 젊은 철학자 사카이 다카시는 저서《폭력의 철학》에서 폭력과 비폭력을 나누는 데 회의적인 입장을 드러냈다. 그는 '폭력은 안 된다'라는 정치가의 말부터 폭력을 잉태하고 있다고 주장했다. '폭력은 안 되기 때문에 폭력을 행사하는 자에게 폭력을 가해야 한다'라는 역설이 성립한다는 것이다.

다카시는 현대 국가에서는 폭력을 행사할지도 모른다는 핑계로 **'예방 폭력'**을 행사하는 상황이 발생한다고 보았다. 1992년 로스앤젤레스 폭동의 원인인 된 로드니 킹 사건에서 알 수 있듯, 국가는 공포를 과잉생산하면서 폭력을 정당화한다는 것이다.

다카시는 '폭력에는 폭력을'이라는 방식을 **'대항폭력'**으로 규정하면서, 폭력에 부정적인 태도를 보이는 대신에 **'반폭력'**이라는 개념을 제시했다. 다카시에 따르면 반폭력은 폭력을 구조화하는 제도를 해체하고 국가적 폭력을 근절시키는 '이념'으로 기능한다. 마틴 루서 킹, 간디가 구사한 '비폭력 직접행동'도 그중 하나라고 보면서, "폭력을 절제하는 것은 내면에 숨겨진 적대성을 폭로하거나 구축하는 수단이자 대중의 힘을 강화하기 위한 것"이라는 킹 목사의 발언을 옹호했다.

65 죽음
: 삶의 일부

죽음이란 현상이 어떻게 철학의 주제가 될 수 있는가는 인간 본성과 관련한 물음에서, 그리고 어떠한 존재 양식에서 규정되는가 하는 물음과 근본적으로 관계한다.

철학자들이 죽음과 관련하여 던진 물음에 그것에 대한 대답은 크게 다음 두 가지로 나누어진다. 하나는 죽음은 또 다른 **'삶(生)'**의 시작이며, 혹은 순화되어 자유로워진 삶이라 것이고, 다른 하나는 죽음은 아무것도 아닌, 즉 **'무(無)'**라는 것이다.

전자의 경우는 대체로 관념론이나 종교의 입장에 서는 사상가로부터 제기된 대답이고, 후자는 주로 유물론이나 과학철학의 입장에 선 사상가들의 대답이다. 플라톤을 비롯한 고대 그리스 철학은 진리를 탐구하면서 죽음을 '영원의 범주' 아래 놓으려 했으며, 에피쿠로스는 '우리에게 죽음은 아무것도 아니다'라고 했다.

현대의 사유, 특히 실존주의는 죽음 앞에서 도망치려고 들기보다는 죽음을 정면으로 응시하려고 했다. 그래서 우리의 삶이 의미를 지니는 것은 죽음의 지평 위에서이며, 실체적 영혼과 초월적 의식 일반을 상정하는 한에서는 죽음 그 자체가 문제가 될 수 없다. 현상학적 태도를 내포한 생의 철학과 실존의 철학에서 비로소 죽음의 현상이 **'기술적(記述的)'**인 이해의 대상이 되었다.

중요한 것은, 죽음을 사유의 대상으로 삼는 것이 아니라, 죽음에 대한 자기 나름의 태도를 결정하는 것이다. 죽음에 대해 어떠한 태도를 지녔든, 죽음 역시 자신의 인생을 구성하는 삶의 일부로 받아들이면서, 단 한

번뿐인 인생이 더없이 소중함을 인식하는 것이다.

플라톤: "죽음은 영혼의 자유이며 진리로 가는 길이다."

플라톤에 따르면, 죽음은 영혼이 육체로부터 해방되는 것이며, 진정한 덕과 지혜를 목표로 하는 '진리'에의 약속이다. 죽음을 통해서 인간은 육체로부터 정화되고, 감각의 세계를 벗어나서 내면의 질서에 이르며, 마침내 순수하고 불변하는 세계로 돌아간다. 플라톤은 그러므로 죽음이란 두려워하거나 멀리해야 하는 것이 아니라 오히려 적극적으로 경험해야 할 것으로, **'참된 진리'**를 추구하는 사람들의 목표라고 역설했다.

플라톤은 죽은 뒤 참다운 이데아의 세계에서 영혼은 계속 존재하므로, 살아생전에도 **'영혼'**을 잘 양육하는 일이 중요하다고 생각했다. 살아서 살인과 약탈 같은 악행을 일삼았다면, 죽은 뒤에도 영혼은 살인과 약탈의 죄인으로서 영원히 사는 것이기 때문이다. 이런 플라톤의 생각은 이후 기독교가 의지하는 사상적 지반이 되었다.

에피쿠로스: "죽음이란 인간에게 아무것도 아니다."

에피쿠로스는 "죽음은 우리에게 있어서 무(無)다. 우리가 살아있는 한 죽음은 존재하지 않는다. 죽음이 있는 한 우리는 이미 존재하지 않는다"라면서, 죽음을 두려워하는 것은 **'무의미'**하다고 생각했다. 에피쿠로스에게 영혼은 아주 미세한 물질에 불과하다. 그것은 감성이 들어서 있는 장소로, 영혼이 죽으면 감성도 사라진다.

죽음은 감성의 소멸을 의미하므로 우리는 결단코 죽음을 경험할 수 없다. 그리고 죽음이 모든 것의 끝임을 확신한다면, 우리는 다른 어떤 삶을 두려워하지도 희망하지도 않을 것이다. 그렇다면 우리에게 주어진 삶이야말로 오히려 **'행복'**을 가져다주는 유일한 것이다.

■ **신은 죽었다.**

니체는 "신은 죽었다"라고 외쳤다. 그 의미는 다음 두 가지로 집약된다. 먼저, 기독교적인 **'신적 존재'**가 소멸했다는 것이다. 신이 죽었다면 이제 인간은 자기를 떠받치고 이끌어 줄 아무것도 바랄 수 없다. 그렇기에 인간은 역설적으로 자기 삶의 주인으로서 풍부한 창조를 누려야만 한다. 다음으로, 인간이 참된 창조자가 되려면 신이 존재하지 않아야 한다는 것이다. 신이 없는 세계에서 인간은 불완전성이나 제한을 극복한 이상적인 인간으로 거듭난다. 니체는 그런 인간을 **'초인(위버맨쉬)'**이라고 했다.

사르트르: "죽음은 외부로부터 오는 우연한 사실일 뿐이다."

사르트르에 따르면, 죽음은 삶의 한계를 결정짓는 최종 현상이지만, 그것으로 죽음이 삶의 완결을 뜻하는 것은 아니다. 죽음이라는 우연한 사건은 개인의 삶 전체에 영향을 미치고 개인의 운명을 결정하지만, 주체로서의 '나'는 외부로부터 나의 삶 속으로 들어오는 이 사건에 대해 아무런 힘을 행사하지 못한다. 이러한 삶의 **'부조리'**를 깨닫고 자신을 '대상화'하여 바라볼 수 있을 때, 죽음은 나의 자유를 제한하지 못한다.

사르트르는 이러한 깨달음을 통해 죽음이란 내 삶의 **'밖'**에 존재하고, 또한 내게 늘 붙어 있는 것임을 인식할 때, '나의 자유'는 한계에 부닥치지 않는 무한한 것으로 남으면서 더는 '죽음'에 구속되지 않는다고 생각했다. 죽음은 '나의 주체성' 너머에 있기에, '내' 안에는 죽음을 위한 그 어떤 것도, 그 어떤 장소도 마련되어 있지 않다. 그러므로 우리는 죽음을 생각할 수도 없고, 기대할 수도 없으며, 또한 죽음에 맞서서 자신을 무장할 수도 없다. 다시 말하면, 우리는 죽음으로부터 독립되어 있으면서, 언제나 그러하듯이, 인간은 언젠가는 '죽을 것'이기 때문에, 역설적으로 '지금, 여기'에 **'실존'**하는 자유로운 영혼인 것이다.

■ **부조리**

부조리는 인생의 무의미·허무함·충동성 등을 총칭하는 **'실존주의'** 철학 용어로, 사르트르, 하이데거, 키르케고르에 의해 발전하였으며, 카뮈 등 실존주의 사상가들의 핵심 사상으로 자리 잡았다. 카뮈는 "부조리란 인생에서 삶의 의의를 찾을 희망이 전혀 없는 것이며, 이것은 인간과 세계와의 관계 그 자체에 내재한다"라고 말했다.

하이데거:
"죽음은 매 순간 현존하는 인간의 모든 행동을 결정한다."

하이데거에 따르면, 죽음은 앞으로 찾아올 사건, 절대적으로 확실한 사건으로서가 아닌 **'무(無)'**에 대한 사유, 곧 실존적으로 사유해야 할 그 무엇이다. 죽음은 곧 무(無)에 불과하단 의식이 불안 속에서 체험되는 것이라면, 우리는 바로 이 느낌과 더불어 세계에 우리를 던질 수 있는 것이다. 그래서 불안은 단순한 죽음에 대한 공포와는 구분되어야 한다. 불안은 우리 실존이 '죽음으로 가는 존재'임을 자각하고 있음을 뜻한다. 죽음은 근본적으로 삶이 그것으로부터 비로소 의미를 둘 수 있는 존재(대상)로, 죽어야 하는 현실을 **'긍정'**하는 것은 곧 우리 삶을 적극적으로 책임진다는 의미이다.

셸리 케이건: "죽음 뒤에는 아무것도 없다."

미국 예일대의 셸리 케이건 교수는 죽음 뒤에는 아무것도 없다고 보았다. 이미 죽고 나면 죽음을 인식할 나 자신이 존재하지 않는다. 인간은 육체 이상의 존재가 아니라, 감정을 찾고 창의성을 발휘할 수 있는 놀라운 기계일 뿐이다. 케이건은 죽음 역시 신비롭고 불안한 현상이 아니라 컴퓨터가 고장 나는 것과 같은 **'자연스러운'** 현상이기에, 굳이 슬퍼하거나 불안해할 필요가 없다고 생각했다.

66 소외
: 외화·물화

소외의 사전적 의미는 '주위에서 꺼리며 멀리함'이다. '소외되다'가 '멀리하다, 벗어나다'를 뜻하는 것에서 알 수 있듯, 소외는 일견 '따돌림을 당하는 것'으로 생각하기 쉽다. 하지만 외화(外化)·물화(物化)로 번역되는 소외는 철학적 의미에서 단순하지 않다.

철학에서 소외(疏外)란 인간으로서 응당 누려야 할 권리로부터 **'박탈'** 된 상태, **'배제'**된 현상을 의미한다. 소외는 자기와의 친밀한 상태를 벗어난 것이고, 그것은 인간의 정신에 있어서 불가결한 것이다. 소외는 인간이 자신을 위해 만들어낸 피조물에 의해 거꾸로 지배를 받거나, 인간의 활동에서 **'본질'**이 상실되어 가는 과정이다.

자기가 '자기'인 것을 거부당하고, 본래의 '자기'에 대립하는 상태에 있는 것을 뜻하는 '소외' 개념은 철학사에서, 특히 피히테가 자아 활동의 소외에 의한 **'비아(非我, 대상 세계)'**를 말했던 데서 발견된다. 루소는 사회계약론에서 소외를 자유와 연결해서 설명하면서, 소외란 개인이 가진 근원적인 **'자유'**가 남에게 위탁 혹은 양도되어 권리를 상실한 상태라고 했다. 이후 소외는 헤겔에게서 근대 서구 사상으로 발전했으며, 그의 비판적 추종자인 바우어와 포이에르바하, 그리고 마르크스가 자본주의 사회에서의 노동조건에 대한 비판적 진술로 '소외'를 채택하면서 급속하게 세속화되었다.

소외 개념은 현대 사회의 문제점을 분석하고 비판하는 데 있어서 가장 많이 사용되고 있는 용어 가운데 하나다. 현대 사회에서 발생하는 상품화와 기계화, 관료제에 따른 **'비인간화'** 현상을 비판하기 위해서 주로 사용되는 용어가 소외인 것이다. 오늘날 소외는 마르크스주의를 초월하여, 대중사회·자본주의적 산업사회에서의 인간 주체의 방향성을 다루는 실존주의나 사회심리학 등, 관련한 여러 분야에서 논의되고 있다.

헤겔: "소외는 정신이 외화(外化)되는 과정이다."

헤겔은 현대철학에서의 '소외' 개념을 구체적으로 살핀 철학자다. 헤겔에게서 소외는 인간 **'조건'**의 한 부분이다. 그는 인간이 사회에 존재하는 것만으로 일종의 소외가 발생한다고 보았다. 가령 언어를 사용하는 것은 자신을 표현하는 것이지만, 언어는 원래 타인이 만든 것이다. 언어를 사용하려면 일단 자신을 잃어야 하는데, 이것 역시 소외라 할 수 있다. 그는 인간은 자기 욕망을 표현하기 위해 우선 자기 소외를 경험할 필요가 있다면서, 정신이 완성되기 위해서는 먼저 정신이 자기 안에서 외화, 즉 **'개체화'**되어야 하지만, 그와 동시에 스스로 **'낯설게'** 되어야 한다고 보았다.

헤겔에 따르면, 자기, 즉 '주체'에서 벗어지지 않는 상태에서는 타자와의 관계를 갖지 못하기 때문에 정신은 없는 것이나 다름이 없다. 따라서 정신은 주체에서 벗어나 자연 사물을 인식해야 하는데, 그러려면 '타자'와 만나지 않을 수 없다. 그 과정에서 소외가 일어나는데, 모든 존재자는 그 본성상 자기 자신을 부정하면서 **'자기 밖의 타자'**로 이질화되는 과정을 필연적으로 거치면서 진정한 자신으로 거듭난다. 정신이 자기 밖으로 나와, 즉 자신을 '타자화'하고 '외화'하는 과정을 거치면서 이성의 최종 단계인 **'절대정신'**에 이른다.

마르크스: "소외는 인간이 물화(物化)되는 과정이다."

마르크스는 노동 생산물, 노동 과정, 노동 이유 그리고 이것들에서 노동자를 분리하는(즉, 소외시키는) 근대의 경제적·사회적 조건의 변화를 설명하기 위해 '소외'라는 용어를 사용했다. 마르크스는 자본주의 사회에서 노동은 **'인간'**으로부터 소외되고, 인간을 고통스럽게 한다고 지적했다.

마르크스에 따르면, 자본주의 사회에서 노동의 소외는 **'불가피한'** 현상으로, 이는 다방 면에서 일어난다. 가장 기본적으로는 생산물에서 소외된다(상품으로부터의 소외). 노동자가 생산한 상품은 자기 능력의 표현물이 아니라 자본가의 것이 되므로 상품으로부터 배제된다. 그리고 노동자는 노동 과정에서도 소외된다(노동으로부터의 소외). 노동자는 단순히 자본가의 명령에 따라 시키는 대로 일을 해야 하므로, 노동 과정 어디에서도 자신을 실현할 가능성을 봉쇄당한다. 더군다나 노동자는 다른 노동자와 경쟁해야 하고, 그 경쟁에서 이겨야 높은 임금을 받을 수 있다. 그렇게 해서 임금이 노동의 유일한 목표이자 삶의 가치를 평가하는 척도가 된다. 이것은 인간의 능력이 인간 자체가 아니라 '화폐가치'로 평가받는다는 의미이기에, 결국 화폐로부터의 소외이자 인간 자신을 왜곡하고 배제하는 현상으로서의 소외다(인간으로부터의 소외).

그렇게 해서 노동은 삶의 표현이 아니라 '생존'을 위한 수단이 되며, 인간이 사물이 되는 **'물화(物化)'** 현상이 일어난다. 인간성이 물건처럼 다루어지면서 상실되는 것이 곧 물화인데, 마르크스는 그러한 **'자기로부터의 소외'**가 인간관계에 적용되면서 사람들 각자가 상대방을 소외시키는 악순환을 낳는다고 보았다.

라캉: "소외는 욕망하는 주체로 거듭나는 과정이다."

라캉은 소외를 정신분석적인 측면에서 고찰했다. 라캉에 따르면, 소외는 주체 구성을 위한 필연적인 '사태'로, 주체는 소외를 통하지 않고서는 구성될 수 없다.

왜냐하면, 우리는 '말'을 하는 '주체'이기 때문이다. 언어는 불가피하게 주체를 소외시킬 수밖에 없기에, 소외는 주체에게 우연적인 사태가 아니라 가장 **'본질적'**인 사태가 된다.

라캉은 소외를 다음 두 단계로 설명했다. 첫 번째는 **'상상'**에 의해서 이루어지는 소외로, 인간의 자기의식과 타인과의 관계가 형성되는 첫 단계인 '거울 단계'에서 나타난다. 거울 속 이미지는 내 것이면서도 내 것이 아닌 것으로, 그 이미지를 동일시할 때만이 주체의 최초 형상들은 **'자아'**로서 주어지게 된다. 상상적인 자아의 매개가 없다면 '주체'는 구성될 수 없다. 두 번째는 **'언어'**에 의한 소외로, 언어는 주체를 가능하게 만들지만 동시에 주체를 소외시킨다. 주체를 소외시키는 심급은 **'시니피앙(記表)'**으로, 소외란 주체가 이미지(타자)와 언어(시니피앙)에 예속되고 그것에 의존함으로써만 주체성을 획득할 수 있음을 확인시켜 준다.

라캉은 주체 구성에 있어서 첫 번째 단계인 소외는 상징계에 의해 주체가 구성되는 최초의 순간일 뿐, 두 번째 단계인 분리의 과정을 거쳐야만 주체는 비로소 **'욕망'**의 주체로 거듭난다고 보았다.

■ 현대 사회의 소외 문제

소외는 현대 산업사회 비판론자들이 오랫동안 일관되게 지적해 왔던 **'사회문제'**의 하나다. 현대 산업사회에서 인간은 사회조직에서 소외되고, 기계와 기술에 의해서 소외되고, 인간관계에 있어 다른 인간에게 소외되고, 심지어는 자기 자신에게도 소외된다. 현대인은 거대한 사회조직에서 대체 가능한 부품이 되었으며, 기계화되고 자동화되는 생산 과정에서 노동으로부터 소외되었다. 그 결과, 현대인들은 주체적 인간으로서의 본질을 잃고 '자동인형'화 되었으며, 다수라는 익명의 권위에 무조건 순응하는 **'동조 인간'**으로 변모하고 말았다. 이와 같은 인간 소외 현상, 또는 비인간화 현상은 기본적으로 산업사회의 조직 원리가 합리화·표준화·거대화·집중화되어 있기 때문에 일어난 현상이라고 볼 수 있다.

67 이타주의
: 사회적 책임의식

이타주의는 타인을 위한 **'선(이익)'**을 행동의 준칙이나 의무의 기준으로 생각하는 사고를 말한다. 이타주의는 도덕의 기초는 인애(仁愛)와 동정(同情)이라고 하여, 타인의 행복이나 복리를 행위의 목적으로 한다. 이타주의를 처음 철학 용어로 사용한 콩트는 보상이 없는 행동, 도움, 공유 혹은 희생이 진정한 이타주의라고 정의했다. 이타주의는 **'윤리적 이기주의'** 그리고 부분적으로는 **'공리주의'**와 대립한다.

세네카의 '사해동포주의'도 이타주의의 하나라 할 수 있다. 라이프니츠와 볼프는 도덕적 자애심을 기독교적 교리로부터 도출하여 사회적 공리설을 펼쳤는데, 이러한 사상적 조류는 동양사상인 불교나 유교에서도 나타난다. 특히 묵자의 **'겸애설'**은 논리 면에서 이타주의 윤리와 일치하는데, 다만 완전한 이타주의란 실현 불가능하고 결국에는 자기 행복과의 일치를 추구한다는 점에서 차이난다.

이타주의의 반대 개념은 이기주의로, **'에고이즘'**이라고도 한다. 이기주의는 자기의 이익만을 생각하고 남의 이익을 생각하지 않는 '자기중심적' 사고를 일컫는다. 이기주의는 '심리적 이기주의'와 '윤리적 이기주의'로 구분할 수 있다.

심리적 이기주의는 인간의 모든 행위는 본질상 자기 이익에 따라 이루어진다는 주장으로, 이를 규제하기 위해서는 법이나 도덕이 필요하다. **윤리적 이기주의**는 사회 전체의 이익을 위해 자기의 이익을 추구해야 한다는 규범적 주장으로, 행위의 정당성을 가늠하는 기준으로써 '최대 다수의 최대 행복'을 꼽는 공리주의와 일견 유사하다. 그러나 윤리적 이기주의는 어디까지나 자기 이익을 추구하는 사고로, 자기를 희생하면서까지 사회의 최대 행복을 실현하려 들지 않는다는 점에서 공리주의와 차이 난다.

■ **이타심이 일어나는 이유**

우리가 남을 도와주는 이유, 즉 이타심이 발현하는 원인은 크게 다음 네 가지 이유에서다. 먼저, 규범의식의 발현, 말 그대로 남을 도와줘야 한다는 **'사회적 책임'** 때문에 이타심이 발현된다는 시각이다. 또 다른 설명은 '사회교환이론'으로, 사람들은 대인 관계를 손해와 이익의 관점에서 판단하여 **'장래 이익'**을 기대하면서 이타심을 발휘한다고 본다. 인간의 모든 행동, 심지어 이타심까지도 이기주의에서 비롯된다는 것이다. **'진화론적'** 입장에서도 이타주의를 설명할 수 있다. 인간은 자신의 유전자를 남기기 위해 이타적인 행동을 보인다는 시각으로, 이 역시 이기심의 발로에서 비롯된다. 끝으로, 진정한 이타주의로, 이타심은 인간 고유의 **'공감 능력'** 때문에 발생한다고 본다.

도킨스의 '이기적 유전자'

진화생물학자인 리처드 도킨스에 따르면, 자연선택은 유전자가 개체라는 모양을 빌려 행하는 살아남는 게임이다. 게임을 잘하는 유전자는 자기를 많이 복제할 것이므로 자가 증식할 수 있는 반면에, 그렇지 못한 유전자는 도태하고 만다. 이렇게 놓고 볼 때, 유전자는 **'살아남기'** 게임을 하는 프로그램과도 같다. 이때 돌연변이는 유전자의 변화, 즉 프로그램의 변경으로, 이 변경의 결과로서 한층 좋은 프로그램이 출현하면 그것이 진화를 가져다준다는 시각이다.

유전자 입장에서 본다면, 인간은 유전자가 자신을 보존하기 위해 진화해 나가는 일종의 **'생존 기계'**에 불과하다. 그렇기에 성공적인 유전자의 가장 중요한 특징은 '이기주의'다. 이기적이라는 것은 자기의 생존 혹은 보존 가능성이다. 도킨스에 따르면, 자신의 생존 가능성을 높이는 행동은 이기적이며, 그 반대, 즉 자신의 생존 가능성을 낮추는 것은 이타적인 행동이다. 간혹 나타나는 이타적인 행위들도 알고 보면 정교한 이기주의에 불과하며, 이 또한 **'이기주의'**의 한 전략에 불과하다. 인간은 정해놓은 각본대로 유전자의 이기적 명령을 수행하는 존재이기 때문이다.

매트 리들리의 '이타적 유전자'

매트 리들리는 저서 《게놈》에서 해밀턴의 '혈연선택설'과 트리버스의 '상호호혜이론', 폰 노이만의 '게임이론'을 갖고서 이기적인 개체들이 모여 '이타적'인 사회를 이루는 과정을 쉽게 풀어냈다. 그는 이타적 성향은 유전자의 이해관계에 의해서 형성되며, 도덕적 행위는 **'유전자의 이익'**을 증대하는 또 하나의 전략일 뿐이라고 보았다.

리들리에 따르면, 인간의 정신은 이기적 유전자에 의해 만들어졌음에도 불구하고 사회성과 협동성, 신뢰성을 지향한다고 보았다. 인간은 **'사회성 본성'**을 가지고 있기에 태어날 때부터 **'협동'**의 방식을 계발하고, 믿을 만한 사람과 그렇지 못한 사람을 구별하며, 스스로 믿을 만한 사람임을 과시해 좋은 평판을 쌓고, 재화와 정보를 교류하면서 노동 분화를 이루는데, 이 모든 것은 인간만이 지닌 능력이라고 보았다. '인간의 도덕과 사회성은 유전자의 명령'이라는 것이다.

트리버스의 '호혜적 이타주의'

하버드 대학의 트리버스 교수에 따르면, 인간은 '지금, 이 순간'을 위해 서로 도움을 주고받는 것이 아니라 **장래의 '보답'**을 기대하며 남을 돕는 행동을 한다. 이것이 인간을 비롯한 많은 동물의 **'사회성'**이 진화한 이유로, 이를 '호혜적 이타주의' 또는 '상호 이타주의'라고 한다. 일종의 **'계약 이타주**

의'인 셈이다.

생물학 박사인 트리버스에 따르면, 이타적 호혜성의 진화를 위해 서로 교류하는 개체들은 친척일 필요도 없고 심지어는 같은 종에 속할 필요도 없다. 만약 어느 두 개체가 평생 단 한 번밖에 만나지 않는다면, 도움을 받고 난 다음 보답할 기회가 없으므로 둘 사이의 호혜적 관계는 성립하지 않는다. 이처럼 호혜적 이타주의란 서로의 **'존재'**를 인식하고 **'도움'**을 받았다는 사실을 기억할 수 있어야 하며, 서로의 만남이 비교적 빈번해야 가능한 진화 메커니즘이다.

피터 싱어의 '효율적 이타주의'

효율적 이타주의는 타당한 근거와 추론에 기반하여 이타주의를 실현하고자 하는 사회운동 혹은 윤리학적 사조이다. 실천윤리학자로 널리 알려진 피터 싱어는 세상에는 '기부해야 할 이유가 기부하지 않아도 좋은 이유'를 압도한다고 했다.

싱어는 '최대 다수, 최대 행복' 추구라는 **'공리주의'** 원칙을 기부 행위에 그대로 적용하면서, '나'의 기부금이 어떻게 사용되고 있는지를 냉정하게 그리고 꼼꼼하게 따져볼 것을 제안했다. 기부 행위에도 인간적 열정보다는 윤리적 냉정이 훨씬 중요하다고 보는 것이다.

싱어가 말하는 효율적 이타주의의 핵심은 '이타주의'를 실천하되, 어떤 방식이 '가장' 좋은지를 **'따져가면서'** 실천하자는 것이다. 예를 들어, 어떤 단체 또는 개인에게 베푼 나의 선의가 고작 값싼 동정심으로 치부되고 말았다면, 향후 나의 기부 행위는 좀더 신중하지 않으면 안 된다. 싱어는 공리주의자답게 '가슴'보다는 '머리'로 하는 기부야말로 진정한 의미의 기부일 수 있음을 알려준다. 기부의 중단보다는 이전보다 더 현명하고 똑똑한 기부자, 즉 효율적 이타주의자가 되는 것이 중요하다는 것이다.

68 차이
: 다양성의 가치

차이(差異)는 '다르다'는 것으로, 서로 같지 않은 정도나 상태를 말한다. 차이는 사물을 서로 구별 짓는 다른 점, 어떤 사물이 다른 사물과 직접 공통되는 성질이 있고 없고에 관계없이 그 한 사물의 특징을 이루는 **'독자적인'** 성질을 말한다.

차이는 단지 사물의 이름을 가리키는 말이지만, 일정 조건 아래에서 그것은 '대립·모순'으로 변한다. 예를 들어 이층주택과 고층빌딩은 그것만으로 차이를 이루지만, 낮은 주택의 남쪽 가까이에 고층빌딩을 세운다면 일조권 등을 둘러싸고 둘 사이에 대립이나 모순이 출현할 수도 있는 것이다.

스콜라 철학에서 차이는 2개의 유(類) 속에서 어떤 종(種)을 다른 것과 구별하는 징표, 즉 '종적 차이(**종차, 種差**)'[50]를 가리키거나, 또는 어떤 종에 속하는 개별 사물을 다른 개별 사물과 구별하는 징표, 즉 수적 차이(**個差**)를 가리킨다.

이와 같은 징표에 의해 구별되어 있다는 사태, 즉 **'차이성, 차이점'**이라는 것은 존재자 간의 관계를 규정하는 의미로서의 '존재 양태'다. 칸트와 신칸트학파에 있어서는 대립하는 개념인 동일성과 함께 구성적 범주로 보지 않고 반성 개념, 즉 **'반성적 범주'**로 보았다.

한편, 데카르트는 '방법적 회의'를 철학의 확실한 근거로 삼았지만, 그것은 '생각하는 자신'이 '존재하는 자신'과 동일하다는 확신에 기초한 것이다. 이것은 '지금, 이 자리'에 존재하는 자신의 확실성, 즉 '아이덴티티'는 차이가 아니라 **'동일성'**에 기초한 확신이다. 이러한 차이의 부정과 동일성에 대한 갈망은 서양철학의 근본을 이룬다.

아리스토텔레스: "차이는 동일성을 깨뜨린다."

아리스토텔레스는 '실체'란 여러 변화의 이면에 존재하며 변동하지 않는 근본적인 존재라고 생각했다. 그는 항상 변하지 않고 동일한 것, 그것만이 **'실체'**이자 사물의 **'본질'**이라고 보았다. 이러한 개념적 인식에는 차이를 **'부정'**하려는 생각이 포함되어 있다. 사물의 실체, 즉 본질이란 어떤 것이 가지고 있는 고유한 **'자기 동일성'**이기 때문이다. 그러면서 그는 차이를 지닌 것을 변화하는 것, 자기 동일성을 유지하지 못하는 것, 이동하려는 것이라고 말하면서 모두 **'하찮은'** 것으로 끌어내렸다.

니체: "차이는 긍정성의 가치를 높인다."

니체는 각 존재자의 차이가 개별성의 근거라는 생각으로, '차이'를 **'긍정성'**의 의미로 받아들였다. 그는 어떤 전체성 내부에 부정성(否定性)으로 개별성이 생기는 것이 아니라, 개별로 존재하는 것은 그 자체로 의미를 지닌다고 보았다.

니체의 '차이'를 바라보는 시각은 '다신교'라는 비유적 표현에서 드러난다. 그는 '넘치는 풍요와 충만함에서 생겨난 최고로 긍정적인 방식'만이 진실한 사고의 힘이라고 했다. 일신교인 그리스도교의 도덕은 깊은 원한(**르상티망**)과 부정성의 사상으로 일관하고 있으며, 그런 부정의 힘이 서양 형이상학의 바탕을 관통하면서 약자를 괴롭히는 기제로 작동하고 있다고 주장했다. 그리고 궁극적으로는 '모든 사물의 존재는 차이가 있기에 긍정적이다.'라는 결론에 이른다.

이것이 바로 '개별자'만의 독자적인 가치가 있다는 것을 인정하는 **'영원회귀'** 사상이다. 영원회귀는 고통받는 현실 앞에서 절대 꺾이려 들지 않는 자기 삶의 주인으로서의 '초인(超人)'을 정당화하는 사상이자, 차이의 다양성을 인정하는 강하게 긍정하는 사고이다. 니체는 그리스도교 구원 사상을 부정하면서, 다른 사람들과 똑같은 고통을 느낄 뿐이라면 현실의 삶 앞에서 괴로워하지 말고, 오히려 있는 그대로의 '나'를 받아들이면서 강인하고 초연한 마음으로 살아갈 것을 강조했다.

■ **르상티망**

원망', '원한'이라는 뜻으로, 약자가 강자를 **'증오'**하는 심리를 말한다. 니체는 약자가 힘으로 이기지 못하는 강자를 악(惡)으로 삼아 자신을 이해시키려는 심리를 '르상티망'이라고 불렀다. 그는 기독교는 약자의 르상티망에 따라 **'날조'**된 가치관을 **'도덕'**이라는 말로 바꿔 정당화했다고 비판했다. 그 결과, 약자는 자신을 선, 강자를 악이라고 믿으면서, 자신을 정신적 우위에 세우는 나약한 심리를 보인다고 보았다.

보드리야르: "차이는 소비 권력을 생성하는 기제다."

보드리야르는 현대 소비사회에서 인간은 상품(물건뿐만 아니라, 정보·문화·서비스를 포괄한다)을 구매하는 것이 아니라 타인과의 **'차이'**를 만들어내는 **'기호'**를 구매하는 것이라고 했다. 보드리야르에 따르면, 소비사회에서 중요한 것은 상품의 사용가치나 교환가치가 아니라 사회적으로 의미가 부여된 **'기호 가치'**로, 현대 소비사회는 상품을 계속해서 만들어내고, 이는 소비 욕구를 끊임없이 이끌게 된다.

그 결과, 사람들은 점점 더 소비에 예속된다. 이제 상품의 역할은 본래의 사용 목적에서 벗어나, 자신의 개성을 뽐내고 타인과의 차이를 드러내는 기호(이미지)로 전환한다. 소비는 곧 '기호(記號, sign)'를 소비하는 것으로, 기호는 **'차이'**를 만들고, 그 차이는 사회 지위와 권위를 나타내는 **'상징'**으로 뒤바뀐다. 그렇게 해서 소비는 곧 **'권력'**이 되는데, 무엇을 소비하느냐에 따라 그 사람의 계급이 그대로 드러난다. 상품은 효용성으로 평가되는 것이 아니라 자신의 권위와 성공을 드러내는 '기호'로써 자리잡는다.

보드리야르는 이를 '차이의 원리'라고 불렀다. 현대 소비사회에서 개인의 실체는 상품 소비를 통해 다른 사람과의 차이를 기대하는 **'욕망'**으로, 이것이 그가 현대 소비사회를 보는 시선이다.

데리다: "차연은 끝없이 차이를 만들어 모든 이분법적 위계 구조를 해체한다."

데리다는 대표적인 '차이'의 철학자다. 그는 '차이'라는 단어만으로는 자신이 말하고자 하는 진정한 '차이'를 드러낼 수 없다고 생각했다. 대신 그는 **'차연'**이라는 신조어를 사용함으로 그 속에 자신의 '차이'에 대한 생각을 집약하고자 했다. 데리다는 문자는 음성을 정확히 복사하지 못한다고 생각했다. 음성이 문자로 전환된다는 것은 곧 동적 존재로부터 정적 존재로의 형태 변화를 뜻한다. 이때 전환되기까지의 시간 차이가 발생하면서, 음성과 문자는 서로 불일치를 보인다.

데리다는 음성에서 문자로 전환할 때처럼 원본과 복사본이 차이를 함유하면서 변화하는 것을 **'차연(差延)'**이라고 불렀다. 문자와 음성이 일치하지 않는 이상, 문자는 음성을 대신하는 것이 아니라 둘을 동시에 품는 것이다. 이제, 음성은 완전한 원본이 아니다. 인간은 자신이 알고 있는 언어 가운데 타당한 것들을 선택하여 생각하므로, 지금껏 어딘가에서 본 문자가 차연되어 음성으로 될 가능성 또한 충분하다.

데리다에 의하면, 사물은 '원본→복사본→원본→복사본→'으로 끝없이 차연된다. 따라서 둘 간의 우열은 없다. 그는 끝없이 차이를 일으키는 차연 작용이야말로 사물의 근원이자, 모든 텍스트와 모든 통일된 체계를 **'해체'**하는 원동력이라고 주장했다. 데리다는 '차연'을 통한 모든 이원론적 대립 관계의 해체가 불가피하다고 보았다.

69 시간
: 물질의 생성과 소멸 과정

미국의 권위 있는 헤리티지 영어사전은, 시간은 '명백한 비가역적 이어짐으로써, 사건이 과거에서 현재를 거쳐 미래로 일어나는 비 공간의 연속체'라고 정의했다. '블랙홀'이라는 용어를 만든 물리학자 존 아치볼드 휠러는 시간이란 '모든 사건이 한 번에 일어나지 않도록 해주는 자연의 방식'이라고 정의했다. 아리스토텔레스는 시간은 **'변화'**의 척도로, 사물이나 현상에 변화가 생겼다면 그것은 시간이 흘렀기 때문이라고 했다. 뉴턴은 시간을 '절대적이고 참되며 수학적인 시간'이라고 불렀다.

이처럼 시간은 쉽게 정의하기 어려운 개념이다. 생활 속에서 무심히 지나치기 쉬운 내용인 듯하나, 실제로는 철학적·과학적으로 많은 난제와 논란거리를 안고 있는 주제이기도 하다. 아우구스티누스조차 "도대체 시간은 무엇인가? 누가 내게 묻더라도, 그것이 무엇인지 알지만, 막상 질문을 받으면 대답하기 막막하다"라고 했다. 그렇더라도 사건들의 연속성에 대해 살피는 것이 '시간'의 지속 개념에 대한 기본 생각이라 할 수 있다(한편, 공간 개념의 기본 생각은 사물 간의 거리에 대해 살피는 것이라 할 수 있다).

철학적 관점에서, 시간 그 자체는 운동하는 물체도 아니고, 물체의 운동도 아니며, 독립된 존재도 아니다. 시간은 옛날부터 공간과 관련된 일종의 형식 내지는 양(量)으로써, 모든 **'운동성'**을 포괄하는 개념으로 여겨져 왔다. 초기의 철학적 시간 연구에는 두 가지가 고려됐는데, 그 하나는 시간을 외부에서 제약하는 것으로서 영원이다. **'영원'**이 무엇인지 모르더라도 시간은 영원과의 대비 속에서 파악되었기 때문이다. 플라톤은 시간을 영원의 '모상'이라고 하면서 수(數)와 그 본질을 같이하는 것으로 보았다.

다른 하나는 시간 내부의 문제로 시간론의 아르케를 **'운동'**으로 볼 것인가, **'의식'**으로 볼 것인가 하는 것이다. 시간을 운동과 관련시키면 시간을 측정할 수는 있지만, 그것만으로 시간이란 양상을 파악할 수는 없다. 운동을 '아르케(원리)'로 해서 시간을 파악한다는 것은 곧 시간을 자연으로부터 파악하는 것인데, 자연 속 시간은 늘 **'지금, 여기'**뿐이기 때문이다. '지금, 여기'에는 과거와 현재 및 미래라는 시간 양상은 없는 것이다.

■ **크로노스와 카이로스**

고대 그리스인들은 시간을 '크로노스(chronos)'와 '카이로스(kairos)'로 구분했다. 크로노스는 일반적인 시간을 의미하며, '과거–현재–미래'로 연속해 흘러가는 **'객관적·정량적'** 시간이다. 태어나서 늙고 병들고 죽는 생로병사의 시간처럼, 과거로부터 미래로 일정 속도, 한 방향으로 **'기계적'**으로 흐르는 연속한 시간을 말한다. 연대기를 뜻하는 영어 단어 '크로니클'이 여기서 왔다. 반면, 카이로스는 인간의 목적의식이 개입된 **'주관적·정성적'** 시간이다. 순간의 선택이 인생을 좌우하는 **'기회'**의 시간이자 '결단'의 시간이다. 카이로스의 시간은 시각(時刻)이라고 달리 표현하기도 하는데, 이는 적절한 때, 결정적 순간, 기회라는 뜻이다. 이처럼 시간은 '양적'이면서 '질적'이다.

칸트: "시간은 인식의 개념 틀이다."

칸트는 인간에게는 원래 시간과 공간을 직관적으로 이해하고 받아들이는 태도가 존재하기 때문에 수학적 또는 자연과학적 판단을 할 수 있는 것이라고 했다. 칸트에 따르면, 시간은 우리 뇌가 외부 세계를 이해하기 쉽도록 해주는 **'개념 틀'**에 불과하며, 물리계는 실재하지 않는다. 선글라스를 쓰면 외부 세계의 색이 다르게 보이는 것처럼, 인간의 뇌에는 이미 시간과 공간이라는 형식이 있어서 그것을 통해 외부 세계를 보고 이해한다는 것이다. 다시 말하면, 외부 세계에서 들어온 정보를 시간(과 공간)이라는 뇌 속의 '필터'로 걸러 해석하는 것이다. 뉴턴에게 시간은 물리 세계에 객관적으로 실재하는 존재였던 것에 비해, 칸트에게 시간은 뇌의 정보처리시스템에 지나지 않는 **'실재하지 않는'** 존재인 것이다.

베르그송: "시간은 수수지속이다."

베르그송에 따르면, 시간은 인간 의식에 자리한 직관적인 그 무엇이다. 시간은 단순한 공간상의 물적 이동이나 양적 변화가 아니라, '아이스크림을 본다 → 먹고 싶다 → 달콤하다 → 감정이 솟구친다 → 행복하다'라는 식으로 우리 의식 속에서 감정과 기억이 끊임없이 이어지면서 질적 변화를 일으키는 것이다. 그는 시간의 이러한 성질을 가리켜 **'순수지속'**이라고 불렀다. 베르그송에 따르면 시간은 멜로디와 같다. 새로운 음이 멜로디에 더해지면 전체 분위기가 바뀌듯, 베르그송은 마음속 시간, 곧 **'직관'**에 의한 시간을 진정한 의미에서 우리가 경험하는 시간으로 생각했다.

■ 근대 이후의 독자적 시간론

헤겔을 지나 하이데거에 이르면, 시간은 영원과의 대립 속에서 파악되지 않고 **'근원적 시간'**과 **'파생적 시간'**으로 이원화된다. 헤겔의 개념 시간과 베르그송의 순수지속, 후설의 내재적 의식의 흐름, 하이데거의 근원적 시간은 전자에 속하고, 자연시간, 공간화된 시간, 자연적 태도에서의 시간, 통속적 시간은 후자에 속한다. 철학자의 시간론은 시간의 근원에 관한 탐구이자 역사 진행, 본원적 삶에 대한 성찰이었다. 그들에게 시간의 문제는 곁가지 문제가 아니라 각자 자기 철학의 핵심 주제이자 관심사였다.

아인슈타인: "시간은 상대적이다."

아인슈타인에 따르면, 시간은 **'상대적'**이다. 시간은 관측자의 '속도'에 따라 빨라지거나 느려질 수 있다. 특수상대성 이론에 따르면, 우주에 있는 사물은 반드시 같은 시간 프레임을 공유하지 않는다. 시간은 사물의 속도뿐만 아니라, 사물 간의 거리나 사물이 받는 중력의 크기에 따라 더 느리게 혹은 더 빠르게 흐른다. 아인슈타인 이후, 물리적 시간도 심리적 시간처럼 절대적인 것이 아니라 상대적인 것으로 밝혀졌다.

맥타가트의 '시간의 비실재성'

영국의 철학자 존 맥타가트에 따르면, 시간에 관한 우리의 설명은 모순이 있거나 비현실적이다. 맥타가트는 논문 〈시간의 비실재성〉에서 시간을 두 가지 방식으로 배열해 분석했다. 먼저, 'A계열'이라고 이름 붙인 방식에서는 과거·현재·미래를 일직선상에 순차적으로 이어가며 배열한다. 여기서는 현재가 과거에는 미래였으며, 미래에는 과거가 된다. 즉, '현재'라는 상태가 끊임없이 갱신되며 이어진다. 다음으로, 'B계열'은 어떤 두 사건을 시간선 상에 각기 고정해 놓고 그들의 관계를 생각하는 방식이다. 가령, 어떤 사건을 기준으로 또 다른 사건이 일어난 시간을 '1초 전', '이틀 후' 혹은 '동시' 등으로 **'비교'**하는 방식이 그것이다.

맥타가트에 따르면, 시점이 고정된 B계열에서는 시간의 흐름이 **'불가능'**하다. 반면, A계열에서는 '현재'가 유동적으로 끊임없이 이어지며 변화하므로 시간의 흐름이 **'가능'**하다. 그러나 여기에는 속성이 전혀 다른 과거·현재·미래를 '동일'하게 취급하는 데서 오는 논리적 **'모순'**이 있다. 그는 이 모순을 설명하기 위해 매우 정교한 형이상학적 논리를 펼친 결과, 어떤 경우이건 시간은 **'실재하지 않는다'**라고 결론지었다.

70 공간
: 물질 존재 및 자연 현상 생성 영역

공간(空間)은 어떤 물질 또는 물체가 존재하거나, 어떤 현상이 일어날 수 있는 장소를 말한다. 철학의 존재론적 관점에서 공간은 **관계론**과 **실체론(실재론)**을 중심으로 논의되어왔다. 실체론자들은 공간(또는 시공간)의 틀이 물질과 같은 실체와 유사한 존재를 갖는다고 주장한 반면, 관계론자들은 공간을 물질 사이의 가능한 관계로서 이해했다.

존재론적 관점에서, 공간이 지닌 '있음'의 성격은 명백히 다른 물체들과는 다르다. 그러나 그 존재를 배제하면 더 큰 문제가 야기된다. 그러므로 우리가 실재론적 관점을 취한다고 하면, '공간은 우리가 이해하는 세계 안에서 존재성을 인정받을 명백한 자격을 갖춘 그 무엇'이다. 세계는 존재하고, 그 세계가 어떤 **'구조'**를 갖는다고 할 때, 그 구조의 양상을 우리에게 말해주는 매우 중요한 요소가 바로 '공간'이다.

인식론적 관점에서, 공간 개념은 분명히 우리가 사물을 보는 중요한 인식의 틀이며, 따라서 우리가 **'만들어낸 것'**이다. 이에 따를 때, 공간이란 자연적으로 주어져 있는 것이거나 우리의 표상으로부터 독립해서 존재하는 것은 아니며, 인식하는 주관(즉, '나')을 따라서 여러 공간이 있을 수 있다. 이를테면 입체파의 공간 개념처럼, 현대 예술가들이 창조해 낸 공간은 우리에게 창조적으로 구성된 공간의 사례를 보여준다.

현대 과학의 공간 인식은 다음과 같이 요약된다. 현대 물리학은 공간의 실재성과 관련하여 공간이 **'물리적 실체'**라는데 공통된 인식을 지니고 있으며, 또한 곧잘 혼동되고 있는 관계적 공간과 상대공간은 개념적으로 명확히 구분된다. 공간이 인간의 생활세계나 지구 환경으로서 경험될 때는 뉴턴의 절대공간과 일치하는 반면, 아인슈타인의 상대성 해석을 따르는 현대 과학계의 공간 이해는 완전히 일치·통합되지 않는다.

데모크리토스: "공간은 물체를 지니지 않은 실체다."

고대 그리스 자연 철학자 데모크리토스는 원자론과 함께 공간 개념을 제시했다. 그는 빽빽한 원자가 움직일 수 있는 '빈 곳'이 존재할 것으로 생각했는데, 원자의 활동을 위한 자유로운 여지로써의 열린 공간의 존재를 인정하고 그곳이 바로 공간(**허공**)이라고 보았다. 근대과학처럼 물질이 존재하는 장소로 공간을 파악하지 않은 것이다.

데모크리토스에 따르면, 원자들 사이에 일어나는 물리적 작용은 모두 그 원자의 성격에 의해서만 결정되기 때문에, 공간은 연장(延長)을 가질 뿐 물체의 운동에는 전혀 영향을 미치지 않는 **'공백'**의 성격을 지닌다. 데모크리토스는, 공간은 물체를 지니지 않은 실체로, 원자의 수가 무한한 것처럼 공간 또한 **'무한'**하다고 보았다.

아리스토텔레스: "공간은 세계 질서를 이루는 장소다."

아리스토텔레스는 공간을 **'장소'** 개념으로 인식했다. 그는 사물이 처해있는 장소로서의 **'토포스(topos)'**를 공간이라고 보았다. 현실에 존재하는 사물은 언제나 자신의 고유한 장소를 점유하고 있는데, 이 공간이 토포스다. 토포스는 물체를 담는 용기와 같은 것으로서 물체의 표면에 해당하며, 세계의 질서는 토포스라는 장소와 함께 미리 주어지는 것이다.

아리스토텔레스에게 있어서 공간은 어떤 물체의 테두리를 이루는 외곽선으로, 공간에 대한 이 같은 개념은 '유한한' 우주를 함축한다. 우주 안의 모든 사물이 자신의 공간을 가진다면, 우주 자체는 어디에도 존재하지 않을 것이다. 따라서 아리스토텔레스에게는 공간이 먼저 있고 그 안에 물체가 있는 것이 아니라, 물체에 수반되는 **'성질'** 가운데 하나가 공간인 것이다.

데카르트: "공간은 실체의 연장이다."

데카르트는 실체로서의 **'연장(延長)'**을 공간이라고 보면서 실체론적·기하학적 공간론을 펼쳤다. 그에게서 물리적 공간은 물질적 실체와 혼용된다. 공간 또는 내부적 장소와 이 공간 안에 포함되는 물체는 단지 우리의 **'사유(생각, 관념)'** 속에서만 다룰 뿐이다.

기하학적 연장은 데카르트적 공간의 본질을 구성한다. 즉, 데카르트에게 공간과 물질은 서로 다른 존재가 아니라 '물질-공간'이라는 **'하나 된'** 존재이다. 공간은 '신(神)'의 첫 번째 창조물로서 근원적이고 무한하며, 이것에서 운동함으로써 세계는 무한한바, 유클리드 공간이 세계 공간으로 된다. 균질하고 자기충족적이며 객관적인 공간에서 3차원 직교좌표가 기하학적인 **'확장'** 개념으로 사용된다.

■ **연장(延長)**

데카르트 철학에서 **'연장(延長)'**의 개념은 물질의 **'공간적 확대'**를 의미한다. 데카르트는 세계는 정신과 물질이라는 별개의 두 실체로 이루어져 있다고 보았다(이원론적 사고). 인간 또한 같다고 생각했다. 정신의 본질은 '사유(사고)'이고, 육체(물질)의 본질은 '연장'이라고 규정하면서, 정신(사유)이 육체(연장)를 통제하는 것이라고 주장했다. 더 나아가 데카르트는 자연계는 원리상 기계(물질, 육체)와 다름없다는 **'기계론적 자연관'**을 확립했다. 자연계에 대해서도 생각하는 정신 이외의 모든 것은 기계와 같은 것이라고 하여, 그 본질은 사유가 아니라 '연장'이라고 보았다.

공간에 대한 두 시각: '관계주의와 절대주의'

21세기 물리학은 공간에 대한 두 가지 설명을 내놓았는데, '관계주의'와 '절대주의'가 그것이다. 관계론자인 라이프니츠에 따르면, 공간은 사물들의 위치를 결정해주는 **'관계'** 또는 **'질서'**다. 이는 공간을 구성하는 것들은 서로 관계를 맺고 있는 사물의 존재와 그것의 운동으로, 공간이란 그 안에 담긴 사물 없이 독립적으로는 존재하지 않는다는 뜻이다. 그에게서 사물이 전혀 없다면 어떤 공간 관계도 존재하지 않는다는 뜻이자, 우주 안에 모든 물질이 사라진다면 공간 역시 존재하지 않게 된다는 의미다. 라이프니츠에 따르면, 공간이 있고 그 안에서 사물이 관계를 맺는다기보다는 사물이 먼저 있고 그들의 **'관계'**가 공간을 형성한다.

이와는 달리 절대론자인 클라크는 공간을 모든 곳에 존재하는 일종의 **'본질적'**인 것으로 보았다. 공간은 거대한 그릇으로서 별과 행성, 인간 등 우주 삼라만상을 담고 있는 존재다. 공간은 물체가 한 곳에서 다른 곳으로 움직이고, 우주 만물이 어떻게 공간을 통해 움직이는가를 알려 준다. 공간은 '신적'인 존재로, 신이 공간으로서 **'현현(顯現)'**하고 있다고 믿었다. 신이 삭제할 수 있는 대상이 아니듯이 공간 역시 삭제할 수 없기에, 만약 우주가 파괴되더라도 공간은 뒤에 남겨질 것으로 보았다. 뉴턴 역시 클라크처럼 공간의 **'절대성'**을 주장했다. 공간은 사물의 위치 관계를 결정하는 절대적인 **'실재'**로서, 만물은 공간과의 관계 속에서 운동한다고 생각했다. 뉴턴 역학은 이 절대공간과 절대 시간을 전제로 성립된 것이다.

■ 아인슈타인의 시공간 개념

아인슈타인에 따르면, 시간은 사건보다 미리 존재하는 것이 아니다. 시간은 사건에 의해 생겨나는 것이다. 그런데 이 사건은 공간 안에서 일어나는 것이므로, 시간과 공간은 밀접한 관계가 있다. 즉, 하나의 사건의 위치를 나타내는 4차원은 한편에서는 공간의 3차원으로, 다른 한편으로는 시간의 차원으로 나누어질 수 없다.

부록

용어 해설

정언명령[1]

칸트에 의하면, 의무에 따라 행동하는 것은 곧 도덕 법칙에 따르는 것이다. 그러나 인간이 도덕 법칙을 따르는 일은 저절로 되는 것이 아니며, 그 과정에서 '자연적 경향성'을 극복해야 하기에, 도덕 법칙은 명령의 형식으로 이뤄져야 한다. 그리고 의지가 따르는 도덕 법칙이 절대적이고 무조건으로 선하려면, 도덕 법칙이 어떤 다른 목적을 달성하기 위한 수단으로써의 명령이 아니라 그 자체가 **'목적'**인 무조건적 명령으로 되어야 한다. 그는 도덕 법칙이 '만일 ~ 하려거든 ~ 하라'와 같이 어떠한 조건이 붙은 '가언명령'이 아니라 '무조건 ~ 하라'와 같은 절대적인 명령의 형식을 지녀야 한다고 했는데, 이를 **'정언명령'**이라고 한다.

무의식[2]

데카르트 이후, 자아는 곧 자기의식을 의미하며, 의식은 이성으로 통제할 수 있다는 생각이 철학의 상식으로 자리 잡았다. 하지만 프로이트는 인간 행동의 많은 부분은 이성으로 통제할 수 없으며, 무의식의 지배를 받는다고 생각했다. **'무의식'**은 개인이 의식하지 못한 채 어떤 행동을 결정하게 만드는 심리적 영역을 말한다.

프로이트에 따르면, 개인이 잊고 있는 기억은 의식되지 않는 부분으로 머릿속에 잠재되어 있으며, 평상시에는 억압되어 있다. 그러한 기억은 평상시에는 의식되지 않지만 어떤 계기로 의식화되거나 불안 심리로 표출된다. 프로이트는 무의식의 개념을 통해 인간의 합리성을 뒤엎으면서 인간 본성과 문화에 대한 새로운 개념을 제시했다.

이상 국가[3]

플라톤은 《국가》에서 모든 유토피아의 원조 격인 '이상 국가'의 윤곽을 제시했다. 그는, 국가는 통치자 계급, 수호자 계급, 생산자 계급으로 이루어진다고 했다. 각각의 계급의 타고난 본성인 이성·의지·욕망이 지혜·용기·절제의 덕으로 나아갈 때, 국가는 도덕적으로 올바르고 완벽한 상태인 **'정의'**의 덕을 실현하고, 이상 국가가 탄생한다고 보았다. 플라톤이 구상한 이상 국가는 민주제가 아닌 귀족제라고 할 수 있다.

타자의 윤리[4]

레비나스에 따르면, 인간은 결코 자율적이지 못하다. 타인은 자신이 해석한 세계로부터 빠져나올 수 있도록 돕는 무한성을 지닌 존재다. 나 자신과 타인은 세계 안에서 공존하며, 서로 떼려야 뗄 수 없는 관계이기 때문에 우리는 타인을 무한히 책임져야 할 의무가 있다. 그런 점에서 볼 때, 자신과 타인의 **'관계'** 그 자체가 '윤리'라고 할 수 있다. 그 얼굴과 관계할 때, 바꿔 말해 타인의 얼굴에 책임을 질 때, 인간은 '일리야'의 공포로 인해 전체주의로 변질한 자기중심 세계를 뛰어넘어 무한한 타인을 향해 나아갈 수 있다.

상호주관성[5]

세계는 인식 주관 바깥에 실재하고 있다고 섣불리 단정할 수 없다. 그런데도 우리는 세계는 실재한다고 확신을 한다. 무슨 이유에서일까? 후설은 우리가 세계의 실재를 확신하기까지의 일련의 사고 방법을 알고 있기 때문이라고 생각했다. **'상호주관성(간주관성)'**이 그것이다. 상호주관성은 말하자면 나도 타자도 '동일한 세계를 이루고 있음'을 확신하고 있다는 것을 내가 확신하는 것이라 할 수 있다. 이로써 객관적 세계가 만들어진다. 즉, 내가 어느 세계에 살고 있다는 것은 다른 주체들과 함께 그 세계를 경험하고 공유함을 뜻하는 것이라 할 수 있다.

세계-내-존재[6]

하이데거에 따르면, 무엇인가가 '존재한다'는 개념은 인간에게만 해당하는 고유의 특성이다. 세계는 그러한 개념에 따라 완성되어 있다. 세계는 인간이 해석할 수 있는 성질의 것이 아니다. 그런데도 인간은 언제나 세계를 해석하려 든다. 그러한 인간을 지칭하는 형식적이고 실존론적 표현을 '세계-내-존재'라고 한다. 하이데거에 따르면, 인간은 세계 안에서 여러 가지 사물과 관련을 맺고 그 사물을 배려하면서 살아간다. 자신의 존재 가능성을 의식하고 세계와 관계를 맺으면서 열심히 살아가는 **'현존재'**로서의 인간의 본질적 구조가 곧 '세계-내-존재'인 것이다.

규율 권력[7]

근대 들어 이성은 권력으로 자리 잡았다. 근대 부르주아 사회에서 이성은 '나'와 '타자'를 구분하고, 더 나아가 모든 사회질서에 의미를 부여하는 기제로 작동함으로써 권력 재생산에 기여했다. 이성은 그 과정에서 사회의 보편적 사고방식으로 자리 잡기 위해 자신과는 다른 사고방식을 배척했다. 푸코는 《감시와 처벌》에서, 각 시대의 권력이 어떻게 개인을 통제하고 구속해 왔으며, 개인이 권력의 작용을 따라 어떻게 변화해 왔는지를 형벌 제도 변화를 갖고 추적했다. 그는, 감옥을 감시자와 감시당하는 자가 명확히 대비되는, 즉 **'보이지 않는 규율 권력'**이 행사되는 전형적인 사례로 보았으며, 그 생생한 증거를 감옥과 정신병원에서 찾았다.

프래그머티즘[8]

'실용주의'라고도 한다. 프래그머티즘의 핵심 사상은 '유용한 것이 곧 진리'라는 말에 압축 표현되어 있다. 말하자면 진리는 **유용성**에 의해 결정된다는 것이다. 여기서 유용성이란 실제적·실질적 효과가 있다는 뜻이다. 이는 어떤 이론이 진리를 갖는지는 이론 자체에 의한 것이 아니라, 그 이론이 만들어 낸 행위의 결과에 따라 결정된다고 보는 입장이다. 미국에서 탄생한 철학 사상인 프래그머티즘은 모든 대상에 적용 가능한 진리는 없다는 **'상대주의'** 입장에서, 기존의 모든 지식을 비판하고 유용성이 검증된 진리만을 '참'이라는 생각을 확립했다. 프래그머티즘은 퍼스로부터 시작됐으며, 제임스를 거쳐 듀이에 의해 완성되었다.

이데아[9]

이데아(idea)는 플라톤 철학의 핵심 개념으로, 모든 존재와 인식의 근거가 되는 항구적이며 초월적인 실재를 뜻한다. 이데아는 우리가 눈으로 확인할 수 있는 형태가 아니라, 이른바 마음의 눈으로 통찰하는 사물의 진정한 모습 혹은 사물의 원형을 가리킨다. 감각으로 파악할 수 있는 존재는 시간이 지날수록 모습을 바꾸지만, 이데아는 **'영원불변'**하다. 플라톤은, 모든 사물은 이데아의 그림자에 지나지 않기 때문에 우리는 그것의 진정한 모습을 찾아내야 한다고 주장했다. 반의어는 **'현상'**이라고 할 수 있다.

이익 평등 고려의 원칙[10]

현대의 공리주의는 고전적 공리주의의 핵심 원리를 계승하는 흐름과 고전적 공리주의의 한계를 극복하려는 흐름으로 나누어 볼 수 있다. 공리의 윤리를 계승하고 확장함으로써 새로운 윤리 사상을 전개하려는 현대 공리주의자이자 실천윤리학자로 피터 싱어를 들 수 있다.

싱어는 감각을 지닌 모든 개체의 이익은 동등한 고려의 대상이 되어야 한다는 '이익 평등 고려의 원칙'을 제시함으로써, 인간뿐만 아니라 감각을 지닌 모든 동물에게 **'공리의 원리'**를 확장할 것을 주장했다. 쾌락과 고통에 대한 감각을 가진 모든 개체가 쾌락을 늘리고 고통을 줄이는 방향으로 행동하는 것, 즉 이익을 추구하는 것은 개체의 기본적인 권리라는 것이다. 싱어는 인간뿐만 아니라 감각을 가진 동물까지도 도덕적 배려의 대상이 되어야 한다고 주장했다.

● 프로슈머[11]

생산자이면서 소비자의 역할을 하는 사람을 뜻하는 프로슈머는 앨빈 토플러가 《제3의 물결》에서 처음 사용한 용어로, 생산자를 의미하는 프로듀서와 소비자를 의미하는 컨슈머를 합성한 것이다. 프로슈머는 소비자가 더는 상품을 소비만 하는 수동적 차원에 머물지 않고 상품의 생산과 가치 형성에 **'적극적'**으로 개입하는 역할을 하고 있음을 상징적으로 표현하고 있다. 뉴미디어의 출현과 멀티미디어 기술 발전은 프로슈머로서의 대중의 역할을 가능하게 한 기술적 요인으로, 대중문화의 생산 주체와 소비 주체는 서로 경계를 넘나들면서 스스로 문화를 생산하고 소비하는 적극적 주체가 된다.

● 아우라[12]

예술 작품을 사진 촬영하여 인쇄한 복제물은 매우 정교하게 만들어졌지만, 그렇다고 유일무이한 진본은 아니다. '지금, 여기에' 없는 진본 작품에만 들어있는 그 무엇도 흉내낼 수 없는 고고한 분위기이자 쉽게 다가갈 수 없는 이미지를 **'아우라'**라고 한다. 벤야민은 아우라의 개념을 '가깝고도 먼 어떤 것의 찰나적인 현상'이라고 표현했다. 최근 들어 예술 작품은 기술적으로 복제하기가 무척 쉬워졌다. 그렇더라도 실물에 들어있는 유일성과 역사성은 복제물에서 찾아볼 수 없다. 영화·사진 등 복제 예술의 등장은 예술 개념을 '숭고'에서 '희소'로, '친근함'에서 '신선함'으로 변화시켰다.

벤야민은 복제 기술 진보에 의한 아우라의 상실을 탄식했다. 그러나 다른 한편으로는 그 어떤 권력도 예술·표현·정보 등을 관리 및 규제할 수 있게 됨으로써, 복제 기술 진보가 예술과 표현의 권력으로부터의 해방을 불러왔다고 생각했다. 그러면서 복제품에는 아우라가 없는 대신 더 특별한 가치가 있다고 생각했다. 그것은 누구나 손에 넣고 즐길 수 있다는 의미에서의 예술의 대중화이다. 벤야민은 복제품은 현대 사회에서 **'예술 작품의 대중화'**에 크게 기여했다고 보았다.

● 심의 민주주의[13]

심의 민주주의는 시민이나 이익집단이 정책 결정 과정에 직접 참여하여 민의를 충실히 수렴하고, 토론과 숙의를 통해 집단적 의사를 결정하는 '질'의 정치이다. **'대의 민주주의'**라고도 한다. 이것은 다수결로 선출된 대리인이 전체 시민의 이익을 제대로 반영하지 못하고 자기 이익을 추구하는 경향을 보이는 대의 민주정치의 현실적 한계를 극복하기 위해 도입됐다.

심의 민주주의는 현재 여러 국가에서 각국의 상황에 따라 다양한 형태로 시행되고 있다.

● 이마쥬[14]

데카르트는 마음과 몸(정신과 육체)은 명확히 구분할 수 있는 존재라고 생각했다. 이를 '심신 이원론'이라고 한다. 하지만 베르그송은 달리 생각했다. 우리는 좋아하는 음식을 보고 '맛있다'고 생각하기도 하고, 유아 때 장난감을 만졌던 경험으로 '귀엽다'고 느끼기도 한다. 물질과 마음은 감정과 기억으로 연결되어 있다는 것이다.

베르그송은 우리가 본(지각한) 사물과 이에 대한 우리 의식을 하나로 묶은 것을 **'이마쥬'**라고 불렀다. 그는 세계는 나의 이마쥬와 타자의 이마쥬로 구성되어 있다고 생각했다. 베르그송에 따르면, 세계는 단순히 물질로 이루어져 있는 것이 아니다. 그렇다고 우리 마음속에 간직하고 있는 것도 아니다. 그는 세계는 **'이마쥬의 총체'**라면서, 물질과 정신이라는 단순한 이원론적 사고로 세계를 파악하려 들지 않았다.

철학적 좀비[15]

철학적 좀비는 현대 정신철학 용어로, 차머스가 감각질을 설명하기 위한 사고실험에서 이 용어를 사용했다. 철학적 좀비는 '물리적·화학적·전기적 반응에는 일반 인간과 완전히 동일하게 작용하지만, 의식(감각질)을 전혀 가지고 있지 않은 인간'이라고 정의된다. 좀비와 인간의 차이는 마음을 갖고 있는가, 그렇지 않은가 여부다.

차머스는 이를 차용하여 '마음'이 **비물질적 감각**으로 세계 안에 존재할 수 있다고 보았다. 그리고 인간의 본질은 '마음(의식, 퀄리아)'이라고 결론 내렸다. 차머스는 성질 이원론(중립이원론)의 입장에서 물리주의(또는 유물론)의 입장을 반박하기 위해 이 개념을 사용했다. 좀비의 개념을 이용하여 '물리주의'를 비판하는 이 논증을 좀비 논변 또는 **'상상 가능성 논변'**이라고 부른다.

퀄리아[16]

퀄리아(qualia)는 어떤 것을 지각하면서 느끼게 되는 기분이나 떠오르는 심상으로, 말로 표현하기 어려운 특질을 가리킨다. **'감각질'**이라고도 부른다. 일인칭 시점으로 주관적 특징이 있으며, 객관적 관찰이 어렵다. 차머스에 의하면, 의식에 관한 문제는 어려운 문제와 쉬운 문제로 나눌 수 있다. 심리학과 신경과학이 대답할 수 있는 문제, 예를 들면 '뇌는 정보를 어떻게 통합하는가'나 '인간은 어떻게 외부의 자극을 분별하여 이에 적절히 반응할 수 있는가'와 같은 인지체계의 객관적 메커니즘과 관련된 문제가 쉬운 문제다(여기서 '쉽다'는 의미는 사소하거나 중요하지 않다는 의미가 아니다).

반면, 심리학과 신경과학이 대답할 수 없는 문제, 예를 들면 '뇌의 물리적 작용이 어떻게 주관적인 감각 경험을 일으키는가', '왜 뇌의 물리적 작용에 감각이 동반되는가'처럼 생각과 인식의 내적 측면에 관한 문제가 어려운 문제다. 퀄리아(감각질)는 의식에 관한 문제 가운데 설명하기 **'어려운'** 문제, 다시 말해 '설명의 간극'이 큰 문제를 일컫는 것이기 때문에 논쟁의 대상이 된다.

● 물리주의[17]

일원론적 관점은 크게 관념론과 유물론으로 나뉜다. 정신철학에서는 유물론을 '물리주의'라고 부른다. 물리주의는 유물론의 입장에서 세계는 **'물질'**로 이루어져 있고, 마음(의식)도 뇌의 움직임에 관계하는 한갓 물질에 불과하다고 보는 입장이다. 세계를 이루는 궁극적 요소는 물리적이며, 이 세계에 대한 인식 역시 물리적으로 이해될 수 있다는 시각이다. **'행동주의, 기능주의, 동일설'**을 지지하는 물리주의 학자의 다수는, 마음(의식)은 뇌의 기능에 관계하므로 마음의 구조는 뇌 과학의 입장에서 물리적으로 규명될 수 있을 것으로 생각한다. 물리주의는 현대 심리철학에서 주목받고 있는데, 물리주의가 심리학에 적용된 것이 바로 **'행동주의'**다.

● 절대정신[18]

아리스토텔레스 이래 대다수 철학자는 '실재'는 정신과 떨어져 홀로 존재한다는 이원론적 사고를 보였지만, 헤겔은 달리 생각했다. 헤겔에게 최종 실재는 '절대정신'이었다(**일원론적 사고**). 그는 완전한 인식능력을 지닌 정신이자 사물의 숨은 본질을 '절대정신'이라고 불렀다.

헤겔에 따르면, 이데아(관념)는 외화(外化)하여 자연으로 전화(轉化)하며, 인간에 있어 주관적 정신으로 출발하여 그 최후 단계에서 주관(관념)과 객관(물자체)의 **'일치'**라는 인식에 도달한다. 이러한 이데아의 **'자기 인식'**에 도달한 정신이 바로 '절대정신'이다. 이때 절대정신과 자연과 인간 정신으로 이루어진 실재를 한데 묶어 주는 것이 사고의 3단계 운동인 **'변증법'**으로, 헤겔의 정신철학에서 정신은 '주관적 정신→객관적 정신→절대정신'으로 전개된다.

도구화된 이성[19]

프랑크푸르트학파 일원인 호르크하이머와 아도르노는, 나치즘과 파시즘이 저지른 인류 학살은 근대 이후 계속되어온 **'이성 만능주의'** 사고의 한계를 보여주는 것이라고 주장했다. 근대 이후 이성은 점점 행위의 목적을 망각하고 오로지 수단 실현을 위한 '도구'로 자리 잡았고, 비판 능력을 상실한 채 도구가 되어버린 인간 이성은 자신에게 주어진 불합리한 명령을 거리낌 없이 실행했다고 주장했다. 그 어떤 목적 달성을 위해 쓰여야 할 **'도구화된 이성'**은 전체주의 사상과 결합하여 나치즘을 위한 정책 수립과 전쟁 무기 개발의 도구로써 이용되어왔다는 것이다. 아도르노와 호르크하이머는 '인간은 계몽되면 될수록, 점점 더 야만에 가까워진다'라고 했다.

해체[20]

서양철학을 관통하는 사고인 이분법적 위계질서는 그동안 부당하게 행해졌던 억압들을 합리화하고 정당화하는 논리로 작동해왔다. **'이항대립'**을 상정하여 우열관계를 만들게 되면, 약자는 철저히 배제되고 만다. 데리다는 서양 중심의 인식론적 표현과 형이상학적 사고는 철저히 이원론적 대립에 바탕을 두고 있으며, 특정 표현과 진술에는 억압을 가하고 대척점에 있는 것들에 특권을 부여한다고 주장했다.

데리다는 서양 중심의 철학은 진리를 말하는 대신 자신들과는 사상을 달리하는 표현들을 억압하고, 제외시키고, 깎아내리는 데 몰두하고 있다고 주장했다. 따라서 서구적 사고에 의해 쫓겨나고, 은폐되고, 무시당한 것들을 찾아내기 위해서는 **'탈구축'**의 방법으로 이러한 폭력적 위계를 **'해체'**해야 한다고 말하면서, 인간을 구속하는 우열관계의 해체를 시도했다.

● 공정으로써의 정의[21]

미국의 정치철학자 존 롤스는 공정(公正)의 가치를 가장 깊게 다루었던 철학자이다. 롤스는 저서 《정의론》에서 '공정으로써의 정의(Justice as fairness)'라는 개념을 사회 정의의 원리로 제시했다. 여기서 'fairness'라는 단어에 주목할 필요가 있다. 이를 가장 포괄적으로 드러내는 우리말이 바로 **'공평무사'**라 할 수 있다. 공평하고 사심 없음, 즉 공정은 **'평등'**과 더불어 **'도덕성'**을 강조하는 의미라 할 수 있다. 롤스의 제자인 샌델의 저서 《정의란 무엇인가》에 실린 내용이 대부분 '도덕 판단'에 관한 것임을 생각한다면, '공정' 개념에 실린 '도덕성'의 무게를 이해할 수 있을 것이다.

롤스가 추구하는 이념적 지반을 가리켜 '평등적 자유주의'라고 한다. '공동체주의'라고도 한다. 먼저, 평등적 자유주의는 '정의(正義)'의 성립 기반을 정치적 영역보다는 경제적 관점에서 바라본다. **'분배적 정의'**가 그것으로, 롤스는 아리스토텔레스의 '공적이나 기여에 따라 분배해야 한다는 생각'으로 표현되는 '정당한 불평등'을 수용하되, 그 전제 조건으로 사회 안에서 가장 불리한 위치에 처한 '사회적 약자'부터 우선해서 살펴서 구조적인 불평등을 해결해야 한다고 주장한다. 이로써 분배 정의와 같은 경제 영역에서는 국가가 적극적으로 나서서 불평등을 해소함으로써 **'실질적 평등'**을 이루어야 한다는 당위가 성립한다.

따라서 롤스가 말하는 실질적 평등은 구조적인 요인에서 비롯되는 원초적 불평등부터 먼저 해결한 다음, 개인이 자유로운 경쟁을 통해 성취한 것을 자기 몫으로 실현할 수 있는 **'기회의 평등'**을 법과 제도로 보장하는 한편, 그 토대 위에서 발생하는 **'결과로써의 불평등'**을 용인하는 것이다. 롤스는 평등적 자유주의를 지향하는 국가라고 할지라도 개인의 능력과 업적 차이로 인해 불평등은 불가피하지만, 그렇더라도 사회 안에서 가장 불우한 사람들의 생활부터 먼저 개선하는 것은 당연하다고 보았다. 더불어, 이로 인해서 발생하는 차등한 대우를 기꺼이 감내할 수 있다고 구성원들이 받아들인다면, 그것이 곧 '공정'한 정의의 원칙을 따르는 것이라고 보았다.

롤스의 정의관은 도무지 화해할 수 없을 것 같은 개인의 자유와 사회적 평등을 '공정으로써의 정의'라는 원칙 속에서 조율했다는 점에서 큰 의미를 지닌다. 하지만 롤스의 정의관에서 드러나는 가장 큰 문제는, 인간 본성에 내재한 '도덕 감정'이 마치 애덤 스미스의 '건강한 이기심'처럼 **사회적 감정**으로 승화할 수 있을 것이라는 식으로 지나치게 긍정적으로 보았다는 사실이다. 그 점에서 그의 정의관은 한계를 보인다.

헤겔의 '인륜'[22]

헤겔은 개인 내면의 도덕과 사회 전체의 질서를 만드는 법률이 모순되게 공존하는 공동체를 '인륜'이라고 불렀다. 인륜은 참된 자유가 실현되고 있는 사회이다. 그는, 주관적 도덕과 객관적 법률은 상응하지 않고 서로 대립하는 것처럼 보이나(대립과 모순 관계), 둘은 변증법에 의해 통일됨으로써(**止揚함으로써**) 인륜으로 나아간다고 했다.

헤겔은 가족·시민 사회·국가 역시 변증법적으로 파악했다. 가족은 애정으로 결합한 갈등 없는 공동체이지만, 개인의 의식은 가족으로부터 독립 불가능하다. 시민 사회에서 개인의 의식 역시 독립할 수 있지만, 그렇더라도 구성원들 간 욕망의 다툼에서 벗어날 수 없다. 이러한 모순과 대립 관계를 변증법적으로 지양(止揚)한 것이 '국가'다. 국가는 애정과 독립성이 공존하는 인륜의 이상적 형태라고 할 수 있다.

바르트의 '신화'[23]

근대의 등장과 함께 인간은 그동안 신(神)이 차지하고 있던 전지전능한 자리를 '이성'으로 탈취하였으며, 이성은 이에 만족하지 않고 그 권능을 행사하려고 했다. 그 권능의 행사에 앞장선 것이 이른바 부르주아라고 알려진 계층이었다. 이성에 자본이라는 막강한 화력을 더함으로써 근대의 신으로 군림하게 된 그들은 자신들의 이데올로기를 유지·강화·확대하는 담론을 생산하여 유포시키기 시작했다. 그러한 담론 가운데 수세기를 거치면서 현재까지 살아남은 것들은 현대의 신화가 되었다. 바르트가 주목했던 신화란 바로 이러한 **'부르주아의 신화'**로, 그는 이것을 인간을 억압하는 **'부정적'**인 기제로 인식했다.

타인의 얼굴[24]

레비나스의 '얼굴'은 실제 얼굴이 아니라, 타자(좀처럼 알 수 없는 상대이자 깨달음의 계기가 되는 그 무엇)의 **'타자성**(즉, 거울에 비친 타자의 모습으로 **'자아'**를 뜻한다)'을 의미하는 비유적 개념이다. 레비나스는 '일리야'로부터 빠져나오는 데 있어서의 핵심이 바로 **'타인의 얼굴'**이라고 생각했다. 타인의 얼굴은 '사람을 죽여서는 안 된다'는 정언명령처럼, 인간은 이성으로서가 아니라 무조건 타인에게 윤리적으로 책임을 느껴야만 한다는 규범적 의미로서 이해된다.

레비나스는 서로 이해하지 못하는 타자와의 관계라고 하더라도 서로 얼굴을 마주함으로써 이해의 가능성을 교환하고, 이로써 관계성을 파괴하는 사태를 막을 수 있다고 생각했다.

게티어 문제[25]

미국의 정치철학자 에드먼드 게티어는 전통 인식론에 도전했는데, 그 핵심 사상은 이후 **'게티어 문제'**로 명명되었다. 게티어는 정당화된 참된 믿음만으로는 '앎'이 성립하지 않는다고 보았다. 게티어는 세 쪽 분량의 소논문에서 '지식이란 인식 측면에서 정당한 참된 믿음'이라고 재정의하고, "애초에 믿음이 잘못되었다면 아무리 체계적인 논리라도 결코 정당화될 수 없다"라고 주장했다.

마틴 코헨의 《철학의 101가지 딜레마》에 등장하는 다음 내용은 게티어 문제에 대한 좋은 예를 제공한다. 한 농부의 젖소가 밖으로 도망갔는데, 나중에 이웃이 지나가다 좀 떨어진 데서 그 젖소를 보았다고 농부에게 알려줬다. 농부가 혼자 찾아가 봤더니 근처 들판에서 검고 하얀 작은 형체가 움직이는 게 보였다. 이에 농부는 이웃의 인식을 통해 제공된 믿을 만한 정보를 얻었다고 생각했다. 하지만 실제 이웃은 들판에 늘어선 나무들 때문에 시야가 가려진 상태에서 그 젖소를 본 것으로, 결국 이웃은 자신이 본 것이 나무들 사이에 붙어 강한 바람에 날리고 있는 흑백 판자임을 알게 된다. 그런데도 실제 그곳에 젖소가 있음으로써, 이웃의 신뢰할만한 설명과 자신의 눈으로 본 증거로 농부의 믿음 또한 정당화됐다.

그렇더라도 우리는 농부가 들판에 젖소가 있다는 것을 '알았다'고 말할 수는 없다. 우리의 앎(인식)에서 이를 확증하는 '무언가'가 빠져 있기 때문이다. 이를 통해 알 수 있듯, 게티어 문제는 지식이 '정당화된 참된 믿음'만으로 정의될 수 없음을 보여준다.

생철학[26]

생철학은 19세기 중엽부터 20세기 초엽에 성행한 현대철학의 한 경향으로, 삶을 무시해온 전통 철학에 반기를 들고 **'삶의 의의, 가치, 본질'**을 중시했다. 생철학자들은 이성보다는 감정과 의지를, 합리성보다는 비합리성을, 개념보다는 직관과 체험을, 기계적 필연보다는 자유로운 창조를 존중한다. 대표적인 철학자로는 쇼펜하우어, 니체, 베르그송, 딜타이, 짐멜이 있다. 생철학은 이후 실존철학에 큰 영향을 주었다.

로고스, 파토스, 에토스[27]

고대 그리스의 철학자 아리스토텔레스는 자신의 저서인 《수사학》에서, '수사학이란 주어진 상황에 가장 적합한 설득 수단을 발견하는 예술'이라고 말한 바 있다. 그리고 상대방을 설득하려면 3가지가 필요하다고 했는데, 그것이 바로 '로고스(logos), 파토스(pathos), 에토스(ethos)'다.

'로고스'는 이성적·과학적인 것을 가리키는 것으로, 사고능력·이성 등의 의미를 지니고 있다. 이는 이성적인 논리로 상대방을 설득하려면 설득하려는 내용이 잘 정리되어 있어야 한다는 의미다. **'파토스'**는 로고스와 대치되는 개념으로 감각적·신체적·예술적인 것을 가리키며, 격정·정념·충동 등의 의미를 지니고 있다. 이것은 인간은 이성과 감정을 함께 가진 동물이기 때문에 논리만으로는 상대방을 설득할 수 없다는 생각에서 출발한다. 따라서 상대방의 감성에 호소할 줄 알아야 하는데, 이것이 바로 파토스다. 인식의 방법으로써의 합리주의와 경험주의에도 대응한다. 그리고 **'에토스'**는 사람에게 도덕적 감정을 갖게 하는 보편적인 도덕적·이성적 요소를 말한다. 화자의 평판이 좋아야 함을 의미하는 것으로, 상대방이 보기에 믿을 만한 사람이 이야기를 하면, 그렇지 않은 경우에 비해 훨씬 신뢰감이 가서 설득이 잘 된다는 것이다. 이러한 로고스, 파토스, 에토스는 각각 **논리학, 수사**

학, 윤리학으로 발전했다.

타블라 라사[28]

로크는 경험론의 입장에서 대륙 합리론의 본유관념(생득관념)에 의문을 제기했다. 그는 인간은 본유관념을 가지고 태어난다고는 생각하지 않았다. 인간은 아무런 것도 그려져 있지 않은 **'백지 상태(타블라 라사)'**와 같은 마음으로 태어나서 주변 환경과의 상호작용과 후천적 교육을 통해 마치 빈 종이를 채워가듯이 성숙한 인간으로 거듭난다고 보았다. 선악의 관념 또한 개인의 고유하고 선천적인 속성이 아니라 환경 등에 의해 결정된다고 주장했다. 로크의 이런 견해는 이후 프로이트, 브룸, 왓슨 등 수많은 행동주의 및 경험주의 심리학자와 교육학자로부터 지지받았다. 로크의 백지설은 중국 고자(告子)의 **'성무선악설'**에 부합하는 사고라 할 수 있다.

기투와 피투[29]

하이데거에 따르면, 인간은 곧 죽을 수밖에 없는 존재임에도 불구하고 어쩔 수 없이 이 세상을 살아가야 한다는 사실을 자각한다. 이때 인간이 자신의 기분을 통제할 수 없는 상태를 **'피투성(被投性)'**이라고 한다. 그는(그리고 사르트르)는 인간은 개인의 의지와 상관없이 세상에 태어나지만(피투적 존재), 그와 동시에 미래를 향해 열려 있는 다양한 가능성을 만들어가는 존재(기투적 존재)라고 생각했다.

인간은 현재를 초월하면서 미래를 향해 자신의 가능성을 던지는 **'기투(企投)'**적 행위를 통해 자신의 가능성과 대면하면서 앞으로 나아간다. 하이데거는 인간은 죽을 수밖에 없는 존재임을 자각하고는 어떻게 살 것인가를 진지하게 생각하는 '선구자적 결의'를 통해 자신의 가능성을 자기 스스로 만들어나가야 한다면서, 이를 **'기투'**라고 불렀다.

단순 관념과 복합 관념[30]

로크는 오로지 경험만이 정신에 관념을 선사한다면서, 이를 둘로 나누었다. 하나는 '보다, 듣다' 등 감각을 통해 얻는 관념이고, 다른 하나는 '사고, 믿음' 등 여러 가지 정신 과정에서의 반성을 통해 얻는 관념이다. 이런 생각을 따라서 그는 관념을 다시 '단순 관념'과 '복합 관념'으로 구분하면서, 경험 지식이 만들어지는 과정을 설명했다.

로크에 따르면, 관념은 단순한 형태에서 출발한다. 감각적 관념이 먼저고, 다음은 반성을 통해 얻는 관념이다. 이때 정신은 근본적으로 수동적이다. 그러나 나중에는 정신이 단순 관념을 조합하거나, 서로 보충하거나 일부를 무시함으로써 능동적으로 실체·양상·관계라는 **'복합 관념(=지식)'**으로 나아간다.

노에시스와 노에마[31]

후설에 따르면, 지향성에는 '노에시스(noesis)'와 '노에마(noema)'의 두 측면이 있다. 지각 직관과 본질 직관(이 둘이 함께 내재하는 경우도 있다)을 바탕으로 의식이 대상(존재, 사물)을 구성하는 작용을 **노에시스**('사유'라는 뜻을 가진 희랍어로 의식 행위의 본질적인 구조)라고 한다. 그리고 '구성된 것'으로써 곧바로 의식하는 대상을 **노에마**('사유된 것'을 말하며 행위에 대응하는 객관적인 것, 의식 내용)라고 한다.

후설은 의식을 향하고 의식을 결정하는 것은 노에마로, 노에마가 없다면 의식 대상도 없다고 보았다. 의식 활동인 노에시스가 '지향성'을 가지고 만난 의식의 내용적 성격이 곧 노에마인 것이다. 주체는 노에시스와 노에마를 갖고 의식할 내용을 파악하면서 대상을 인식한다. 노에시스가 노에마와 상관관계를 가지면서 의식을 형성해나가는 과정을 후설은 **'구성'**이라고 했다. 후설에 따르면, 모든 대상과 사물은 인식(의식) 주관에 의해 구성된 존재로써 의미가 파악될 때 비로소 존재로써의 타당성을 얻는다.

실존주의[32]

인간 존재의 본질 규정으로써의 **'실존'**이란 인간이 언제나 스스로 자기의 존재를 규정하는 식으로, 다시 말해 사물처럼 태어날 때부터 이미 주어진 어떤 본질 규정을 갖추지 않은 채로 존재한다는 것을 의미한다. 이러한 철학적·문학적 사상을 '실존주의'라고 부른다. 실존주의는 실존을 일반적인 '실재'라고 이해하지 않고 **'인간 현존재의 실현 양식'**으로 이해한다.

실존철학은 개별 인간은 절대정신을 전개하는 '계기'에 불과하다고 보는 헤겔의 독일 관념론에 대한 반대 운동으로 나타났다. 실존주의는 하나의 이념이라기보다는 하이데거, 야스퍼스, 사르트르 등 여러 철학자가 공통으로 제기하는 주제들을 가리킨다. 이들은 모두 철학적 추상화에 반대함으로써 주체성의 우위와 일상 체험의 구체적인 분석을 중요시했고, 실존의 의미에 관한 물음에 주목하여 '불안'을 인간의 근원적 조건을 드러내는 느낌으로 파악했다. 이에 실존주의는 개인의 **'자유, 책임, 주관성'**을 중요하게 여기면서, 인간은 자신의 삶에 부여할 의미를 스스로 찾아야 한다고 주장했다.

보편논쟁[33]

중세 스콜라 철학의 주된 논쟁 주제로, 보편은 '실제로 존재하느냐, 존재하지 않느냐' 여부, 그리고 보편과 개별에 대한 우위 여부를 두고 벌어진 철학적 논쟁이다. 아리스토텔레스와 플라톤의 철학에서 시작됐으며, 중세에 들어서는 격렬한 신학적 논쟁으로 전개되어 후세에까지 영향을 끼쳤다. 보편논쟁에서는 보편의 존재 여부와 그 의미를 논하고 있는데, 이에 대한 중세 스콜라 철학자들의 입장은 크게 둘로 나눌 수 있다.

보편은 현실에 존재하며 개별적인 것보다 더 우위에 선다는 **'실재론**

(實在論)'과 보편은 인간이 만들어낸 말일 뿐이므로 현실에 존재하지 않는다는 **'유명론(唯名論)'**이 그것이다. 실재론자들은 플라톤에게서 그리고 유명론자들은 아리스토텔레스에게서 각각의 근거를 찾았으며, 이들의 논리는 신의 존재를 설명하는 데 사용됐다.

중세 스콜라 철학에서 보편논쟁이 큰 의미를 지녔던 결정적인 이유는 이 모든 것이 중세 지식인들과 철학을 사로잡았던 신학과 긴밀하게 결부됐기 때문이다.

중세 내내 보편논쟁은 **'삼위일체설(성부=성자=성령)'**과 같은 다양한 그리스도교 논리와 현실에서 신의 존재 여부를 규명하는 것에 집중했다. 보편논쟁은 토마스 아퀴나스가 나서서 조정을 시도했지만, 이후 오컴이 유명론을 주창하면서 논의가 재연됐다.

카테고리 착오[34]

다른 범주의 사물을 **'같은 범주'**로 인식하는 데서 오는 착각을 말한다. 라일에 따르면 데카르트의 실체이원론은 언어의 사용 방법 차이에서 비롯된 것일 뿐이다. 예를 들어 서울의 어느 대학에 다니는 손자가 시골에서 올라온 할머니에게 학교 내의 이곳저곳을 보여줬는데도 불구하고 정작 할머니는 "네가 다니는 대학은 언제 구경시켜줄 거야?"라고 말하는 경우가 이에 해당한다.

라일은 이러한 상황이 벌어진 것은 **'카테고리 착오(범주 착오)'** 때문이라고 했다. 이를 마음과 몸의 관계에 적용하여 설명할 수 있다. 라일에 따르면, 마음은 눈물을 흘리거나 웃는 표정을 하는 등 여러 신체 행동이 모여 이루어진 것이기에 그 실체를 알 수 없다. 그는 데카르트의 '실체이원론'은 카테고리 착오(범주 착오)를 마음과 행동의 관계에 적용하면서 착오를 일으킨 것이라고 주장했다.

베이컨의 '이돌라(우상)'[35]

경험주의의 선구자인 베이컨은 엄밀한 경험적 관찰과 이를 통한 지식의 획득을 중시했다. 그는 올바른 지식 습득을 방해하는 선입견과 편견을 **'이돌라(우상)'**라고 부르고, 이를 네 가지로 구분했다. 그리고 우상을 제거할 때 인간은 자연을 있는 그대로 관찰하여 올바른 지식을 획득할 수 있다고 주장했다. ;종족'의 이돌라는 **감각에 의한 착각**을 말하며, '동굴'의 이돌라는 **개인적인 아집**을 말한다. '시장'의 이돌라는 **소문에 의한 편견**을 말하며, '극장'의 이돌라는 **권위에 대한 맹신**을 일컫는다. 베이컨은 이러한 방법을 통해 얻어낸 올바른 지식을 이용함으로써 자연을 지배하고 인간의 생활 방식을 개선하여 많은 사람에게 행복을 가져올 수 있다고 믿었다. 이러한 그의 믿음은 "아는 것이 힘이다"라는 표현에서 잘 드러난다.

개념의 '정의'[36]

'정의(定意)'는 개념에 대한 해석과 설명이다. 실제 글에서, 개념 정의는 유개념(類概念)을 종차(種差)로 제한하는 방식으로 이루어지는 '사전적 의미' 이상을 표현하는 경우가 많으며, 그 자체로 글쓴이의 이해와 사고를 드러낸다. 예를 들어 '과부는 남편을 사별하고 혼자 사는 여자다'라는 개념적 정의에서, 유개념은 '여자'이고 종차는 '남편과 사별하고 혼자 사는'이다.

가장 일반적으로 정의를 내리는 방법으로는 '외연'과 '내포'의 두 가지가 사용된다. **외연적 정의**는 '채소란 배추, 무, 당근, 시금치 등이다'처럼, 개념(채소)이 가리키는 대상(배추, 무, 당근…)들을 열거하는 정의 방식이다. 한편, **내포적 정의**는 '채소란 밭에서 기르는 농작물이다'처럼, 개념의 대상들이 공통적으로 가지고 있는 성질·특성·속성·내용(밭에서 기르는, 농작물)을 기술하는 정의 방식이다.

정의와 비슷한 개념으로 **'지정(指定)'**이 있다. 간단하고 명백하게 어떤 대상을 직접 설명해 주는 방식으로, 주로 '무엇인가', '누구인가'에 대한 대답의 형태로 나타난다. 예를 들어, '오리엔탈리즘이란 동양을 지배하고 재구성하며 위압하기 위한 서양의 스타일이다'처럼, 대상의 특징을 나타낸다는 점에서 유개념과 종개념을 사용하는 정의와는 구별된다.

언어 행위론[37]

일상언어학파의 일원인 오스틴은 언어를 행위와 연결해서 생각하는 '언어 행위론'을 전개했다. 그가 생각한 '언어 행위'란 일상 언어의 엄밀한 분석을 철학의 과제로 하는 언어의 본질적 존재 양식을 가리킨다. 오스틴은 언어는 사실을 기술하는 것이 아니라 **'행위'** 그 자체이기 때문에, 사실(세계)은 변화한다고 보았다. 오스틴에게 있어 '언어가 세계를 만든다'는 말은 결코 비유적 표현이 아니다. 언어의 의미보다 행위에 중점을 둔 그의 관점을 따르면, '인간은 무엇을 아는가?'가 아니라 '인간에게는 무엇이 가능한가?'가 더 중요하다는 것을 알 수 있다.

기표와 기의[38]

언어는 관념을 표현하는 **'기호(記號)'**로 된 하나의 체계로, 수화(手話)나 군대에서 사용하는 신호와 비슷하다. 기호가 있는 곳에 체계가 있다. 그렇더라도 기호는 자의적이다. 단어와 소리, 개념, 이미지가 서로 제멋대로 관계를 맺고 있다는 것이다. 언어는 '기표(記標)'와 '기의(記意)'로 구분된다.

기표는 '들리는 소리와 쓰인 문자'를 말한다. **기의**는 '기표가 나오는 실제 관념, 즉 의미'를 뜻한다. 기표와 기의는 자연스러운 관계가 아니다. '개(犬)'라는 기표는 개를 의미하는데, 이렇게 개를 '개'라고 표현하는 까닭은 이 단어가 개의 천성적 특성을 표현하고 있기 때문이 아니다. 기호 '개'는 오히려 언어의 다양한 구성요소 간의 **'관계'**를 통해서 만들어진다. 핵심은 체계가 기호에 **'의미'**를 부여한다는 것이다. 기호가 있는 곳에는 반드시 **'체계'**가 있다. 이런 이유로, 언어학은 기호학의 모델이고, 기호학은 구조주의의 모델이라고 말할 수 있다.

논리실증주의[39]

20세기 초엽, 카르납 등 여러 물리학자와 수학자가 결성한 오스트리아 빈학파는 관찰과 경험 등을 통해 검증 가능한 이론을 과학적이며 올바른 지식으로 보면서, 그 이외의 것들은 비과학적이며 쓸모없는 지식이라고 간주했다. 빈학파는 실증 가능한 과학적 사실만이 정확한 지식이라는 '논리실증주의'를 제창하면서, 철학의 역할은 세계를 언어로 설명하는 것이 아니라 **언어 그 자체를 분석(실증)**하는 데 있다고 주장했다. 그러함에도 언어를 과학적으로 실증하기에는 분명 무리가 있었다.

실증에 의한 과학적 사실은 새로운 사실이 발견되면 언제든지 뒤집힐 가능성이 존재하기 때문이다. 실제 대부분의 과학적 사실은 대부분 변경됐다. 논리실증주의는 짧은 활동 기간에도 불구하고 분석철학을 비롯한 20세기의 경험주의 발전에 기여했다.

언어게임[40]

비트겐슈타인은 사실과 대응하고 있는 과학적 언어를 분석하면 세계를 분석하는 것이 가능하다고 생각했다. 그러나 이후 자기 스스로 그러한 생각을 부정했다. 과학적 언어가 앞설 경우에는 그것을 일상 언어로 사용하기 어려우며, 일상 언어를 우선할 경우에는 과학적 언어를 '체계화'하기 어렵다고 생각했기 때문이다.

비트겐슈타인은, 세계를 이해하기 위해서는 순수 일상 언어를 분석하지 않으면 안 된다고 보았다. 일상 언어 역시 과학적 언어처럼 하나의 사실에 1대1로 대응하고 있다고 생각하지 않았다. '오늘은 날씨가 좋다'라는 문장은 시간과 장소에 따라 여러 의미를 지닌다. 비트겐슈타인은 그러한 담화의 특성을 **'언어게임'**이라고 불렀다.

비트겐슈타인은 언어게임 규칙은 일상생활 속에서 배우는 것이라고 생각했다. '오늘은 날씨가 좋다'와 같은 일상 언어는 담화하는 중에 드러나는 것을 분석하는 것만으로도 의미를 파악할 수 있다. 우리가 엄밀하다고 믿는 수학이나 과학에서 사용되는 공식 역시 일상 언어로 다시 해석되지 않으면 무의미한 기호 덩어리에 불과하다. 결국, 언어게임은 규칙에 따르는 인간의 다양한 언어 활동의 총칭이라 할 수 있으며, 언어의 맥락을 똑바로 파악하고 상대방의 요지를 정확히 받아들이려는 대화라고 할 수 있다.

과학철학[41]

현대 과학철학은 19세기 초 논리실증주의로부터 시작됐다. 과거의 형이상학적 세계관을 배제하고, 과학에 바탕을 둔 새로운 세계관을 확립하는 데 기본을 두고 있다.

과학은 본질상 엄밀한 방법론적 고찰이 요구되는데, 근대과학의 발달은 방법론의 발전과 함께한다. 이로부터 과학과 비과학의 구분, 과학의 가설과 정당화 과정 및 범위, 이론 변화에 대한 논의가 발생했으며, 이는 오늘날 과학철학이라고 명명되는 분야로 발전했다.

과학철학의 근간을 이룬 **논리실증주의**는 오스트리아 빈학파에 의해 창안됐으며, 슐리크, 카르납, 라이헨바흐, 포퍼 등이 이에 속한다. 포퍼는 과학철학의 기본 토대를 완성했다. 포퍼는 결정론적 형이상학을 인정하는 자연과학과 사회과학을 거부했으며, 실증론을 기반으로 과학이 귀납적 방법으로 시작되어야 한다는 생각을 비판하면서 **'반증 가능성'**을 기준으로 제시했다.

판타 레이[42]

이 세상의 모든 것은 **'변화'**한다는 뜻으로, 고대 그리스의 철학자 헤라클레이토스 사상의 바탕을 가리키는 말이다. 헤라클레이토스는 "만물은 유전하며 같은 상태로 존재하지는 않는다"라고 주장하면서, 만물에는 **'변화의 원리'**가 있다고 생각했다. 한편, 파르메니데스는 헤라클레이토스와 반대로, 세계는 변화하지 않는다고 말했다. 그는 존재의 이치를 "있는 것은 있고 없는 것은 없다"라고 하여 존재의 유무를 외형이 아닌 **'이성'**으로 파악했다.

불확정성 원리[43]

불확정성 원리는 입자의 위치와 운동량을 동시에 어느 한도 이상으로는 정확하게 측정할 수 없다는 입장이다. 이와 같은 원리는 에너지와 시간에 대해서도 성립한다. 하이젠베르크가 1927년에 발견한 '불확정성 원리'는 어떤 계에서 측정하는 행위 자체가 계에 영향을 주어 교란을 하게 되므로 측정의 정밀도에 한계가 존재하는 것으로 이해할 수 있다.

불확정성 원리는 **'양자역학'**에서 정확히 파악할 수 있다. 만일 입자의 위치를 측정하기 위하여 정밀도를 높이면 측정 행위 자체에 의하여 운동량의 불확정도가 높아지고, 반대로 운동량을 정밀하게 측정하면 위치가 교란된다. 다만 그 한계는 플랑크 상수를 포함하는 극히 작은 값이므로 보통의 세계에서 불확정성 원리의 효과는 나타나지 않으나, 원자의 영역에서는 큰 영향을 미친다. 시간에 대해서는 에너지의 불확정성이, 위치에 대해서는 운동량의 불확정성이 있기에 어떤 입자나 물체에 관한 모든 것을 정확히 안다는 것은 원리 면에서 **'불가능'**하다.

모나드[44]

모나드(monade)는 원자와 같은 물리적 요소가 아니라 어디까지나 관념상의 단위다. 라이프니츠 철학의 핵심은 형이상학적 문제를 '모나드(단자)'라는 개념으로 해결하려는데 있다. 라이프니츠는 '무엇이 실체인가'에 대한 개념으로 모나드를 사용했다.

라이프니츠는 세계를 **'정신적'**인 존재로 보았다. 따라서 데카르트의 '연장' 개념과는 달리 실체는 외연(형상)을 가질 수 없다. 실체의 기준은 그것의 작용과 힘인데, 그 힘점으로서의 사물을 구성하는 기본 요소가 바로 모나드다. 각 모나드는 폐쇄된 세계로 독립해서 존재하기 때문에 서로 영향을 주고받지 않는다. 모든 모나드는 무형이며 하나의 영혼을 지니고 있다. 라이프니츠는 정신(곧, 神)이 분할을 거듭하여 **'세계를 형성'**하는 최소 단위의 힘점인 모나드를 이루었다고 생각했다. 모나드는 일원론과 대비되는 **'다원론적'** 시각을 반영한 개념이라 할 수 있다.

● 영원회귀[45]

영원회귀는 윤회나 영생과 관련한 대안적 세계관·인생관을 뜻한다. 영원한 시간은 원형을 이루고, 그 원형 안에서 우주와 인생은 영원히 되풀이된다는 사상이다. '영겁회귀'라고도 한다. 니체에 따르면 영원회귀의 결과는 인간에게 '가장 무거운 짐'이다. 영원회귀 속 인간에게는 인생의 모든 것이 무겁다. 반면 인생이 한 번뿐이라면 인생이나 사랑을 포함해 모든 게 가볍다.

니체에 의하면, 인간이 번민하는 이유는 인생의 의미를 너무 추구하려 들기 때문이다. 그러나 이 세상에 절대 가치는 없다. 그는 인생의 희로애락을 있는 그대로 받아들이고 지금, 이 순간을 충실히 사는 것만이 진정한 자유와 구원을 얻을 수 있다고 주장했다. 니체는 그리스도교 구원 사상을 부정하면서, 어떻게 살든 결국에는 똑같은 고통을 느낄 뿐이라면 괴로움에 떨기보다는 오히려 있는 그대로의 '나'를 받아들이면서 강인하고 초연한 마음으로 삶을 살아갈 것을 강조했다. 여기서 니체의 **'초인사상'**이 등장했다.

사단[46]

사단(四端)은 남을 불쌍히 여기는 마음(측은지심惻隱之心), 자신의 잘못에 대해 부끄러워하는 마음과 불의에 대해 미워하는 마음(수오지심羞惡之心), 겸손하며 양보하는 마음(사양지심辭讓之心), 옳고 그른 것을 가리고자 하는 마음(시비지심是非之心) 등의 네 가지 마음을 말한다. 맹자는 사단이 인간이 선천적으로 타고나는 것으로, 본래부터 자기 안에 들어 있는 사단을 확충할 때 **'인의예지(仁義禮智)'**라는 네 가지 **'덕(四德)'**이 된다고 보았다.

오이디푸스 콤플렉스[47]

콤플렉스는 일정한 감정(정서)을 중심으로 하여 집합된 정신적 여러 요소 및 이로부터 연상되는 집합 요소로 이루어진 복합 감정을 일컫는다. 프로이트는 이것을 억압된 관념의 복합체라고 해석하면서, 그 자체는 무의식이지만 의식적인 사고, 감정, 행동에 영향을 미친다고 했다. 정신분석학에서는 남자아이의 어머니에 대한 과도한 애정이 아버지의 존재에 의해 억압되지 않고 그대로 정착되고 마는 경우의 의식형태를 **'오이디푸스 콤플렉스'**라고 한다. 여아가 부친에게 애정을 갖고 모친에게 유감을 나타내는 경향은 **'엘렉트라 콤플렉스'**라 부른다.

예술 비평[48]

예술 비평은 작품의 모든 요소를 종합해서 판단하는 과정으로, 비평 활동은 크게 작품에 대한 반응, 서술, 해석, 평가로 이루어진다. 그중 **'평가'**는 작품의 가치를 판단하는 활동으로써 예술 비평의 궁극적인 목적이 된다. 평가는 반응, 서술, 해석 단계에서 수집된 작품 관련 정보와 단서들을 종합하여 이루어진다. 평가에는 기준이 있어야 하는데, 그 기준은 작품을 어떤 관점에서 보는가에 따라 다양할 수 있다.

건강한 이기심[49]

경제학의 창시자 애덤 스미스는 도덕적으로 저열하고 부끄러운 본능으로 여겨지던 '이기심'을 오히려 인류 발전의 위대한 **원동력**으로 생각했다. 이것은 "우리가 맛있는 식탁과 마주할 수 있는 것은 푸줏간 주인과 빵집 주인의 자비심 때문이 아니라, 그들 각자가 추구하는 이기심의 발현 때문이다"라는 그의 주장에 함축되어 있다.

그렇더라도 그는 인간의 이기심을 막연히 옹호하려 들지 않았다. 이기적 행위는 무한한 긍정의 대상이 아니라, 적절히 억제되어야 할 대상이라고 생각했다. 타인으로부터의 **'공감'**을 받을 수 있는 '이기심'은 괜찮지만, 공감을 받을 수 없는 '이기심'은 용납될 수 없다고 생각했다. 그는 인간은 이기심을 가지되 무한이익 추구, 아무런 도덕적 제제가 없는 이익 추구를 해서는 안 된다고 주장했다. 이익을 추구하되, 사회와 국가의 이익을 고려해야 하며, 타인의 공감을 얻을 수 있는 만큼의 이익을 추구해야 한다고 말했다. 사회적으로 공감을 얻을 수 있는 선에서의 이기심을 장려한 것인데, 스미스는 이것을 **'건강한 이기심'**이라고 했다.

개념의 '종차'[50]

개념을 정확히 규정하는 것은 곧 그 개념을 구성하는 두 가지 중요한 측면인 개념의 '내포(內包)'와 '외연(外延)'을 명확히 하는 것이다. 개념의 내포와 외연의 관계를 **'종차(種差)'**라고 한다. 개념은 대상의 고유한 속성을 반영하는 동시에 이러한 특유의 속성을 가지고 있는 대상도 반영하게 된다. 이때 개념이 반영하고 있는 대상의 특유한 내용·속성·성질·특성을 개념의 **'내포'**라고 하고, 그 개념이 반영하고 있는 대상의 집합 또는 범위를 개념의 **'외연'**이라고 한다. 예를 들어 채소라는 개념의 외연은 배추, 무, 양파 등 모든 개별적인 채소를 말하며, 내포는 '식용하기 위해 밭에서 기른 농작물'이라는 채소가 갖는 특성을 말한다.

개념의 내포와 외연은 상호 긴밀히 연관되어 있으며, 또한 서로를 제약한다. 개념의 내포가 확정되어 있다면, 일정 조건 하에서 개념의 외연도 잇달아 확정되며, 그 반대의 경우에도 마찬가지다. 그렇더라도 개념의 내포와 외연은 고정불변한 것은 아니다. 대상이 변화·발전함에 따라 그것을 인식하는 사람들 역시 사고의 전환과 인식의 발전을 가져오고, 그에 상응하여 개념의 내포와 외연도 끊임없이 변화하게 된다. 개념의 **맥락적인** 이해와 개념화한 인식이 중요한 이유가 이 때문으로, 외연과 내포 관계를 명확히 구별하여 생각하지 않으면 판단을 내리는 과정에서 혼란과 오류를 겪게 된다. 모든 개념은 내포와 외연의 확정을 통해 구체화되고 명료하게 인식되기 때문이다.

대입-편입 논술에 꼭 나오는 핵심 개념어2

논술 주제로 자주 출제되는 철학의

근본 물음과 대답 70

1판 1쇄 발행 2022년 6월 1일

지은이 김태희
펴낸이 최봉규

발행처 지상사(청홍)
등록번호 제2017-000075호
등록일자 2002. 8. 23.
주소 서울 용산구 효창원로64길 6(효창동) 일진빌딩 2층
우편번호 04317
전화번호 02)3453-6111 **팩시밀리** 02)3452-1440
홈페이지 www.jisangsa.co.kr
이메일 jhj-9020@hanmail.net

ISBN 978-89-6502-318-0 03800

*잘못 만들어진 책은 구입처에서 교환해 드리며, 책값은 뒤표지에 있습니다.

세상에서 가장 쉬운 통계학 입문

고지마 히로유키 / 박주영

이 책은 복잡한 공식과 기호는 하나도 사용하지 않고 사칙연산과 제곱, 루트 등 중학교 기초수학만으로 통계학의 기초를 확실히 잡아준다. 마케팅을 위한 데이터 분석, 금융상품의 리스크와 수익률 분석, 주식과 환율의 변동률 분석 등 쏟아지는 데이터…

값 15,000원 신국판(153*224) 240쪽
ISBN978-89-90994-00-4 2009/12 발행

문과 출신도 쉽게 배우는 통계학

다카하시 신, 고 가즈키 / 오시연

빅데이터, 데이터 사이언스, 데이터 드리븐 경영 등 최근 비즈니스 분야에서는 툭하면 '데이터'라는 단어가 따라다닌다. 그때 종종 같이 얼굴을 내미는 녀석이 통계학이다. 만약 수학을 싫어하는 사람들을 모아서 '아주 편리해 보이지만 잘 모르는 학문 순위'를 만든다면…

값 16,000원 신국판(153*224) 240쪽
ISBN978-89-6502-311-1 2022/2 발행

만화로 아주 쉽게 배우는 통계학

고지마 히로유키 / 오시연

비즈니스에서 통계학은 필수 항목으로 자리 잡았다. 그 배경에는 시장 동향을 과학적으로 판단하기 위해 비즈니스에 마케팅 기법을 도입한 미국 기업들이 많다. 마케팅은 소비자의 선호를 파악하는 것이 가장 중요하다. 마케터는 통계학을 이용하여 시장조사 한다.

값 15,000원 국판(148*210) 256쪽
ISBN978-89-6502-281-7 2018/2 발행

대입-편입 논술에 꼭 나오는 핵심 개념어 110

김태희

논술시험을 뚫고 그토록 바라는 대학에 들어가기 위해서는 논술 합격의 첫 번째 관문이자 핵심 해결 과제의 하나인 올바른 '개념화'의 능력이 필요하다. 이를 위해서는 관련한 최소한의 배경지식을 습득해야 하는데, 이는 거창한 그 무엇이 아니다. 논술시험에 임했을 때…

값 27,000원 신국판(153*225) 512쪽
ISBN978-89-6502-296-1 2020/12 발행

대입-편입 논술 합격 답안 작성 핵심 요령 150

김태희

시험에서 합격하는 비결은 생각 밖으로 단순하다. 못난이들의 경합에서 이기려면, 시험의 본질을 잘 알고서 그것에 맞게 올곧게 공부하는 것이다. 그러려면 평가자인 대학의 말을 귀담아들을 필요가 있다. 대학이 정부의 압력에도 불구하고 논술 시험을 고수하는 이유는….

값 22,000원 신국판(153*225) 360쪽
ISBN978-89-6502-301-2 2021/2 발행

집공부 강화서 :1등급으로 가는 공부법

하이치 | 전경아

공부한다는 것은 '새로운 것을 아는' 것이다. 그것은 '자신의 서랍을 늘리는' 것이기도 하다. 일상생활 속에서 이해하고 아는 것을 늘려가는 것. 이를 통해 우리는 장래에 '풍요로운 인생을 살 수' 있다. 왜 '진작 공부했으면 좋았을 텐데!'라고 후회하는 어른들이 있어도…

값 14,700원 국판변형(140*200) 208쪽
ISBN978-89-6502-315-9 2022/4 발행